algo tan sencillo como tuitear te quiero

BLUE JEANS

algo tan sencillo como tuitear te quiero

Planeta

Avda. Diagonal, 662-664, 08034 Barcelona
www.editorial.planeta.es
www.planetadelibros.com

Primera edición: mayo de 2015
Depósito legal: B. 11.565-2015
ISBN: 978-84-08-14102-0
Preimpresión: Víctor Igual, S. L.
Impresión: Cayfosa
Printed in Spain - Impreso en España

El papel utilizado para la impresión de este libro es cien por cien libre de cloro y está calificado como **papel ecológico**

Residencia Benjamin Franklin

	1159 Óscar Mayoral Benedicto	
1157 Iria Chacón Espejo		1158 Julen Miramón Aguinaga
1155 Nicole Katherine Vásquez Espinoza		1156 Manuel González Miranda
1153 Ainhoa Cabrera García		1154 Toni Martos Arias
1151 Elena Guillermo Casanova		1152 David del Pozo Díaz

Pasillo 1B

PRÓLOGO

—¿Me quieres?

—¿Lo dudas?

En su sonrisa encuentra la respuesta. Por supuesto que no lo duda. Está segura de que él la quiere. Y ella también está muy enamorada. Lo sabe desde la primera vez que lo besó, hace ya siete meses. Fue después de un concierto de Nada que decir al que habían ido juntos. Su primera cita, la primera vez que salían los dos solos. Fue como en una película: de noche, a la luz de una farola, unas gotas de lluvia... y ocurrió. El primer beso, su primer beso. ¿Cómo describir aquel instante? Todavía no se han inventado palabras para hacerlo.

—Las personas cambian. También te puede ocurrir a ti y de repente dejar de quererme. No serías el primero al que le pasa.

—¿Crees de verdad que alguna vez podré dejar de quererte? ¿Lo dices en serio?

Sus ojos la traspasan, o eso es lo que siente. Como si su mirada hubiese rebasado su piel y fuera capaz de adentrarse en ella para averiguar lo que piensa. El corazón le late muy deprisa. Tan rápido y tan fuerte que tiene la impresión de que en cualquier momento saldrá volando de su pecho.

—No, no lo digo en serio —responde ella temblorosa.

—No quiero que tengas dudas sobre eso.

Ella asiente con la cabeza. Se moriría si dejara de quererla. Él se ha convertido en su todo. En la verdadera razón por la que cada mañana se levanta rebosante de vida e ilusión.

—Perdona. No entiendo por qué te lo he dicho. Sé que me quieres mucho.

—Muchísimo. No sabes cuánto —susurra el joven apartándole el pelo para despejar su frente—. Y siempre será así.

—Siempre es una palabra muy fuerte.

—Fuerte es lo que siento por ti. El tiempo no me asusta. Y tampoco los cambios. Quererte es lo mejor que me ha pasado y nada ni nadie va a impedir que eso continúe siendo así.

Aquellas palabras emocionan a la chica, que se lanza sobre su novio y lo abraza con fuerza. Ella también le amará para siempre, aunque la palabra y el paso del tiempo sí la asusten. Son tantas cosas las que le han dicho sobre las relaciones a su edad que es normal que, de vez en cuando, surjan las dudas. Nadie cree en los amores adolescentes ni en su longevidad. Ella tampoco lo hacía hasta que apareció él y, desde entonces, incluso el infinito le parece un intervalo de tiempo demasiado corto. Sus sentimientos van más allá de quererle o de necesitarle. Aquel joven, sencillamente, es su vida.

Hunde el rostro en su pecho y nota cómo le acaricia la mejilla con suavidad. La chica cierra los ojos y suspira.

Pagaría lo que fuese para que esos segundos se alargaran eternamente. Sin embargo, el sonido de un móvil los interrumpe. El que suena es el teléfono de él.

—Es mi madre —dice el chico, apartándose, tras comprobar quién le llama—. ¿Te importa que conteste? Es que si no, luego en casa se pone muy pesada.

—Claro. Respóndele. Yo te espero allí.

La joven señala un banco de madera al otro lado de la calle. El chico asiente y, tras darle un dulce beso en los labios, pulsa el botón verde de su *smartphone* para saludar a su madre. Ella cruza por el paso de cebra cuando el semáforo está en verde y se sienta en el banquito. Desde allí lo observa. No puede quitarse la sonrisa de la boca. Cualquier chica querría tenerle como novio. Es muy guapo, atento, divertido y la trata de una manera que enamora. ¡Qué suerte que se fijara en ella y la eligiera!

Antes de empezar a salir, no las tenía todas consigo. Otras de su clase también le habían echado el ojo. De hecho, sospechaba que alguna de ellas también estaba enamorada de él. Ninguna lo había reconocido, pero, ese tipo de cosas, una chica las detecta. Y el tiempo se lo confirmó, dándole la razón: dos de sus mejores amigas poco a poco se fueron apartando de ella. Al principio, de forma disimulada. Pero en las últimas semanas ni siquiera le hablan. Es el precio que ha tenido que pagar por amor. Sin embargo, no cambiaría lo que tiene con su novio por nada en el mundo. Y menos por la amistad de esas dos que no han sabido aceptar su relación.

Transcurren dos o tres minutos antes de que el chico le cuelgue el teléfono a su madre. En cuanto termina la conversación, camina rápidamente hasta el banquito donde ella lo aguarda sentada y vuelve a besarla.

—Perdona, ya sabes que mi madre me llama cada media hora si no sabe nada de mí. Se cree que tengo diez años.

—No te preocupes. La mía es igual.

—Algún día tenemos que presentarlas para que se llamen entre ellas y nos dejen en paz a nosotros.

La joven ríe y le coge de la mano. Si su madre o su padre se enteraran de que tiene novio desde hace unos meses y de que está tan enamorada de él, seguramente no le darían permiso ni para pisar la calle.

—Creo que es mejor que nuestros padres sigan sin saber nada —indica ella sin dejar de sonreír.

—Sí, yo también lo creo. Aunque llegará el día en que tendremos que confesarles lo que pasa. No vamos a estar escondiéndonos de ellos toda la vida.

—¿Te imaginas que nos casamos y avisamos a nuestros padres el día antes?

—¿Casarnos? Hablas de... ¿casarnos tú y yo?

La joven se pone nerviosa. La frase le ha salido sin más, y, aunque lo ama con todas sus fuerzas, sabe que es muy pronto para hablar de algo tan serio como una boda. Ni siquiera se ha planteado lo de casarse con él. ¿Cómo va a hacerlo si solo tienen quince años? ¿Lo habrá asustado?

—A ver... No he querido decir que... —tartamudea—. Si dentro de unos años tú y yo... Pues no sé...

—Me encantaría casarme contigo —la interrumpe el chico. Su sonrisa la tranquiliza e inquieta a la vez.

—¿Cómo?

El joven se pone de pie, pero solo para arrodillarse a continuación. Saca del bolsillo de su pantalón vaquero un anillo y, resuelto, toma la mano izquierda de la chica.

—Es increíble que hayas hablado de casarnos justo hoy.

—¿Qué estás haciendo? ¿Esto es una broma? —pregunta con los ojos vidriosos y temblando como si el banco en el que está sentada se hubiera transformado en un gélido glaciar.

—Iba a hacer esto un poco más tarde, pero... este momento es perfecto.

—Esto es una broma, ¿verdad? ¿Es una broma? —repite ella derramando las primeras lágrimas de las muchas que resbalarán por su cara esa noche.

—Cariño, no es ninguna broma —responde el joven con tranquilidad—. Sé lo que siento. Y sé que esto no lo volveré a sentir por otra persona. Es imposible. Te quiero muchísimo. Me da igual que tengamos quince años. Me da igual lo que digan los demás. Me da igual tener que esperar para poder hacer esto de verdad... Lo único que me importa es lo que siento por ti. Y aunque te mereces un anillo más bonito, más caro y que brille mucho más..., este anillo es la prueba de que quiero pasar toda la vida contigo. Pequeña, ¿te quieres casar conmigo?

Con cada palabra que pronuncia su chico, ella llora más. Siente una gran presión en medio del pecho y le cuesta respirar. No se trata de ninguna broma.

—¿De verdad? ¿Quieres que nos casemos? ¿Quieres que me case contigo? —logra murmurar mientras se seca las lágrimas con la manga de su jersey.

—Sí. Es lo que más deseo en el mundo. No ahora, claro. Pero, en cuanto cumplamos los dieciocho, me encantaría.

—Estás loco —susurra ella dibujando ahora una bonita sonrisa entre sus mejillas sonrosadas.

—Estaría más loco si no te lo pidiera.

La chica resopla con fuerza e intenta calmarse. No logra asumir lo que está sucediendo, pero jamás había sido tan feliz.

—¿Puedes volver a pedírmelo? —le ruega unos segundos más tarde, algo más tranquila—. Quiero saborearlo mejor. Antes me has pillado por sorpresa y casi me da algo.

—Será un honor —indica su novio. Se aclara la garganta y va de nuevo—: Cariño, ¿quieres casarte conmigo?

—Sí. Claro que quiero.

Y con el anillo puesto en el dedo anular de su mano izquierda, ella se siente la chica más afortunada del planeta. Se incorpora y se arrodilla frente a él. Y se besan. Diez, veinte, treinta, cuarenta segundos... con los ojos cerrados. Sin frío, sin calor. Sin luna, sin estrellas. Sin aliento, sin aire. Sin nada. Solo se sienten y están el uno para el otro. Tras el beso, los dos regresan al banco, donde permanecen abrazados más de media hora. Apenas hablan. Tienen miedo de romper con palabras la magia que han creado. Pero el reloj avanza, pasa el tiempo, que no se deja conmover ni por las alegrías ni por las penas, y se hace tarde.

—Tengo que irme —comenta ella apenada—. Aunque me quedaría aquí para siempre.

—¿Siempre no era una palabra muy fuerte?

Ella sonríe y le vuelve a besar. Se levanta y colabora para que él también se ponga de pie tirando de su brazo. De la mano, esperan a que el semáforo cambie a verde para cruzar al otro lado de la calle. Parados en la acera, piensan en lo que acaban de vivir: la noche más bonita de sus vidas. Aquel momento ha superado al de su primer beso, al de la primera vez que hicieron el amor, al del primer te quiero...

El semáforo cambia de color y la pareja cruza por el paso de cebra. Sonrientes, felices, agradecidos al destino por haberles permitido conocerse. Un destino dichoso y... caprichoso. Un destino cupido y verdugo. Un destino que guio a quien conducía alocadamente una moto hasta allí. Un grito, un frenazo, una imprudencia... Una tragedia.

Dos cuerpos tirados en el suelo. Dos sueños rotos para siempre en la que se convirtió en una de las noches más crueles que una persona puede vivir.

Para siempre.

CAPÍTULO 1

—Guau.

Aquel lugar es tal como aparecía en las fotos. Elena intenta no perderse ni un detalle de lo que tiene delante. Cuando cruza la verja de la entrada, observa el imponente edificio principal de tres plantas, repleto de ventanales, algunos con la persiana echada todavía. A la derecha ve un campo de fútbol sala, con canastas de baloncesto a los lados; y a la izquierda, las pistas de tenis. Son tres, de cemento azul. Supone que detrás se encuentran la piscina cubierta y el gimnasio. Pero lo que más le llama la atención es una especie de lago, con una cascada al fondo, que embellece la imagen de aquella residencia de estudiantes.

—¡Qué morro tienes! ¡Yo también quiero quedarme aquí! —grita a su lado una chica rubia, con el pelo recogido en una coleta alta.

—A ti todavía te quedan dos años de instituto, Marta —le comenta su madre mientras arrastra una de las maletas de su hija mayor.

—Seguro que esto está lleno de tíos buenos. No como en Toledo.

—¡Marta! ¿Desde cuándo piensas en eso?

—¿Me lo estás diciendo en serio, mamá?

—¡Claro que sí! ¡Hablo muy en serio!

Elena sonríe para sí al escucharlas discutir. No es la primera vez. Pero su madre no se entera de nada. Si supiera que la pequeña de la familia ha tenido ya cuatro o cinco medio novios, se volvería loca. Aunque es normal. Su hermana se ha convertido en una adolescente preciosa y los tíos llevan varios años persiguiéndola. Ella, en cambio, ni siquiera ha pensado en chicos todavía. No le interesan. A sus dieciocho años puede presumir de haberse mantenido al margen de cualquier tipo de relación y no haber tenido ni tentaciones. Quizá es porque todavía no ha aparecido esa persona que le guste tanto como para preocuparse por el amor. Sus intereses han sido otros: estudiar, prepararse bien en los años de instituto y su página web.

—¡Pero mira eso! ¡Madre mía! —exclama Marta señalando a dos chicos en pantalón corto que también van cargados con sus equipajes—. Creo que voy a venir mucho a visitarte.

Los ojos de Elena se dirigen hacia donde su hermana indica. Por una vez, debe darle la razón. Los dos son bastante llamativos. Uno es alto y moreno; el otro, un poco más bajo, con el pelo corto castaño y con pinta de atleta. Lleva una camiseta sin mangas y sujeta una bolsa de mano, aparentemente muy pesada, sin ningún esfuerzo. Ambos entran en el edificio antes que ellas.

—Cuando regresemos a Toledo, vamos a hablar tú y yo de esto —le recrimina Pilar a su hija menor.

—¿Otra vez? Venga, mamá, que no soy una niña. Tengo ya dieciséis años.

—Eres muy joven todavía. No quieras crecer antes de tiempo.

—¿Y qué vas a hacer? ¿Encerrarme en casa? —la desafía la chica—. ¿Hay alguna ley que prohíba que salga con chicos?

Cada vez que hace algo que sus padres no aprueban, Marta recurre a la misma pregunta: «¿Hay alguna ley que prohíba...?». Y es que, aunque los dos son abogados, no siempre encuentran argumentos para frenar los impulsos de su hija pequeña. Con Elena, en cambio, no tienen ese problema. Nunca les da dolores de cabeza. Es muy responsable y piensa las cosas antes de hacerlas. Además, se sienten muy orgullosos de que quiera seguir sus pasos. Ha elegido Derecho como carrera y ambos están seguros de que será una gran jurista.

—¿Vais a continuar con la discusión aquí en medio o entramos de una vez?

Su madre y su hermana aparcan la disputa momentáneamente y comienzan a subir la escalera de mármol que conduce a la puerta principal del edificio. Elena carga con la maleta más pesada y casi no puede con ella. Cada escalón es un sufrimiento.

—Pero ¿cómo es posible que no haya una rampa para...? —murmura.

Entonces se da cuenta de que sí existe una rampa para subir, a su derecha. Había estado tan pendiente del rifirrafe entre su hermana y su madre y de aquellos dos chicos que no se había fijado. Maldice su torpeza en un susurro crispado e intenta volver a bajar los escalones para enmendar su error. Sin embargo, el asa se le escurre de las manos y la maleta aterriza en el suelo, golpeando en su descenso, uno por uno, todos los peldaños de mármol que ya había subido.

—Pero, Elena, ¡qué has hecho! —grita su madre, alterada, desde la puerta del edificio.

La chica se lleva las manos a la cabeza y, a continuación, baja rápidamente a comprobar los daños. La maleta está abierta de par en par, con parte de su ropa esparcida por el suelo, como si hubiera decidido montar allí mismo su particular *top manta*. Avergonzada, se agacha y comienza a guardarla de nuevo.

—¿Quieres que te ayude?

Es una voz masculina, dulce y agradable. Cuando Elena alza la mirada, ve a un chico con el pelo corto, moreno y de grandes ojos verdes. Un simpático hoyuelo le marca la barbilla, y luce un pequeño tatuaje en el cuello. Parece un ave fénix. También se agacha para echarle un cable.

—No, no te preocupes —responde muy seria y tensa.

Se da cuenta de que sostiene un tanga rosa en sus manos y rápidamente lo esconde bajo el resto de la ropa. El joven sonríe y se incorpora.

—Como tú quieras —comenta.

Cualquier otro probablemente se hubiera marchado, pero él decide permanecer junto a ella.

Elena continúa recogiendo su ropa y observando de reojo a aquel chico. ¿Por qué no se va de allí? ¿Qué pretende?

—Perdona, ¿quieres algo?

—Asegurarme de que tu maleta y tú llegáis enteras arriba.

—Ah. No sabía que en esta residencia te asignaban un ángel de la guarda nada más llegar.

—¿Sí? Yo tampoco lo sabía. Soy novato como tú. Aunque me di cuenta de que había una rampa y subí mi maleta por ella.

Le hace gracia lo que dice, pero no piensa reírle la broma. Elena cabecea y se pone de pie. Ya ha guardado toda la ropa en la maleta. Pero aparece un nuevo problema. ¡No cierra!

—Oye, ¿por qué tardas tanto? —le pregunta Marta, que ha bajado la escalera hasta donde está su hermana.

La chica entonces pone sus ojos en el joven que acompaña a Elena. ¡Es guapísimo! Y ese tatuaje en el cuello le hace terriblemente sexi. Marta sonríe como una tonta. Se ha puesto tan nerviosa que ni le salen las palabras.

—Hola. Eres su hermana, ¿verdad?

—Sí, es mi hermana —se adelanta a responder Elena algo molesta—. Marta, ayúdame a cerrar esto.

La chica obedece, aunque se le ha instalado una sonrisa ingenua en la cara de la que no puede deshacerse.

—Me llamo David. ¿Vosotras?

—Ella es Marta; y yo, Elena —contesta la mayor de las hermanas sentándose sobre la maleta e intentando cerrarla.

—Encantado, Marta y Elena...

—Igualmente, David.

—¿Me dejáis que os ayude? Terminaremos antes.

Marta asiente con la cabeza, sin hablar. Elena trata de hacer fuerza una última vez, pero sin éxito. Así que se da por vencida y accede a que David colabore. Las dos chicas se sientan sobre la maleta, algo que aprovecha el joven para hacer presión y ajustar los dos cierres.

El ruido de dos clics indica que la operación ha sido un éxito. Cerrada.

—Por fin... —resopla Elena—. Gracias.

—De nada.

Y, dejando a su hermana pequeña junto al chico, camina hasta la rampa, arrastrando la maleta, y la sube. Menudo estreno. ¡No podía empezar con peor pie! Se sonroja al pensar que ese tío ha visto su ropa interior tirada por el suelo. Solo espera que aquello no sea un presagio de lo que le espera en los próximos nueve meses de curso.

Su madre la recibe cuando llega a la puerta de entrada del edificio.

—¿Estás bien?

—Sí, no te preocupes —responde. Y mira hacia abajo, donde su hermana y David dialogan animadamente. Los dos ríen.

—¿Entramos entonces?

—Sí, vamos.

Madre e hija cruzan la puerta giratoria. Al fondo, se halla la recepción de la residencia. Los dos chicos que vio nada más llegar se encuentran allí todavía. Un hombrecillo calvo y con gafas les acaba de entregar una llave a cada uno. Los estudiantes le dan las gracias, cogen su equipaje y se marchan por el pasillo de la izquierda. Elena los sigue con la mirada hasta que desaparecen tras una puerta verde oscuro en la que pone «1B» en grande.

—¿En qué puedo ayudarlas? —les pregunta el recepcionista cuando están frente a él.

—Soy Elena Guillermo. Estoy inscrita en esta residencia.

El bedel se gira hacia un ordenador y teclea el nombre que acaba de escuchar. Lee la pantalla y toma unas notas en un papel. Luego se dirige otra vez a la joven y le sonríe con amabilidad.

—Bienvenida a la residencia Benjamin Franklin, Elena. Mi nombre es Jesús y estoy aquí para ayudarte en lo que necesites.

—Gracias, Jesús.

—Tienes que rellenar este formulario —dice mientras le entrega una hoja que saca de debajo del mostrador—. Puedes hacerlo en tu cuarto si quieres y me lo das después. Es una ficha de residente.

—Muy bien. Gracias.

—Además, léete esto cuando puedas —señala mostrándole un pequeño cuaderno plastificado—. Son las normas de la residencia.

—Lo haré enseguida.

El hombrecillo se gira y coge una llave de un panel que tiene detrás. Se da la vuelta otra vez y se la entrega a Elena, que ha guardado el cuadernillo con las normas en el bolso.

—Tu habitación es la 1151, en el pasillo 1B. Es ese de tu izquierda. Bienvenida. Espero que tu estancia aquí sea satisfactoria.

—Muchas gracias. Seguro que sí.

Elena y Pilar se despiden de Jesús. Las dos caminan hasta la puerta que el hombre les ha indicado. La misma que atravesaron los dos chicos que se registraron antes que ella.

—No sabía que chicas y chicos compartían pasillo en esta residencia.

—Yo tampoco, mamá.

La joven abre la puerta del 1B y coloca la maleta delante para evitar que se cierre. Oye ruido y gente hablando al fondo, pero no ve de quién se trata. El pasillo es bastante ancho y lo componen nueve habitaciones, de la 1151 a la 1159. Las impares quedan a la izquierda y las pares a la derecha, salvo la 1159, que está justo en el centro, al final del pasillo. La suya es la primera del lado izquierdo.

—Espero que esto no suponga una distracción para ti.

—¿El qué?

—Que vivas puerta con puerta con chicos.

—Mamá, no soy como Marta. Sé que aquí vengo a estudiar.

Su madre no las tiene todas consigo. Es verdad que Elena siempre ha sido muy responsable y que nunca les ha dado problemas. Pero tener tan cerca la tentación... Recuerda cuando ella estaba en la universidad y lo que le complicó la carrera conocer al que hoy es su marido. No fue fácil compaginar los estudios con la relación, que pasó por mil y un altibajos en aquellos años. Aunque finalmente hubo final feliz y ambos lograron su objetivo y terminaron casándose.

—Bueno, espero que eso no se te olvide. Derecho es hincar los codos y dedicarle muchas horas. Debes centrarte en la carrera si quieres sacar buenas notas.

—Tranquila, mamá. Lo tengo todo muy claro.

La chica alcanza de nuevo la maleta y la deja junto a su puerta. Después mete la llave en la cerradura de la 1151 y abre. La habitación no es demasiado grande, aunque parece acogedora. Lo primero que hace Elena es sentarse en la cama y dar unos botecitos sobre el colchón para comprobar su elasticidad. Mientras, su madre sube la persiana y abre la ventana. Entra bastante luz. Desde allí puede ver el lago y la cascada.

—¿Te gusta la habitación? —le pregunta Pilar admirando el paisaje.

—Sí, es como en las fotos. Y me encanta la vista que me ha tocado.

La joven echa un vistazo a su alrededor. Le agrada el color amarillo clarito de las paredes y el techo. Sabe que allí pasará muchas horas encerrada, estudiando, durante los próximos meses. El escritorio es amplio y en la estantería de madera tiene suficiente espacio para todo lo que se ha llevado: libros, fotos de su familia y amigos de Toledo, ordenador portátil, algún peluche...

—El armario está muy bien. Creo que aquí cabrá toda tu ropa —indica su madre, que lo está inspeccionando todo con ojos de sargento.

—Menos mal.

—¿Te has traído la plancha pequeña?

—Por supuesto.

La ropa y su aspecto es algo fundamental para Elena. Ha leído en algunos foros de la universidad que los estudiantes de Derecho suelen ir, en su mayoría, muy bien vestidos a clase. Ella no iba a ser menos. Siempre le ha gustado arreglarse y maquillarse adecuadamente. Su madre le enseñó a hacerlo desde que era pequeña.

La chica se levanta de la cama y entra en el cuarto de baño. Es muy sencillo. Pequeñito, funcional y con un plato de ducha. Elena se mira en el espejo y piensa en el gran paso que está dando. Aquel día supone el comienzo de una nueva etapa en su vida.

—¿Se puede? —preguntan desde el umbral de la puerta, que permanece abierta.

—Claro. Adelante.

Elena sale del baño y observa a su hermana pequeña, que no viene sola. La acompaña David, el chico que las ha ayudado antes a cerrar la maleta. Sus miradas coinciden un instante, hasta que la joven, ruborizada, la aparta hacia otro lado.

—Marta, no te vayas muy lejos, que nos vamos a marchar dentro de poco —le advierte su madre al escuchar la voz de su hija menor.

—¿Ya? ¿No nos quedamos a comer?

—No podemos. Tengo mucho trabajo en el despacho.

La chica protesta y suelta una palabra malsonante en voz baja. Le hubiera gustado pasar más tiempo con aquel chico sevillano tan guapo y tan amable. Está cansada de los tíos del instituto, que solo van a lo que van y que, para colmo, son unos inmaduros.

—¿Cuál es tu habitación? —le pregunta a David mientras busca algo en su bolso.

—La 1152. Está enfrente.

—¿En serio? ¿Eres vecino de mi hermana?

—Eso parece.

Elena oye la conversación entre los dos y se sorprende. Aquel chico será uno de sus compañeros de pasillo durante el curso. Lo vuelve a mirar sin que él se dé cuenta. Está pendiente de algo que Marta está escribiendo en un papelito: su wasap y su cuenta de Twitter. No puede negar que aquel chico está francamente bien. Y parece bastante agradable. ¿Por qué antes, en la escalera, se puso a la defensiva con él? También ha conseguido que se sonroje. ¡Dos veces! No es propio de ella. Ningún tío ha logrado lo que aquel en apenas unos minutos y prácticamente sin desearlo. No cabe duda, algo pasa. Pero no tendrá tiempo para averiguarlo. ¡Está allí para estudiar! ¡Para convertirse en una gran abogada! Sus padres confían en ella y va a hacer lo posible para que continúen orgullosos.

Los chicos no le interesan. David no le interesa. O al menos eso es de lo que intenta convencerse aquel 10 de septiembre en un lugar de la ciudad.

CAPÍTULO 2

Acaban de llegar a la residencia Benjamin Franklin cargados con su equipaje. Julen y Manu entran en el vestíbulo tras atravesar la puerta giratoria. Se dirigen a recepción y esperan a que el hombrecillo que está a cargo de aquello termine el registro de una chica bajita con el pelo rizado.

—¿Has visto? —comenta el navarro dando un codazo a su amigo y señalando el *short* vaquero de la chica que tienen delante.

Manuel se quita las gafas de sol y observa detenidamente el trasero de la joven. Este curso promete.

—No está mal —dice en voz baja—. Pero prefiero a la que hemos visto hace un momento fuera con las maletas.

—¿La mayor o la pequeña?

—Julen, no seas asaltacunas. La mayor.

—Pues la pequeña estaba muy bien.

El joven malagueño sonríe y cabecea en señal de negación. A su amigo le gustan todas. Hace más de seis años que se conocen y siempre ha sido así. Quién les iba a decir a ellos que terminarían estudiando juntos la misma carrera y viviendo en la misma residencia de estudiantes.

La muchacha bajita de cabello rizado termina de registrarse y se aleja arrastrando una maleta rosa. Es su turno. El hombre bajito y calvo que está detrás del mostrador se presenta como Jesús, les da la bienvenida a la residencia Benjamin Franklin y les pide sus nombres.

—Manuel González Miranda.

—Julen Miramón Aguinaga.

Un malagueño y un pamplonica. Amigos en la distancia que, hasta ese momento, solo se habían visto en persona una vez en la vida, aunque habían hablado innumerables veces a través de las redes sociales y el WhatsApp. En el verano de 2008, ambos hicieron juntos las pruebas de acceso a la cantera del Real Madrid de fútbol. Ninguno resultó elegido para entrar en el equipo infantil; en cambio, los dos ganaron un amigo.

—Imagino que querréis estar cerca el uno del otro —comenta Jesús examinando detalladamente las habitaciones libres.

—Si puede ser, sí —responde Manu. Aquel hombrecillo le ha caído bien.

—Vamos a ver... Aquí —susurra el recepcionista mientras anota algo en una libreta—. En el pasillo 1B. La 1156 para Manuel y la 1158 para Julen. Rellenad este formulario, por favor. Y, cuando podáis, leed este cuadernillo con las normas de la residencia.

Los chicos lo cogen y lo examinan por encima. Después, Jesús le entrega a cada uno su llave y les muestra el camino por el que deben ir.

—Mira, la que te gusta —comenta Julen antes de abrir la puerta del pasillo.

La chica que vieron al llegar a la residencia está con su madre en recepción. Va a registrarse. Manu la observa, aunque ella no le presta atención a él. Es un poco pija, pero le atrae. Le atrae mucho, y eso no suele ser lo habitual. No se encapricha de la primera que pasa a su lado.

—Vamos, anda. Ya tendremos tiempo de conocerla mejor —indica el malagueño dándose la vuelta y entrando en el pasillo 1B.

Los dos se encaminan hacia sus habitaciones, alineadas en la pared de la derecha y una al lado de la otra. Manu y Julen entran en sus respectivos cuartos y van compartiendo, a voces, sus opiniones.

—¡Se oye todo! ¡Las paredes parece que están hechas de papel de fumar! —grita el navarro.

—Eso es lo que tú quisieras, que se pudieran fumar.

Una fuerte risotada trasciende la habitación de Julen. Lleva fumando desde los catorce años y, aunque ha intentado dejarlo varias veces, nunca lo ha conseguido. Que fumar esté prohibido dentro de la residencia quizá le anime a abandonar el vicio definitivamente.

—¿Vas a ordenar ahora tu ropa?

—¿Tienes algo mejor que hacer? —pregunta Manu, que ya se ha puesto manos a la obra.

—Podríamos dar una vuelta por la residencia para verla mejor.

—¿A ver el edificio o a las que residen en él?

—Un poco de todo —comenta Julen. En ese momento no le apetece nada ponerse a organizar sus cosas—. Tú, como ya le has echado el ojo a una... Aunque no me creo que el gran Manuel González se conforme con la primera que ve. Por muy buena que esté.

El malagueño sonríe con las palabras de su amigo mientras acomoda una camisa negra en uno de los percheros que encuentra en el armario. A sus diecinueve años se ha liado con muchas chicas; solo una logró enamorarle. Pero eso ya pertenece al pasado. Un pasado casi paleolítico. No ha ido allí para pillarse de nadie a las primeras de cambio. Está en la universidad, la que muchos consideran la mejor época. No piensa aferrarse a ninguna tía, ni quiere compromisos.

—¡Está bien! ¡Vamos a dar una vuelta, a ver qué nos encontramos por ahí! —exclama Manu accediendo a la petición de su amigo.

Sale de su habitación y cierra. Se dispone a entrar en el cuarto de Julen, pero se da cuenta de que la puerta de la 1157 está entreabierta. Escucha canturrear a alguien y decide averiguar de quién se trata. Sigilosamente, cuela un ojo por el espacio que queda a la vista. Se trata de una chica no muy alta, con el pelo rubio con mechas, cortado por encima de los hombros. Está de pie frente a su escritorio, de espaldas a él. Intenta conectarse a Internet en su ordenador portátil. La joven deja de cantar y da un golpe con la palma de la mano encima de la madera. Parece que no logra que aquello funcione. Manu sonríe y tose voluntariamente para llamar su atención.

—¡Eh! ¡Tú! ¿Qué quieres? —protesta la joven, dándose la vuelta, al sentirse observada.

Por fin el chico puede ver su rostro. No le resulta espectacular, pero tiene unos ojos verdosos muy bonitos.

—Hola, vecina; venía a pedirte un poco de azúcar.

—¡Qué dices! ¿Es una broma?

—Vivo aquí, enfrente de ti —señala Manu. Apenas puede contener la risa al ver la expresión desconcertada de la joven—. ¿Entonces no tienes azúcar?

—Vaya, me ha tocado un gracioso de vecino —comenta la chica alzando la mirada al techo de su habitación—. Estoy muy ocupada, ¿qué quieres de verdad?

—¿Eres gallega?

—Sí, de Coruña. Tú, ¿de Córdoba?

—No, de Málaga.

—Perdona, no soy capaz de diferenciar los acentos andaluces.

—No te preocupes, yo tampoco.

—Menos mal. Empezaba a pensar que estaba quedando como una idiota.

Aquella joven pequeñita, con el pelo por los hombros, enseguida le cae bien. Su aspecto es el de una adolescente de instituto. Si la viera por la calle, pensaría que no pasa de los catorce o quince años.

—Soy Manu, de la 1156.

—Yo Iria, 1157, pero eso ya lo sabes.

Los chicos se miran un instante a los ojos tras presentarse y es él quien se aproxima para darle dos besos.

—¿Qué te pasa con ese trasto? —le pregunta Manu refiriéndose al ordenador.

—No consigo meterme en Internet.

—¿Has pedido la clave de acceso?

—Sí. Me la han dado en recepción.

Iria le enseña un papelito: en él figura una contraseña compuesta por varias letras y números mezclados entre sí. El malagueño lo examina detenidamente y prueba suerte en el portátil. Teclea la clave y espera unos segundos.

—Ya está. Conectada.

—¿Qué? ¡No puede ser! Pero si yo... ¿Cómo lo has...?

—¿Has puesto las mayúsculas?

—No.

—Pues ya está. Las letras de la contraseña están en mayúsculas.

—¿Así de fácil?

—Así de fácil —apunta Manu, que aprovecha para clicar sobre la pestaña del Chrome—. ¿No estudiarás informática, verdad?

—No, Criminología. Gracioso.

El chico suelta una carcajada y entra en la página de *Marca* sin pedirle permiso a Iria para navegar en su ordenador.

—¿Qué te pasa? ¿Te hace gracia?

—Un poco. No tienes pinta de criminóloga.

—¿Y qué pinta debe tener una criminóloga según tú?

—No lo sé, no conozco a ninguna.

Iria chasquea la lengua y se coloca las manos en la cintura en forma de jarra. Luego sonríe sarcástica.

—Definitivamente, vas a ser el gracioso del pasillo —comenta arrebatándole el portátil y cerrando la web de *Marca*—. Y tú, ¿qué estudias? ¿Risoterapia?

—Fisio. Así que cuando estés tensa y te apetezca un masaje...

—¡Ja! Qué cara más dura tienes, malagueño.

La conversación no sigue adelante porque Julen, que ha oído hablar a su amigo, se asoma a la puerta y los interrumpe.

—Oye, ¿vamos a dar una vuelta por la residencia o qué? —le pregunta resuelto antes de detenerse en Iria, a la que mira fijamente—. Hola.

—Hola —responde ella.

—Te presento a Iria, la informática —dice Manu pasando un brazo por la espalda de la joven.

—Déjame en paz.

La gallega se deshace del achuchón del chico y se acerca a Julen para darle dos besos. Este se presenta y le explica que es de Pamplona y que también estudia Fisioterapia. Los tres charlan animadamente durante unos minutos.

—Así que vosotros ya os conocéis de antes.

—Sí, desde hace seis años.

Entre Julen y Manu le cuentan la experiencia fallida en las pruebas de acceso a la cantera del Real Madrid de fútbol. Le explican que aquello no sirvió para entrar en el equipo, pero que gracias a eso se encontraron en el camino.

—¿Y no os habéis visto más hasta hoy?

—En persona, no. ¡Es que Málaga y Pamplona están muy lejos! —exclama Manuel gesticulando.

—En realidad, estuvimos varios años sin hablar demasiado. Solo nos comentábamos cosas y nos insultábamos en Twitter y en Facebook.

—Es verdad. Te juntaste con malas compañías y pasaste de mí —bromea el malagueño.

—Sí, ¿no? Yo creo que fue justo al contrario.

—Qué mentiroso eres. Sabes que fue como yo digo.

—¡Claro que no fue así! ¡No engañes a la chica!

—Reconoce que no soportabas que ligara más que tú. Por eso dejaste de llamarme.

Julen mueve la cabeza. Su amigo siempre ha sido un chulo y un prepotente. Pero un chulo y un prepotente simpático. Muy inteligente y con talento para hacer cualquier cosa que se proponga. Sabe que es una persona que merece la pena. Sin embargo, la primera impresión de muchos que no lo conocen como lo conoce él puede ser negativa.

—Bueno, chicos —los interrumpe Iria cerrando el portátil—. ¿Por qué no dejáis de actuar como Pimpinela y nos vamos a ver qué tal es nuestra nueva casa?

CAPÍTULO 3

—¿Es bonita la residencia?

—Está bien. Todavía no la he visto entera. Tiene un lago muy chulo... ¡Y hasta una especie de cascada! —escribe Toni en su teclado, terminando la frase con un guiño.

—Qué guay. Y la habitación, ¿es muy grande?

—Bueno, no está mal. Cabe lo justo, aunque no es agobiante. ¿Quieres verla?

—¡Vale!

Toni se pone de pie y con la cámara de su ordenador le enseña el cuarto a Lauren a pesar de que no está demasiado ordenado. Solo hace cuatro semanas que conoce a esa chica, pero haría lo que fuera por ella. No hay duda de que le ha dado muy fuerte.

—No es ninguna maravilla, pero tiene todo lo que debe tener —asegura el chico sentándose otra vez frente al escritorio.

—A mí me gusta.

—Ahora tú. Te toca enseñarme tu habitación.

—Toni..., sabes que yo no pongo la *cam*. Te lo llevo diciendo desde el primer día.

—Lo sé, pero ha pasado casi un mes. Me gustas mucho.

—Y tú a mí.

—¿Entonces?

En ese instante, la llamada se corta. Y Lauren aparece como no conectada en Skype. El joven resopla y comprueba que Internet sigue funcionando. No hay duda, es ella la que se ha caído. Se levanta de la silla y camina nervioso por la habitación. Si al menos tuviera su número de teléfono...

Empieza a estar un poco harto de ese tipo de conversaciones en las que él pone la imagen y la voz y ella solo palabras escritas en la pantalla. ¿Hasta cuándo va a ser así? Ni siquiera sabe su nombre real, ni sus apellidos. Es desesperante estar enamorado de alguien que guarda tantas cosas en secreto.

Pasados unos minutos, Lauren vuelve a estar conectada a Skype. Sin embargo, en esta ocasión Toni no enciende su cámara.

—¿Hola? —escribe aliviado por su regreso—. ¿Estás ahí?

—Sí. Estoy aquí.

—¿Te has caído?

—No. Me he ido porque he querido irme —contesta Lauren a los pocos segundos.

—¿Y eso?

—Me estabas agobiando. Te lo dije varias veces el primer día y he insistido durante estas semanas. Ni cámara, ni teléfono, ni videollamadas. Sé que no te lo pongo fácil, pero son mis normas. Tú decides si las tomas o las dejas.

El chico lee varias veces el último párrafo que Lauren le ha escrito. Se acaricia la cara cubierta de un intento de barba sin demasiado éxito y piensa en lo complicado que resulta todo con esa chica. Desde que la conoció, a mediados de agosto, su vida se ha convertido en un columpio de sentimientos. Lo mismo se sube a una nube que le gustaría estar enterrado bajo tierra. Empezaron tonteando en Twitter, donde Lauren tiene más de cuarenta mil seguidores en su cuenta. Sus *followers* la adoran y es presidenta de un club de fans del cantante Dani Martín.

—¿Por qué me pones en este compromiso?

—Ya lo sabes, Toni. Lo sabes desde el principio. Lo que digo no es ninguna novedad.

Cuando comenzaron a seguirse en Twitter, llegaron inmediatamente los mensajes privados. Y poco a poco aquella historia fue creciendo sin que nadie supiera de su existencia. Lauren y Toni terminaron por agregarse a Skype para que sus conversaciones fueran más fluidas y no dependieran de 140 caracteres. Mientras él no puso ningún reparo en que ella lo viera o escuchara, el consentimiento de la chica llegó acotado de condiciones y limitaciones. Toni esperaba que, con el tiempo, ella terminara cediendo. Casi un mes después, todavía no ha llegado ese momento.

—Me da igual cómo seas. El físico me da lo mismo.

—A nadie le da igual el físico.

—A mí sí —insiste el chico, que trata una vez más de convencerla—. Qué más da si eres alta o baja, morena o rubia. Guapa o menos guapa.

—Toni, no insistas, por favor.

—Es que me muero por verte.

Esa era la única verdad desde agosto. Jamás se había obsesionado tanto por alguien. ¿Es posible enamorarse de una persona a quien nunca has visto? Está seguro de conocer la respuesta. Del cómo y del porqué no tiene ni idea. Pero su amor es real y verdadero. Hasta tiene sueños con ella. Uno especialmente, que se repite con frecuencia. En ese sueño, queda con Lauren en algún sitio de Valencia, y cuando ella aparece, lo hace con una bolsa de papel en la cabeza. Su voz, muy femenina, le advierte que si se la quita no le gustará lo que verá debajo. Toni le repite una y otra vez que está equivocada. Sin embargo, en el sueño la chica nunca descubre su rostro y termina desapareciendo.

—¿Lauren? ¿Sigues ahí?

Transcurren más de diez minutos sin que la joven escriba. Quizá se ha vuelto a agobiar por su insistencia. Pero esta vez no se ha desconectado de Skype. Toni entra y sale de la página ansioso, esperando el sonido que le anuncie que ha recibido un nuevo mensaje. Le pregunta en tres ocasiones más si continúa al otro lado.

Está a punto de perder los nervios, de apagar y marcharse. Pero en ese instante, Lauren responde.

—Te propongo una cosa —escribe ella por fin.

—Dime.

—Te mando una foto si juras que nunca más me vas a pedir que ponga la cámara, ni que te dé el número de teléfono.

¡Una foto de Lauren! ¿De verdad? Le parece increíble que vaya a ver a la chica de la que se ha enamorado. Le tiembla todo el cuerpo. El precio es alto, aunque el premio merece la pena.

—¿En serio? ¿Lo dices de verdad?

—Sí, pero con las condiciones que te he escrito. ¿Aceptas?

—Acepto.

—Júrame por tus padres y por tu hermana Lorena que no vas a pedirme más la *cam,* ni el móvil.

—Te lo juro.

Aquello supone firmar un pacto con el diablo. Sabe que tarde o temprano no podrá resistir la tentación de volver a pedírselo. Aunque cree que con el tiempo la propia Lauren será la que quiera que la vea y aparque sus miedos para siempre. Está convencido de que el amor finalmente podrá con todo y que irán superando etapas.

—Muy bien. Lo has jurado por tus padres y por Lorena. Si faltas a tu palabra, no volveré a hablar contigo.

—No faltaré a mi palabra. De verdad.

—Más te vale. Espera un momento.

—Vale. Espero.

La impaciencia va a terminar devorándolo. Necesita hacer algo mientras tanto, así que va al cuarto de baño a echarse agua en la cara. Quizá cuando mire la próxima vez la pantalla de su ordenador, la imagen de Lauren se encuentre allí. ¡Qué emoción!

Dedica un instante a preparar su reacción. Pase lo que pase, sea guapa o fea, le dirá que le gusta tanto como antes de verla. También hará hincapié en el rasgo que más destaque de ella. No puede quedarse en blanco en ningún momento, ni tardar demasiado en responder cuando vea la fotografía. Debe ser muy cuidadoso con sus palabras.

Respira hondo y regresa al escritorio donde tiene el portátil. En la conversación con Lauren hay un archivo JPEG para descargar. Hace clic sobre él y aguarda a que la barrita azul se rellene por completo. En ese tiempo ninguno de los dos escribe. Es una calma tensa.

El archivo está descargado, ya puede ver la foto. Un cosquilleo insoportable invade a Toni; el corazón se le va a salir del pecho. Pincha sobre el documento y se abre en grande una imagen.

«Ya me has visto. Adiós».

Es lo que Lauren ha escrito debajo del archivo de la fotografía. La chica se ha desconectado de Skype sin darle tiempo a opinar o a hacer el menor comentario.

En la imagen que ha recibido aparece una joven morena de perfil, de cintura para arriba. Lleva el pelo suelto y largo y un pendiente de aro en la oreja visible. También aprecia un pequeño *piercing* en la nariz. No puede ver todo su rostro, solo el lado derecho y algo del izquierdo. Lauren está sonriendo y esa forma de sonreír le encanta a Toni. Pero lo que más le llama la atención son sus ojos azules. Él también los tiene del mismo color, aunque no tan llamativos. Sus pestañas son larguísimas y las cejas están muy bien perfiladas.

Aquella chica es guapísima. Y si antes estaba enamorado, ese sentimiento se ha multiplicado ahora por diez.

Le encanta Lauren. También físicamente. ¡Cómo no va a gustarle!

Sin embargo, a Toni le asalta una gran duda: si aquella fotografía es realmente de la chica de la que está enamorado, ¿por qué no quiere que la vea?

No tiene ni idea, y lo peor es que no podrá preguntárselo. Lauren no aparecerá en Skype en lo que queda de miércoles.

CAPÍTULO 4

Su madre y su hermana se acaban de marchar. Camina por la habitación hasta que se detiene frente a la ventana. Elena contempla el cielo azul, despejado completamente de nubes. El sol se refleja en el agua cristalina del lago artificial y de lejos se oye el ruido de la cascada. Tiene la impresión de que en aquel lugar es imposible que haga mal tiempo.

Está sola, y sola pasará los próximos meses. Algún fin de semana bajará a Toledo para visitar a su familia. Es poco más de media hora en tren. Pero no cabe duda de que aquel día es el principio de una nueva etapa en su vida. Y mañana comienzan las clases. Derecho le impone y le causa respeto, pero también la motiva. Hace muchos años que sabe que estudiaría la misma carrera que sus padres. Solo espera estar a la altura. Está mentalizada y preparada para afrontar esa presión. Piensa en la manera en la que se organizará, al tiempo que guarda minuciosamente su ropa en el armario. Afortunadamente, es amplio, aunque no tendrá sitio para todos sus zapatos. Le horroriza meterlos debajo de la cama, pero no le queda otro remedio.

Está tan concentrada analizando mentalmente su

agenda del día siguiente y todo lo que tiene pensado hacer que no oye que llaman a la puerta. Sin embargo, fuera no se dan por vencidos e insisten. Por fin, Elena se percata de que tiene visita. Se apresura y abre.

—Hola. ¿Te vienes a comer?

Es David, y viene acompañado de una joven que no parece española. Tiene la piel oscura, casi tanto como su cabello rizado negro. Su cara es muy agradable y sonríe de una manera muy natural.

Elena comprueba en su reloj que son las dos menos cuarto. No tiene hambre, pero si come temprano luego dispondrá de más tiempo para otras cosas. Además, de alguna manera, aquel chico posee algo, que no logra descifrar, que le gusta. Es un detalle que la haya avisado. ¡Aunque no piensa caer en ningún tipo de tentación con él! Serán amigos. Simplemente eso: buenos amigos.

—Vale. Un minuto.

La chica camina deprisa hasta el escritorio y coge su iPhone y las llaves de la habitación. También cierra su portátil antes de reunirse con David y aquella chica de la que aún no conoce ni el nombre.

—Yo soy Nicole Vásquez —se presenta la joven cuando salen del pasillo.

—Encantada. Yo, Elena.

No se dan besos, pero se sonríen. Parece simpática. Nicole le cuenta de camino al comedor de la residencia que es peruana, aunque lleva seis años viviendo en Valencia. David y ella también se acaban de conocer, aunque la otra chica llegó ayer. Su habitación es la 1155, situada en el mismo pasillo.

—Ahora os darán unos tiques en el comedor para todo el mes de septiembre —comenta Nicole enseñándole el que lleva en la mano—. Los verdes son para el desayuno, los rojos para la comida y los azules para la cena.

Así es. En la entrada del comedor, una mujer bajita les entrega a David y a Elena unos cupones de colores, válidos para septiembre. Les explica que cada mes les darán un fajo de tiques como aquel. Si necesitan alguno de invitación para alguien de fuera de la residencia, deberán pedirlo en recepción; son de color blanco y cada residente cuenta con diez de estos tiques al mes.

—Lo tienen muy bien organizado —comenta Elena.

—Sí, aunque lo importante es que la comida esté buena —reflexiona David.

—Lo que yo comí ayer no estaba mal. No tienen lomo saltado, ceviche, ni causa a la limeña, pero tampoco esperaba encontrarlo aquí —interviene Nicole. Son platos típicos de su país que le encantan y que echará de menos estos meses, ya que no tiene a su madre cerca para preparárselos.

La joven coge una bandeja y, mientras camina, va sirviéndose del bufé. Los otros dos chicos la imitan. No hay demasiada gente y muchas mesas permanecen vacías todavía. Elena observa a algunos de los que serán sus compañeros durante ese curso. Hay chicos y chicas muy diferentes, con distintas formas de vestir. Siente un extraño escalofrío y también curiosidad. No sabe con cuántos congeniará, con cuántos establecerá algún tipo de amistad y de cuántos no llegará a saber ni su nombre.

—¿Eso no es muy poca comida? —le susurra David, detrás de ella, cuando llegan a los postres.

Él, en cambio, ha llenado dos platos con patatas, carne, verduras y algo de pasta.

—No necesito comer demasiado.

—Estás muy bien, no te hace falta adelgazar.

—No como poco por adelgazar o no engordar. Simplemente, como poco porque no necesito más.

El joven prefiere no discutir con ella y alcanza un flan chorreante de caramelo. Elena coge una manzana amarilla. Los dos siguen a Nicole, que elige una de las mesas redondas del fondo. No hay nadie más en ella, aunque es para ocho.

—Voy a llenar la jarra con agua —comenta la chica peruana antes de sentarse.

David y Elena la ven alejarse hacia una especie de fuentecita al otro lado del comedor y toman asiento, uno al lado del otro. La chica observa de reojo el tatuaje del joven sevillano y siente la tentación de preguntarle por él. Aquel ave fénix debe de tener un significado especial. Sin embargo, no quiere parecerle una entrometida. Acaban de conocerse.

—Y vas a estudiar Derecho... —comenta el joven antes de llevarse a la boca un trozo de carne.

—Sí.

—¿Estás segura? Es una carrera complicada.

—Estoy segurísima. Es lo que siempre quise.

—¿Tú o tus padres?

Elena hace un gesto de desaprobación al oír aquello. Trata de no darle importancia y responde con tranquilidad. Nicole acaba de llegar con la jarra de agua llena y sirve a los tres.

—Yo. Es una decisión mía, completamente personal.

—Pero tus padres son los dos abogados, ¿no?

—Sí... ¿Te lo ha contado Marta?

—Claro. No soy adivino. No me ha dado tiempo a investigar todavía tus cuentas en las redes sociales.

La media sonrisa de David la pone nerviosa, en todos los sentidos. Aunque intenta que no se le note.

—Mi hermana habla demasiado.

—A mí me ha caído muy bien. Y es muy guapa.

—Es una niña. No tiene ningún sentido de la responsabilidad.

—Pero me ha dicho que saca muy buenas notas.

—Eso no significa nada. Podría sacarlas aún mejores si se esforzara más y no pensara tanto en divertirse.

—Si saca buenas notas sin esforzarse, es señal de que es muy inteligente. Guapa y lista. Marta parece un buen partido.

Esa última frase altera a Elena hasta el punto de que pincha con demasiada vehemencia un trozo de tomate y este, tras salir volando y planear un breve instante en el aire, termina aterrizando sobre el pantalón vaquero de David. El chico lo coge sonriendo, lo deja sobre la mesa y se limpia con una servilleta de papel.

—¡Dios! ¡Lo siento! —exclama la chica, rojísima como el tomate que acaba de tirar.

—No te preocupes. No pasa nada.

—Soy muy torpe, perdona.

—No es tu culpa. Es una especie de tomate volador que se cultiva en algunas zonas de Murcia.

Nicole suelta una carcajada cuando escucha a David, que también ríe. La que no lo hace es Elena, que sigue avergonzada.

—En serio, perdóname.

—Es una tontería. No tengo nada que perdonar.

Está tan acostumbrada a no cometer errores, a no

fallar nunca, que algo que para otra persona puede parecer insignificante para ella resulta un drama. Elena se ha convertido en una perfeccionista y no soporta equivocarse. Además, es la segunda vez que hoy mete la pata. Hace un rato tiró la maleta por la escalera, y ahora esto. No es habitual en ella.

Nerviosa, se levanta de la mesa y se marcha del comedor tras dejar su bandeja en un carrito. David también se pone de pie e intenta seguirla. Antes de llegar a la puerta del pasillo la alcanza. Sin embargo, Elena se hace un hueco, con habilidad, y pasa. Pero el sevillano no se rinde. Acelera y consigue colocarse en medio de su camino, entre ella y su habitación.

—Déjame pasar, por favor.

—No. ¿Por qué has salido corriendo?

—Venga, David. No quiero hablar ahora.

—Pues no te voy a dejar pasar hasta que hables conmigo.

La chica baja los brazos y resopla. Jadea y respira con dificultad por la carrera y los nervios del momento.

—No es nada, no te preocupes —responde Elena con más tranquilidad, recuperando el aliento y la compostura.

—¿Qué te ha pasado? ¿Por qué has reaccionado así?

—En dos horas que llevo aquí, he metido más veces la pata que en los dos últimos años —se lamenta—. Hablamos dentro mejor.

David acepta al comprobar que está más calmada. Elena da un paso adelante y mete la llave en la cerradura de la puerta de su cuarto. Abre y los dos entran en la 1151. Ella se sienta en la cama y él permanece de pie, frente a ella.

—Todos cometemos errores.

—Lo sé. Pero unos lo llevamos peor que otros.

—Solo ha sido un trozo de tomate...

—Con aceite. Mira cómo te he puesto el pantalón. —Con un tímido movimiento de barbilla, señala la mancha que David lleva ahora en el vaquero—. Lo siento.

Elena agacha la cabeza un instante, volviéndose a culpar por su torpeza. Cuando la levanta, el chico está más sonriente que nunca. Toma asiento en la cama, a su lado, tan cerca que sus brazos se rozan.

—¿Eres como una de esas maniáticas perfeccionistas obsesivas?

—Algo así.

—¿Y no eres muy joven para preocuparte tanto por las cosas?

—No puedo evitarlo. Me sale solo.

—No puedes controlarlo...

La chica niega con la cabeza. Le pasa desde que era pequeña. Si algo no sale como ella desea, se siente fatal. Y no es algo que mejore con el paso del tiempo; muy al contrario. Elena necesita que las cosas funcionen, que todo esté en orden. Y cualquier error la afecta más de lo que debería.

—Sé que debo aprender a tomarme las cosas de otra manera. Pero no es sencillo para mí. Quizá el resto del mundo no pueda entenderlo. A veces ni siquiera yo lo comprendo.

—¿Has ido a algún psicólogo?

—No. No me gustan.

—¿Por qué?

—Simplemente, porque no quiero contarle a nadie mis problemas.

—Me los estás contando a mí.

Elena se sonroja y se gira hacia la ventana. El cielo sigue libre de nubes y la cascada se escucha al fondo.

—Pareces un buen tío —responde sin mirarle—. Además, no me has dado otra alternativa.

—Me alegro de que me lo hayas contado. Vamos a pasar mucho tiempo juntos y me encantaría que fuéramos amigos. Tú también me pareces una buena tía. Aunque estés algo loca.

—Seguro que tú también tienes tus rarezas.

—¡Por supuesto! Muchas.

—¿Sí? Cuéntame alguna.

—Ahora no. Ya irás sabiendo más cosas sobre mí cuando toque —responde enigmático—. Ahora regresemos al comedor y terminemos de comer. Me muero de hambre.

CAPÍTULO 5

En su habitación suena un tema de sus paisanos canarios Critika & Saik. Ainhoa baila y tararea al tiempo que ordena su ropa en el armario. Antes llenó un panel de corcho con fotos de sus amigos de Las Palmas. Sabe que echará mucho de menos su isla pero que el cambio era necesario. Además, ningún sitio mejor que Madrid para estudiar Odontología.

No está siendo un año fácil para ella. Por culpa de sus padres casi no llega a ese 11,614 que necesitaba de nota media para entrar en la universidad. Qué complicado fue concentrarse cuando las cosas en casa no iban bien. No entiende cómo personas adultas no son capaces de arreglar sus diferencias amistosamente. Menos mal que Yaiza y Paris la ayudaron a llevar mejor el mal trago de la separación. Para eso están las hermanas mayores, y ellas dos son las mejores.

Escucha ruido en la habitación de al lado. Aquellas paredes son demasiado finas. Todavía no conoce a nadie, aunque hace un rato se asomó y vio a dos tíos bastante guapos cargados con maletas, y más tarde a una chica latinoamericana saliendo del pasillo. Eso de que chicos y chicas compartan planta y pasillo es una idea estupenda.

Quizá allí conozca al amor de su vida. Hasta el momento no ha tenido mucha suerte con los chicos. Todas sus relaciones han sido cortas y han terminado mal.

Comprueba en el reloj del ordenador que son más de las dos de la tarde, aunque ella está todavía con el horario canario. Sin embargo, ya tiene hambre. Así que pilla las llaves y el móvil y sale de la habitación 1153. Pregunta en recepción por el comedor. Un hombrecillo, que antes le dijo que se llamaba Jesús, le indica el camino. También le advierte de unos tiques de colorines que le entregarán en la entrada. Ainhoa le da las gracias y obedece al recepcionista.

Efectivamente, todo está organizado tal y como se lo ha explicado Jesús. Lo de los colores de los tiques le parece una gran idea.

Cuando entra en el comedor, se encuentra con un bufé muy variado. Echa un vistazo a la comida antes de ponerse en la cola con la bandeja en las manos. Va a ser difícil decidirse sin llenar tres o cuatro platos. Pero debe controlarse. Curiosamente, el divorcio de sus padres le hizo tener más apetito, comer más y ganar algún kilo extra.

Finalmente, se conforma con un poco de arroz y algo de pescado. Eso sí, no se puede resistir a coger un gran trozo de tarta de frambuesas.

Y ahora, ¿dónde se sienta?

Le da vergüenza compartir mesa, aunque tampoco quiere pasar sola la primera comida en la residencia. Camina con la bandeja en las manos, indecisa, hasta que en el fondo localiza a la chica latinoamericana de su pasillo. También está sola. Es la primera oportunidad que tiene para conocer a alguien.

—Perdona —le dice Ainhoa cuando está junto a ella—, ¿te importa que me siente contigo?

—Claro que no. Adelante.

Las dos chicas se sonríen y se presentan. Nicole le cuenta que sus dos compañeros de mesa han desaparecido después de que la chica le lanzara al chico un trozo de tomate con aceite que fue a parar a su pantalón. Ainhoa no comprende muy bien de qué le está hablando, pero siente una simpatía inmediata por aquella joven.

—¿Y te has venido desde Perú para estudiar en Madrid? —le pregunta cuando Nicole termina de contar aquella extraña historia del tomate volador.

—No. Llevo viviendo seis años con mi madre y con mis hermanos en Valencia. Vinimos a España cuando mi padre murió.

—Vaya, lo siento.

—Gracias, ya hace tiempo de eso. Lo echo de menos, aunque poco a poco lo he ido superando. Sé que desde algún sitio debe de estar observándome y cuidando de mí.

—Tiene que ser muy duro perder a un padre —comenta con tristeza Ainhoa.

Ella no ha perdido al suyo, pero sí ha vivido un infierno en el 2014. Discusiones, gritos, reproches continuos... Hasta que al final decidieron separarse. Pero lo de sus padres no es un caso normal. Aunque su padre se marchó a vivir a otra casa y su madre se quedó en la que vivían con sus tres hijas, continúan compartiendo el trabajo. Ambos son los dueños de un hotel en Las Palmas, y en él siguen trabajando juntos. Una situación que en ocasiones genera conflictos entre ellos.

—Sí. Pero no hablemos de eso. ¡Acabamos de conocernos! Hablemos de cosas más alegres.

—¿Qué vas a estudiar? —le pregunta la canaria arrastrando un poco de arroz con pan hasta su tenedor.

—Odontología. ¿Y tú?

—¿En serio? ¡También!

—¡Ah! ¡Qué bien! A ver si nos ponen en la misma clase.

Las dos comienzan a conversar sobre los motivos por los que han elegido aquella carrera. Coinciden en muchos aspectos y enseguida congenian. Saben que van a tener que esforzarse y dar el todo por el todo de sí mismas porque no será sencillo, pero ambas están con muchas ganas de aprender.

Mientras comen y dialogan, aparecen Elena y David. Los dos se dirigen a la mesa en la que antes estaban sentados. Nicole les presenta a Ainhoa y les cuenta que también forma parte del pasillo 1B. Los cuatro entablan una interesante charla sobre sus carreras y el primer año universitario. Las tres chicas escuchan embelesadas a David hablar de Publicidad y las razones por las que quiere dedicarse a ese mundo. El joven ha vuelto a servirse un plato de raviolis con tomate y queso y ha cogido otro flan con caramelo. Elena solo come a disgusto una manzana. Aunque se ha recuperado, no está del todo conforme con lo que ha sucedido hace unos minutos. Piensa que a lo mejor se ha abierto demasiado a un desconocido. Porque aquel chico ahora mismo, a pesar de lo amable y agradable que ha sido con ella, solo es un desconocido.

—Hablas con tanta pasión de tu carrera que estoy pensando en cambiarme —bromea Nicole con David.

—Ser un gran publicista es mi objetivo. A lo mejor un día me toca idear un anuncio para una cadena de clínicas odontológicas que lleve tu nombre: Nicoldent.

La chica latinoamericana ríe con ganas, y también Ainhoa. David es muy divertido. Y muy guapo. Seguro que no pasan muchas semanas antes de que empiece a salir con alguna de la universidad.

—¿Conocéis a alguien más de nuestro pasillo o de la residencia? —pregunta Ainhoa después de un silencio.

Los otros tres dicen que no. Aunque Nicole, que llegó el día anterior, les habla de varios chicos con los que solo cruzó un saludo o alguna mirada.

—Hay un tipo muy curioso en la 1159. Me lo encontré anoche antes de irme a dormir —recuerda la peruana—. Parece mayor que nosotros. Lleva el pelo largo y ayer vestía totalmente de negro, aunque no tenía mucha pinta de roquero.

—¿Es guapo? —interviene de nuevo la chica canaria, interesada.

—Solo lo vi unos segundos. Ni siquiera hablé con él. Pero es de esos chicos que, aunque no son demasiado guapos a primera vista, tienen algo.

—¡Oh! Eso suena bien.

—Además, toca la guitarra y tiene una voz superdulce.

—Guau. ¡Quiero conocerlo!

—Así que tenemos a un bohemio en el pasillo —dice David rebañando el plato de raviolis—. Pues muy bien. Habrá que conocerlo.

Sostiene la guitarra entre sus manos y reflexiona un instante sobre lo que va a tocar. Está sentado en la cama y no piensa ir a comer. Hoy tampoco tiene hambre. En los últimos tres meses ha perdido ocho kilos. Pero eso es lo que menos le importa a Óscar en ese momento.

Está a punto de entonar los primeros acordes de *Vis a vis,* de Leiva, cuando suena su móvil. En la pantalla del teléfono aparece el nombre de Naiara, con su foto de fondo. ¿Qué quiere ahora? No tiene intención de responderle, pero la joven insiste cuatro veces más. A la quinta, Óscar coge el teléfono.

—Hola —la saluda sin entusiasmo.

—Hola, ¿cómo estás? —contesta ella con la voz quebrada.

—Perfectamente. En mi vida he estado mejor.

La ironía y el tono con el que Óscar habla hacen daño a Naiara, que suspira al otro lado de la línea telefónica.

—¿Has empezado las clases?

—No.

—Vaya, qué despistada soy. Creía que empezabas hoy.

—Empiezo mañana.

—Vale... Menudo cambio, ¿no? De estudiar Arquitectura a hacer Psicología. ¿Estás nervioso? ¿Tienes ganas de comenzar?

—Ahora mismo solo tengo ganas de...

Pero el joven se reprime y no concluye la frase. Hacía más de una semana que no le llamaba. El silencio preside la conversación algunos segundos. Es ella la que lo rompe afectada.

—Nunca me vas a perdonar, ¿verdad?

—Ya hemos hablado mucho de ese tema.

—Pero siempre acabo la conversación como la empecé. Sintiéndome culpable.

—Es que eres la culpable, Nai.

La chica suelta un resoplido y luego se queja en voz baja sin dirigirse directamente a Óscar.

—Está bien. Me queda muy claro todo —comenta la joven molesta—. No piensas perdonarme nunca. Lo sé, me equivoqué. Fui una estúpida. Pero... Te sigo queriendo. ¿No te das cuenta? ¿O es que te iba a estar dando el coñazo en estos tres meses si no te quisiera?

—Adiós, Naiara.

—Espera...

Óscar cuelga y le quita el volumen al móvil. Lo guarda en uno de los cajones del escritorio, al lado de una baraja de cartas de póker, para no volverlo a ver ni escuchar. Sabe que ella insistirá. Luego, se quita la camiseta negra que lleva puesta de Nirvana y regresa a la cama, junto a su guitarra.

Decidido: aquella es la última vez que hablará con Naiara. No tiene ganas de sufrir más. Debería haber pasado página hace mucho tiempo. Sin embargo, es más sencillo pensarlo que hacerlo.

Todo lo que dio por ella. Todo aquello a lo que renunció... Para terminar así.

Óscar agarra su guitarra con delicadeza y empieza a tocar el tema de Leiva que había elegido antes de la llamada de su exnovia. Esa canción podría haber sido para ella. Como todas las que componía. Como todas las que le susurraba. Como todas las canciones que le dedicaba un día y otro día, durante casi dos años. Cada noche, cada melodía... eran para la chica que le había robado el alma.

Es hora de cambiar. De encontrar otras motivaciones, otras razones para vivir. Por eso y para eso está allí. Aunque, de momento, solo tiene ganas de encerrarse en sí mismo y dejarse embaucar por el sonido melancólico de su guitarra.

CAPÍTULO 6

El edificio de la residencia Benjamin Franklin está compuesto por tres plantas con cuatro pasillos cada una, algunos con ocho habitaciones y otros con nueve. En la segunda y en la tercera planta hay un espacio central en el que se encuentran las puertas que llevan a cada uno de esos pasillos. Son las llamadas zonas de descanso, donde los residentes suelen reunirse.

—¿Qué os parece esto? —les pregunta Iria a Julen y a Manu, sentados en los sillones de la zona de descanso de la tercera planta.

Hace un rato, los tres dieron juntos una vuelta por el edificio y por los exteriores de la residencia. Después comieron y tomaron un café en la sala de la televisión, adyacente a la cafetería, mientras veían las noticias de aquel 10 de septiembre.

—Está bien. Que tenga pistas de fútbol sala y de tenis es un puntazo —responde el navarro, que antes ha salido del edificio a fumarse un cigarro.

—Lo de la piscina cubierta también está bien pensado. Aunque solo se pueda utilizar los fines de semana —añade Manuel, con los pies en alto sobre el reposabrazos del sillón—. ¿Tú haces deporte, Iria?

—Ahora poco. Antes jugaba al vóley-playa.

Los dos chicos la observan con la mirada teñida de sorna. No pueden creerse que aquella chica tan bajita haya practicado un deporte en el que hay que tener cierta altura.

—¿Y llegabas a la red? —pregunta irónico el malagueño, con media sonrisa en la boca.

—No, gracioso. No llegaba. Pero era una gran receptora y una estupenda colocadora.

—No lo dudo.

Iria también sonríe con sarcasmo. Aquel tío no para de meterse con ella desde que se han conocido hace unas pocas horas.

—Puede que no sea muy alta, pero lo compenso con otras cosas.

—¿Qué cosas?

—Inteligencia, esfuerzo, resistencia... Ovarios.

Julen ríe al escuchar a la gallega. Su amigo se ha encontrado con un hueso duro de roer. Aquella chica, pese a su frágil aspecto, no se deja intimidar.

—¿Y al tenis juegas?

—No. Pero podría aprender... y ganarte.

—¿Lo dices en serio?

—Por supuesto. Nunca voy de farol ni digo nada que no crea.

Manu se frota la barbilla y cambia de postura. Quita los pies del reposabrazos y mira fijamente a Iria.

—Julen es una máquina jugando al tenis. Te podría enseñar.

—¿Qué pasa, que tú no eres capaz? —protesta la chica, que también lo mira directamente a los ojos.

—Él es mejor persona que yo y mucho más amable.

Además, yo no tengo paciencia para estar recogiendo bolas del suelo todo el rato.

—Qué capullo eres.

La chica mueve la cabeza y dirige ahora su mirada a Julen, que sonríe y, en un gesto de complicidad, le muestra el dedo pulgar.

—Yo te enseño, Iria —afirma el navarro—. En dos meses practicando, le ganarás a este fanfarrón.

—¡Uh! ¿Estás de broma? ¿Dos meses? Ni entrenando dos horas cada día durante dos años lograría ganarme ni un juego.

—¿Tienes miedo, malagueño?

—Claro que no, tío. ¡Cómo voy a tener miedo!

Manu suelta una carcajada. Si el fútbol se le da bien, el tenis, mejor. En los últimos años ha sido su gran *hobby*. Precisamente, empezó a jugar por consejo de Julen cuando no fueron elegidos en las pruebas del Real Madrid. Necesitaba algo con lo que animarse y volver a competir. Se apuntó a una escuela de tenis en Málaga y desde entonces su mejora ha sido constante y progresiva.

—Yo creo que estás asustado y temes perder con una chica —prosigue Iria intentando picarle.

—No es cuestión de que seas una chica.

—¿Ah, no? ¿Y de qué es cuestión?

—De que la chica eres tú y el chico soy yo.

Aquello termina de mosquear a la gallega, que indignada se muerde los labios. En la vida ha conocido a un tipo tan chulo y presuntuoso como aquel. La está poniendo de los nervios.

—Tío, eres un prepotente.

—Soy realista, pequeña.

—No me llames pequeña.

—Era en plan cariñoso —apunta Manu, que no borra la sonrisa de su boca.

—Ni en plan cariñoso. ¿Vale? Pequeña solo me llama mi novio.

Julen asiste en silencio a la tensa conversación entre los dos. Prefiere no intervenir en un choque de personalidades tan fuertes. Es como si estuviera presenciando un partido de tenis, y de los interesantes: un Nadal-Djokovic.

—Así que tienes novio...

—Sí. Tengo novio. ¿Te sorprende?

—Pues ahora que lo dices, un poco.

La expresión de Iria da a entender que ya lo imaginaba. Aquel chico es molesto como un afilado guijarro en el zapato. Sin embargo, no sabe por qué razón, no le cae mal. Es más, le inspira cierta simpatía. Y no puede negar que está bueno. Lo peor es que él sabe que lo está.

—Lo hubiera jurado... Pues Antón es muy buen tío.

—¿Se llama Antón?

—Sí, qué pasa.

—Nada —responde Manu conteniendo la risa—. Me recuerda a una canción de mi infancia que tocaba con la flauta. *Antón Pirulero...* Y no dudo que sea un buen tío: para estar con una chica como tú, hay que tener mucha paciencia y mucho aguante.

Las palabras del joven hacen que Iria arda por dentro y sienta la necesidad de buscar una réplica mordaz, lo más hiriente posible... Pero no, esta vez no va a darle esa satisfacción, porque ha contado hasta tres mentalmente y su lado más racional ha aprovechado la ocasión para tomar el control. Así que, tras disimular un resoplido, decide centrarse en el otro chico.

—¿Nunca se relaja? ¿Siempre es así? —le pregunta a Julen.

El pamplonés se encoge de hombros.

—Casi siempre. Pero eso es que le caes bien.

—Menos mal. Si le llego a caer mal...

—Él es así. Creo que te ha cogido cariño.

—Yo no estoy tan segura de eso. Pienso que me odia.

Manu se pone de pie y hace aspavientos con los brazos.

—¡Estoy aquí! Con vosotros. Eso de que habléis de mí como si no estuviera es algo muy infantil.

—¿Tú oyes algo, Julen?

—No, nada. A lo mejor es el viento.

—No hace viento, capullo —le corrige Manu—. Bueno, mientras vosotros seguís con el jueguecito de la invisibilidad, yo me voy a mi cuarto a terminar de ordenar mis cosas.

Y sin decir nada más, sale por la puerta que da a la escalera. Baja rápidamente hasta la planta baja y se encierra en su habitación.

Aquella gallega no está mal y le gusta picarla. No hay nada más excitante que mantener un diálogo de tira y afloja con una chica como Iria. Es inteligente y atrevida, y eso le gusta. Lástima que tenga novio. Aunque eso no ha sido nunca un problema para él. Espera que su amigo no se enamore de ella. En su opinión, no tendría ni una sola posibilidad. De lo que tampoco tiene ninguna duda es de que la relación con su novio no durará mucho. Demasiado interesante y demasiado lista para mantener una historia a distancia.

No esperaba encontrar tan pronto a una chica que le llamara la atención. No empieza nada mal su etapa universitaria. Aunque, de todas formas, la que le ha impresionado de verdad es la que iba con su hermana pequeña y con su madre. Aquella pija de la maleta roja. No la ha vuelto a ver y no tiene ni idea de en qué habitación estará. ¿Y si la busca? No, él no es ese tipo de chicos. Son ellas las que lo buscan y las que lo persiguen. Y así va a seguir siendo. Ya aparecerá.

Ahora debe terminar de ordenar su ropa. Y es a lo que se dedica. Durante más de media hora se emplea a fondo y coloca todo su equipaje en el armario y en la estantería de la habitación. En esos minutos, oye como Julen e Iria entran en el cuarto de su amigo. Se les escucha hablar, aunque no distingue bien lo que dicen. Parecen bastante animados. Han puesto música, un disco de Melendi, y ríen a menudo.

Aquello no es bueno para el navarro. No puede pillarse de ella bajo ningún concepto. Cuando se queden a solas, hablará con él y le advertirá del error que cometería. De momento, solo puede interponerse entre los dos. Julen es un buen tío y sufriría si se enamorara de una chica como Iria.

Se apresura y vuelve a salir de la 1156. Y cuando está enfrente de la puerta de la habitación de su amigo, con la intención de llamar, un chico y una chica entran en el pasillo. Él tiene buena planta, es alto, guapo y viste de una forma sencilla. A ella ya la conoce: se trata de la pija que vio por la mañana con su hermana y su madre.

La pareja se detiene frente a la primera habitación de la izquierda. La joven saca la llave del bolsillo del pantalón y abre. Los dos entran, pero no cierran del todo la puerta.

Así que ahí es donde pasará los próximos nueve meses. La tendrá cerca, muy cerca, a solo unos pocos metros. Vecinos de pasillo. Perfecto. Sonríe. Aquel primer día en la residencia no hace más que mejorar. Sin embargo, el tío con el que ha entrado en la habitación parece un rival duro. ¿Será su novio?

No tiene ni idea, pero está convencido de que, si se lo propone, esa chica tan interesante terminará probando sus labios y caerá rendida a sus encantos. Ninguna hasta ahora le ha rechazado.

CAPÍTULO 7

—¿Cuánto tiempo me has dicho que te vas a dedicar a estudiar cada día?

—De cuatro a seis horas.

—Incluidos sábados y domingos.

—Los fines de semana, dos o tres horas diarias. A no ser que esté en época de exámenes, en cuyo caso tendré que estudiar más.

David sonríe al escuchar la respuesta contundente de Elena. Lo tiene muy claro. Ella está allí solo para estudiar.

—¿Y crees que aguantarás así los cuatro años que dura la carrera?

—Por supuesto. Es mi trabajo.

—Estudiar no es un trabajo. Y la universidad no es como si estuvieras en una oficina.

—Yo me lo voy a tomar así. Creo que es la mejor manera de sacar buenas notas y desarrollar una dinámica de trabajo adecuada.

—¿Desarrollar una dinámica de trabajo adecuada? Ya hablas como una profesional.

—Si tú lo dices...

El joven ríe y se acerca a la estantería de madera,

junto al escritorio. Allí observa un osito de peluche rosa. Lo coge y juguetea con sus orejas.

—No eres tan dura como quieres aparentar —comenta él tras devolver el oso rosa a la balda.

—No pretendo aparentar nada por el estilo. Soy así.

—Vives con demasiada presión. Por eso te asusta tanto cometer errores.

Elena, que se ha sentado sobre la tabla del escritorio, tuerce la boca en una mueca disconforme.

—No me asusta cometer errores. Simplemente, ni me gustan ni puedo cometerlos.

—¿Ves? ¡Vives autopresionándote!

—¿Es malo querer hacer las cosas bien?

—No. Lo malo es ponerse a temblar y salir corriendo porque un trozo de tomate se te caiga del plato.

—¡Fue a parar a tu pantalón! ¡Y tenía aceite!

Los gritos de Elena provocan la carcajada de David, a pesar de que en el fondo siente pena por ella. No tiene que ser fácil vivir con esas exigencias hacia uno mismo. La autocrítica excesiva puede conducir a la autorrepresión y la frustración, y, por tanto, a la infelicidad.

—¿Y no crees que, si te relajaras un poco y no programaras tanto las cosas, todo te saldría mucho mejor? —le pregunta aún con la sonrisa reflejada en su cara.

—No.

—Qué cabezota eres.

—No soy cabezota —le contradice Elena—. David, soy así. Y ya está. No le des más vueltas.

—Nadie es así. Todo viene por la presión que sientes para hacer cualquier cosa. ¿Y si te bloqueas en un examen? ¿Y si no te sale como esperas? ¿Y si resulta que, después de todo, no te gusta la carrera...?

—Eso no va a pasar.

—¡Claro que puede pasar!

La chica resopla. ¿Cómo no va a gustarle Derecho? Si lleva mentalizada desde hace muchísimos años para estudiar esa carrera. Lo tiene todo programado: cuatro años para licenciarse, dos de prácticas con sus padres y después abrirá su propio despacho o intentará entrar en un bufete de abogados importante.

—No, David. No va a pasar nada de eso. Te lo puedo asegurar.

Su tono es firme, decidido. Repleto de seguridad y de confianza. No valen las dudas respecto a ese tema.

El chico va a rebatirla de nuevo, cuando llaman a la puerta. Los dos miran hacia la entrada de la habitación y comprueban como un joven moreno abre muy despacio.

—¿Estáis visibles? —pregunta con un pie dentro del cuarto.

Ni Elena ni David le responden. No lo conocen, aunque la chica sí que lo ha visto anteriormente. Es uno de los dos jóvenes que se registraron en la residencia antes que ella. Su acento parece el de una persona del sur de España.

—Ya veo que sí. Menos mal. Soy Manu, también voy a vivir en este pasillo. Estoy en la 1156.

El joven se acerca con pasos decididos a Elena, que sigue sorprendida, para plantarle un par de besos en las mejillas. Luego estrecha la mano de David apretándola con fuerza. Los chicos se examinan con detenimiento el uno al otro, hasta que, al final, acaban por sonreírse.

—Yo me llamo David y ella es Elena. —La toledana lo saluda con la mano—. Veo que somos paisanos, ¿no?

—Soy de Málaga. ¿Tú?

—Sevillano.

—¡Uh! Un malagueño y un sevillano en el mismo pasillo —indica alegremente Manu—. Esto va a ser divertido.

Durante varios minutos los chicos conversan sobre la rivalidad entre Málaga y Sevilla, aunque sin mal rollo. Elena se fija en ambos. No habla demasiado, solo escucha y observa. Los dos tienen cosas en común, pero al mismo tiempo parecen muy distintos. Miden prácticamente lo mismo, son guapos, andaluces y lucen buena planta. Quizá Manu esté más musculado. Es en el carácter donde se diferencian más. O esa es la primera impresión que se ha llevado. David es más pausado, menos lanzado; se le ve que controla la situación desde la tranquilidad, o al menos eso es lo que quiere aparentar. El otro chico es mucho más descarado; suelta todo lo que se le pasa por la cabeza, pero se nota que es un tío inteligente.

Mientras intercambian opiniones sobre sus ciudades y la residencia, el teléfono de Elena suena. Es su hermana. ¿Ya empieza a echarla de menos? La chica se aparta un poco de ellos y responde.

—Hola, Marta.

—¡Hola, hermanita! ¿Qué tal todo?

—Muy bien. La comida no está mal y me ha entrado todo en el armario.

—Guay. ¿Ya me echas de menos?

Elena piensa que es justo al revés, que es su hermana pequeña la que más notará su ausencia. En esas horas en la residencia, ni siquiera le ha dado tiempo a acordarse de ella. Pero no le va a decir nada para no molestarla. Marta tiene un carácter complicado y se enfada con facilidad.

—Mucho. Y a papá y a mamá también. Pero toca empezar una nueva vida y cuanto menos me queje, mejor.

—Esa es la actitud. Seguro que ahí vas a estar genial —comenta Marta—. Bueno, cambiando de tema..., te llamaba para... Lo he discutido con mamá y está de acuerdo.

—¿De qué me estás hablando?

—Quiero tu habitación.

—¿Qué? ¡¿Mi habitación?!

El grito que pega Elena es tan alto que alarma a los chicos, que se giran hacia ella.

—Tú ya no vas a vivir aquí. Y siempre has tenido la habitación más grande. Es justo que ahora me toque a mí disfrutarla.

—Marta, no vas a quedarte con mi habitación —susurra en tono amenazador intentando dominar, sin mucho éxito, el coraje que siente.

—Ya he empezado a cambiar los muebles de sitio.

—¿Qué dices? ¡¿Esto es una broma?! —pregunta vociferando—. ¡Dile a mamá que se ponga ahora mismo!

—No está. Ni papá tampoco.

La chica se pasa nerviosa la mano por el pelo. Quiere matar a su hermana. ¡Cómo va a quedarse con su habitación!

—Marta, te prohíbo que...

—No puedes prohibirme nada. Además, ya es tarde. Solo llamo para que no te pille de sorpresa el día que vengas.

—Esto no va a quedar así.

—Pero ¿qué más te da? Si la que se va a poner las botas con todos esos tíos buenos de la residencia eres tú. Aquí solo hay niñatos inmaduros.

—Yo he venido a la universidad para estudiar, no para...

—Ya, ya. Y yo me lo creo —la interrumpe—. Por muy estrecha que seas, ahí no vas a poder resistirte, hermanita.

Elena gruñe desesperada. Las ganas de asesinar a su hermana pequeña van en aumento. ¿Quién se cree que es para hablarle así?

—Te estás pasando muchísimo.

—¿Has vuelto a ver a David? —pregunta Marta cambiando el tono de voz y de tema.

—¿Cómo? ¿A qué viene eso ahora?

—Lo echo de menos.

—¿Que lo echas de menos? Tú estás peor de lo que yo imaginaba.

—Es que es tan mono. ¿Te has fijado en el culo que tiene?

Elena se tapa la cara con la mano con la que no sostiene el móvil y no le queda otra que sonreír. No lo va a reconocer, pero claro que se ha fijado.

—Está aquí, conmigo. En mi habitación.

—¿En serio? ¿Solos?

—No. Hay otro chico.

—¡Vaya con la que solo va a la universidad a estudiar! ¡Qué pronto te has espabilado!

—Marta, no es lo que piensas.

—A este paso vas a perder la virginidad antes que yo.

—¡Estás loca! No digas esas cosas, que te pueden oír —comenta Elena bajando la voz.

Luego mira a los chicos, que siguen observándola, y sonríe muerta de vergüenza.

—Pásame a David, anda. Quiero hablar con él.

—No. No voy a hacerlo.

—Da igual, tengo su móvil. Ahora lo llamaré yo. Le diré que eres virgen y que te mueres de ganas de hacértelo con él.

—¡Eso no es verdad!

—Si se lo digo yo, sí que lo será.

Su hermana pequeña tensa tanto la cuerda que algún día se romperá, y ella se partirá de risa cuando la vea caer de culo. Pero, una vez más, va a conseguir lo que se propone.

—Espera. Te lo paso —termina cediendo—. Pero no le digas nada. —El susurro es una advertencia.

—¡Gracias! ¡Eres la mejor, Elena!

La joven, resignada, se dirige hasta David y le pasa el móvil. Le dice que es Marta, y este la saluda sorprendido. Se siente observado, así que se disculpa con sus dos compañeros de pasillo y sale de la habitación para hablar con ella a solas.

—¿Te gusta el sevillano? —le pregunta Manu sin rodeos en cuanto se quedan a solas.

—¿Perdona?

—Es un tío guapo y educado, y ese tatuaje seguro que lo hace muy sexi. ¿Ha sido un flechazo de esos típicos que aparecen en los libros de Federico Moccia?

—No leo ese tipo de libros. Y no vengo aquí para enamorarme de nadie.

—Lo dices con la boca pequeña.

—Mira... ¿Manu? —le pregunta, haciendo ver que no recuerda bien su nombre. El malagueño asiente y sonríe despreocupado—. Estoy aquí para estudiar, aunque todo el mundo se empeñe en explicarme que mi etapa universitaria será una fiesta cada día y que me enamoraré cada mes de uno distinto. No me interesa David, no me interesas tú, no me interesa ningún tío que pueda cruzarse en mi camino. ¿Entendido?

—Sí, todo está muy claro. Pero... no me lo creo.

—Tú mismo.

Le encanta. Otra con una gran personalidad y un carácter fuerte. No tiene nada que ver con Iria, pero son dos chicas que no lo ponen nada fácil y eso le apasiona. Conquistarla será un reto divertido.

—Por lo menos sé que no tienes nada con ese sevillano.

—¿Cómo voy a tener algo con alguien a quien conozco desde hace cinco o seis horas?

—He visto cosas peores.

—No quiero ser borde. Y vamos a vivir en el mismo pasillo durante nueve meses —señala Elena suavizando sus palabras con un tono menos agresivo—. Así que cuantas menos tonterías de este tipo, mejor. ¿De acuerdo, Manu?

—De acuerdo. Tú mandas.

El chico levanta las manos y, sin dejar de sonreír, se inclina sobre ella y le da un beso en la mejilla. Elena se aparta en cuanto nota los labios del malagueño en su cara. ¿Pero no le había dicho que...?

—¿Qué se supone que haces? —exclama Elena enfadada.

—Despedirme con un beso.

—No quiero besos.

—Solo ha sido un simple beso de amigos en la cara... Pero ya lo sé para la próxima vez.

—Tú y yo no somos amigos. Solo somos compañeros de residencia y de pasillo.

—Perfecto. Adiós.

Y, metiéndose las manos en los bolsillos del pantalón, Manu se gira y se marcha de la habitación. Se va sonriendo satisfecho, aunque algo ronda en su cabeza que le inquieta. Aquella chica le gusta, pero de una manera diferente. Aquel primer contacto con ella ha sido prometedor, aunque jamás habría imaginado que se iba a quedar con tantas ganas de más. No se conformará solo con su mejilla en el próximo beso.

CAPÍTULO 8

El sol está cayendo en aquel miércoles de septiembre y la temperatura ya no es tan alta como durante el resto del día, circunstancia que Nicole aprovecha para salir a correr por los alrededores de la residencia. La acompaña Ainhoa. Las dos chicas trotan en paralelo a buen ritmo.

—Si quieres que vayamos más lento, avísame —comenta la peruana, que solía salir a correr todas las tardes por las calles de Valencia.

—No te preocupes, así está bien.

En realidad, la canaria está algo asfixiada y le cuesta seguir a Nicole. Pero necesita sufrir un poco para perder esos kilos de más que ha acumulado en los últimos meses. Ella nunca fue una chica delgada. Tiene sus curvas, caderas anchas y una cien de pecho. Y jamás ha sufrido complejos. Sin embargo, lleva un tiempo sintiéndose mal cuando se mira al espejo.

—Echaré de menos a mi familia en Valencia, pero me encanta Madrid. Esta ciudad me tiene enamorada.

—Yo es la segunda vez que vengo —confiesa Ainhoa intentando controlar la respiración. Le cuesta trabajo hablar y correr al mismo tiempo.

—Nosotros estuvimos a punto de venir a vivir aquí

cuando nos trasladamos desde el Perú, pero a mi madre le salió un trabajo interesante en Valencia y cambiamos los planes en el último momento.

—¿En qué trabaja tu madre?

—En un restaurante de comida internacional. Empezó siendo ayudante de cocina, aunque ahora es la cocinera jefe.

—Debe de ser muy buena cocinando.

—¡La mejor! No te imaginas lo rico que está todo lo que hace.

—Calla, que me entra hambre —protesta Ainhoa resoplando muy fuerte—. ¿Y tienes hermanos?

—Sí. Dos mayores que están en Lima, casados y con hijos, y una hermana y un hermano más pequeños que viven con mi madre.

—¿Sois cinco hermanos?

—Sí. Yo, la tercera, la del medio. Estamos muy unidos aunque llevemos seis años alejados.

Su vida nunca ha sido fácil. Desde la muerte de su padre hasta la separación de sus hermanos mayores cuando dejó Perú para buscar una mejor vida en España. Nada ha resultado sencillo. Solo con el esfuerzo y el trabajo de su madre consiguieron salir adelante. Ahora todo va mejor, aunque sabe que el dinero de la beca que le han dado y el que gana su madre en el restaurante no le llegará para todo el curso.

—Tengo que empezar a buscar trabajo y mandar currículos —prosigue Nicole—. No sé si para las tardes o los fines de semana. Pero necesito aportar algo en casa.

—¿Vas a trabajar al mismo tiempo que estudias Odontología?

—No me queda más remedio.

Ainhoa observa a su nueva amiga con admiración. No cree que ella fuera capaz de hacerlo. Nunca ha tenido problemas de dinero. Sus padres no se soportan y eso le ha ocasionado muchos problemas, sobre todo a nivel psicológico; sin embargo, jamás ha debido preocuparse por asuntos monetarios.

—¿Por qué no te has quedado en Valencia?

—No lo sé. Algo me decía que debía cambiar de aires. Me apetecía venir a Madrid a estudiar. Sé que tendré que esforzarme el doble y que a veces echaré en falta a mi madre y a mis hermanos pequeños, pero mi instinto me indica que ha sido una decisión acertada.

Una chica valiente. Capaz de dejarlo todo por buscar otro camino. Eso demuestra que Nicole es una persona decidida y poco conformista. A cada palabra, más respeto se gana por parte de la canaria. Y no solo por lo de trabajar y estudiar Odontología al mismo tiempo. ¡Cómo puede llevar ese ritmo y ni pestañear! Da la impresión de que no se está esforzando nada, mientras que ella va con la lengua fuera.

—¿Descansamos un par de minutos? —le pregunta Ainhoa deteniéndose. Se agacha, apoyando las manos en las rodillas, y tose.

La chica peruana también se para. La observa y sonríe. Se acerca hasta ella y le da una palmadita en la espalda.

—Venga, cinco minutos de descanso. Corremos diez minutos más y volvemos andando a la residencia. ¿Te parece bien?

—Me parece estupendo.

—Genial. Para ser el primer día, demasiado estás aguantando. Creía que te pararías mucho antes.

—Gracias por la confianza —añade Ainhoa buscando acompasar su respiración—. La próxima vez, como esos.

La joven señala con la cabeza a dos chicos en bicicleta que se aproximan en dirección contraria. Nicole también los mira. Hay algo que no le gusta: circulan por el centro del camino, demasiado deprisa y directos hacia ellas. La peruana engancha a su amiga por el brazo y, en un rápido movimiento, tira de ella para apartarla hacia el arcén de la derecha y dejar paso libre a los vehículos. Sin embargo, cuando los jóvenes llegan a su altura, se abalanzan sobre ellas. Uno de los ciclistas empuja a Ainhoa, que cae al suelo. El otro lo intenta con Nicole, pero la peruana logra esquivarlo.

Los dos jóvenes, encapuchados y con la mitad de la cara cubierta por un pañuelo rojo, aceleran y se alejan dando gritos.

—¡Gorda! ¡A ver si eres capaz de levantarte!

—¡Sudaca de mierda! ¡Regresa a tu puto país!

—¡No comas tanto, foca!

Nicole ayuda a Ainhoa a levantarse. La canaria está temblando.

—¿Te encuentras bien?

—Sí. Gracias. Solo es un rasguño —indica la chica mirándose el codo.

—¿Les has visto la cara?

Ainhoa niega con la cabeza. Se sacude el polvo de los pantalones y nota un dolor punzante en la muñeca derecha. Parece que ha apoyado mal al caer.

—Menudos impresentables. ¡Qué malnacidos! —se queja Nicole interesándose por la herida de su amiga en el codo—. No les hagas ni caso.

—No te preocupes.

Sin embargo, a la canaria le afecta lo que acaban de decirle. Los insultos le han dolido más que el empujón y la caída.

—En España, la mayoría de la gente es muy buena. Pero también hay algún que otro capullo suelto.

—¿Has tenido muchos problemas aquí?

—Bueno, alguno que otro. Pero nada serio. Uno que te manda a tu país, otro que te insulta por el color de la piel, algunos que critican tu forma de hablar... Pero ya te digo que las buenas personas abundan más que las malas. También pasa en mi país.

—Las malas hacen más ruido.

—Sí. Pero no ofende el que quiere, sino el que puede. Así que pasa de esos cobardes.

Ainhoa le sonríe. Puede que tenga razón. Pero hay algo que no se le quita de la cabeza. Si no estuviera gorda, no se lo habrían dicho. La habrían insultado de otra forma. Es decir, la imagen que proyecta hacia los demás es la que es: la de una persona obesa.

—Se me han quitado las ganas de correr —reconoce la chica mientras gira la muñeca dañada para ponerla a prueba—. ¿Nos vamos para la residencia?

Nicole asiente y juntas regresan caminando. La vuelta se hace larga, sobre todo para la canaria, que le da muchas vueltas a lo que ha sucedido. Nadie la había insultado antes de esa forma. Su amiga le habla, aunque casi no la escucha.

Hay que tomar medidas. Hacer dieta, correr cada día, no comer dulces... Cuando regrese a Canarias en Navidades, tiene que estar perfecta. Ese será su principal objetivo en los próximos tres meses.

—Oye, Ainhoa, ¿estás bien?

—Sí, no me duele demasiado. Solo me molesta un poco la muñeca cuando muevo la mano derecha.

—No me refería a eso.

—¿No? ¿Y a qué te referías entonces?

Nicole se detiene y, preocupada, contempla a la otra chica. Ella la comprende. Sabe que aquellos comentarios le han hecho daño.

—No estás gorda. Eres una chica preciosa.

—Gracias, Nicole. Pero debo perder unos kilos.

—A mí me parece que estás estupenda —insiste la peruana—. Pero si quieres perder peso, no hagas tonterías como dejar de alimentarte o comer solo ensaladas o verduras hervidas. Haz ejercicio, no te atiborres de patatas fritas ni de dulces y, sobre todo, no te obsesiones con este asunto.

Ainhoa le da la razón, aunque no cree que así pueda dar esquinazo a los kilos que quiere perder en tres meses. Debe ser más radical y tomar otro tipo de medidas.

Las dos llegan a la residencia y cada una se dirige a su habitación. Quedan en verse en media hora para ir a cenar. También avisan a Elena y a David, que están juntos en la habitación de la toledana.

Ya dentro de su cuarto, la canaria se desnuda por completo y se contempla de arriba abajo en el espejo del armario. Le fastidia mucho lo que ve. ¿Desde cuándo tiene un cuerpo tan horrible? Hasta el pecho se le ha caído. Se frota los ojos con fuerza y vuelve a mirarse. La imagen es la misma, con los mismos defectos. La misma Ainhoa que empieza a estar harta de ser esa Ainhoa.

Aquel gilipollas tenía razón: está gorda.

Desnuda, entra en el cuarto de baño y se mete en la

ducha. Abre el grifo del agua fría y luego el de la caliente hasta que la temperatura es la idónea. Se pone la alcachofa de la ducha sobre la cabeza y siente que se derrumba anímicamente. Mientras los chorros golpean su cuerpo con fuerza, recuerda los gritos de los ciclistas. Es difícil olvidar aquellos insultos.

Es la primera vez, desde que está en Madrid, que echa de menos su tierra, su isla. Y a sus hermanas, que la protegían de todo. Incluso a sus padres. Le encantaría encontrárselos allí cuando saliera de la ducha. Pero sabe que estará sola. Y que tiene que apretar los dientes. Sus lágrimas se confunden con las gotas de agua que bañan y recorren sus mejillas.

—No voy a llorar más —se dice a sí misma tras cerrar con un brusco giro los grifos.

Sale de la ducha secándose el cuerpo y las lágrimas con la toalla y luego se envuelve en ella. Se mira en el espejo empañado del cuarto de baño, en el que solo se ve de pecho para arriba. Su cara, sin embargo, continúa siendo la misma. Algo más gordita, con las mejillas un poco más sonrosadas. Pero sus ojos son los de siempre. Y en ellos desea ver reflejadas la ilusión y la intención de comerse el mundo. Ese fue su propósito cuando decidió dejar Las Palmas y trasladarse a Madrid. Y es lo que debe recordar cuando tenga momentos como aquel, que, por lo que intuye, serán habituales durante su primer curso en la universidad, lejos de casa.

CAPÍTULO 9

En la misma mesa del fondo en la que estuvieron al mediodía, cenan Elena, David, Nicole y Ainhoa. Hablan de lo que ha sucedido hace un rato, mientras la canaria y la peruana corrían. Los otros dos no dan crédito a lo que oyen.

—Me parece increíble que pasen cosas así —indica el joven, al tiempo que corta un filete.

—Ya. La pena es que ni Ainhoa ni yo les vimos la cara a esos encapuchados.

—Todos son muy valientes con la cara tapada y en compañía. Si iban en bicicleta, puede que no vivan muy lejos de aquí. Incluso puede que sean residentes.

—No lo sé, David. Prefiero no pensar más en ello y concentrarme en cosas más importantes. ¡Mañana empezamos la carrera!

Nicole les habla de los nervios por el primer día, de lo emocionante que serán los próximos años y de que pronto empezará a buscar trabajo. El resto la escucha con atención.

—¿Así que estás decidida a trabajar por las tardes o los fines de semana? —le pregunta el chico.

—Sí. Por lo menos durante los primeros meses, que

aún no tendré tanto jaleo de exámenes en la universidad. Quiero conseguir algo de dinero.

—Dicen que Odontología es muy dura.

—Lo sé. Pero tengo que intentar llevar las dos cosas para delante. Yo también soy muy dura.

La sonrisa no desaparece de su cara. Pese al incidente con los ciclistas, pese a dejar atrás a su madre y sus hermanos pequeños, pese a lo duro de la carrera que ha elegido y pese a la necesidad de buscar trabajo para pagar sus estudios y su estancia en Madrid, Nicole no pierde el buen humor ni la energía positiva que desprende cada vez que habla.

—¿Nunca te deprimes? —interviene Elena mientras mastica una manzana—. ¿Siempre estás feliz?

—¡No! ¡Claro que no! Tengo mis momentos complicados. Pero ¿para qué voy a estar triste cuando puedo estar alegre?

Las otras dos chicas la miran con cierta envidia. Ellas no son capaces de sentir esa felicidad permanente. David, por su parte, aplaude la actitud de Nicole.

—Así deberíamos pensar todos —comenta el joven, que ya ha pasado al flan de postre.

—No todos tenemos el mismo carácter —opina Elena al sentirse aludida.

—Claro que no. Por eso, les damos importancia a cosas que no deberían tenerla. Nos preocupamos de más.

—Yo no puedo evitar ponerme tensa cuando algo no va bien o no he hecho lo que debía de forma correcta.

—Tampoco creo que disfrutes al máximo de todo lo que sí haces bien —insiste David en un tono calmado, sin perder el control de la situación.

—Como te dije antes, esa es mi manera de ser. Y no puedo cambiarla.

Nicole y Ainhoa se miran entre ellas mientras asisten a la discusión entre sus compañeros de mesa. Si no fuera porque saben que se han conocido solo hace unas cuantas horas, pensarían que aquello es una pelea de novios.

—Bueno, cada uno es como es. Pero puedes cambiar si te lo propones.

—¿Y qué me quieres decir con eso?

—Que si quieres, puedes superar tu obsesión.

Elena contempla a David con fastidio. Parece que se ha empeñado en dejarla en mal lugar delante de las otras chicas. No es una neurótica; simplemente, le gusta hacer las cosas bien y cuando no salen como ella quiere, se estresa. Así de sencillo. Pero no va a seguir dando explicaciones porque no quiere continuar con esa conversación. Da un último mordisco a la manzana y se limpia las manos en una servilleta de papel.

En ese instante, ve como dos chicos acompañados de una joven entran en el comedor. Uno es Manu; el otro, su amigo, y a ella no la ha visto nunca. El malagueño no tarda en localizarla y comenta algo en voz baja a sus acompañantes. Luego les pide que le sigan. Cuando los tres llegan a la mesa, saluda amigablemente a Elena y a David y se presenta a Ainhoa y a Nicole. Estas hacen lo propio, con dos besos.

—Yo soy Iria —indica la joven que acaba de llegar. Y, con una sonrisa forzada, saluda con la mano a los que están sentados en la mesa.

Julen hace algo parecido. Tampoco él da besos ni saluda a los otros individualmente. Pero su sonrisa no es tan postiza como la de la gallega; al contrario, le agrada aquel grupito.

—¿Estamos todos en el mismo pasillo? —pregunta Manu dirigiéndose a Elena.

—Nosotros cuatro sí. ¿Cuál es vuestra habitación?

Iria y Julen responden con el número del cuarto en el que vivirán los próximos nueve meses. A continuación, Ainhoa, David y Nicole también informan del suyo.

—Resumiendo: Elena está en la 1151, David en la 1152, Ainhoa en la 1153, Nicole en la 1155, yo en la 1156, Nicole en la 1157 y Julen en la 1158. ¿Correcto?

Ninguno contradice a Manu. De los nueve residentes en el pasillo 1B, siete se encuentran reunidos allí, en el comedor. Siete chicos muy diferentes, de ciudades muy alejadas entre sí, pero todos con muchas ganas de vivir la experiencia del primer año universitario que tienen por delante.

—¿Conocéis a los dos que faltan? ¿Al de la 1154 y el de la 1159? —pregunta Julen con curiosidad.

Es Nicole la que contesta. Les cuenta a los recién llegados a quién se encontró y escuchó la noche anterior: aquel joven bohemio de pelo largo que canta y toca la guitarra.

—Solo lo vi unos segundos, pero me pareció un tipo curioso.

Los siete intercambian opiniones acerca del residente misterioso de la 1159. Manu bromea sobre él. Comenta que puede tratarse de un asesino en serie que se esconde en la Benjamin Franklin y mata a sus víctimas después de cantarles dulcemente al oído.

—No le hagáis caso —interviene Iria—. Desde que lo conozco, no ha parado de decir tonterías.

—¿En serio piensas que solo digo tonterías?

—De cada diez frases, nueve lo son.

—Qué imagen estás dando de mí a nuestros queridos vecinos —protesta el malagueño fingiendo que se enfada—. Ya verás como el de la 1159 te lleve a su habitación y te susurre una canción de Pablo Alborán al oído. Entonces te acordarás de mí.

Todos ríen menos Elena e Iria. Las dos se observan de reojo, aunque sin ninguna complicidad. La primera impresión de la una respecto a la otra no ha sido la mejor. A pesar de que no han cruzado ni una sola palabra entre ellas.

—¿Y del de la 1154 se sabe algo? —pregunta David.

Ninguno dice nada porque nadie lo ha visto todavía. De nuevo es Manu el que suelta un chiste sobre el desconocido.

—Es el cómplice del bohemio de la 1159. Lo veo claro: en realidad, es un asesino en serie que no trabaja solo.

—El único que nos está matando con sus idioteces eres tú.

—Qué poco aprecio me tienes, gallega.

Y en su intento de rodearla por la cintura, Manu se lleva un codazo en el abdomen; Iria consigue cortarle el aire por un segundo. Sin embargo, el andaluz no tarda en recuperarse y sonríe, actuando como si no hubiera pasado nada.

—¡Bueno, gente! —exclama aún acusando el golpe—. Me muero de hambre. Y veo que vosotros ya habéis terminado. ¿Nos esperáis a que cenemos nosotros tres o nos vemos luego en algún sitio de la residencia para conocernos todos mejor?

Tres cuartos de horas más tarde, los siete residentes del pasillo 1B charlan animadamente en la zona de descanso de la tercera planta. Cada uno explica el lugar del que viene y la carrera que va a estudiar. Manu y David son los que más preguntan y Elena e Iria las que menos hablan. Ainhoa y Nicole vuelven a contar el episodio de los ciclistas ante la sorpresa de los tres que no sabían nada aún.

—¿Y de pareja cómo andamos? ¿Cuántos estáis comprometidos? —pregunta Manu cargado de intención.

La única que admite tener novio es Iria. Un coruñés que se llama Antón, al que quiere mucho y ya echa en falta.

—Debe de haber sido complicado separarte de él e irte a vivir a otra ciudad —apunta la peruana, que entiende bien lo que es distanciarse de sus seres queridos.

—Sí, ha sido duro. Pero esto hará más fuerte la relación. Estoy segura... ¿Vosotras habéis tenido relaciones largas?

Ainhoa habla de un novio de ocho meses, aunque no acabó bien con él. Nicole, por su parte, afirma que nunca ha salido con un chico más de seis semanas por estar siempre muy ocupada con los estudios y sus hermanos.

—¿Y tú, Elena? —vuelve a preguntar Manu. No quiere que el momento de sinceridad del resto de las chicas pase sin que él pueda sacarle provecho.

—¿Yo qué?

—¿Has salido con alguien últimamente?

La joven toledana duda si responder la verdad. Por lo visto, todos han tenido alguna relación. Es lo habitual en la adolescencia: salir con chicos e interesarse por ellos. En cambio, ella...

—No. Ni últimamente, ni nunca.

—Venga ya. ¿Me estás diciendo que nunca has tenido novio?

—Jamás.

—¿Ni un rollo? —insiste el malagueño, muy interesado e incrédulo ante lo que está escuchando.

—Nada de nada.

Todos miran a Elena como si fuera un bicho raro, o esa es la sensación que ella tiene en ese instante. Aunque no todos la creen. Iria piensa que se está marcando un farol para hacerse la interesante. No puede ser que una chica como ella nunca haya estado con un tío.

—Dime, al menos, que alguna vez te has besado con alguien...

—¿Cuentan los besos con cuatro años?

—¿Me estás diciendo que no te has besado con ningún tío desde los cuatro años?

El diálogo entre Manu y Elena es seguido atentamente por los demás. En especial por David, muy sorprendido por lo que la toledana está contando.

—Te puedo asegurar que no he besado a nadie desde que mi amigo de la infancia Álvaro Ruiz Cadenas lo hizo en la guardería. O eso es lo que él cuenta, yo no me acuerdo.

—Pues no habrá sido por falta de oportunidades. Eres guapísima.

—Cualquier chica hoy en día tiene oportunidades, Nicole —le responde Elena sonriente—. Ningún tío me ha gustado lo suficiente como para dejar que me bese. Aunque suene a exigente, borde o prepotente... Es así. Además, tengo muchas cosas en las que pensar como para preocuparme por esos temas.

—¿Y si te enamoras?

Elena no contesta inmediatamente a David, que ha sido el que ha preguntado. ¿Enamorarse? No va a enamorarse allí, lo tiene muy claro. Pero ya está dando una imagen de frialdad que no pretendía transmitir. Y él..., él es una tentación en la que no está dispuesta a caer. ¿Qué debe decirle? Opta por ser sincera.

—Si me enamoro, contaré hasta cien y... si hace falta, hasta mil. No estoy aquí para enamorarme. Mi objetivo en los próximos años es otro y no está relacionado con el amor.

CAPÍTULO 10

No se ha despegado del ordenador en toda la tarde y en lo que va de noche. Y son cerca de las diez y media. No ha ido ni a cenar. Solo ha estado pendiente de Skype y de si ella se conectaba. Pero Lauren no ha vuelto a aparecer.

Toni mira una vez más la foto que le ha enviado. ¡Es preciosa! Ha imprimido la imagen varias veces en distintos tamaños. Se ha aprendido de memoria su cara. Al menos, el perfil que puede ver completo. Le encantaría tener cientos de fotos de aquella chica tan especial y contemplarla día y noche. Pero sabe que eso, de momento, es algo imposible. La chica de la que se ha enamorado es la persona más complicada y de más difícil acceso que ha encontrado en sus dieciocho años de vida. Es el riesgo que supone conocer a alguien a través de Internet.

Hace un rato no se pudo contener más y le escribió un privado en Twitter:

> «No paro de mirar tu foto una y otra vez y me pareces guapísima. Me encantan tus ojos y cómo sonríes. Me gustas mucho».

No se atreve aún a decirle que la quiere, pero es lo que siente. La quiere y no puede evitarlo. Ni él mismo se explica por qué le ha dado tan fuerte por aquella joven de la que casi no sabe nada. Es un misterio que queda entre él y su corazón.

Como sospechaba, Lauren no le ha contestado el privado en Twitter. Tampoco ha escrito en su cuenta de fans de Dani Martín durante todo el día. Y eso es muy extraño, ya que constantemente está actualizándola con fotos del cantante, información sobre él o tuits respondiendo a sus *followers*. Precisamente, una de esas seguidoras hace unos minutos apareció en Skype y le saludó al verle entre los contactos conectados. Sin embargo, Toni no le ha dicho nada. Aquella chica se hace llamar Dafne en las redes sociales y en los foros, aunque a él ya le confesó que su verdadero nombre es Sonia.

La conoció casi al mismo tiempo que a Lauren, un par de días después, aunque con ella ha hablado mucho menos. Tampoco le interesa demasiado. Si la agregó a Skype fue porque la otra chica insistió: decía de Sonia que era muy buena persona, que apenas tenía amigos y que le costaba relacionarse con otros miembros del club de fans. Toni cedió, como en todo lo que ella le ha pedido hasta el momento.

Es lo que tiene el amor...

Desde el cuarto de baño oye el soniquete que anuncia que tiene un nuevo mensaje de Skype. ¿Lauren? Corre hacia su portátil, pero quien le ha vuelto a escribir es Dafne. Decepcionado, lee.

—¿Estás ahí? ¿Qué tal el primer día en la residencia?

Si hay algo que no le apetece en ese instante es hablar con ella. Pero quizá sepa algo de la otra chica. Son amigas, aunque, según le explicó un día, tampoco había visto nunca a Lauren ni en fotos ni a través de la *cam*.

Al final, decide responder:

—Hola, Sonia. Sí, estoy aquí.

—Qué bien. Hola, Toni.

Enseguida llega una petición de videollamada, pero el chico no está por la labor. No tiene ganas de que lo vea, y la rechaza.

—Mejor, cámara no. Tengo cara de dormido. Estoy cansado de todo el día —se excusa ante la chica por escrito.

—No te preocupes, te entiendo. ¿Quieres que la ponga solo yo?

—Como tú quieras.

Iba a contestarle que no era necesario, pero no sabe cómo se tomaría otro rechazo. Sonia es una chica bastante frágil y, según le ha contado otras veces, llora con demasiada facilidad. No pierde nada por tener su imagen en la pantalla del portátil.

Ante él aparece una joven rubia con el pelo corto, muy corto para el gusto de Toni. Ni delgada, ni gorda. Tal vez le sobren un par de kilos. Su nariz es fina y su barbilla, afilada. Tiene los ojos pequeños y verdes y su mirada transmite cierta tristeza. Va vestida con ropa oscura y pronuncia demasiado las eses al hablar. En definitiva, una chica normal. Aburridamente normal.

Sonia mueve la mano para saludarle cuando él escribe que ya la ve. En la conversación, la chica habla y el chico teclea.

—¿Se me ve bien? —pregunta ella peinándose con las manos.

—Sí, muy bien.

—También estoy un poco cansada. Me he dado un buen madrugón para ir hoy a clase. Todavía tengo el horario de verano.

Según cree recordar, Sonia está en segundo de bachiller. En aquel miércoles, también ha tenido su primer día de instituto y seguro que le ha costado despertarse. Por lo que sabe de ella, suele acostarse no antes de las cuatro de la madrugada viendo series en Internet.

—Los primeros días son los más complicados —admite Toni, sin intención de profundizar demasiado.

—Dímelo a mí. Tres despertadores he tenido que poner para no quedarme dormida. Es que ayer estuve viendo *American Horror Story* hasta las tantas. Voy por la tercera temporada. ¿La has visto?

—No.

—Pues deberías verla. No te voy a contar mucho para no *spoilearte.* Pero es una serie increíble.

—¿Sí? Quizá algún día me anime.

Durante varios minutos, Sonia le cuenta a Toni el argumento de la serie, *spoilers* incluidos. Al joven valenciano no le apasiona lo que le está explicando, pero la escucha pacientemente. En realidad, lo único de lo que quiere enterarse es de si sabe algo de Lauren.

—Estoy enganchadísima. Ya te digo que ayer me dormí a las cuatro y hoy tenía clase a las ocho y media.

—Esta noche acuéstate pronto.

—Sí, esta noche nada de series. Me iré a la cama dentro de un rato.

Se produce un silencio y es el momento que Toni aprovecha para preguntar por lo que realmente le interesa.

—¿Has hablado hoy con Lauren?

El gesto de Sonia cambia cuando el chico le pregunta por su amiga. Su expresión amable se torna más seria. Desaparece su sonrisa y sus labios se unen en una fina e incómoda línea.

—No. No he hablado con ella en todo el día —responde mirando hacia otro lado.

—¿No te ha escrito por privado en Twitter?

—No. Ni yo a ella.

Hay algo en el comportamiento de Sonia que hace desconfiar a Toni. A lo mejor Lauren le ha contado lo que pasó por la tarde y le ha pedido que no le diga nada.

—¿Tú no la has visto nunca, verdad?

—No, la verdad es que no la he visto.

—¿Y no se lo has pedido? —insiste Toni. Continúa notando algo raro en la chica, e intenta desvelar de qué se trata.

—Sí, una vez, pero me explicó que prefería no mostrarse y yo lo respeté. No me importa cómo sea físicamente.

—¿No tienes curiosidad por saber cómo es?

La insistencia del chico hace que Sonia se sienta cada vez más incómoda. Toni se percata de ello y la observa con detenimiento.

—No. Ninguna curiosidad.

Una respuesta como aquella, tan seca y contundente, no hace sino confirmarle que la joven que ve en la pantalla de su ordenador sabe más de lo que dice. Posiblemente, Lauren se haya puesto en contacto con ella y le haya contado lo de la foto que le ha enviado.

—Es muy raro que se oculte, ¿no te parece?

—Es su decisión.

—Ya. Pero una chica tan popular, con tantos seguidores..., a la que quiere tanta gente en las redes sociales, ¿por qué se oculta? ¿A qué puede temer?

Mientras echa hacia atrás la silla y apoya una mano en la cara, Sonia reflexiona sobre la pregunta que Toni acaba de formularle.

—A muchas cosas —termina comentando.

—¿Qué cosas?

—Sobre todo, podría tener miedo a no gustarle a la gente. A que alguien la conozca de verdad y cambie la opinión que tiene de ella. A que su físico condicione a los demás. Ella es muy querida como Lauren, pero quién sabe cómo la tratarían si descubriera su verdadera identidad.

Toni sigue sin comprenderlo. La foto que antes le envió Lauren es la de una chica preciosa. Sería algo a su favor que la vieran.

—Puede que tengas razón. Pero no creo que la gente la vaya a rechazar por cómo es.

—Las personas pueden catalogarte por tu físico. Para bien y para mal. A lo mejor es lo que no quiere Lauren.

—No lo sé. Me gustaría preguntárselo, pero no hay forma de dar con ella.

El chico espera la reacción de Sonia tras aquel comentario. En cambio, la joven no dice nada inmediatamente ni actúa de manera especial. Solo sonríe y se vuelve a revolver el pelo con una mano para colocárselo bien a continuación. Después mira a la cámara fijamente.

—¿Tanto te gusta?

La pregunta coge desprevenido a Toni. No pretendía que se le notara. Ese es el motivo por el que ha dejado hablar de otros temas a Sonia: para que no intuyera su verdadero interés por Lauren.

—¿Por qué dices eso? —escribe algo nervioso.

—Has hablado conmigo solo para saber si sé algo de ella, ¿no es así?

El valenciano se acaricia inquieto la cara. Se pincha la yema de los dedos con su incipiente barba mientras piensa qué responder. No quiere herirla, aunque tampoco va a seguir engañándola. Ella no lo permitirá, ya que parece informada de todo.

—¿Lauren te ha contado algo de mí?

—Lauren es mi amiga y hablamos sobre muchas cosas —dice muy seria, con sus pequeños ojos verdes más abiertos que de costumbre—. No me has contestado a ninguna de las dos preguntas que te he hecho.

Se siente acorralado y, por un instante, piensa en cerrar la conexión. En el fondo, ella no es nada para él. Pero si se comporta mal, puede acusarle ante Lauren, y eso sí podría afectar a su relación.

—No sé si mucho, pero me gusta —escribe midiendo sus palabras—. Es una chica muy interesante.

—Lo es. En eso estoy de acuerdo contigo... ¿Y sobre lo de que solo has hablado conmigo para saber de ella? ¿Es verdad o me equivoco?

¿Qué le contesta? Lo está desafiando, no hay duda. En su rostro y en su mirada lo percibe. No tiene ni idea de cuál será la reacción de Sonia, responda lo que responda.

—No te voy a negar que me apetecía mucho encontrármela conectada a Skype.

—Esa respuesta no me vale. ¿Me has utilizado para saber de Lauren?

—No es así exactamente. Tú me caes muy bien. Aunque lo que quería esta noche era hablar con ella y creía que tal vez tú sabrías algo.

—¿Qué querías? ¿Decirle lo guapa que es? ¿Lo bien que sale en la foto que te ha enviado? ¿Lo que te gustan sus ojos azules? Toni..., vete a la mierda.

Y después de esas palabras, la imagen de Sonia desaparece, igual que su nombre de usuario de entre los contactos conectados en Skype.

El chico se levanta y camina nervioso por la habitación 1154. Imaginaba que escondía algo, lo sospechaba desde el momento en que le preguntó por Lauren. Ella se lo ha contado todo. Sonia está al tanto de lo que pasó por la tarde. Eso le fastidia y le hace dudar aún más. Ya no es una historia entre ellos dos. Todo aquel asunto resulta muy extraño. Verdaderamente extraño. ¿Quién es realmente la chica de la que se ha enamorado y por qué actúa de esa manera?

CAPÍTULO 11

La charla entre los siete chicos residentes en el pasillo 1B se prolonga hasta casi las doce de la noche. En los sillones de la zona de descanso de la tercera planta se conocen un poco mejor. Intercambian opiniones sobre sus carreras, sus dudas universitarias, sus objetivos... También hablan de sus gustos, sus familias y su pasado.

Elena entra en su habitación y se sienta en la cama. Mientras se quita los zapatos y se deja caer bocarriba sobre el colchón, piensa que, en general, todos le han parecido buenos chicos. Manu es un caradura, pero va de frente. No esconde lo que es, aunque lo exagera. Eso le gusta. Y es insultantemente guapo. Su hermana se derretiría por él: le van ese tipo de tíos graciosos y chulillos. Julen, por el contrario, parece un buenazo. Es mono; sin embargo, nunca podrá estar a la altura de su amigo. Le falta algo de carisma y no es tan inteligente como el malagueño. Pero parece un buen tío.

La única de los tres nuevos que no le ofrece confianza es Iria. Apenas han hablado entre ellas, y cuando lo han hecho, se han mostrado distantes. Quizá es por la fuerte personalidad de ambas. La gallega no le ha caído demasiado bien y está segura de que el sentimiento es mutuo. Pero en un sitio en el que conocerá a tanta gente, es imposible gustar a todo el mundo y que todo el mundo le guste a ella. Así que lo asume con tranquilidad y no le da más importancia. En realidad, no está allí para hacer amigos.

Cierra los ojos e intenta ordenar en su cabeza lo que tiene pensado para el día siguiente: levantarse muy temprano, desayunar bien porque no está segura del tiempo que tendrá para comer, llegar media hora antes de la presentación del curso para coger un buen sitio, estar muy atenta a lo que se diga y tomar notas de todo... No puede creerse que ese día haya llegado: el primer día en la Facultad de Derecho. ¡El primer día del resto de su vida!

Nerviosa, abre los ojos de golpe y se levanta de un brinco. Camina hasta el escritorio, donde tiene el ordenador, se sienta frente a él y teclea la dirección de su página web. Hoy no ha escrito en ella. Su blog, Nunca mires atrás, es casi tan importante para Elena como el inicio de la nueva etapa y no tiene intención de abandonarlo por muy ocupada que vaya a estar.

> Hola, mirones:
>
> Os escribo desde mi nueva casa. La habitación de la residencia de estudiantes en la que viviré durante el próximo año. Como ya os he repetido mil millones de veces, mañana empiezo la carrera. Parece mentira que el día haya llegado, ¿verdad? ¿Os acordáis de cuando hace dos años os conté que mi principal objetivo en la vida era convertirme en una gran abogada? Pues el primer día de esa carrera de fondo ha llegado por fin. ¡Qué nervios!

Sé que muchos de vosotros pensaréis que exagero cuando hablo de lo importante que es para mí ser una gran abogada y que creéis que en la vida, a mi edad, hay cosas más importantes, como enamorarse, tener pareja, desfasar, pasarlo bien con los amigos... Pero yo soy sincera conmigo misma. Y os juro que ahora solo pienso en estudiar y en prepararme lo mejor posible para el futuro. Por eso, mañana será uno de los días más importantes de mi vida...

En ese instante, alguien llama a la puerta de la 1151.

—¿Quién será a estas horas? —refunfuña extrañada.

Cuando abre, se encuentra con Manu. Lleva un pantalón corto azul oscuro y una camiseta gris de tirantes que deja a la vista los marcados músculos de sus brazos. Sonríe de lado y, sin pedir permiso, entra en el cuarto.

—¿Qué quieres? —le pregunta la chica, sorprendida por el descaro del malagueño, que se ha sentado en su cama.

—No puedo dormir.

—¿Y a mí qué? ¡Cuenta ovejas!

—Prefiero contar Elenas.

La chica mueve la cabeza en señal de negación y toma asiento otra vez delante del ordenador. Baja la pantalla para que Manu no vea lo que ha escrito y se gira hacia él.

—Tienes mucho morro.

—Eso decís todas, pero en el fondo os gusta.

—A mí no me gusta —le contradice Elena—. Es más, detesto que alguien vaya de sobrado.

—¿Y por qué sonríes?

La joven toledana, consciente de que la han pillado

in fraganti, no tarda ni un segundo en ponerse seria. De poco le sirve: enseguida se le escapa una nueva sonrisa.

—¿Siempre eres así con todas las chicas?

—Solo con las guapas.

—¡Venga ya! —exclama Elena dando una palmada en el escritorio—. Conmigo te puedes ahorrar tanta palabrería y tanto piropo. No me impresionas.

Manu continúa sonriendo. Se levanta y se acerca hasta ella.

—No intento impresionarte. Si lo pretendiera, ya lo habría conseguido.

—¿Ah, sí?

—Sí, por supuesto. Se me da genial impresionar a chicas como tú.

—Mira qué bien. ¿Y cómo soy yo?

—Mmm. Tú eres una chica... muy segura de ti misma —empieza a decirle aproximándose todavía más—. Fría, perfeccionista, inteligente y...

Con un movimiento rápido y ágil, Manu alcanza el portátil de Elena y se lanza sobre la cama con él entre los brazos. La chica no había previsto aquello y, muy molesta por la jugarreta del joven, trata de recuperar su ordenador.

—¡Eh! ¡Devuélvemelo! —gimotea.

—A ver... ¿Qué es lo que tenemos aquí? ¡Un blog!

El malagueño comienza a leer en voz alta la última entrada que Elena estaba escribiendo en su web. De nada le sirven a ella sus repetidas quejas.

—¡Capullo! ¡¿Me quieres dar mi portátil?!

—¿Mirones? ¿Llamas a tus seguidores mirones?

—¡Sí! ¿Algún problema?

—No. Me gusta. ¿Y qué les cuentas a los mirones?

Elena resopla. La está poniendo muy nerviosa. No tiene ningún derecho a espiar sus escritos. Aquel es un tema entre sus lectores y ella.

—No es asunto tuyo.

—Es un blog público, ¿no? Entonces sí es asunto mío. ¿Puedo ser uno de tus mirones?

—Devuélveme el ordenador, Manu —insiste Elena, esta vez en un tono más conciliador—. No tengo ganas de bromas. Quiero irme a dormir.

Pero el chico no le hace caso. Continúa leyendo en voz alta el primer párrafo de la nueva entrada y lo comenta entre risas. Está equivocado si piensa que a ella le hace gracia. Está tan harta que se tira sobre Manu para intentar arrebatarle el portátil. Forcejean y, en la disputa, la chica termina debajo del malagueño, cuerpo con cuerpo, cara a cara. Elena descubre que no se puede mover.

—¿No decías que detestabas a los tipos como yo?

—Sí. Y lo mantengo —responde mientras intenta escapar de aquella engorrosa posición.

—Pues no veo que estés incómoda.

—Sabes que lo estoy. Déjame salir.

—Hazlo. Nada te lo impide.

La chica realiza un movimiento seco para quitarse de encima a Manu, pero no lo consigue. El peso del chico y sus piernas, entrelazadas a las suyas, la mantienen atrapada.

—Si grito vendrá todo el pasillo para ver qué pasa —le amenaza al comprobar que continúa sin poder escabullirse.

—Vamos, grita. Yo no estoy haciendo nada malo.

—Estás encima de mí.

—¿Y desde cuándo eso es ilegal? Muchas matarían por estar así conmigo.

Elena toma aire. Ese juego no es para ella. Intenta salir de debajo de Manu con otro movimiento brusco. Una vez más, sin éxito. Entonces, recurre a algo que no deseaba tener que hacer. La pierna derecha está menos aprisionada que la izquierda. Ahí ve su oportunidad. La hunde ligeramente en el colchón para tomar impulso y después lanza la rodilla con todas sus fuerzas contra el pantalón corto del chico. El alarido de dolor es atronador.

El malagueño, escaso de aliento, se desploma hacia un lado de la cama, algo que aprovecha Elena para levantarse y taparle la boca con la mano.

—No grites —le susurra sonriente, sabiéndose victoriosa en aquel combate cuerpo a cuerpo.

Segundos más tarde, alguien toca a su puerta. Oye como David y Ainhoa la llaman desde fuera y le preguntan si está bien.

—Ni te muevas —le advierte a Manu, y corre hacia la entrada de la habitación.

Cuando abre, también ve a Nicole junto a los otros dos. Los tres parecen preocupados.

—¿Qué ha sido ese grito? —le pregunta el chico, todavía alarmado a pesar de que tiene a Elena delante y, aparentemente, se encuentra bien.

—Nada. Una broma que me ha gastado mi hermana —improvisa la toledana—. Marta me ha enviado uno de esos vídeos en los que aparece de repente un zombi gritando. Tenía el volumen del ordenador al máximo. Siento haberos molestado.

—Tienes una hermana muy graciosa.

—Ya ves. No solo es guapa. Tiene un sentido del humor muy particular.

La chica les pide perdón varias veces más y se despide con el pretexto de que está cansada y quiere irse a dormir. Cuando cierra la puerta de nuevo, Manu se ha puesto de pie. Tiene las dos manos en el centro del pantalón y camina algo encorvado.

—¿Te duele mucho? —le pregunta Elena, que no es capaz de aguantarse la risa.

—Un poco. Me has dado de lleno.

—Te lo has buscado tú solito.

La joven alcanza su portátil, que sigue en la cama, y lo apaga. Mañana continuará con el *post* que ha iniciado. Manu la observa. No va a reconocerlo, pero esa chica se ha ganado su respeto. Ahora le atrae incluso un poco más.

—¿Desde cuándo escribes en ese blog?

—Desde hace algo más de dos años.

—¿Y qué les cuentas a tus mirones?

La sonrisa del malagueño ahora es diferente a las anteriores. Parece que está hablando en serio. Elena al menos lo percibe de esa forma y responde con sinceridad.

—Es una especie de diario, aunque no escribo todos los días. No sé. Ahí me desahogo, explico lo que pienso de la vida, lo que se me pasa por la cabeza. Me dejo llevar.

—Eso está bien. Sobre todo para una perfeccionista como tú.

—Bueno, en el blog soy diferente. Aparco por un rato a la chica que necesita que todo le salga perfecto y sale a flote mi yo más soñador.

A Manu le gusta escucharla así de relajada. Él también tiene otro yo, pero nunca lo deja ver. Tampoco cree que le importe a nadie.

—¿Por qué tienes tan claro y desde hace tanto tiempo que quieres ser abogada? ¿No te gustaría ser escritora, por ejemplo?

Elena mira hacia la ventana pensativa. Luego se centra de nuevo en el chico, con el que por primera vez está conversando de verdad.

—Me gusta mucho escribir. Y ojalá algún día tenga la oportunidad de escribir un libro. Pero mi camino está ya marcado y sé lo que quiero. Estoy segura de ello.

—Eso no responde a mi pregunta —comenta Manu mientras se dirige a la puerta—. Pero ya me la contestarás un día de estos. Me voy a la cama.

La chica asiente con la cabeza y sonríe. Aquel final de conversación con él ha sido de lo mejor del día.

—Hasta mañana entonces. Que descanses.

—Y tú... Ah, la próxima vez no te dejaré escapar hasta que me des un beso en la boca. Lo prometo, abogada. —Y, tras hacer como que dispara con el índice y el pulgar de la mano derecha, se marcha de la 1151.

Elena le insulta en voz baja, pero sonríe. Aquel tipo no puede dejar de ser lo que es. Se vuelve a tumbar en la cama y cierra los ojos. El día ha tenido de todo. Y eso que solo ha sido el primero. Ni se imagina la de cosas que pasarán en las próximas semanas.

CAPÍTULO 12

Cuando la de Toledo cierra la puerta, David se despide de Nicole y Ainhoa y regresa a su habitación. Juraría que aquel alarido que ha escuchado era algo muy distinto a uno de esos vídeos de broma. Parecía más bien un grito de dolor, como si una persona se hubiese hecho daño. Pero ¿quién? ¿Y por qué les habría mentido Elena?

Y si...

Tiene una intuición. Siente curiosidad por saber si sus sospechas son ciertas y decide investigar. El sevillano está a punto de salir de la 1152 cuando escucha como se abre la puerta de la 1151. Sigilosamente, se asoma y descubre a Manu marchándose del cuarto de Elena. Imaginaba algo así. ¿Qué hacía él allí y por qué ella lo ha ocultado?

No lo entiende o no quiere entenderlo. Pero lo que comprende aún menos es lo que ha sentido al presenciar la escena: un extraño escalofrío que le ha recorrido desde el cuello al estómago. ¿Se han liado el primer día?

Imposible. No puede ser. Elena no parece esa clase de chicas y ha dicho una y otra vez que no quiere nada con nadie. Que está allí para estudiar y nada más. El malagueño es muy lanzado y seguro que se ha fijado en ella, pero no es posible que esos dos... ¿O sí? No. Definitivamente, debe haber una explicación.

David sale otra vez de la habitación al escuchar que Manu se ha metido ya en la suya. Está frente a la puerta de Elena y duda si llamar. ¿Qué le dice? Si ya se han despedido y deseado las buenas noches. Además, puede dar la impresión de que la está espiando o que está demasiado pendiente de ella. Solo es el primer día de residencia, aunque tiene la sensación de conocerla desde hace mucho más tiempo.

Finalmente, decide dar media vuelta y no llamar. Mañana seguirá conociendo a esa chica tan especial. Regresa a su habitación, pero, cuando va a entrar, se abre la puerta de la 1154. David observa a un joven no muy alto con la cabeza casi completamente rapada y con barba de unos días. Es un tipo con un aspecto curioso.

—Hola —le saluda sorprendido aquel chico. Al parecer, no esperaba encontrarse con nadie a esas horas por el pasillo.

—Hola. Soy David.

—Yo, Toni. Encantado.

Se dan la mano y se quedan en silencio un momento.

—Voy a por un sándwich. No he cenado.

—¿A por un sándwich? ¿Dónde? ¿La cafetería no cierra a las diez y media?

—Sí. Pero hay una máquina en la habitación contigua a la sala de estudios. La vi antes.

—¿En serio? Ni idea —responde David, que no sabía de la existencia de ese cuarto—. Te acompaño.

Los dos chicos caminan juntos hasta la habitación en la que está la máquina de sándwiches. Al lado hay otra de refrescos y una máquina de café. Mientras Toni decide qué sándwich escoger, le cuenta a David que es valenciano y que estudiará Comunicación Audiovisual.

—Una de las chicas de nuestro pasillo también vive en Valencia, aunque es peruana —le comenta el sevillano.

—Ah. Bien. ¿Os habéis conocido hoy?

—Sí. De los nueve que somos en el pasillo 1B, solo me falta por conocer al de la 1159. Mañana te presentaré al resto. Son buena gente.

Toni hace un gesto de aprobación y elige por fin un sándwich de pavo. Son tres euros justos. Luego echa otro euro en la máquina de refrescos y saca una Coca-Cola Zero. Le ofrece a David, que declina la invitación.

—¿Y tú qué vas a estudiar?

—Publicidad —responde el sevillano acomodándose sobre la única mesa que hay en aquel cuarto.

El valenciano abre el sándwich y le da un mordisco. Después, bebe un trago de su refresco. Mientras el chico come, David le cuenta los motivos por los que ha elegido aquella carrera y lo que le parece la residencia. Hablan durante un buen rato y, rápidamente, se caen bien.

—Espero adaptarme pronto a todo esto —indica Toni cuando termina la Coca-Cola.

—¿Por qué no te ibas a adaptar? ¿Has dejado a alguien en Valencia?

—A mi familia.

—Ya, pero ¿tienes novia?

El chico reflexiona un instante antes de contestarle. ¿Tiene novia? No puede explicarle exactamente qué es lo que tiene, porque ni él mismo lo sabe. Lo de Lauren continúa siendo un misterio y una historia complicada. ¡Si no le ha contado ni de dónde es!

—Sí, tengo —responde sin dar más detalles—. ¿Vamos ya para la habitación?

El sevillano nota que su pregunta lo ha puesto un poco nervioso. No sospecha los motivos, ni tampoco va a insistir más. Asiente con la cabeza y los dos regresan al pasillo. En el camino se cruzan con un par de estudiantes; se nota que no son de primer año. Observan a David y a Toni con cierto desagrado y comentan algo entre ellos. Ambos son altos, fornidos y tienen cara de pocos amigos. Los chicos pasan de largo lo más deprisa posible, aunque se dan cuenta de que esos dos los han mirado mal.

—¿Los conoces? —pregunta el valenciano.

—No, no sé quiénes son. Aunque parecen veteranos.

—Por la mirada que nos han echado, lo que parece es que no les hemos gustado mucho.

—Igual es una manera de marcar territorio. De enseñarnos a los nuevos quién manda aquí —insinúa David algo preocupado.

—¿Como en el salvaje Oeste? ¿Tú crees?

—Puede ser. Pero no pienso enfrentarme con nadie. Y menos con dos tíos como esos.

—Tú todavía podrías hacerles frente, pero yo...

David sonríe y abre la pesada puerta del pasillo. El chico le resulta simpático. Y lleva razón en que si esos dos veteranos la tomaran con él, tendría poco que hacer.

—A lo mejor si nos unimos todos los del pasillo, podríamos derrotarlos. Manu y Julen están fuertes.

—Prefiero no correr riesgos. Nunca me he peleado con nadie.

—Yo tampoco, soy bastante pacífico.

Los dos jóvenes se dan las buenas noches y se despiden hasta el día siguiente.

David entra en su cuarto algo cansado. Ha sido un día repleto de nuevas sensaciones y emociones. Se quita el pantalón y la camiseta, que coloca bien doblados en la silla, y se tumba en la cama con el portátil delante. Echa un vistazo a su cuenta de Twitter y ve que le ha empezado a seguir @Martasexi15. Es la hermana de Elena. Mira su apartado de vídeos y fotos, que justifica plenamente el «sexi» del *nick*. La jovencita posa sugerentemente en varias de las imágenes. Es realmente guapa, como su hermana. Sin embargo, tiene ese punto de picardía que le falta a la universitaria. Le da al botón de «Seguir» y curiosea en su lista de *followers*. Son más de quinientos, y uno de ellos es el que buscaba.

La imagen que Elena tiene como foto de perfil en Twitter no tiene nada que ver con la de Marta. Está seria, sin mirar a cámara, con un jersey que le tapa hasta el cuello.

El último tuit que ha escrito hace referencia a su primer día en la residencia, con una foto adjunta de su habitación. Es de esa tarde.

«Comienza una nueva etapa. Aquí pasaré los próximos meses. Ilusionada».

David también le da a la pestaña para seguir a Elena y se dedica durante unos minutos a mirar sus fotos. En muy pocas sale sonriendo. La expresión de su cara es la misma en casi todas: firme, seria, inteligente, segura... Parece una chica sin fisuras. Sin embargo, él ya ha descubierto su punto débil: su imperfecta perfección.

¿Qué estaría haciendo Manu en su cuarto y cuál fue el motivo de aquel grito?

Resopla y continúa revisando las imágenes de su perfil. Cuando llega a la última, una foto de las dos hermanas juntas de hace tres veranos, Marta en bikini y ella embutida en un albornoz azul oscuro, se da cuenta de que tiene un mensaje privado.

«¿Qué haces todavía despierto? ¡Duerme ya, que mañana vas a tener ojeras! Por cierto, gracias por seguirme. También te sigo».

La autora del mensaje directo es Elena. El joven se sorprende al leerlo, ya que no esperaba que le escribiera a esas horas. Con una sonrisa en los labios, le contesta:

«¿Y tú? ¿Por qué no estás dormida ya? Como llegues tarde el primer día, te volverás loca, chica perfeccionista».

Borra lo de «chica perfeccionista» y le envía el mensaje. No pretende enfadarla con el tema de su obsesión. A los pocos segundos, recibe respuesta.

«No puedo dormir. Estoy nerviosa. No sé qué me pasa. Tenía muy claro lo que iba a ponerme mañana, pero ya no estoy tan segura».

Y un nuevo mensaje a continuación, un minuto más tarde.

«Quizá ir con una chaqueta y un pantalón negro sea demasiado elegante. ¿No te parece? ¿Y una falda? No sé».

David recibe tres nuevos mensajes privados de Elena hablándole de lo que debe o no debe ponerse al día siguiente. Parece muy tensa. Para la chica es algo de una importancia capital. Sin embargo, esa misma cuestión es para él algo insignificante. El sevillano también valora su imagen, pero ni siquiera se ha parado a pensar en cómo irá vestido a la primera clase.

Decide no responderle. Prefiere ir a su habitación e intentar tranquilizarla. Se pone de pie otra vez, se vuelve a vestir y se peina frente al espejo del cuarto de baño. Listo. Abre la puerta y... delante se encuentra a Elena. Lleva un pijama de verano que muestra más de lo que hasta ahora había visto de ella. El pantalón corto rosa le queda perfecto y deja a la vista unas piernas largas y bronceadas. La parte de arriba es muy ajustada e incluso tiene desabrochado el último botón.

—Iba a ir a verte yo ahora —dice el chico, aún asombrado por la aparición de Elena. Ahora es él quien se ha puesto nervioso.

—Ah. Qué casualidad.

—Sí. Me has leído el pensamiento.

La chica sonríe y se coloca el pelo por detrás de las orejas. Se da cuenta de que David se ha fijado en el detalle del botón y disimuladamente lo abrocha.

—¿Puedo pasar? —termina preguntando después de unos instantes en silencio.

—Claro. Perdona, entra.

La joven toledana agacha la cabeza y atraviesa el marco de la puerta de la habitación de David, que cierra cuando ella está dentro. La tiene delante, y sus ojos se desvían un segundo a su pantalón de pijama, aunque, rápidamente, se siente culpable y aparta la vista.

La invita a que se siente en su cama y él lo hace en la silla.

—¿Tienes café? —pregunta Elena muy seria. Enseguida sonríe—. Era una broma. Los manchegos no tenemos vuestra gracia andaluza.

—El humor toledano no está mal. Mira a José Mota.

—José Mota es de Montiel, un pueblo de Ciudad Real.

David castiga su fallo dándose una palmada en la frente, aunque lo hace de modo cómico.

—¿Qué problema tienes con la ropa de mañana? —le pregunta el joven cambiando de tema.

—Me queda todo mal. No podía dormir, he empezado a probarme cosas y no me siento bien con ninguna.

—¿Estás hablándome en serio?

—Totalmente.

—Pues... puedes ir con ese pijama —indica David sonriendo con picardía—. Te aseguro que parece que te lo hayan hecho a medida.

—No seas tonto.

—Tonta tú, que dices que te queda todo mal —replica el chico algo molesto.

—Es mi primer día en la universidad. Mis compañeros y profesores tendrán una primera impresión de mí. Todo tiene que ser perfecto. Especialmente la ropa con la que vaya.

David suspira y cabecea desesperado. Esa chica no tiene solución, aunque le gustaría convencerla de que no siempre tiene que ser o ir absolutamente perfecta. Algo que trataría de hacer durante aquella noche. Una noche que acabó tarde, entre confesiones de madrugada.

CAPÍTULO 13

Aquel jueves, 11 de septiembre, nace soleado, y al mediodía hasta hace un calor pegajoso de verano. Julen y Manu regresan juntos de la presentación de las clases de primero de Fisioterapia. En su camino hacia la residencia, coinciden con Iria, que también ha terminado su primer día en Criminología.

—¿Cómo te ha ido, gallega? —le pregunta el malagueño mientras intenta abrazarla sin éxito.

—Normal. Mucha información, mucha gente desconocida y profesores que te lo pintan todo de negro. ¿Y vosotros qué tal?

—Genial. Nos lo vamos a pasar estupendamente dando masajes. ¿Verdad, Julen?

El navarro sonríe, aunque no dice nada. Es cierto que hay chicas espectaculares en su clase, y ya los han avisado de que en algunas asignaturas prácticas habrá mucho contacto, pero no quiere crearse una imagen de que le gustan y va a tirarles los tejos a todas.

—Deja al pobre Julen. Él no es como tú.

—Es mucho peor. Aquí va de bueno. Pero en realidad...

—¡Soy bueno! —le interrumpe el señalado, mitad

en broma, mitad en serio—. Iria, no te creas nada de lo que dice este.

—No te preocupes. Paso de él desde el primer minuto en que lo conocí.

—Eres cruel, gallega. Eres muy cruel. Pero terminarás queriéndome. Lo sé.

La chica alza el dedo corazón de la mano derecha y los tres continúan andando hacia la residencia. Antes de llegar, el teléfono de Iria suena. Se trata de Antón. Se disculpa con los chicos y se descuelga un poco de ellos para asegurarse cierta intimidad mientras habla con su novio.

—Hola, cariño, ¿cómo estás?

—Bien.

Su respuesta, tan corta y seca, significa que no está tan bien como dice. Lo conoce perfectamente. Ya llevan un año y medio saliendo, tiempo suficiente para saber cómo respira el otro cuando algo no funciona.

—A ver, ¿qué te pasa?

—Nada.

—Vamos, amor. ¿Qué te ocurre? No me hagas insistir.

—¿Por qué no me has llamado esta mañana? —le pregunta Antón. Se le nota algo mosqueado.

—¿Tenía que llamarte? Hablamos anoche antes de que me fuera a dormir.

—Perfecto. No me has llamado porque no habíamos acordado que me llamarías. Perfecto.

—Oye, no me hables así —protesta Iria, que empieza también a molestarse—. Que yo sepa, todos los móviles tienen la opción de llamar. ¿O es que el tuyo no te deja marcar mi número?

—No quería molestarte. Esperaba que me llamaras tú, que eres la que hoy tenía el primer día de clase en la universidad.

El tono del chico se suaviza, aunque su enfado no se ha ido a ninguna parte.

—Tú también has tenido hoy el primer día en la universidad.

—Pero yo ya estoy en tercero. No empiezo nada nuevo como lo haces tú. Y no he sido yo quien se ha ido a estudiar a Madrid.

—¿Y ese es un motivo razonable para no llamarme y que lo tenga que hacer yo?

—Esperaba que saliera de ti. Esperaba que me echaras de menos y necesitaras oír mi voz.

Aquellas palabras hieren a la chica, que se detiene y se lamenta por discutir con su novio el primer día de clase.

—Cariño, lo siento. Te echo mucho de menos, y si no te he llamado ha sido... No sé por qué ha sido. Perdona.

—Es que ni un wasap.

Él tampoco le ha enviado ninguno a ella, pero Iria no va a recriminárselo. No quiere seguir discutiendo con su novio. Aquellos meses sin él van a ser difíciles, pero no esperaba que la situación se complicara tan pronto. Ha estado tan liada con las primeras horas en Madrid, y el inicio del curso, que ni se ha planteado llamarle o escribirle.

—De verdad que lo siento, cariño —repite la chica, que ha reemprendido la marcha—. Ojalá estuvieras aquí conmigo ahora mismo.

—Pues no lo estoy. Y no lo voy a estar. Madrid y Coruña están muy lejos.

—Pero... pero eso ya lo sabíamos. Lo discutimos varias veces. Y, al final, tú me apoyaste y me animaste a que me viniera.

—Ya.

Otra vez una respuesta corta y seca. Iria resopla. Hablaron mucho del tema cuando le planteó ir a estudiar Criminología a Madrid. Al principio, Antón no lo veía con buenos ojos. No tenía claro lo de la relación a distancia. Finalmente accedió y se prometieron que los kilómetros entre uno y otro los harían más fuertes.

—¿Ya no te acuerdas de lo que nos prometimos?

—Claro que me acuerdo.

—¿Y por qué me hablas como si esto te pillara de sorpresa y me recriminas que esté aquí?

—Porque si ya me cuesta estar un día sin ti, imagina nueve meses en este plan. No sé si lo soportaré.

—Vamos, cariño. Tienes que soportarlo.

—No sé, Iria. Es más duro de lo que imaginaba. Saber que esta tarde no te veré, que no podremos estar juntos. Y así será un día y otro.

—Ya... Ya lo sé. Pero debemos ser fuertes y estar más unidos que nunca. Lo prometimos —solloza la chica conteniendo las lágrimas—. Cariño, estoy ya en la residencia. Voy a comer. Te llamo luego.

Antón se despide con un frío «vale. Adiós» y ni siquiera escucha el sentido «te quiero» de su novia, que cuelga cuando comprueba que él ya no está en línea.

La gallega se guarda el móvil y se reúne rápidamente con sus dos acompañantes. Aprieta los dientes y procura que no se le note lo que le pasa.

—Vamos a comer, estoy muerta de hambre.

—Yo también tengo hambre —coincide Manu, que

ya ha empezado a subir las escaleras de la residencia—. Por cierto, ¿sabes que Julen ha reservado una de las pistas de tenis para que empecéis a practicar esta tarde?

La chica no lo esperaba y contempla sorprendida al navarro. Este se ruboriza. Le entran ganas de asesinar a su amigo por bocazas. Pensaba preguntarle primero, aunque ya tuviera la pista reservada.

—Si tú quieres y... puedes —comenta nervioso.

—No sé. Esta tarde pensaba terminar de ordenar mi habitación y comprar algunas cosas que me hacen falta.

—Bueno, como quieras. Podemos dejarlo para otro día.

Los dos se sonríen tímidamente. En realidad, Iria pensaba emplear la tarde para aclarar la situación con su novio. No sabe si le ocupará diez minutos o tres horas. A Julen, por el contrario, le decepciona la negativa de la chica, aunque logra disimularlo con bastante dignidad.

—Si no practicas, no lograrás vencerme, gallega —indica Manu—. Aunque ni siquiera creo que consigas hacerme un punto cuando juguemos.

—Tú sigue así de humilde.

—No es cuestión de humildad. Soy realista.

—Tú vives en tu propia realidad, que nada tiene que ver con la de los demás —protesta la joven—. Ya veremos lo que pasa cuando juguemos. Igual te llevas una sorpresa.

—Si tú lo dices, Maria Sharapova.

Los tres entran en el pasillo 1B mientras Iria y Manu continúan la conversación ante la mirada atenta de Julen, que solo escucha lo que dicen. Cada uno se dirige a su habitación para coger el tique de la comida y se reúnen de nuevo a los pocos minutos. El malagueño y la gallega siguen discutiendo en un tono sarcástico. Pasan al comedor y, tras llenar sus bandejas, se sientan en la mesa para ocho del día anterior.

—Bueno, ¿qué vamos a hacer esta noche? —pregunta Manu pinchando con el tenedor un trozo de pollo empanado.

—¿Hay que hacer algo?

—Es jueves universitario, gallega. ¡Nuestro primer jueves en la universidad!

—¿Y qué pasa?

—¡Que tenemos que quemar Madrid!

Manu le explica a Iria la tradición de los jueves universitarios en la capital. Muchos estudiantes salen por la noche e incluso algunos acuden a clase a la mañana siguiente sin haber dormido.

—Conmigo no contéis.

—Sabía que dirías eso —apunta el malagueño sin pestañear.

—¿Que lo sabías?

—Sí, sabía que no querrías salir con nosotros —insiste Manuel, que ahora mira a Julen—. ¿Ves como esta chica es una sosa?

—¡Eh! ¡Que no soy ninguna sosa!

—El que se niega a salir el primer jueves de su etapa universitaria no tiene otro calificativo.

En ese instante, mientras Manu e Iria discuten, Nicole y Ainhoa se sientan a la mesa con sus respectivas bandejas. Las dos también han terminado ya su primer día en la Facultad de Odontología.

—¿Qué os pasa? —pregunta la peruana, que no sabe por qué están tan alterados esos dos—. ¿De qué habláis?

—De que hoy hay que salir sí o sí. ¡Es nuestro primer jueves universitario! —exclama el malagueño eufórico.

—¡Ah! ¡Yo me apunto!

—Y yo también —señala la canaria. Le apetece salir, divertirse y no pensar más en sus problemas.

Manu sonríe satisfecho. Alza su vaso, medio lleno con Coca-Cola, y pide a las dos chicas que brinden con él. Ainhoa y Nicole chocan sus vasos con el del malagueño en honor del primer jueves en la universidad. Su primera fiesta. Julen se une al festejo y contempla de reojo a Iria. Esta niega con la cabeza.

—Sois unos capullos —dice la gallega resignada—. Está bien, me sumo a la fiesta. No quiero quedar como la sosa del pasillo.

Los otros cuatro la jalean, especialmente Manu, que la felicita por su decisión. Julen también recibe la noticia con alegría, aunque intenta disimularlo. No puede negar que esa chica le cae fenomenal y que se siente atraído por su gran personalidad. Mejor con ella.

—Seguro que David y Elena también se apuntan —señala Nicole con su habitual alegría—. Podríamos salir juntos todos los del pasillo 1B.

—No sé yo si Elena querrá salir con nosotros.

—¿Por qué no, Iria?

—No sé. No la conozco mucho, pero ayer dejó muy claro que está aquí para estudiar y no para salir de fiesta.

En las palabras de la gallega se nota cierto fastidio. Hubiera preferido que Elena no apareciera en la conversación. Está segura de que no querrá salir por la noche con ellos, pero si lo hace, también está convencida de que querrá destacar por encima de las demás.

—Yo me encargo de convencerla —indica Manu,

muy seguro de sus posibilidades—. Y también hablaré con el de la 1154 y el de la 1159.

—¿Los conoces ya? —pregunta Ainhoa intrigada.

—No. Pero ya es hora de hacerlo, ¿no os parece? ¡Esta noche todo el pasillo 1B saldrá de fiesta a incendiar la capital!

CAPÍTULO 14

Fin del primer día de clase. Se despide de una compañera que ha conocido esa mañana y camina hacia la salida del edificio. Ya puede respirar tranquila. Al menos, de momento. Demasiada información para tan pocas horas, pero Elena está contenta. No ha tenido problemas con nadie, los profesores que ha conocido le han gustado y se ha sentido como una más en clase. Como había leído en Internet, la mayoría de los estudiantes de Derecho, desde primero a cuarto, van bastante arreglados. Algunos excesivamente arreglados. Al final, ella se decidió por un vestido oscuro y medias negras. Discreto, sobrio y elegante. Y lleva el pelo recogido en una coleta. También se ha maquillado un poco más de lo habitual, aunque sin ningún tipo de exceso.

Nada más abandonar la facultad, reconoce a alguien en la salida. Se sorprende cuando ve a David, apoyado contra una pared y jugueteando con el móvil. Cuando la chica se encuentra a menos de tres metros, él intuye su presencia y levanta la mirada para recibirla con una sonrisa de oreja a oreja.

—¿Qué estás haciendo aquí? —le pregunta extrañada. No habían quedado.

—Esperarte. He terminado un poco antes mis clases y tu facultad me pilla de camino.

—¿Cómo sabías la hora a la que salía?

—He mirado tu horario en el tablón.

—¿Así de fácil?

—Sí, así de fácil.

Sí, fácil. Pero se ha tomado la molestia de averiguarlo y se ha quedado esperando a que saliera. Eso halaga a Elena, que sonríe y le da las gracias. Los dos caminan con tranquilidad hacia la residencia.

—¿Cómo te ha ido en el primer día?

—Bien. Publicidad no parece una carrera complicada. Aunque creo que habrá demasiada teoría y poca práctica este año. ¿Y a ti? ¿Alguien se ha metido contigo?

—No. Nadie.

Detrás de su respuesta va una tímida sonrisa. Anoche se quedaron hasta las tantas hablando de infinidad de temas en la habitación de David. Uno de ellos, del miedo de Elena a que alguien le dijera algo que la afectara el primer día de clase. El chico estuvo tranquilizándola y le aseguró que eso no iba a pasar. Además, también la ayudó a elegir la ropa que iba a ponerse.

—Acertamos. Estás muy guapa con ese vestido —le dice mientras caminan.

—Gracias.

Elena se sonroja al escucharle. ¿Está ligando con ella o simplemente quiere ser amable? Lo cierto es que le debe mucho a David por lo de la noche anterior. De buenas a primeras se derrumbó. Los nervios se la fueron comiendo y su seguridad habitual desapareció por completo. ¿Demasiada presión? Tal vez. La cuestión es que aquel chico se quedó con ella hasta pasadas las cuatro de la madrugada intentando animarla. Algo así no lo hace cualquiera.

—¿Tienes hambre?

—Mucha —responde Elena, que comprueba en su reloj que son más de las dos de la tarde.

—Eso sí que es una noticia.

—Que no necesite comer demasiado no significa que no me entre hambre de vez en cuando.

—¿Y qué te apetece comer ahora?

—Pues... Unas buenas coles de Bruselas o una ensalada de brócoli.

—¿Brócoli? ¿Coles de Bruselas? ¿Estás de coña?

—Claro que no.

—No hay duda. Eres una chica muy peculiar.

La joven sonríe, aunque no sabe si aquello es un piropo o un reproche. Lo medita un instante y decide preguntárselo.

—¿Eso es bueno o malo?

—Ni bueno ni malo. Peculiar es simplemente eso: peculiar.

—¿Crees que soy rara?

—No es que lo crea, Elena. Es que lo eres —afirma David muy risueño—. Pero eso sí que es bueno. En el mundo hace falta más gente diferente y con personalidad, como tú.

—No soy tan diferente al resto.

—Sí que lo eres. Aparte de lo de las coles o el brócoli, ¿a cuántas conoces que admitan no haber estado con algún chico a los dieciocho años porque no han querido?

—Bueno, seguro que hay muchas chicas como yo.

—No, no hay muchas. Y las que sois fieles a unos

principios sois peculiares. Ni mejores ni peores. Pero a mí me gusta que haya gente como tú.

Aquella reflexión de David sigue sin dejarle claro si para él ser peculiar es algo bueno o malo. La verdad es que ella no se ha interesado nunca por ningún chico en su etapa en el instituto porque le preocupaban más otras cosas. Además, no apareció nadie que le llamara la atención lo suficiente. Si eso es ser peculiar, rara o diferente, se alegra de serlo. ¿Por qué iba a besar a alguien por besar? No es una ONG para hormonas desesperadas.

—¿Tú has estado con muchas chicas? —le pregunta ahora ella, dando un giro a la conversación.

—¿Te interesa mucho saberlo?

—Es simple curiosidad —contesta Elena inquieta.

Aquello ha sonado justo a lo contrario, a que le interesa de verdad. Y en realidad quiere que se lo cuente. Todas las charlas que han mantenido hasta el momento se han centrado en ella. Salvo que estudia Publicidad y que le encanta su carrera, David no ha hablado nada de sí mismo. No están en igualdad de condiciones.

—No me gusta hablar de mi pasado.

—Ya lo sé. Me lo has dicho. Aunque no lo entiendo.

—¿Qué no entiendes?

—Eso. Que no quieras hablar de ti, de tu vida... ¿No se supone que vamos a ser amigos?

David se detiene y observa a Elena sin perder la calma ni un instante.

—¿No lo somos ya?

—Hace solo un día que nos conocemos.

—A mí me vale —señala el chico, que vuelve a ponerse en marcha—. Hay personas que en un día te aportan más que otras en toda una vida.

—No creo que yo sea el mejor ejemplo de ese tipo de personas. Hasta el momento solo te he manchado un pantalón de tomate y aceite, te he aburrido con mis penas y te he robado horas de sueño.

—¿Crees que esa es toda tu aportación?

—Bueno, también te he hecho esperar a que saliera de clase.

—Eso ha sido porque yo he querido. Tú no me lo has pedido.

—El caso es que me has estado esperando. Y te lo agradezco. Es mejor volver acompañada que sola a la residencia —se sincera Elena.

—Si quieres puedo esperarte cada día.

La chica vuelve a tener la misma duda que hace unos minutos. ¿Qué pretende? ¿Ligar o ser amable con ella?

—No te preocupes, no hace falta.

—¿No has dicho que es mejor volver acompañada a la residencia?

—Sí, pero...

—Pues no hay más que hablar. Tenemos horarios parecidos y creo que salimos más o menos a la misma hora todos los días. Así, ninguno de los dos comerá solo después de clase. ¿Te parece bien?

Elena no sabe qué contestar. ¡Claro que le parece bien! Qué mejor que regresar y comer todos los días con ese chico que la trata tan bien. Pero no quiere darle a entender lo agradecida que está. Entre otras cosas porque desconoce el motivo por el que se está mostrando tan agradable con ella.

—¿Por qué eres tan amable conmigo?

—Ya te he dicho que me caes bien.

—¿Y haces esto con todo el mundo que te cae bien? —insiste Elena.

—¿Hacer el qué? ¿Ser amable?

—Sí. ¿Estás en una especie de concurso de santos? ¿O eres un ángel y quieres conseguir tus alas?

El joven suelta una carcajada al escucharla.

—No, no soy ningún ángel. Y tampoco soy tan bueno como para aspirar a ser santo. Tengo mi lado oscuro —indica el sevillano, y hace una pausa antes de continuar hablando—. En realidad, intento estar cerca de ti porque... te pareces mucho a una ex.

El rostro de Elena se vuelve blanco. Se ha quedado paralizada tras escuchar la confesión de David.

—Es una broma, ¿verdad?

El chico permanece impasible y se limita a mover la cabeza en señal de negación. Hasta que por fin es incapaz de seguir aguantando la risa y admite la verdad:

—Sí, es una broma.

—Capullo. Esas cosas no se hacen.

—¿Ves como no soy tan bueno?

—Ya lo veo, ya.

Los dos continúan caminando entre sonrisas y bromas. No hay duda de que entre ambos hay una conexión muy especial. Una conexión que preocupa a Elena. No es normal que alguien la haga reír de esa forma, ni que desee saber más sobre él. Para ella, aquella sensación es nueva.

La pareja llega a la residencia y entra en el pasillo 1B. Quedan en diez minutos en la puerta para ir a comer juntos. Ambos son puntuales, pero cuando se dirigen al comedor, el teléfono de David suena. Este comprueba el nombre de la persona que le está llamando y decide no responder. Elena se da cuenta y siente curiosidad por saber a quién no ha querido cogerle el móvil. Todo lo que rodea a aquel joven es un auténtico misterio, o eso es lo que le parece a ella. Y quizá no tenga ninguna importancia y sea un familiar pesado o alguien que le ha hecho una perdida para que le llame cuando pueda. En ese instante, la toledana cae en la cuenta de que está empezando a obsesionarse con secretos que quizá ni lo sean. ¿Por qué motivo le sucede aquello?

Dentro del comedor están algunos de los chicos del pasillo terminando de comer. En cambio, David, después de servirse, se dirige a una mesa en la que un joven con la cabeza rapada al dos está comiendo solo. Elena, confusa, sigue los pasos de su amigo.

—Os presento. Este es Toni. Vive en la 1154 —comenta el sevillano después de estrechar la mano a aquel muchacho—. Ella es Elena, también está en nuestro pasillo. En la habitación 1151.

Tras ser presentado, el chico la saluda con un gesto con la mano al tiempo que mastica el trozo de carne que acaba de meterse en la boca. Después sonríe y les pregunta si quieren sentarse con él. Elena mira en primer lugar hacia la mesa donde están los otros, que no se han dado cuenta de su presencia, y después asiente. David ya ha ocupado la silla de la derecha del joven y ella hace lo propio a su lado.

—¿Qué tal tu estreno en la universidad? Estudias Comunicación Audiovisual, ¿verdad?

—Sí. Bien. Todo bien.

Toni contesta a David sin mucho entusiasmo. No va a reconocerle que no ha ido a clase y que se ha pasado toda la mañana pendiente de si Lauren aparecía. Pero ni esta ni su amiga Sonia han dado señales de vida en Skype o en Twitter desde ayer. La noche ha sido muy larga, apenas ha dormido dándole vueltas a todo lo que ha sucedido. Y tiene tantas teorías al respecto que su cabeza está hecha un lío. Solo está seguro de una cosa: si la chica de la foto es la persona de quien se ha enamorado, hará todo lo posible para que esa relación continúe adelante, sea como sea.

Los tres dialogan mientras comen. El joven se muestra simpático y sencillo con Elena y David. De vez en cuando se le escapa en valenciano alguna palabra que luego trata de explicar.

—No es que prefiera el valenciano al castellano, pero es lo que he hablado con mis amigos y mi familia desde pequeño —se justifica—. Y algunas veces los mezclo sin querer.

El chico les da una clase exprés de cómo se dice tal y cual palabra en valenciano; una lección especialmente centrada en términos que tienen relación con la comida. Cuando les está explicando qué son *clòtxines,* los otros integrantes del pasillo 1B, que estaban sentados en la mesa del fondo, se acercan hasta ellos.

—Así que tú eres el de la 1154 —pregona Manu dándole un toquecito en la espalda a Toni después de que David lo presente.

—El mismo. Encantado de conoceros.

El resto le saluda anunciando su nombre y el número de habitación. Aunque no se queda con todo, le llama la atención la chica peruana que también vive en Valencia. No se lo comenta, pero su cara le resulta familiar.

—Bueno, estábamos diciendo que esta noche nos vamos todo el pasillo de fiesta a celebrar el primer jueves que pasamos en la universidad. ¿Qué me decís? —pregunta el malagueño, de pie detrás de Elena.

—Yo no puedo —indica Toni—. Esta noche es imposible.

—¿Por qué?

—Porque he quedado para hablar con mi novia vía Skype. Se lo prometí —miente.

No ha ido a clase, ni piensa salir a ninguna parte hasta que no hable con Lauren. Necesita saber lo que está pasando. Si se va por ahí de fiesta, teme que ella aparezca y se moleste al no encontrarlo conectado. Debe demostrarle que es todo lo que le importa ahora mismo.

—Yo tampoco puedo —comenta Elena mientras los otros, sin ningún éxito, intentan convencer a Toni para que salga.

Iria esboza un gesto de satisfacción. Lo sabía. Mira a Julen y le guiña un ojo. El navarro sonríe y asiente con la cabeza. Sin embargo, ninguno de los dos habla. El que no calla es Manu.

—¡No me digas que te vas a perder la fiesta más importante del año!

—Tengo que estudiar.

—¡Venga ya! ¿El primer día? ¡Si solo hemos tenido la presentación del curso! ¿Qué te vas a estudiar? ¿El nombre de los profesores?

—Ya os dije ayer que no estoy aquí para salir, sino para concentrarme en la carrera.

—Por salir con tus amigos un día no va a pasar nada —insiste Manu.

—Primero es un día, luego otro, y luego llegará otro... No. Y siento parecer borde, pero no quiero hablar más del tema.

Queda claro. Durante el resto de la comida, nadie vuelve a comentarle nada a Elena acerca del primer jueves universitario. Sin embargo, el malagueño no se va a dar por vencido tan fácilmente. Tiene un plan y, en cuanto disponga de un minuto a solas con ella, va a ponerlo en práctica.

CAPÍTULO 15

Regresa a su habitación con la intención de tumbarse en la cama y cerrar los ojos durante un buen rato. Le ha empezado a doler mucho la cabeza de repente. Camina hasta el cuarto de baño y abre un pequeño neceser azul. Rebusca en él y descubre que no le quedan pastillas. Mierda. Tendrá que soportar aquel dolor de cabeza hasta que se duerma, si es que consigue dormirse.

Debe hacer algo para que se le pase. Para ello, primero tiene que relajarse. Sus dolores de cabeza pueden llegar a ser una pesadilla si se alargan mucho.

Se sienta sobre el colchón y comienza a darse un masaje en la sien. Suavemente, dibujando círculos imaginarios en su frente con la yema de los dedos. Mientras lo hace, silba. No muy alto. Aquellas paredes son demasiado finas y no pretende molestar a nadie. Silbar le relaja. No lo hace muy bien, pero aquella cancioncilla no le sale mal del todo. Tal vez porque la ha repetido muchas veces. Se trata de un tema raro, del que no conoce ni el título ni quién lo interpreta. Un día lo escuchó en la radio y se le quedó grabado. Hasta se lo silbó a Shazam para ver si lo reconocía. Evidentemente, no fue así.

El dolor no desaparece y empieza a desesperarse.

Tampoco consigue relajarse. ¿Por qué se encuentra en ese estado? Lo sabe, sabe lo que le pasa. Justo en una semana se cumplirá otro año de la peor tragedia de su vida. Aquel día, todo cambió para siempre.

Siente como si el corazón lo tuviera pegado a la frente. Un pum pum pum insoportable que azota su cerebro y confunde sus ideas.

Necesita desconectar de todo. Alejarse de aquel dolor, del recuerdo. Se prometió dejarlo atrás, pero...

Se pone de pie otra vez y camina hasta la estantería donde tiene alineados los libros. De entre los que se ha llevado a la residencia, selecciona *Ángeles y demonios,* de Dan Brown. Lo abre por el final y deja caer en sus manos un paquetito transparente. Resopla con cierta ansiedad al contemplar el polvo blanco que contiene en su interior.

Allí está la solución momentánea a aquel dolor, el de cabeza, el que le crean los recuerdos. Aunque el mayor de sus problemas seguirá latente, en forma de aquel polvo blanco obsesivo y destructor.

CAPÍTULO 16

(...) Sé que muchos de vosotros pensaréis que exagero cuando hablo de lo importante que es para mí ser una gran abogada y que creéis que en la vida, a mi edad, hay cosas más importantes, como enamorarse, tener pareja, desfasar, pasarlo bien con los amigos... Pero yo soy sincera conmigo misma. Y os juro que ahora solo pienso en estudiar y prepararme lo mejor posible para el futuro. Por eso, hoy ha sido uno de los días más importantes de mi vida. ¡He empezado la carrera!

Y no ha ido mal el primer día, a pesar de que anoche me entró un ataque de pánico.

He conocido a algunos de mis profesores, a varios de mis compañeros, por cierto, la mayoría muy bien vestidos (pero de eso os hablaré otro día), y me he sentido cómoda. No creo que sea muy diferente al resto, aunque hoy me hayan dicho que soy una persona peculiar (de eso también os hablaré otro día). Me refiero a que he conseguido pasar desapercibida y no he dado la nota. Me preocupaba que alguien la tomara conmigo desde el principio. Afortunadamente, no ha sido así.

Todos tenemos nuestra manera de ser y de comportarnos. Y creo que lo importante es ser fiel a ti mismo. Porque si eres como todos quieren que seas, te convertirás en alguien que no eres. ¿No creéis? Mis principios son los que son, y si cambio, será porque tengo que cambiar. No porque me digan que debo hacerlo.

Bueno, ya me he desahogado un rato. Os dejo por hoy. Y lo hago con una pregunta: ¿os gustan las coles de Bruselas? No, no me he vuelto loca. Es por algo que me ha pasado antes. Ya os lo contaré también...

Ciao! Hasta otro día, mirones.

Elena repasa una vez tras otra lo que ha escrito en su blog y cambia algún detalle del texto. Minutos después, decide publicarlo. Llegan los primeros comentarios dándole ánimos y deseándole que tenga un gran curso. También la felicitan por permanecer fiel a sus principios. No escribe para recibir piropos ni halagos, pero agradece que gente, a la que ni siquiera conoce, se muestre tan atenta con ella. Eso la anima. Aunque hay algo que le ha quedado muy claro: a nadie le gustan las coles de Bruselas.

Antes de apagar el ordenador, revisa sus redes sociales y el correo electrónico. Le ha llegado un *e-mail* de la propia Facultad de Derecho dándole la bienvenida y poniéndose a su disposición para lo que necesite. Por lo menos ya sabe que tienen un buen *community manager.*

¿Y ahora qué hace? ¿Estudia? No tiene nada que estudiar. En realidad, Manu llevaba razón: esa mañana solo han presentado algunas asignaturas del primer cuatrimestre. Quizá esté siendo un poco exagerada con el tema de los estudios.

Le apetece ver a David. ¡Le apetece ver a David! No, eso no puede ser. ¿Por qué tiene tantas ganas? Han vuelto de la universidad juntos, han comido juntos, han regresado al pasillo juntos... Ni debe ni quiere engancharse a nadie. Es un chico especial, no hay duda. Pero no va a pillarse de él. ¡Eso no está en sus planes!

Anoche fue un amor con ella. Y hoy la estaba esperando para que no regresara sola... No, no va a pensar más en David. ¡Es un error recrear tanto su mente en él!

Un paseo sola por la residencia le vendrá bien. Abre la puerta de su habitación y sale al pasillo. Desde el interior del cuarto de enfrente escucha como el sevillano está hablando con alguien por teléfono. ¿Será la misma persona a quien antes no quiso responder? No le importa. Y si le importa, en cualquier caso no es asunto suyo. David se ríe. Parece muy animado... ¿Una chica? ¡Bah! Le da lo mismo. Empuja la puerta del pasillo y lo abandona. No va a pensar más en él.

Afuera brilla el sol. Sopla un poco de aire que, más que molestar, alivia. El calor y el verano continúan presentes en Madrid; por eso, la brisa le resulta bastante agradable.

Elena camina por el borde de aquella especie de lago, hasta la cascada. El ruido del agua cayendo con fuerza le gusta. Es una sensación diferente, relajante. Justo lo que buscaba. Tenía la intención de sentarse en uno de los dos bancos que hay allí, pero una pareja de novios ocupa el otro. Están bastante acaramelados. Seguramente, alguno de los dos haya ido de visita o se esté despidiendo del otro antes de regresar a alguna ciudad lejos de Madrid. No quiere molestarlos, así que da media vuelta y se dirige a otra zona de la residencia. A la que está en el otro extremo, donde se halla la piscina cubierta que todavía no ha visto.

No puede quejarse del paisaje de aquel sitio. Además de contar con un lago, todo está cubierto de césped, de árboles y de plantas. Miles de florecillas silvestres de todo tipo de colores se abren paso a ambos lados del sendero de piedra que desemboca en el pequeño edificio donde se encuentra la piscina. Si no fuera porque a un poco más de un kilómetro está la universidad, aquello parecería un lugar para pasar las vacaciones de verano. Sin duda, saldrá a pasear muchas veces sola por allí cuando la agobien los estudios. Sin embargo, en ese instante percibe que no está sola. Oye pasos a su espalda y, al girarse, descubre a Manu, que va tras ella. Elena se detiene y pone los brazos en jarra. Se terminó la tranquilidad.

—¿Y ahora qué quieres? ¿No piensas dejarme nunca tranquila?

—Qué carácter tienes. Ni que estuviera todo el día detrás de ti —contesta el malagueño al llegar a su altura.

—En los dos días que llevo aquí, eres la persona a la que más veces he visto.

—¿Más que al sevillano?

No, más que a David, no. Con él ha pasado gran parte de las horas que lleva en la residencia. Pero no va a seguirle el juego. ¡Si no quería volver a pensar en aquel chico!

—¿Por qué me has seguido?

—No te he seguido. Simplemente, me apetecía dar un paseo por aquí.

—Qué casualidad.

El joven se encoge de hombros y juntos continúan

caminando por aquel sendero de piedras rodeado de flores a izquierda y derecha.

—¿Has visto ya la piscina cubierta?

—No, a eso iba precisamente —responde Elena, a quien, en realidad, tampoco le molesta tanto la compañía de Manu—. Pero no se puede usar, ¿no?

—Solo los fines de semana. Lo pone en el cuadernito que nos dieron con las reglas.

—Sí, recuerdo haberlo leído.

—¿Querías darte un baño?

—No. Ni siquiera tengo bikini aquí. No me he traído ninguno de Toledo.

—Puedes bañarte desnuda.

—Ya. Y contigo mirando, ¿verdad?

—En primera fila.

—Ni en tus sueños más... —Elena iba a decir «húmedos», pero se reprime a tiempo. Le hubiera dado juego para demasiadas cosas una conversación de esa clase—. Optimistas.

El malagueño suelta una carcajada: ha intuido el trueque de palabras que la chica ha realizado en el último momento. Le gusta tontear con ella, y en sus sueños seguramente aparecerá de múltiples formas.

Cuando llegan al final del caminito, se topan con un pequeño edificio en color rojizo y con el techo transparente. La pareja se acerca hasta la puerta y descubre que está cerrada.

—Vaya. Creía que se podría ver aunque no permitan utilizarla hasta el sábado —protesta Elena.

—Espera aquí un segundo.

—Pero ¿adónde vas?

Manu no responde. Se separa de la toledana y se

encamina a la parte de atrás del edificio. Veinte segundos, no más. Ese es el tiempo que Elena decide hacerle caso. Después, también ella se dirige a la zona trasera de aquel sitio... y se queda a cuadros cuando ve lo que el chico está haciendo. Manu la regaña al percatarse de su presencia allí.

—¿No te he dicho que me esperaras?

—¿Qué haces?

—¿Tú qué crees?

La joven observa boquiabierta como Manu está intentando forzar la puerta de atrás con un alambre.

—¡Yo me voy! —grita Elena dándose la vuelta. Sin embargo, en ese instante, la puerta se abre—. ¡Esto es increíble!

—¡Pero no te vayas! ¡Si la he abierto para ti! ¿No querías ver la piscina?

—¡Estás muy mal de la cabeza! ¡Eres un delincuente! —exclama ella muy enfadada.

Camina muy deprisa, temerosa de que alguien los haya visto. Lo único que le faltaba es que la echen en el segundo día como residente.

Aunque es de zancada ágil, Manu logra alcanzarla fácilmente. Se coloca delante y le cierra el paso.

—¿Me puedes escuchar un segundo?

—¡No! ¡Quiero irme a mi cuarto!

—Me encanta cuando te pones así.

—¿Quieres que te dé en el mismo sitio donde te planté ayer el rodillazo?

El joven sonríe, se mete la mano en el bolsillo del pantalón y saca una llave.

—No soy ningún delincuente.

—¿Qué es eso?

—La llave del edificio —responde sin parar de sonreír—. Me la ha dejado Jesús, el bedel de la residencia. Es un tío muy simpático.

—No entiendo nada. ¿Qué haces tú con esa llave? Y si la tienes, ¿por qué has intentado forzar la puerta de atrás?

—Porque quería verte así. Me gusta cuando te pones tan nerviosa. Pero solo era una broma. Lo del alambre y eso era para darle emoción y ver la cara que ponías.

—Eres un capullo —responde Elena, que sigue muy tensa—. Explícame por qué tienes tú la llave.

Manu asiente y, mientras regresan sobre sus pasos, le cuenta todo. Antes de encontrarse con ella, ya tenía intención de pedirle que fueran juntos a ver la piscina cubierta. Entonces le preguntó a Jesús si era posible. Este le dijo que el edificio estaba cerrado y que solo lo abrían los fines de semana. Pero después de mucho insistirle en que quería verla, solo verla y no bañarse en ella, el conserje accedió a regañadientes. Aunque no le dio la llave de la puerta principal, sino la de la puerta de atrás, para que nadie los viera entrar.

—Y eso es todo. Así de sencillo —concluye Manu mientras invita a Elena a internarse en el edificio.

—No me lo puedo creer. ¿Has convencido al bedel para que te dejara estar aquí?

—Ya ves. Tengo ese don. Soy capaz de conseguir cosas como esta.

La chica no sabe si recriminarle o aplaudirle. Pero gracias a él ha satisfecho su curiosidad.

Aquel lugar parece más grande por dentro que por fuera. La piscina está justo en el centro y es enorme. Incluso hay una grada en uno de los laterales.

—Está templada —dice Elena, que se ha inclinado para tocar el agua.

—No me digas que no te apetece un baño.

Mentiría si contestase que no. Cualquiera que estuviera allí dentro desearía darse un buen chapuzón.

—Le pediré a mi madre que me traiga un bikini la próxima vez que venga a visitarme.

—Estamos los dos solos. No necesitas bikini ahora.

—¿Otra vez con eso?

—¿Y qué más da? No tendrás nada oculto que no les haya visto ya a otras.

—Cuanto más te conozco, más capullo me pareces —comenta Elena incorporándose. Le fastidia su sonrisa. Sin embargo...

—Sal con nosotros esta noche —le dice Manu mientras se acerca a ella—. ¿De qué tienes miedo? ¿De que te guste más pasarlo bien que estudiar?

—¿Y eso a qué viene ahora?

Pero el malagueño no le responde. Poco a poco se aproxima más al borde de la piscina. Elena se aleja de él por miedo a que la empuje al agua. ¡Lo ve capaz de todo! Aunque si él quisiera, lo haría por mucho que se distancie. Es un tío fuerte y rápido: no podría escapar.

—Viene a que quiero que salgas con el grupo de chicos que vamos a ser tus amigos durante este curso. A lo mejor nos convertimos en tus mejores amigos.

—No hace falta que salga por la noche para ser amiga vuestra.

—No. No hace falta. Pero yo quiero salir contigo por Madrid. De todos los del pasillo, eres la que más me interesa.

—Pues tú a mí no me interesas nada.

—Siempre estás a la defensiva —apunta Manu, que permanece rozando el bordillo de la piscina—. Solo tienes que relajarte, olvidarte de los estudios por un rato y disfrutar de la vida.

—Disfruto de la vida a mi manera.

—Elena, tienes muchos días para ser Elena la empollona, Elena la perfecta... Elena la que pasa de divertirse y solo quiere estudiar y ser abogada. Pero hoy es un día especial. Vente con nosotros y pásalo bien.

—Ya te he dicho que...

—Incluso tienes permiso para liarte conmigo si quieres.

—¡Ah! ¡Muchas gracias, hombre! Eres el tío con la cara más dura que conozco.

Pero a Manu aquello, lejos de molestarle, le divierte. Y continúa con su plan.

—Si sales hoy con nosotros, prometo no darte más la lata. Por lo menos en una semana.

—Ya te he dicho que no voy a salir.

—Solo hoy —insiste—. Si en realidad te apetece. Te apetece mucho. Además, si no sales con nosotros, me tiraré al agua.

—Por mí, haz lo que te dé la gana.

—¿Sí? ¿Seguro?

—Claro. Eres libre, pero conmigo no cuentes. No pienso bañarme en la piscina.

El joven no aparca su sonrisa en ningún momento. Al contrario, sigue pasándolo bien con Elena.

—¿Y si le contara a Jesús que has sido tú la que me ha empujado? ¿O al director de la *resi*?

—¿De qué me estás hablando?

—Nos echarían la bronca a los dos y quién sabe qué

decisión tomarían. A mí no me importa que me castiguen. ¿A ti?

—¿En serio harías eso? No te creerían.

—¿Probamos? Me tiraré vestido para darle más realismo a la historia y que parezca que mi caída no ha sido voluntaria.

Elena se cruza de brazos indignada. Le está haciendo chantaje solo para que salga con ellos por la noche. ¡Cómo puede ser tan capullo!

—Eres lo peor del mundo.

—Míralo de otra forma. Tienes a un tío, un bombón, por cierto, que está sacrificándose solo para que salgas el primer jueves de tu etapa universitaria con un grupo de chicos que van a ser tus amigos durante nueve meses. ¡Si hasta te estoy haciendo un favor!

La chica resopla y luego sonríe para sí. No va a admitir que ya había pensado en eso. Que es un halago que aquel malagueño se haya fijado en ella y que por todos los medios quiera que salgan todos juntos aquella noche. Ni siquiera habría hecho falta el chantaje para que finalmente aceptara. Ya tomó la decisión hace un buen rato. Sin embargo, no va a reconocerlo y dejará que Manu se apunte el tanto. Ya tendrá ella tiempo de vengarse más adelante. Ahora tiene que pensar en lo que va a ponerse.

CAPÍTULO 17

Nada. Hoy todavía no ha escrito en su cuenta de Twitter. Es tan raro en ella... Sus seguidores son muy importantes para Lauren. Aquel club de fans del que es presidenta le ha proporcionado grandes satisfacciones desde que abrió la cuenta. No recuerda cuándo fue la última vez que estuvo un día entero sin comentar nada de Dani Martín, subir una foto de él o contestarle a alguno de sus *followers*. Es que ni un simple retuit.

Toni se lamenta de ser el culpable de aquella ausencia. Porque está muy claro que él es el responsable del silencio de la chica.

Tampoco sabe nada de Sonia, aunque eso no le importa demasiado. Ahora que las cartas están sobre la mesa y sabe que habla con ella solo porque es amiga de Lauren, quizá no vuelvan a conversar. Y mejor así. Aquella chica no le aporta nada y, después de lo de anoche, prefiere no verla más.

No cesa de entrar y salir de Skype y de examinar su cuenta de Twitter para ver si hay novedades. Está ansioso y desesperado. ¿Hasta cuándo va a aguantar sin aparecer? Si al menos tuviera su teléfono...

No deja de mirar la foto que le envió, y cuanto más

lo hace, más siente que la quiere. La quiere de verdad. Aunque solo la conozca desde hace menos de un mes o se comporte de esa manera tan extraña. Es una preciosidad y sus ojos son increíblemente bonitos. Sigue sin comprender el motivo por el que se esconde de la gente. Pero sobre todo no entiende la razón por la que se esconde de él. Pensar en ella es como recorrer un laberinto que no le lleva a ninguna parte. ¿Dónde estará?

Un suave toc toc en la puerta saca momentáneamente a Toni de su obsesión. Se levanta y abre. Delante de la 1154 está la chica peruana que conoció a la hora de comer. Le sigue resultando muy familiar, pero no sabe por qué.

—Hola —la saluda al verla, algo sorprendido.

—Hola, ¿qué tal? ¿Te molesto?

—No. Para nada. Pasa.

Nicole entra en el cuarto de Toni. Está bastante desordenado, incluso tiene la maleta en el suelo, todavía sin deshacer del todo. Hay ropa encima de la silla, y las sábanas, hechas un ovillo, reposan a los pies de la cama. Sin embargo, a él no parece importarle que ella vea la habitación en ese estado. Y si él no le da importancia, ella tampoco lo va a hacer. Sonriente, se queda de pie apoyándose en el escritorio de madera.

—Perdona por venir a esta hora. Quizá estabas durmiendo y te he despertado.

—No, no suelo echarme la siesta. Estaba... —El joven mira hacia el ordenador—. Estaba esperando a que mi novia se conectase a Skype para hablar con ella.

—Qué buen chico eres. Parece que la quieres mucho.

—Sí, ella es... muy importante para mí.

—Qué bonito lo que dices. El hecho de que esta noche no salgas con nosotros para hablar con ella te define como un gran novio.

Si esa chica supiera que ni siquiera se conocen en persona y que la primera vez que vio una foto suya fue anoche, no pensaría lo mismo. ¡Si no son ni novios! Aunque le gusta imaginar que Lauren y él tienen una relación y se quieren.

—Habrá más noches para salir.

—Claro. Muchas más. El curso acaba de empezar. Y novia solo hay una. ¡O eso espero!

Los dos jóvenes sonríen y se miran un instante en silencio. Toni continúa sin saber de qué conoce a Nicole. Y tampoco qué ha ido a hacer a su habitación.

—Así que eres valenciano —dice la joven por fin—. ¿Por dónde vives?

—Cerca de la estación de trenes.

—¿La de Joaquín Sorolla?

—Sí, en Patraix.

La chica hace un gesto afirmativo y vuelve a sonreír.

—Ya decía yo que me sonabas de algo —comenta la peruana efusivamente—. Yo también vivo por esa zona. En Archiduque Carlos, enfrente del Parque del Oeste.

—¿De verdad? ¡He pasado muchas tardes allí cuando era pequeño! Me gustaba ir a ver el avión.

—¡Sí, ese avión es mítico! —exclama Nicole—. Yo solo llevo seis años viviendo en Valencia, pero he ido varias veces a verlo con mi hermana pequeña.

—Pues entonces seguro que hemos coincidido alguna vez. Tú también me resultabas muy familiar. Estoy completamente convencido de que nos hemos tenido que cruzar.

Los dos comienzan a hablar de las posibilidades de

haberse encontrado en más de una ocasión por aquella zona. Quizá tengan amigos en común, se hayan visto en la propia estación Joaquín Sorolla o hayan comprado el pan en el mismo sitio. Cosas por el estilo. Solo hay una cosa segura para ambos: no es la primera vez que se ven.

—El mundo es muy pequeño —señala alegre Nicole.

—Ya ves. Y tan pequeño.

—¿Qué posibilidades había de que dos personas que viven tan cerca terminaran en la misma residencia y, además, en el mismo pasillo?

—Pues pocas. Pero las casualidades existen. Esta es la prueba.

Toni y Nicole siguen hablando durante un buen rato. Ella le cuenta lo de su padre y el traslado de parte de su familia desde Lima a España. Él, que tiene una hermana más pequeña a la que seguro que echará mucho de menos en Madrid. Charlan de lo que esperan del curso y de lo bien que les han caído el resto de los compañeros de pasillo. La conversación es tan animada que el chico no se da cuenta de que en su ordenador, en la parte de abajo, se ha abierto una pestaña y parpadea en color naranja.

—Oye, creo que alguien te está hablando —comenta la chica señalando el portátil.

Toni rápidamente acude a comprobar lo que dice Nicole. Mira la pantalla y es cierto: hay una pestaña nueva abierta. Alguien le está hablando en Skype. Se trata de... Lauren.

El valenciano se pone muy nervioso, incluso le tiemblan las manos al mover el ratón. ¡Ha vuelto! Después de casi un día sin saber nada de ella, la chica de quien se ha enamorado locamente le está hablando. Solo es un simple «hola, Toni», pero eso le vale para volver a activar todos sus sentidos y recuperar la esperanza.

—Es mi novia —le explica a Nicole.

—¡Ah! Muy bien. Pues... me marcho. Os dejo solos. Me ha encantado conversar contigo.

—Igualmente. Ya seguiremos en otro momento.

—Claro, cuando tú quieras. Vivo muy cerca de aquí. No tiene pérdida —bromea la peruana.

—Si me pierdo en un pasillo de nueve habitaciones, me lo haré mirar. Aunque la orientación nunca ha sido mi fuerte.

Nicole suelta una carcajada y se despide del chico deseándole una feliz conversación con su novia. Él le da las gracias y cierra la puerta cuando se va. Le ha caído muy bien, pero se moría por responder a Lauren. En cuanto está solo, lo hace.

—Hola, te he echado mucho de menos. ¿Dónde estabas?

—Hola, cariño. ¿Te pillo en buen momento?

—Sí, no te preocupes. Estaba repasando el horario de mis clases.

Iria nota que el tono con el que su novio le habla es más pausado y calmado que el que utilizó en la conversación de antes. Eso la tranquiliza. Estaba muy preocupada por lo que se habían dicho. Si se aventuró a dejar Coruña para estudiar en Madrid fue gracias al consentimiento de Antón. A él le costó mucho aceptarlo, pero finalmente dio su visto bueno con la promesa de que nada cambiaría entre ellos.

—¿Y tienes un horario muy duro?

—Lo habitual para tercero de carrera. Cuatro horas de clase por las mañanas y los martes y los jueves también por la tarde. Aunque libro los viernes.

—Qué bien, ¿no?

—Sí, al menos nos dejan respirar los fines de semana.

La pareja habla durante varios minutos del horario del chico. Iria se alegra de verle mejor. Parece más animado y todavía no le ha hecho ningún reproche. Sin embargo, el tema que tanto le inquieta, tarde o temprano, tenía que salir.

—Bueno, ¿qué tal tu día? —le pregunta Antón una vez que han acabado de hablar de él y de sus asignaturas—. ¿Te has hecho ya amiga de alguien?

—He conocido a varios chicos. Pero todavía es pronto para considerarlos amigos.

—Seguro que alguno es guapo.

—Ninguno más que tú.

En ese instante, Antón cambia otra vez su tono de voz. Más apesadumbrado, como si de repente se sintiera mal y recordara lo lejos que se encuentran.

—¿Sabes? No dejo de pensar en que conocerás a otro y te olvidarás de mí.

—¿Cómo puedes pensar algo así?

—Porque no sería algo raro, ni difícil. Les pasa a muchas parejas.

—A nosotros no nos pasará. Te quiero. Y eso no va a cambiar por muchos días que estemos sin vernos o por muchos kilómetros que haya de distancia entre tú y yo.

Sin embargo, el chico no está tan convencido de que eso sea así. Le cuenta a Iria varios casos que conoce de parejas de amigos suyos de la universidad que rompieron porque uno de ellos se alejó y se fue a estudiar a otra ciudad.

—Amor, no nos compares con nadie, por favor. Cada caso es diferente.

—Es que estas parejas también se prometieron que aguantarían la distancia y no lo lograron.

—Nosotros no somos como ellos —le asegura Iria tratando de mostrarse serena y lo más optimista posible—. Hablamos mucho de esto. Estábamos de acuerdo en que viniera. Y no voy a tirar la toalla a las primeras de cambio. Me niego a eso. Me niego porque te quiero y te voy a seguir queriendo igual o más desde aquí.

La rotundidad y la determinación con las que habla la chica hacen efecto en su novio, que suspira al otro lado de la línea.

—Vale. Confiaré en nosotros. Te haré caso.

—¡Muy bien! —exclama la gallega feliz—. Todo saldrá perfecto. Ya lo verás. Es que no puede salir mal porque no hay nadie como tú ni lo habrá.

El joven no dice nada más sobre el asunto. Intenta que no se le noten sus dudas. No cree que sea tan sencillo como ella lo plantea.

—Esta noche hay una fiesta de inauguración del curso —señala Antón cambiando de tema—. No sé si ir. Los chicos insisten, pero... No sé.

—Ve, amor. Diviértete. Te vendrá bien.

—¿Tú qué vas a hacer?

Iria piensa un instante. Si le dice que se va de fiesta con sus compañeros de pasillo, después de haber conseguido que se tranquilice y confíe en ella, no se lo tomará nada bien. Y volverán a discutir. Lo mejor es que de momento se lo oculte. Ya mañana se inventará algo para explicárselo.

—No lo sé. Me quedaré en la habitación y leeré algo hasta que me quede dormida. Aún no he terminado *Eleanor & Park.*

—Entonces, ¿no te importa que vaya a la fiesta con mis amigos?

—Claro que no.

—No llegaré muy tarde. Y te escribiré.

—Cariño, no te preocupes por mí y pásalo bien.

—Bueno. De todas maneras te enviaré un wasap.

Iria respira. Se alegra de que Antón haya recuperado la sonrisa. Ha ido mejor de lo que esperaba. A él le vendrá bien salir un rato con sus amigos de la universidad y olvidarse de la distancia, de las dudas y de todo eso que tiene metido en la cabeza. Siente no decirle la verdad. En realidad, no tendría por qué mentirle. Pero es mejor para ambos no hablarle de ese primer jueves universitario en Madrid y lo que se dice de él. Antón estará más tranquilo si no se lo cuenta. Y ella también.

CAPÍTULO 18

Elena y Manu regresan juntos a la residencia. Al final, el chico la ha convencido para que salga con el grupo esa noche. Y lo ha hecho sin necesidad de tirarse a la piscina. ¿Iba en serio con su chantaje? Ella cree que no, pero con él todo parece posible. Nunca había conocido a alguien con tanto morro y con semejante capacidad para ponerla de los nervios. En cambio, hay algo en aquel malagueño que le gusta y está segura de que no es tan fiero como se pinta a sí mismo o quiere aparentar.

—¿Es verdad eso de que nunca te ha interesado ningún tío?

—Completamente cierto.

—¿Y cómo es posible? ¿Tan feos son los tíos de Toledo?

—No es eso —contesta Elena con una sonrisa—. Hay de todo, como en cualquier parte.

—¿Entonces? ¿Cuál es el problema?

—No hay ningún problema. Simplemente, que pienso más en otras cosas.

—Pero si conoces a alguien que realmente te interese..., ¿qué harías?

—Ya os lo dije anoche. Si me enamoro, contaré hasta cien.

Los dos siguen andando con tranquilidad por el caminito de piedra que conduce hasta el gran edificio en el que viven. Es un sitio bonito para ir de la mano de una pareja y recrearse en los cientos de florecillas de colores que han crecido en los márgenes. Pero ni Elena ni Manu piensan en buscar o encontrar una pareja en ese momento. Ambos, por razones muy diferentes. En cambio, continúan hablando del amor.

—Yo tampoco pienso enamorarme —señala el malagueño con las manos refugiadas en los bolsillos del pantalón—. Enamorarse es peligroso. Si lo haces y las cosas no salen como quieres o planeas, se te puede romper el corazón.

—¿Te ha pasado?

Manu ríe para sí y luego la mira a ella fijamente. ¿Que si le ha pasado? No va a contarle la verdad. Al menos, no ahora.

—¿Tú me ves a mí con pinta de haberme pillado de alguna tía?

—Las apariencias engañan. Además, no tengo ni idea de cómo ha sido tu vida.

—A mí el rollo ese del compromiso no me va. Y ahora menos. ¿Tú sabes la de chicas que van a querer liarse conmigo este año?

Elena arquea las cejas. No sabe si reír o llorar. Aquel chico definitivamente no tiene ni vergüenza ni un gramo de humildad.

—Seguro que en un par de días tendrás una larguísima lista de espera.

—Tú también lo crees, ¿no? Si es que no sé qué voy a hacer para organizarme con tantas proposiciones.

—Si quieres te las llevo yo. Te hago de secretaria —comenta Elena sarcástica.

—Perfecto. Apunta tu nombre en primer lugar. ¿Te viene bien mañana a las once?

—No puedo, he quedado.

—¿En serio? No será con uno de Sevilla y un tatuaje en el cuello. No te lo recomiendo, demasiado simple. Es mucho mejor un tío de su pasillo. Uno de Málaga que está muy bueno. Deberías pensártelo. Repetirías.

La chica sacude la cabeza negativamente y sonríe, aunque en esta oportunidad no responde. Deja que Manu le siga tirando los tejos hasta que llegan a la residencia. Es increíble la capacidad que tiene para hablar sobre sí mismo y sus múltiples cualidades. Aunque Elena ya le ha cogido el truco y no entra en su juego. Mucha fachada. Ya sabe que hay más en él y que no es tan superficial como quiere dar a entender.

Ya en el interior del edificio, la pareja se dirige al pasillo 1B tras saludar a Jesús, el bedel. Pero la toledana se inquieta al recordar algo.

—Oye, ¿no vas a devolver la llave de la piscina? —le pregunta Elena, extrañada de que Manu no se la haya entregado al hombrecillo. Es muy raro, porque este tampoco se la ha pedido.

El joven ríe y abre la puerta del pasillo.

—Luego se la daré a Jesús.

—¿Luego? ¿Cuándo? —insiste ella confusa.

—Esta noche o mañana. No te preocupes por eso.

—Pero...

En ese instante, de la habitación 1152 sale David, que los ha escuchado llegar. El sevillano tiene el móvil encendido en la mano. Elena se pregunta si todo ese tiempo ha estado hablando con la misma persona.

—Bueno, yo me marcho a mi cuarto un rato. Luego

os veo en la cena —se despide Manu sin darle ninguna importancia a la presencia del otro chico.

El malagueño se mete en su habitación y se encierra en ella. Mientras, Elena y David se quedan uno frente al otro en el pasillo. El chico le pide con la mano que espere un segundo y se pone de nuevo el teléfono en la oreja para despedirse de alguien. La joven puede escuchar una voz femenina al otro lado de la línea que hace lo propio con él. No distingue lo que le dice, pero está segura de que es una chica. Aquello de alguna forma la molesta. ¿Por qué? Ni siquiera sabe quién es. No le gusta lo que está sintiendo en ese momento. ¿Son celos?

—Hola, ¿qué tal? —le pregunta el chico, sonriente, cuando cuelga.

A él, en cambio, parece no haberle afectado que ella haya llegado con Manu. Y eso quizá hasta la fastidie más. Pero ¿en qué está pensando? ¿Por qué debería afectarle? Se está volviendo paranoica.

—Bien —contesta muy seria—. He estado dando una vuelta con el malagueño.

—Ah. Genial. ¿Por la residencia?

—Sí. Hemos estado viendo la piscina cubierta.

—Yo no la he visto todavía —indica David, que no para de sonreír—. ¿Es grande?

—Sí.

Su respuesta, breve y rotunda, es señal de que no se encuentra a gusto a su lado en ese instante. No comprende por qué está tan molesta con él, pero no sabe ocultarlo, aunque da la impresión de que a David o le da lo mismo o no se ha dado cuenta.

—El sábado iré a darme un baño. He leído en las normas que solo puede usarse los fines de semana.

—Es verdad. Durante la semana está cerrada, aunque Manu ha conseguido que el bedel le dejara la llave para que pudiéramos verla.

—¿En serio? Lo que no consiga ese Manu...

Aquella sonrisa la está matando. ¿Es que no va a mostrarse ni un poquito celoso de que hayan pasado un rato a solas? Elena se peina nerviosa con las manos. Nunca le había sucedido algo semejante. Y le preocupa. Mentalmente, se autoinculpa de salirse del guion. La chica que está sintiendo eso no es ella misma. La verdadera Elena Guillermo solo ha ido a la universidad para estudiar. ¡Nada de chicos! ¡Nada de amor! Nada de... nada. ¡Derecho! ¡Simplemente ha ido a la universidad para estudiar Derecho!

—Ya ves. Él es así. Hasta ha conseguido que salga con vosotros esta noche —suelta con una risilla tensa—. ¡Vivan los jueves universitarios!

Aquello sí que sorprende a David, que abre mucho los ojos y enarca las cejas.

—¿Sales esta noche con nosotros?

—Sí —asiente, y deja escapar una carcajada nerviosa—. Soy una mujer de principios. No cambio nunca de opinión.

—Ya veo, ya.

Tras otra risotada descontrolada, la joven se pone seria y agacha la cabeza. David la observa con curiosidad. En dos días ha visto varias caras distintas de aquella chica. Eso le divierte.

—Oye, en serio. No soy así.

—No pasa nada. Me alegro de que salgas con nosotros —reconoce el joven—. No tienes que quedarte encerrada.

—Es que...

—Ya lo sé: estás aquí para convertirte en abogada y nada más. Lo has dicho unas cuantas veces. Pero ninguno de nosotros te va a criticar por salir a dar una vuelta o tomarte una copa. Me parece que es hasta necesario que lo hagas de vez en cuando.

Aquella especie de discurso que David le está dando la tranquiliza, aunque no la consuela. La han convencido demasiado fácil. No le agrada decir una cosa y terminar haciendo otra.

—De vez en cuando no. Hoy. Solo hoy. Por ser el primer jueves y no tener nada que estudiar.

—¿Ya te sabes el nombre de tus profesores?

—No seas tonto —replica Elena enfadada. Sigue molesta por todo—. Me voy a mi cuarto.

—¿Te veo en la cena?

—Ahora mismo no tengo hambre.

Y, dándose la vuelta, abre la puerta de su habitación y entra en ella sin decirle nada más a David, que se ha quedado de pie en el pasillo, extrañado por el comportamiento de la chica.

¿Por qué se siente así? ¿Por esa estúpida llamada de teléfono? Podría ser de una prima o de una amiga que solo sea amiga y nada más. Lo cierto es que se le veía muy alegre. Si era de una amiga... ¿Le gustará?

Se lanza encima de la cama bocarriba. Su sonrisa no se le quita de la cabeza. Qué más da con quién haya estado hablando y si le ríe las gracias a otra. Ella no es graciosa, tiene un sentido del humor poco desarrollado. No es su culpa, simplemente es así. Su carácter.

Debe tranquilizarse un poco. No puede dejarse llevar por ese tipo de arrebatos cada dos por tres. Si hasta echa de menos Toledo, a sus padres e incluso a Marta, algo que pensaba que nunca pasaría. ¿Habrá hecho ya el cambio de habitación?

Coge su móvil y decide llamarla. Al segundo tono, responde.

—Hola, hermanita, ¿cómo estás?

—Bien, y tú, ¿qué tal?

—Muy bien. Algo sorprendida porque me llames.

—Eres mi hermana, ¿dónde está la sorpresa?

—No sé, tienes una forma de ser tan peculiar...

¿Peculiar? ¿Ha dicho peculiar? Será solo una coincidencia. O no. ¿Es que Marta lee su blog?

—No está tan mal ser un poco diferente al resto.

—Si tú lo dices... ¿Qué tal el primer día de clase?

—Normal. No hemos hecho demasiado —responde aún dándole vueltas a lo de «peculiar»—. Papá y mamá están trabajando, ¿no?

—Sí, en el despacho. Yo estoy sola en casa.

—¿Has terminado ya de cambiarte de habitación?

—Sí. Esta noche ya he dormido en tu cuarto. Bueno, tu excuarto.

—Sabes que no me gusta nada que me lo hayas quitado, ¿verdad?

—No te lo he quitado, te lo he cambiado. Pero no hablemos más de eso, por favor. Me aburre. Y bastante trabajo me ha dado ya.

—¿Y de qué quieres hablar?

Marta no responde enseguida. Elena la oye suspirar en el silencio.

—Creo que me he enamorado.

—¿Que te has enamorado?

—Sí. Estoy casi segura de que esto es amor.

—¿Es de alguien de tu clase?

—¡No! ¿Bromeas? ¡Esos son solo niñatos! No podría enamorarme de uno de esos tíos.

Habla como si ella tuviese diez años más que ellos, y solo acaba de cumplir dieciséis. Además, aunque vaya de madura, su comportamiento, en ocasiones, es bastante infantil. Pero no le dice nada para no molestarla.

—Entonces, ¿quién es el afortunado?

—Tu vecino de pasillo —susurra tímidamente.

—¿Cómo? —pregunta la hermana mayor, que se queda de piedra.

—He estado hablando con él más de una hora y media por teléfono y es tan increíble... Elena, me parece que me he enamorado locamente de David.

CAPÍTULO 19

Nunca olvidará aquella tarde. El chico de la 1154 no deja de pensar en lo que ha pasado hace unos minutos. Todavía se encuentra en estado de *shock*. Tumbado sobre su cama, lo recuerda con un sabor de boca dulce y al mismo tiempo extraño. ¿Cómo han llegado a...?

—Hola, Toni.

—Hola, te he echado mucho de menos. ¿Dónde estabas? —teclea el valenciano un par de minutos después, tras despedirse de Nicole.

El siguiente envío de Lauren tarda también dos o tres minutos en llegar, lo que provoca que el valenciano se impaciente. Finalmente, la chica responde.

—Pensando.

—Eso no sé si es bueno o malo —indica el joven antes de enviarle una petición para iniciar una videoconferencia.

Ella no acepta conectar su cámara, como es habitual, pero sí puede ver a Toni, que la saluda con la mano y sonríe. Sin embargo, la respuesta de Lauren no es tan animada.

—Creo que es más bien malo.

—No me asustes. ¿Qué has pensado?

—He pensado en desaparecer. En desaparecer para siempre.

—¿Cómo que desaparecer? ¿Para siempre? ¿De qué estás hablando?

La contestación a la pregunta que Toni acaba de hacerle no llega. La espera se le hace eterna. El chico gesticula ante la cámara y repite varias veces lo mismo. Necesita saber a qué se refiere.

—A desaparecer para siempre —señala por fin ella—. Abandonar Twitter, marcharme de las redes sociales. No conectarme más a Skype...

—No puedes estar hablando en serio. ¿Por qué?

—Porque sí, Toni.

—Esa no es una respuesta. Nada es solo porque sí. No me conformo con eso.

—Pues tendrás que hacerlo.

El valenciano se pasa una mano por su cabeza rapada y luego se frota los ojos. Está desconcertado. Aquello le ha cogido desprevenido.

—¿También vas a desaparecer de mi vida?

—No lo sé —escribe Lauren—. Quizá es lo mejor.

—¿Lo mejor? ¿De verdad piensas eso?

—Tengo la cabeza hecha un lío. No sé ya qué es mejor o peor para mí.

—No es justo que solo pienses en ti.

—Puede que no lo sea. Pero es mi vida y debo tomar decisiones.

—Lo que hagas también me influye a mí. Llevamos un mes hablando a diario y me gustas. ¿O es que ya no te gusto?

—Sí me gustas. Lo sabes.

—¿Entonces? ¿Por qué me haces esto?

—Es lo que hay.

Toni se muestra cada vez más apesadumbrado. No sabe qué hacer ni qué decir para que Lauren reconsidere lo que ha estado pensando. Si sale de su vida para siempre, no lo soportará. El día que se ha pasado sin noticias suyas ha sido una tortura, no puede imaginarse lo que sería no saber nunca más de ella.

—No lo entiendo. ¿Qué te ha pasado para que hayas tomado esta decisión?

—Ya te he dicho que he estado pensando.

—Sí, pero no me has contado qué es lo que te ha llevado a ponerte a pensar. ¿Es que no eres feliz?

El chico vuelve a esperar varios minutos a que Lauren le responda. Se siente incómodo delante de la cámara, en silencio, sufriendo ante aquella extraña situación en la que se ha visto envuelto. No entiende nada. Lo más sencillo sería apagar el ordenador y olvidarse de ella. ¿No quiere irse? Pues que se largue y lo deje en paz para siempre. Sin embargo, es tan profundo e intenso lo que siente por Lauren que terminar con todo sería la última opción. Ni se la plantea.

—Una persona nunca es completamente feliz —escribe la chica al rato. Y continúa en otro párrafo. Toni lee con atención—: Esto que me pasa no es nuevo. Hay cosas en mi vida que no me gustan y que debo cambiar. Y esos cambios arrastran a otros cambios.

—Y entre esos cambios está el apartarte de mí.

—Sí... Pero no es por ti en concreto. Es por la situación.

—Ya. La situación. ¿Y cuál es esa situación?

—Prefiero no hablar de ello. Espero que lo entiendas.

—Si no sé de qué me hablas, no puedes esperar que entienda lo que dices, Lauren.

—Es que tampoco puedo aclararte mucho más. Es complicado.

—Deberías confiar más en mí. A lo mejor puedo ayudarte.

—No, Toni. No puedes ayudarme.

El joven se echa hacia atrás en la silla y se envuelve la nuca con las manos. La conversación se está volviendo cada vez más difícil. Sin embargo, no piensa darse por vencido. Si esa es la chica de sus sueños, debe pelear por ella. Así que toma aire, se endereza y le habla con rotundidad a la cámara. Fijando sus ojos en ella, como si realmente tuviera a Lauren delante.

—Puedo ayudarte, de eso estoy seguro —comenta rescatando el optimismo perdido—. Y haré lo que me pidas. Solo quiero que seas feliz. Ojalá lo fueras completamente, pero me conformaré con que lo seas un poco más cada día. Esa será mi misión. Por eso te ruego que no desaparezcas, que le des una oportunidad a tu vida y disfrutes de lo bueno que tienes. De esas pequeñas cosas que te hacen reír, de tus seguidores en Internet..., de mí. Usa todo eso para ser feliz, Lauren. Puedo ayudarte a conseguirlo.

Tras pronunciar estas palabras, los ojos de Toni se humedecen. Las manos le sudan y sufre una especie de temblor en los labios. No sabe si ella lo notará, pero se le comen los nervios por dentro.

—Gracias.

—No tienes por qué dármelas. Quiero que estés bien. Y que no te vayas —insiste el valenciano.

—Si tú supieras lo difícil que es todo...

—Pues deja que te ayude a que sea más fácil.

—Las cosas que son complicadas no se convierten en sencillas de repente. No funciona así.

—Puede ser. Pero si me cuentas lo que te sucede, tal vez pueda conseguir que lo veas de otra manera.

—¿Por qué eres tan amable conmigo? ¿Por qué te gusto tanto?

El chico sonríe al leer aquellas palabras y, teatralmente, mira hacia arriba como si estuviera pensándoselo.

—¿Te hago una lista? Es larga.

—No, solo quiero que seas sincero conmigo. Que mires a la cámara y me cuentes solo la verdad. ¿Por qué te gusto?

Toni obedece y concentra de nuevo su mirada en la *cam*. Se acaricia la barbilla y lo medita con más seriedad. Quiere ser totalmente honesto con ella. De alguna forma, aquella parece la pregunta que suma más puntos en un examen y necesita contestarla correctamente.

—Desde el principio he sentido algo especial por ti. Es algo inexplicable porque no te había visto y solo te había leído unos cuantos tuits en la cuenta del club de fans —señala Toni intentando gobernar el ritmo al que late su corazón. Porque aquello se asemeja bastante a una clásica declaración de amor—. Eres divertida, lista, ingeniosa... Tienes la fórmula para hacerme reír. Pero lo que más me gusta de ti es tu capacidad para conseguir engancharme. Eres como un libro, un buen libro, del que acabas un capítulo y estás deseando leer el siguiente. Eso me pasa a mí con tus frases. Cuando me escribes, estoy deseando leer la próxima. Y cuando tardas un poco más en escribirme, lo paso fatal. Me has atrapado con tus palabras. Y, después de ver tu foto ayer, también me han atrapado tus ojos, tu sonrisa, tu mirada... Ya no solo estoy enamorado de tu personalidad y de tu forma de ser, también de tu rostro, de tu cuerpo. En definitiva, que me he enamorado de ti.

—¿Mucho?

—Muchísimo.

Lo que le dice es lo que siente. Y, mientras habla, nota como su corazón finalmente se abre y estalla en mil latidos. Se ha enamorado de alguien a quien solo ha visto en una fotografía de perfil y que está a punto de desaparecer de su vida, pero no puede evitarlo. Le entran muchas ganas de llorar, y si consigue resistirse es solo por mantener intacta su dignidad. Por no derrumbarse frente a la cámara y que ella lo vea.

—¿Has imprimido la foto que te mandé? —pregunta Lauren de improviso.

—Sí, la tengo aquí.

—¿Y te gusta lo que ves?

—Me encanta. ¿Cómo no me iba a gustar?

—¿Me deseas? ¿Te acostarías conmigo?

Toni lee varias veces aquellas palabras acotadas entre signos de interrogación. En ese mes de tuits y conversaciones de Skype, nunca habían llegado a tanto. Traga saliva y responde.

—Te mentiría si te dijera que no. Creo que es evidente que me siento muy atraído por ti.

—¿Puedes ponerte de pie y quitarte la camiseta?

El chico lee atónito lo que acaba de escribir Lauren. Sin embargo, no tarda en hacerlo, cumpliendo con lo que ella le pide. No está seguro de lo que se propone.

—Ya está —comenta extendiendo los brazos y mostrando su torso desnudo.

—Ahora los pantalones.

—¿Quieres que me quite los pantalones?

—Sí, por favor. Pero solo si tú quieres.

El joven sigue sin comprender hasta dónde está dispuesta a llegar. Su comportamiento no deja de sorprenderle. Primero la camiseta y ahora los pantalones. Le da un poco de vergüenza hacerlo, pero le sigue el juego y se los quita.

—Hecho. Pantalones fuera —dice mirando a cámara.

—Me gusta lo que estoy viendo.

—Bueno, yo... No sé.

—Tienes ahí mi foto, ¿no?

—Sí, aquí está.

—Puedes mirarla si quieres mientras te tocas.

Los ojos de Toni se abren como platos. ¿Le está pidiendo lo que cree que le está pidiendo? Es una locura, aunque, en realidad, aquello le está excitando muchísimo.

Estira el brazo, alcanza la foto en la que sale Lauren y la sitúa sobre el teclado. Allí está la chica de la que se ha enamorado, sonriendo. Es preciosa y muy sexi. Cómo le gustaría verla en la pantalla de su ordenador tal como él está en ese instante.

—Oye, ¿no puedes ponerme tú también la cámara? —le ruega.

—No estropees este momento. Tócate para mí, por favor. Yo lo estoy haciendo mientras te observo.

¿Que está haciendo qué? Percibe como la temperatura de su cuerpo aumenta. Y se excita más. Tiene muchísimo calor.

El valenciano se resigna a no verla, aunque daría lo

que fuera por contemplar lo que ella está haciendo ahora. Pero se encuentra tan excitado que obedece a Lauren una vez más sin poner condiciones.

Cada frase que le escribe, cada vez que ella le cuenta lo que hace, el chico experimenta una nueva sensación. Más fuerte, más intensa que la anterior. Y se deja llevar. Se deja llevar hasta donde Lauren le pide.

Trata de no gritar, de no gemir demasiado fuerte para evitar que los chicos del pasillo se enteren de lo que allí dentro está sucediendo. Le es prácticamente imposible contenerse, incluso se tapa la boca con la mano.

Cuando terminan, Toni le solicita un minuto. Ya en la intimidad del cuarto de baño, se mira en el espejo y resopla. La excitación no desaparece, al contrario. Por él, repetiría. Repetiría lo que su cuerpo aguantase.

Jamás imaginó que llegaría a hacer algo parecido. Jamás pensó que podría vivir una situación como aquella. Nunca creyó que tener sexo virtual con una persona, a la que ni siquiera ha visto, pudiera satisfacerle tanto. Pero se trata de Lauren. Y a pesar de que sabe muy poco de ella y apenas la conoce, no puede ocultar que le atrae de todas las formas imaginables. Aunque sea una locura. Y es que el amor, la pasión y los sentimientos no entienden de cordura.

CAPÍTULO 20

Han cenado todos juntos y han quedado en que dentro de una hora se verían en la puerta del pasillo. Al final, siete de los nueve residentes del pasillo 1B van a salir a quemar Madrid en su primer jueves universitario.

—¿Dónde estará el de la 1159?

—No tengo ni idea, Julen —responde Iria mientras se ata los cordones de sus botas altas marrones—. Solo le he visto una vez desde que llegué.

—He llamado a su puerta y no responde.

—Olvidémonos de él. En todas partes hay un tipo raro. En nuestro pasillo no iba a ser menos.

—Es una pena que no quiera socializar con nosotros. Con lo majos que somos.

—Unos más que otros —señala la chica incorporándose.

Iria se ajusta el vestido oscuro para que el escote no quede demasiado pronunciado y comprueba delante del espejo del armario que su pelo rubio por encima de los hombros está en orden. Julen la observa con una ceja levantada. Aquella gallega no es tan inocente como parece. Pese a su aspecto frágil y aniñado, tiene un carácter fuerte y es muy observadora.

—¿Quién no te cae bien?

—Déjalo. No tiene importancia. Solo hace un día que nos conocemos.

—Pero en un día da tiempo para mucho. Creo que aquí veinticuatro horas equivalen a una semana fuera. ¡O a un mes!

—No exageres, vasquito.

—¡No soy vasco! Soy navarro. Del mismo centro de Pamplona.

—Es verdad, perdona. Se me olvida.

—No te preocupes. No eres la primera que se confunde.

La chica prefiere no decir nada más. Abre la puerta de la habitación de Julen y sale al pasillo. Allí están esperándolos el malagueño y el sevillano. Los dos se han arreglado para su primer jueves universitario.

—¡Qué guapos estáis!

—Tú tampoco estás nada mal, gallega —responde Manu subiéndose el cuello de la camisa.

El chico de Málaga se acerca a ella y la rodea por la cintura.

—Cuidado. No te olvides de que tengo novio en Coruña —protesta Iria apartando la mano de Manuel.

—¿No sabes lo que dicen?

—No, ¿qué dicen?

—Que el que entra en la universidad con pareja tarda menos de un mes en cambiarla o en terminar la relación.

—Eso los tíos, que no sabéis lo que es la fidelidad.

—A mí no me mires. Yo no tengo novia —señala Manu—. Puedo hacer lo que me dé la gana.

David también levanta las manos como si aquello no fuera con él.

—Quiero mucho a mi novio. Y no tengo ninguna intención de sustituirlo por otro. Que estemos ahora distanciados solo hace que lo quiera todavía más.

—Eso es muy bonito decirlo. A ver qué tal en la práctica.

—Paso de ti, Manu —comenta Iria haciendo un gesto con la mano. Prefiere cambiar de tema—. ¿Y las chicas? ¿Dónde se han metido?

—En el cuarto de Elena. Se están vistiendo —explica David señalando la 1151.

Ignora el motivo, pero la toledana le ha esquivado durante la cena. Apenas han cruzado palabra. Tiene la impresión de que se ha enfadado con él. Más tarde le preguntará qué le sucede.

Los tres, acompañados de Julen, que se ha unido a ellos, se dirigen al inicio del pasillo, donde está la habitación de Elena. Es Manu el que llama a la puerta.

—¡Un momento! —responden al unísono desde dentro—. ¡Ya casi estamos!

El grupo se desespera un poco. Hace diez minutos que habían quedado. Julen se apoya contra la pared y saca un paquete de cigarrillos del bolsillo. Coge uno y se lo coloca en la boca.

—Tío, a mí me da lo mismo lo que hagas con tu vida, pero fumar dentro de la residencia es motivo de expulsión. Lo pone en el librito ese que nos dieron con las normas.

—Tranquilo, Manu. No voy a encenderlo. Pero es que tengo un mono... Así lo engaño un poco.

Iria se acerca a David y le comenta algo en voz baja.

—Este ha visto demasiadas veces *Bajo la misma estrella.*

El sevillano sonríe y asiente con la cabeza, aunque

no deja de estar pendiente de la habitación de Elena. Se escuchan risas y bromas dentro. ¿Por qué tardan tanto?

Unos minutos después se abre una puerta, pero no es la del cuarto en el que están las chicas, sino la de la habitación 1154.

Un joven no muy alto, con algo de barba y el pelo rapado al dos, sale y se une a ellos.

—¿Has cambiado de opinión, Toni? —le pregunta Iria—. ¿Sales con nosotros?

—No. Es que mi novia se ha ido a cenar. Vuelve en quince minutos.

—¡Vamos, hombre! Yo también tengo novio y no me voy a quedar aquí. Sal con nosotros. ¡Es la única vez que vas a vivir un primer jueves universitario!

—No, de verdad. Le prometí que esta noche me conectaría para hablar con ella. Ya habrá más noches.

—No pareces valenciano. ¡Con lo que le gusta a la gente de Valencia una buena fiesta!

El chico se encoge de hombros y sonríe tímidamente. Él no es demasiado fiestero. De hecho, no le gustan nada las discotecas. Las odia. Prefiere quedarse en su habitación hablando con Lauren.

Por fin, la puerta de la habitación 1151 se abre. La que aparece en primer lugar es Ainhoa. La canaria luce un bonito vestido rojo a juego con el color intenso de su pintalabios; los piropos de los chicos, que ella recibe con timidez, no se hacen esperar. Luego sale al pasillo Nicole. La joven peruana se ha puesto unos vaqueros azules que le ha prestado Elena y un top rosa. Encima, una chaqueta vaquera del mismo tono que los pantalones.

—¡Estáis tremendas, chicas! —les comenta Iria alzando la voz—. ¡Vais a triunfar esta noche!

Todos vitorean las palabras de la gallega. Pero la que causa más sensación en el resto es Elena. Se ha puesto un vestido blanco bastante corto y unas botas negras altas. Lleva el pelo suelto y una chaqueta torera oscura en las manos por si más tarde refresca.

—¿Qué miráis? —les pregunta a los demás, que no apartan la vista de ella.

—Menos mal que no querías salir —apunta Manu con una sonrisa pícara—. ¡Lo que nos hubiéramos perdido!

—Calla, anda. Solo voy a dar una vuelta. A las doce me vuelvo a la residencia.

—Ya veremos, cenicienta —insiste el malagueño.

David examina a su amiga de arriba abajo. Le encanta, no puede negarlo. En realidad, las cuatro chicas del pasillo 1B tienen algo. Pero Elena es especial. Ayer, cuando la vio por primera vez, ya lo sintió.

—¡Chicos! ¡Tenemos que inmortalizar este momento! —exclama Julen sacando su iPhone del bolsillo—. ¡Vamos a hacernos un *selfie*!

Todos están de acuerdo con él. El navarro, que es el más espigado de todos, alza el brazo derecho con su *smartphone* sujeto en alto y espera a que todos se junten a su alrededor.

—¡No me aplastéis! —grita Iria agobiada—. ¡Vamos, haz ya la foto!

—¿Estamos los ocho?

—¡Sí! —gritan varios al mismo tiempo.

—¡Decid pasillo uno be!

—¡Pasillo uno beeeeeeeee!

Clic.

Aquel 11 de septiembre se hacen la primera foto de

las muchas que vendrían después. Miles de imágenes que reflejarían una época repleta de intensidad. Una época universitaria en la que conocerían el sabor dulce y amargo de la vida en toda su plenitud. Sabor agridulce que comenzarían a degustar esa misma noche.

CAPÍTULO 21

Hace tres meses

Tiene sueño porque ha estado despierto durante toda la noche. Pero aquellas ojeras han merecido la pena. Con gran esfuerzo, ha conseguido tener la canción lista a tiempo.

Óscar camina por las calles de Valladolid con la guitarra colgada en un hombro. Está impaciente y ansioso por enseñársela. Quiere darle una sorpresa a su novia. La pobre no ha tenido ni un minuto libre en las últimas dos semanas por culpa de los exámenes de la universidad. Él tampoco, pero está un poco harto de su carrera. En dos años no ha suspendido ni un examen, pero Arquitectura no le llena y cree que necesita un cambio. Posiblemente abandone. Le encantaría estudiar Psicología o algo por el estilo. Aunque dar un paso como ese no es nada fácil.

A diez minutos del piso donde vive su novia, recibe un wasap de ella:

> «Hola, cariño. ¿Dónde estás? ¿Vas a venir hoy a comer conmigo? Yo estoy agobiada. Me pasaré el resto del

día estudiando, encerrada en el piso. Dime algo cuando puedas. Te quiero».

El mensaje hace sonreír a Óscar. Ella no sospecha que ya va de camino a su casa para sorprenderla. Le encanta hacer ese tipo de cosas. Y llevaba tiempo queriendo regalarle una canción como la que ha escrito esa noche. Una canción dedicada a su historia, a la historia de amor que viven desde hace casi dos años. Empezaron a salir a la tercera semana de empezar la universidad. Fue tras una fiesta de esas en las que después no te acuerdas ni de dónde has estado ni con quién. Sin embargo, aquel joven vallisoletano, tras despertarse de la resaca, tenía grabada en su mente la cara de la chica con quien se había liado. Y no solo su cara. Afortunadamente, también guardó su número de móvil.

Naiara es preciosa, con una mirada que lo embruja. ¡Cuántas canciones ha compuesto para aquellos enormes ojos verdes!

«Estoy en casa, me acabo de despertar. No voy a salir hasta la tarde. Y no te agobies, pronto serás libre. Después de comer te llamo por si quieres quedar un rato. Yo te quiero más».

Nai es lo mejor que le ha pasado. Ella ha sido la primera en muchas cosas y no puede estar más enamorado de esa estudiante de segundo de Enfermería que ha conseguido absorberle por completo. Además, está seguro de que la chica también le quiere.

Aunque los primeros meses no fueron sencillos. Óscar no sabía cuando se enrolló por primera vez con

Naiara que tenía novio en Medina del Campo, su ciudad de origen. A pesar de que las cosas no iban bien entre ellos cuando ocurrió, se sintió mal por liarse con una chica con pareja. Estuvieron unos días jugando al gato y al ratón: se veían en la universidad, tonteaban y luego volvían a coincidir en las noches de Valladolid, pero no se liaron más veces por respeto al novio de la joven.

Las semanas pasaron y Naiara tomó finalmente la decisión de dejar al otro chico para empezar a salir con Óscar. Aquella historia cumpliría dos años en octubre.

«Muy bien. Por la tarde nos vemos. Sigo estudiando. Un beso».

Lamenta interrumpir su tiempo de estudio, pero la sorpresa que le tiene preparada le hará ilusión. O eso espera. A lo mejor, así se libera un poco de la presión de los exámenes y logra relajarse. El tema que acaba de componer para ella es el mejor que ha escrito nunca. Lo nota, siente que es así.

Óscar llega al piso de Nai; no es necesario llamar, él tiene una llave. Vive sola porque hace unas semanas su compañera de alquiler, otra estudiante de Enfermería, se marchó de Valladolid tras tomar la decisión de abandonar la carrera. La pareja se planteó irse a vivir juntos en ese momento, pero prefirieron esperar al siguiente curso. Él sigue en casa de sus padres y la convivencia con una chica le inspira cierto respeto. Les va tan bien, así que tiene miedo de que todo se estropee por compartir apartamento. Son muy diferentes en muchos aspectos y podrían chocar si pasan demasiado tiempo bajo el mismo techo.

Abre el portal y sube por la escalera hasta el segundo piso. Naiara vive en el 2B. Introduce con mucho cuidado la llave en la cerradura y entra en el apartamento sigilosamente. El interior está oscuro. Va a encender la luz del recibidor cuando escucha voces en el cuarto de su novia. Distingue la voz de Naiara, pero también la de otra persona: es un chico.

Aquello empieza a no gustarle nada. Deja la guitarra apoyada contra la pared y se desliza lentamente hasta el dormitorio de Nai. Continúan los susurros y oye alguna que otra risa. La puerta del cuarto no está cerrada y puede contemplar una luz tenue que debe de provenir de la lamparita pequeña de la mesita de noche. Se asoma y, sentados sobre la cama, ve a su novia acompañada de otro chico que le resulta familiar. Enseguida cae en la cuenta de quién se trata. ¡Es el ex de Naiara!

Simplemente están hablando y riendo. Ninguno de los dos está desnudo o en ropa interior, aunque la actitud de ambos es sospechosamente cariñosa. ¿Interviene? De momento no. Trata de escuchar lo que se dicen. Charlan sobre el pasado y de lo bien que lo pasaron mientras eran novios. Óscar no sabe cómo actuar. Piensa en la canción que le ha compuesto y en lo ilusionado que estaba después de terminarla. Todo eso se ha ido a la mierda, junto con sus sentimientos. Jamás habría esperado que Nai le hiciera algo parecido. Posiblemente le ha enviado los mensajes de WhatsApp para averiguar si se pasaría por allí durante la mañana. Todo parece un engaño planificado. Solo es cuestión de tiempo que aquello vaya a más. Y acierta, porque su todavía novia y el ex de Medina del Campo acaban besándose.

Podría haber montado un número o esperar a que

retozaran sobre el colchón para pillarlos in fraganti. O, quizá, darles un buen susto incendiando un papel o el sofá del salón. Pero Óscar simplemente se conforma con recoger su guitarra y marcharse del piso de la misma forma que llegó. En silencio, sin hacer ruido.

Una vez en la calle, le envía un wasap a Naiara.

> «Lo peor no es la mentira, el engaño o la futura excusa. Lo peor es cómo me siento ahora y todo el tiempo que he perdido al enamorarme de ti. Que el capullo de tu exnovio y tú seáis muy felices. Nosotros hemos terminado para siempre».

Las doce llamadas que Naiara le hizo y que él no respondió y los cuarenta y tres mensajes de WhatsApp, con las previsibles excusas e intentos de pedirle perdón, no sirvieron para que el cabreo se le pasara a Óscar. Al contrario, cuanto más pensaba en lo ingenuo que había sido y las energías perdidas en aquella relación, peor se sentía.

Romper con Nai fue lo que le impulsó definitivamente a dejar la carrera, a marcharse de Valladolid y buscar una nueva vida en la capital.

11 de septiembre

Tres meses después, le sigue doliendo la traición de Naiara. Por mucho que le explicase que no había pasado nada entre ellos y que solo fueron unos cuantos besos; por muchas disculpas que su exnovia le pidiera de todas las maneras posibles. Y lo peor de todo es que, aun cuando Óscar ha intentado alejarse de su anterior vida, los rescoldos del engaño todavía lo queman por dentro.

Ni se presentó a los exámenes que le faltaban por hacer en su anterior facultad. Tenía clarísimo que iba a abandonar Arquitectura y Valladolid. Su nuevo destino: Madrid, donde estudiaría Psicología. No fue fácil convencer a sus padres, con quienes se enzarzó en varias discusiones. Pero finalmente logró que lo apoyaran y le pagaran, por lo menos, el primer año de carrera. A partir del segundo, tendría que arreglárselas él mismo como pudiera. Y qué mejor forma de empezar a ganar algo de dinero que con su guitarra. Nunca había tocado en la calle y siente algo de vergüenza cuando entona los primeros acordes. No está suelto como cuando toca solo o lo hacía para Naiara.

En plena plaza de Callao, poca gente se detiene a escucharle. En más de una hora, no ha recaudado ni tres euros. Cabizbajo, se sienta en la escalera del cine Callao. Hay imágenes y palabras que no se le van de la cabeza.

—Solo vino para ver cómo estaba. Te lo juro.

Fue lo que Nai le dijo la primera vez que habló con ella por teléfono tras lo sucedido aquel día de junio.

—No intentes justificar lo injustificable.

—Es la verdad. No lo planeamos. Fue solo un instante de debilidad.

—Cuando me enviaste los mensajes de WhatsApp, él ya estaba en tu casa. Si me los mandaste fue para asegurarte de que no os interrumpiría.

—Porque sabía que te enfadarías si te enterabas de que había venido a verme.

—Y con motivo, ¿no?

—Óscar, rompí con él para estar contigo. Porque al que quería era a ti, no a él.

—Pues cuando le besaste el otro día, parecía justo lo contrario.

—Te he dicho que fue un error. Por favor, perdóname.

—No puedo perdonar algo así. Lo siento.

Ya no puede fiarse de nadie. Naiara lo significaba todo para él y le traicionó. En esos tres últimos meses, ha intentado guardar en un cajón los recuerdos que inexorablemente lo llevan hasta su exnovia. Pero no está siendo fácil. Cuando has estado enamorado de una persona, hasta lo más insospechado te recuerda a ella en los meses posteriores a la ruptura. Hay un tiempo de duelo que es necesario pasar.

Se pone de pie y vuelve a colgarse la guitarra en el hombro. No le apetece seguir tocando. Entra en el metro de Callao y regresa a la residencia. Su nuevo hogar no está mal. Salvo a algún compañero, y solo de vista, todavía no conoce a nadie. Quizá vaya a costarle adaptarse. Lo tenía todo hecho en Valladolid y ahora deberá empezar de cero. No sabe si cuenta con la fortaleza suficiente para lograrlo, pero la primera piedra está puesta: cambiar el rumbo para volver a ser feliz. O al menos para intentarlo.

CAPÍTULO 22

Los siete chicos, después del *selfie* y arreglados para la ocasión, salen del pasillo 1B dispuestos a pasar una de las mejores noches de sus vidas. Especialmente ilusionado se le ve a Manu. Él ha sido el instigador de aquello. El que ha propuesto que disfrutaran todos juntos de su primer jueves universitario por las calles de Madrid. Su mayor mérito ha sido convencer a Elena. Sin ella sería diferente. Iria es interesante y las otras dos chicas parecen simpáticas, pero sus ojos no pueden despegarse de la toledana y de su espectacular vestido blanco.

—¿Dónde vamos? —pregunta Ainhoa, que camina cerrando el grupo junto a Nicole.

—Podemos tomar algo por el centro y luego ir a alguna discoteca —responde Manu a la canaria—. ¿Todos somos mayores de edad?

Los siete proclaman su fecha de nacimiento en voz alta. Todos han cumplido ya los dieciocho años, así que ninguno tendrá problemas a la hora de entrar en locales prohibidos para menores.

Mientras charlan y bromean entre ellos, se acercan a la parte de la verja donde se encuentra la puerta de la residencia. Las farolas que la iluminan muestran a un grupo de chicos que está allí de pie. Son una veintena aproximadamente.

—¿Por qué hay tanta gente en la entrada? —interviene Julen dirigiéndose al malagueño.

—Ni idea. Estarán esperando a alguien más para salir de fiesta. Ya os digo que esta noche sale todo el mundo en Madrid.

—No tiene pinta de eso. Hay dos que parecen porteros de discoteca —apunta el navarro.

—Es verdad, da la sensación de que estuviesen vigilando quién entra y quién sale.

Las últimas palabras de Iria ponen en alerta al resto del grupo. ¿Qué hacen allí todos esos chicos? Pronto van a tener la respuesta. Uno de los que custodian la salida abandona su posición y camina directo hacia ellos. David rápidamente lo reconoce: es uno de los dos tipos con los que se cruzó la noche anterior cuando se acercó con Toni hasta la máquina de sándwiches. Por su gesto torcido, no parece que en su intención esté el desearles las buenas noches. Aquello no le gusta.

—Vosotros, novatos, ¿adónde creéis que vais? —les pregunta en tono desafiante cuando los tiene enfrente.

—¿Y a ti qué te importa? —le replica Manu dando un paso adelante y asumiendo la responsabilidad.

—¿Te vas a poner chulo conmigo?

—Contigo y con quien haga falta.

—Cállate, novato. Guárdame respeto.

—No me da la gana. Cuando tú me respetes a mí, lo haré yo contigo.

Sus caras están cada vez más cerca, y el riesgo de que la discusión vaya a más es patente. Por eso, David coge al malagueño del brazo y tira de él para que la disputa no se siga complicando. Sin embargo, otro de los chicos de la puerta se reúne con ellos.

—Ánder, ¿qué pasa? —le pregunta al que se ha enfrentado con Manu—. ¿Algún problema?

Se trata de un tío moreno, guapo, de ojos claros. Lleva perilla y tiene tatuado el antebrazo derecho con letras chinas. Aparenta más de veinte años y mide alrededor de metro ochenta y cinco.

—Nada, Carmona. Que hay aquí un novato que va de listo —comenta Ánder señalando al malagueño—. Por lo visto, estos chicos no saben que hoy no se puede salir de la residencia.

—¿Cómo que no se puede salir?

—Pues lo que oyes, novato. Que no se puede salir de la residencia esta noche.

Los chicos del pasillo 1B se miran unos a otros. No comprenden nada. Nadie los ha informado de que no puedan salir esa noche de la Benjamin Franklin. ¿De qué están hablando? Aquellos dos tipos les imponen bastante y solo Manu se atreve a llevarles la contraria.

—Yo puedo salir de aquí cuando me apetezca.

—Hoy no —le corrige Carmona—. Hoy es la noche de los novatos. A partir de las doce de la noche, nos pertenecéis durante siete horas.

—¿Qué? ¿Que os pertenecemos? ¡Tú estás mal de la cabeza, tío! ¡Yo no le pertenezco ni a mi padre!

—Veo que no conoces la tradición de esta residencia —insiste el joven del tatuaje en el antebrazo.

—¿Qué tradición?

—Desde que se abrió esta residencia, la madrugada del primer jueves al viernes, los novatos hacen lo que les mandan los veteranos durante siete horas. Todos hemos pasado por lo mismo el primer año.

Aquello parece que va en serio. Ese chico no tiene cara de estar bromeando. Ni él, ni el otro, que continúa a su lado. Sin embargo, Manu no está por la labor de perpetuar la tradición de la residencia.

—Menuda estupidez. Eso es una tontería —señala el malagueño—. Mis amigos y yo tenemos otros planes y no nos vamos a quedar aquí para cumplir con la gilipollez esa.

—Sí, vais a hacerlo. Como todos los novatos de este año. No os vais a saltar la tradición.

—¿Vais a impedir vosotros que nos vayamos?

—Estamos aquí para eso —responde con tranquilidad Carmona. Y con la mirada alude al resto de los chicos que están en la zona.

Todos son residentes veteranos; alguno incluso debe de tener ya veintidós o veintitrés años. No solo son chicos, también hay chicas, aunque son minoría.

—¿Y si le decimos al bedel que nos estáis obligando a hacer lo que no queremos?

—Tú mismo. Pero no te lo aconsejo.

—¿Es una amenaza?

—No. Simplemente, un consejo —indica con firmeza Carmona. Luego se fija en Elena, a la que sonríe insinuantemente. Aunque enseguida se centra otra vez en el malagueño—: El curso es muy largo y lo que hagas en una noche puede condicionar todo tu año. Así que tú sabrás lo que haces.

Manu resopla impotente, lleno de rabia. Los otros dos no dicen nada más y regresan junto a los demás veteranos; el malagueño, por su parte, se reúne de nuevo con los del pasillo. Todos han escuchado con atención la conversación que han mantenido.

—¿Qué hacemos? —pregunta Elena nerviosa. Ha notado como el guapo del tatuaje, el que lleva la voz cantante, la ha mirado un par de veces. De hecho, le acaba de sonreír otra vez desde lejos.

—Yo no quiero tener a nadie en contra desde el segundo día —apunta Iria—. Será mejor que les hagamos caso y nos quedemos.

—Opino lo mismo —añade Ainhoa.

Nicole, Elena y Julen también son partidarios de no salir. Si lo hacen, corren el riesgo de enfadar a los veteranos de la residencia, y eso puede perjudicarlos en lo que queda de curso.

—Sois unos cobardes —protesta Manu cabeceando—. Os da miedo una panda de perdonavidas solo porque tienen un par de años más que nosotros. ¿Vais a hacer lo que os digan esos tipos durante toda la noche?

Esa tradición no le hace gracia a ninguno de los chicos, pero nadie responde al malagueño.

—Dejad que hable con ellos —comenta David, que es el único que no se ha pronunciado en un sentido u otro—. Ahora vuelvo.

El joven se separa de sus amigos y camina hasta donde se encuentran Carmona y Ánder. A ellos se les suman dos chicos y una chica más. Los cinco dialogan con David a lo largo de varios minutos.

—¿De qué estarán hablando? —pregunta la canaria repleta de curiosidad.

—No lo sé, pero esos tíos no van a cambiar de opinión —contesta Manu, que poco a poco se va tranquilizando.

—Igual los convence. David es muy listo.

El malagueño contempla molesto a Elena, que es quien ha hecho el último comentario. Se nota que hay algo especial entre ellos. Cabe la posibilidad de que no tarden en empezar a salir, pese a lo que ella ha repetido, una y otra vez, de que solo está en la universidad para estudiar. ¿Eso le afectaría? No está seguro de la respuesta.

—David no es Dios, ni puede hacer milagros —comenta visiblemente alterado.

—Por supuesto que no. Pero es muy paciente, tiene mano izquierda y capacidad para dialogar y para escuchar.

—Sabes muy bien cómo es el sevillano para conocerlo solamente desde ayer.

—Hay personas que, con solo mirarlas, ya puedes intuir cómo son, aunque no sepas nada más de sus vidas.

—¿No te han enseñado eso de que las apariencias engañan? ¿O es que el amor te ciega?

—Tú aparentas ser un chulo y un prepotente, y qué curioso que eso coincide plenamente con la realidad. Así que el refrán del que hablas no me vale. ¿Tienes otro?

—Prefiero ser un chulo que rebosar falsa modestia por todas partes.

—¿Eso va por mí?

—Eso va por quien se sienta aludido.

El resto de los chicos asiste en silencio a la discusión entre Elena y Manu, que continúan lanzándose dardos envenenados hasta que David regresa.

—No he conseguido que nos permitan salir —comenta el sevillano cuando está con los demás—. Dicen que la tradición es la tradición. Y que en la noche de los novatos, los que mandan son los veteranos.

—Ya os lo decía yo. Con esa gente no se puede negociar por las buenas —incide Manu—. Pasemos de ellos y hagamos lo que nos dé la gana a nosotros. ¡Quiero pasarlo bien y emborracharme esta noche por las calles de Madrid!

—No creo que esa sea buena idea. Te pondrían una cruz.

—Me da lo mismo. No voy a ser esclavo de nadie ni pienso hacer lo que otros me manden.

David se encoge de hombros y sonríe. No va a insistirle más.

—No me parecen mala gente —explica el sevillano dirigiéndose con tranquilidad al resto—. Incluso puede ser divertido quedarnos aquí y ver qué nos tienen preparado.

—¿Divertido? ¿Estás de coña? —reniega indignado Manu—. Nos harán novatadas de todos los colores. Para eso nos quieren aquí. Lo tengo clarísimo.

—Las novatadas están prohibidas, ¿no? —comenta tímidamente Ainhoa con algo de miedo.

—¡Claro que están prohibidas! ¡Como retenerte en un sitio o amenazarte con lo que te puede pasar si no haces lo que te mandan! ¿No os dais cuenta?

Todos escuchan a Manu con cierta inquietud. ¿Y si tiene razón? Ainhoa e Iria parecen las más preocupadas. Ambas ya tenían miedo a las novatadas antes de ingresar en la universidad y se preguntaban si alguien intentaría gastarles alguna.

—No creo que nos hagan nada malo —trata de calmarlos David.

—¿Cómo lo sabes?

—Porque me han dicho que lo de la noche de los novatos no va por ahí. Les he preguntado y, aunque no han querido contarme demasiado, me han asegurado que no habrá ninguna broma de mal gusto. Así que tranquilos.

El chico logra apaciguar los ánimos de todos. O de casi todos, porque Manu continúa recelando de los veteranos de la residencia.

—Yo no voy a quedarme aquí para comprobarlo. No me fío nada de esos, así que me voy. Si alguno se viene, está invitado.

Y sin decir más, ni despedirse de nadie, comienza a caminar en solitario, con las manos metidas en los bolsillos del pantalón. Pero no lo hace en dirección a la verja donde está la puerta de la residencia, sino hacia el sendero de piedras que lleva al edificio de la piscina climatizada. Sus compañeros lo contemplan en silencio. Ninguno se decide a acompañarle, salvo Iria, que, tras unos segundos meditando, decide seguirlo. Le fastidia reconocerlo, pero ella tampoco se fía y piensa que Manu tiene razón. Aunque solo sea por esa vez, va a hacerle caso.

CAPÍTULO 23

Quedan treinta y cinco minutos para las doce. Entonces, comenzará la noche de los novatos y los veteranos tendrán el mando durante siete horas en la residencia. Es la tradición. O eso es lo que les han contado.

A Ainhoa le preocupa lo que puedan hacerle o decirle. Sabe que en esos momentos su moral es frágil: con cualquier cosa fuera de lugar se sentirá mal. Podría haberse marchado con Iria y con Manu, pero de esa manera corría el riesgo de enfadar a los veteranos, y nada más lejos de su intención. Quedarse ha sido lo más sensato, aunque tenga que cumplir con lo que le pidan.

Sola en su habitación, se cambia de ropa. Una chica de segundo año les ha aconsejado, antes de que regresaran a sus cuartos, que a las doce no estuvieran demasiado arreglados. ¿Qué es lo que se proponen? Nerviosa, en ropa interior, busca en Internet información acerca de las novatadas en la Benjamin Franklin. Sin embargo, por más que investiga, no encuentra nada. Eso la altera todavía más. La incertidumbre la está matando. Tras unos minutos rastreando Google sin éxito, abandona frustrada. Se dirige al armario y saca de él un pantalón gastado y una sudadera vieja. Se coloca la parte de arriba primero, pero, cuando está subiéndose el pantalón, descubre que al llegar a los muslos aquello avanza con dificultad.

—¡Joder! Pero si me venía perfectamente hace tres meses —se queja en voz alta.

La canaria intenta que el pantalón trepe por sus piernas y llegue hasta la cadera. Y lo consigue finalmente con mucho esfuerzo. ¡Ha encajado! Resopla incómoda. Aquello no puede ser verdad. ¿Tanto ha engordado?

El siguiente paso es abrochar el botón y subir la cremallera. Encoge la tripa, mete para dentro el estómago todo lo que puede y lo intenta. Una, dos, tres veces. Nada. Empieza a quedarse sin aire y teme que el botón salte por los aires. No es normal; ese pantalón jamás le había dado problemas. Pero la realidad es la que es.

Exhausta, se sienta en el colchón y se queda pensativa mirando al techo. Debe de ser la tía más gorda de toda la residencia. Seguro que los dos filetes y las piezas de pan que se ha comido en la cena han hecho que gane unas cuantas calorías innecesarias.

No puede continuar así y va a poner remedio.

Se quita el pantalón, lo dobla de cualquier forma y lo guarda de nuevo en el armario. De uno de los cajones saca el de un chándal azul y se lo pone. A continuación, regresa a la mesa del escritorio donde tiene el ordenador. Entra en Google nuevamente y teclea «quiero adelgazar rápidamente». En la pantalla aparecen un montón de páginas relacionadas con perder peso en poco tiempo. Echa un vistazo a algunas, pero ninguna le convence. Aquello es desolador. La mayoría de las dietas que aconsejan parecen falsas o, cuando menos, imposibles de realizar.

Son casi las doce. Ainhoa está a punto de darse por vencida cuando tropieza con un foro en el que encuentra testimonios de chicas que han conseguido deshacerse de unos cuantos kilos en cuestión de días. Interesada, lee varios *posts* sobre el asunto. La que más escribe es una usuaria que tiene como seudónimo «Mía21». Habla constantemente y aporta información de cómo bajar de talla con facilidad. La canaria intenta averiguar más sobre esa chica. En su perfil en aquel foro, Mía da su cuenta de Twitter para quien quiera ponerse en contacto con ella. La joven entra en él, pero justo en ese instante llaman a la puerta.

Comprueba el reloj de su móvil: son las doce y dos minutos. Ya ha empezado la noche de los novatos.

Todo el cuerpo le tiembla cuando vuelven a llamar, esta vez con más fuerza. Baja la pantalla del portátil y corre hacia la puerta. Cuando abre, se encuentra al veterano que antes les impidió que salieran de la residencia. Cree recordar que se llama Ánder.

—Es la hora. Tienes que venir conmigo, gordita.

No sabe si lo ha hecho a propósito, pero el calificativo le ha hecho daño a Ainhoa. Era lo último que le faltaba para sentirse mal. En cambio, no dice nada y hace caso a aquel chico, al que acompaña sin rechistar. A ellos se unen Nicole y Toni, al que también han sacado de la habitación cuando estaba hablando con Lauren. El siguiente es Manu, pero no responde cuando llaman a la puerta de su cuarto. Tampoco contesta nadie cuando Ánder toca en la 1157 y la 1158.

—¿Y vuestros compañeros? —pregunta el veterano muy molesto.

Las chicas se encogen de hombros y aseguran que

no tienen ni idea de dónde están. Cuentan la verdad a medias. Al malagueño y a Iria los vieron irse por el camino de piedras. Pero ¿dónde se ha metido Julen?

No falta mucho para que los veteranos pasen a buscarlos. Está tensa, sobre todo por culpa del chico que la ha mirado y le ha sonreído tanto. Carmona posee algo que la intimida. Es un tío con carisma y capacidad para liderar a todo un grupo, como ha podido constatar antes; en cambio, Elena no se fía de él. Y no es solamente porque vaya a tener que obedecer lo que le pida: hay más, aunque no sabría descifrar qué.

La espera en su habitación se está convirtiendo en una pesadilla. Ni siquiera le apetece escribir en su blog. Se ha cambiado y se ha puesto una camiseta ancha celeste y unos vaqueros viejos. Está muy nerviosa. Se le han secado los labios y la garganta y desde hace un rato tiene mucha sed. Así que decide ir por una Coca-Cola a la máquina de refrescos que hay junto a la sala de estudios. Sale de su cuarto y se dirige rápidamente hasta allí. No encuentra a nadie en el camino; seguro que la mayoría de la gente permanece en sus habitaciones, a la espera de que den las doce de la noche. No sabe si es sugestión, pero percibe cierta tensión en el ambiente. Algo que no se ve, solo se siente. Parecido al silencio eléctrico que precede a la tormenta.

Entra en la habitación donde está la máquina de los refrescos y saca una Coca-Cola. El primer sorbo lo da con tantas ganas que se atraganta. Mientras tose, alguien más llega.

—¿Te encuentras bien?

Al girarse, la chica se encuentra con Carmona. Le está sonriendo y, a la luz de los fluorescentes, puede apreciar una cicatriz en su ceja derecha y otra bajo el ojo izquierdo. Fuera, entre los claroscuros de la noche, no las había visto. Lo que no cambia, con más o menos iluminación, es su atractivo e interesante aspecto. Aunque no se fíe de él, no puede negar que es realmente guapo.

—Sí. Gracias. Solo se me ha ido el refresco por otro lado.

—Ten cuidado, que te necesito en perfecto estado para la noche de los novatos.

—No te preocupes, sobreviviré —dice agachándose para limpiar con un pañuelo de papel lo que se le ha caído al suelo.

El joven, por su parte, se acerca hasta la máquina y saca una lata de Fanta de naranja. La abre y da un trago.

—Te llamas Elena, ¿no es así?

—Sí..., me llamo Elena —responde la chica, sorprendida, otra vez de pie. No imaginaba que supiera su nombre.

—Yo soy Martín. Aunque escucharás que todo el mundo me llama Carmona, que es mi segundo apellido.

Martín le cuenta que es segoviano. Tiene veintiún años y es el cuarto curso que pasará en la residencia Benjamin Franklin. No hay nadie que lleve más tiempo allí que él. Pero lo que más le llama la atención a Elena es que también estudia Derecho.

—¿Y estás en cuarto? —le pregunta interesada después de oír que comparten carrera.

—Sí, termino este año.

—¿Qué tal? ¿Ha sido difícil?

—No te voy a decir que no. Mentiría —señala Carmona algo más serio—. Esto te tiene que gustar mucho para seguir adelante, año tras año.

—¿Y a ti te gusta tanto?

—La verdad: no. Pero aquí estoy.

Aquella respuesta es contradictoria. Admite que la carrera no le agrada; sin embargo, continúa estudiándola después de decir que para permanecer en ella debe gustarte mucho. Elena querría seguir profundizando en el tema, pero la alarma del móvil del joven se activa. Tras apagarla, contempla a la chica con una sonrisa en los labios.

—Son las doce en punto. Acaba de empezar la noche de los novatos, y durante siete horas nos pertenecéis.

—¿Y qué tenemos que hacer?

—Vamos fuera. Allí os lo explicaremos todo.

Elena asiente sin oponer resistencia. Los dos están a punto de salir de la habitación de los refrescos cuando alguien más llega. David los mira: a uno y a otro. Sostiene el móvil en la mano derecha y no parece muy sorprendido. Saluda a la chica con un gesto de la otra mano y observa a Carmona, a quien se dirige.

—Ya sé que son las doce, pero estoy muerto de sed. ¿Me da tiempo a pillar un refresco?

CAPÍTULO 24

«Si vives en las nubes, te temblarán las piernas cuando pises la tierra».

Es la frase que Iria tiene como tuit fijado en su cuenta de Twitter. Manu la lee en voz baja, después de seguirla en la red social. Los dos llevan un rato en el edificio de la piscina climatizada. No saben hasta cuándo permanecerán allí, pero no piensan volver a la residencia hasta que no estén seguros de que los veteranos no les van a gastar ninguna novatada.

—Ya soy uno más de tus *followers*. Conmigo tienes... trescientos veintidós —comenta el chico contemplando su teléfono.

—No le hago demasiado caso a Twitter.

—Pues has escrito más tuits que yo. Aunque te gano en seguidores.

La gallega siente curiosidad y examina en su móvil la cuenta del malagueño.

—¡Nueve mil seguidores! —exclama Iria, que no se lo puede creer.

—Nueve mil ciento cincuenta y nueve para ser exactos. Contigo, nueve mil ciento sesenta. Porque... me vas a seguir, ¿verdad?

La chica le da a la pestaña «Seguir» y se fija en las fotos que Manu tiene en su perfil. En la ventana pequeña, está él solo, mirando por encima de unas gafas de sol. En la imagen más grande, también aparece el malagueño: juega al tenis y se estira para llegar a una bola.

—¿Qué has hecho para conseguir tantos seguidores en Twitter? ¿Los has comprado?

—¿Me lo estás diciendo en serio?

—¡Yo qué sé! Si tienes tantos *followers,* será por algo. Además, solo sigues a cuatrocientas personas.

—El noventa por ciento son chicas guapas —responde orgulloso de haber impresionado a Iria—. Me sigue tanta gente por el tenis; soy mejor de lo que crees. Y porque soy irresistible, claro.

—Otra vez con eso. ¿No puedes decir tres frases seguidas sin que dos sean para alabarte a ti mismo? ¿Tan complicado es?

Manu finge que piensa y finalmente contesta.

—Sí. Es complicado. Si fueras como yo, lo entenderías.

—Afortunadamente, no soy como tú.

—Afortunadamente para mí, nadie es ni puede ser como yo. Soy único e irrepetible.

—Madre mía, no tienes límite.

El joven se ríe. Los planes de jueves universitario se le han estropeado. Nada ha salido como quería. Pero, al menos, está con aquella gallega que tanto le gusta. Hacerla rabiar está convirtiéndose en un pasatiempo muy entretenido.

Sentados al borde de la piscina, los dos continúan la conversación bajo el mismo tono sarcástico hasta que la chica recibe un wasap de su novio.

«Estoy con los chicos en la fiesta. Te mandan recuerdos. No creo que tarde mucho en irme a casa. Esto no es lo mismo sin ti. Te echo de menos».

A Iria se le forma un nudo en la garganta y le entran ganas de llorar. Manu se da cuenta de que algo le pasa.

—¿Un mensaje de tu novio?

—Sí —contesta apretando los dientes. No quiere derramar ni una lágrima delante de él.

—Deberías dejarlo. Esa relación no tiene futuro.

—¿Qué dices?

—Que tú y tu chico os tendríais que replantear el seguir juntos.

—¿Cómo puedes ser tan capullo? ¡No tienes ni una gota de sensibilidad!

Las palabras del malagueño la ofenden tanto que hasta alza la voz más de la cuenta. Él no es nadie para decirle eso.

—No es cuestión de ser sensible. Prefiero ser sincero y claro contigo que consolarte y decirte que todo va a ir bien. Porque sé que no va a ir bien.

—Nadie te ha pedido opinión.

—Estás casi llorando delante de mí. Lo estás pasando fatal y seguirás pasándolo mal todo el curso. Curso que dura nueve meses y que vamos a compartir, quieras o no, porque casi vivimos uno enfrente del otro. Por tanto, te veré muchas de esas veces que te encuentres mal por culpa de esta estúpida relación a distancia. Así que tengo derecho a opinar y a bajarte de las nubes esas de las que hablas en tu Twitter.

La chica no puede reprimir las lágrimas cuando Manu termina de hablar. Se levanta y, sin decirle nada, se dirige al otro lado de la piscina para sentarse lejos de él. Cómo puede ser tan cruel. Lo que necesitaba en ese momento era otra cosa. Amabilidad, cariño, un abrazo... Pero aquel tipo lo único que desea es hacerle daño con su verdad.

«Yo también te echo de menos. Espero que lo estés pasando bien. En nada me iré a dormir. Me gustaría darte un beso en los labios antes de empezar a soñar contigo. Te quiero».

Tras escribirle a su novio, Iria aguarda unos minutos por si Antón le responde. No lo hace, aunque no pensaba que lo fuera a hacer. Mejor así. Entonces, quita los datos de su móvil para no gastar más batería. Corre el riesgo de que se le acabe si pasan la noche allí y deja Internet conectado.

De reojo, observa a Manu. El joven se ha remangado el pantalón y balancea las piernas adelante y atrás. Sus pies están dentro de la piscina, removiendo el agua hasta entonces en reposo. Se le marcan muchísimo los gemelos; sin duda, gracias a todas las horas que habrá dedicado en su vida a entrenamiento y gimnasio.

—¿Te has cansado ya de estar enfadada? —grita el malagueño mientras provoca pequeñas olas con los pies.

La chica no responde. Sigue muy molesta con él. ¡Y razón no le falta! No va a perdonarle sus estupideces a las primeras de cambio. Ella también tiene su orgullo y su manera de pensar.

—¡Está bien! —vuelve a exclamar Manu—. ¡Perdóname! Todo va a ir genial entre Antón Pirulero y tú. Seréis muy felices, tendréis cuatro hijos y os compraréis un pazo enorme en Galicia, donde viviréis como señores. Tú, resolviendo crímenes imperfectos; y él, acompañándote como si fuera el doctor Watson.

—¡Eres idiota! ¡El idiota más grande que conozco!

—¿No es lo que querías escuchar? ¡No hay quien te entienda, gallega!

A Iria aquello no le hace ninguna gracia. No sabe si es la forma de pedir perdón del malagueño, incapaz de ponerse serio en un tema que la afecta tanto, pero no le va a consentir que continúe riéndose de ella.

—¡Tú tienes un problema muy grave! ¿Verdad?

—¿Un problema? ¿A qué te refieres?

—Eso que haces es una forma de defenderte del mundo por algo que te sucedió. ¿No es así?

—¡No entiendo nada de lo que dices! ¡Habla más alto!

La chica se incorpora y camina de nuevo junto a Manu. Se sienta a su lado e inspecciona su rostro como si buscara en él un secreto oculto.

—Que utilices siempre la ironía y le cuentes a todo el mundo lo bueno que eres no es más que una pose. Autodefensa. Vamos, confiesa.

—¿Ahora, además de informática, tenista y criminóloga, eres psicóloga?

—Era otra de mis opciones —indica Iria sin dejar de mirarle fijamente—. Cuéntame, ¿qué te pasó?

—Sin diván de por medio, no pienso hablar.

—Vamos, Manu. Si lo sueltas, te quedarás más tranquilo. Y no tendrás que ir de chulo y quedar como un idiota todo el tiempo. Podrás ser tú mismo.

—Soy yo mismo cada segundo del día. Incluso cuando duermo.

El joven saca las piernas de la piscina y se tumba bocarriba en el bordillo, con los pies empapados.

—Sé que algún día estallarás. Estoy segura.

—Pensaba estallar esta noche con alguna, pero esos capullos me han fastidiado la noche. Tengo que conformarme con estar aquí encerrado contigo y tus problemas con Antón Pirulero.

—No le llames así, por favor.

—¿Por qué? Esa canción me trae muy buenos recuerdos. ¿Te la sabes? —pregunta antes de empezar a entonar—: Antón, Antón, Antón Pirulero. Cada cual, cada cual, que atienda su juego y el que no lo atienda pagará una prenda...

Iria lo insulta varias veces en voz baja mientras Manu canturrea repetidamente aquella cancioncilla infantil. La gallega vuelve a apartarse de su lado, harta de sus bromas, y se sienta en el suelo junto a la entrada. Pasar la noche con él en la piscina, a solas, cada vez le parece peor idea.

En el silencio de aquel lugar solo se escucha tararear al malagueño hasta que alguien golpea con fuerza la puerta. A ambos los coge desprevenidos. Se miran y Manu le pide con gestos que ni hable ni haga ruido. Iria asiente, se levanta y camina hasta él.

—¿Será algún veterano? —susurra la gallega.

—Yo qué sé. ¿Crees que tengo rayos X en los ojos y veo a través de las paredes?

—¿Por qué eres siempre tan capullo?

—Para ponerme a tu altura.

La chica sacude la cabeza. ¡Le odia! Pero en ese instante solo lo tiene a él y debe confiar en ese irrespetuoso malagueño.

Llaman a la puerta otra vez, con la misma contundencia que antes. Los chicos permanecen en silencio. Si insisten, es señal de que saben que están allí. ¿Cómo lo habrán averiguado? Alguien ha tenido que verlos dirigirse hacia la piscina cubierta. Sin embargo, no van a ponérselo tan sencillo. No abrirán, esperarán sin moverse hasta que se cansen de llamar. Allí dentro están seguros.

—¡Manu! ¡Iria! ¡Soy yo! ¿Estáis ahí?

Aquella voz... El malagueño sonríe y desfila con paso resuelto hasta la puerta de entrada. ¡Menudo susto les ha dado!

—Julen, ¿estás solo? —le pregunta a su amigo sin abrirle.

—Sí. Estoy solo.

—¿Cómo sé que no te están presionando los veteranos para que digas que estás solo?

—Porque yo no te traicionaría de esa forma. Y eso que tengo mis dudas sobre si tú actuarías de la misma manera si te apretaran a ti.

—Tienes razón. Una simple amenaza, y te hubiera vendido —admite el malagueño soltando una carcajada.

Manu le dice a Julen que vaya a la puerta trasera, que la llave que tiene es de allí. El navarro le hace caso. Apaga el cigarro que estaba fumando y entra en el edificio ataviado con una mochila que deja en el suelo.

Iria acude hasta ellos y saluda al recién llegado. Este sonríe y hace lo propio. Están a punto de dar las doce; en breve comenzará la noche de los novatos.

—¿Qué haces aquí? ¿No te habrán visto, verdad?

—Tranquila, nadie se ha enterado de que venía —responde sacando de la mochila una botella de agua y varias latas de refresco—. He traído esto porque imaginaba que íbamos a estar aquí mucho tiempo y tendríamos sed.

A continuación, mete la mano en uno de los bolsillos de la mochila y de él extrae chocolatinas y un paquete de frutos secos.

—¿Crees que esto es *Supervivientes*? —le pregunta Manu, que echa mano de una barrita de chocolate a la que le quita el envoltorio y le da un mordisco—. Solo vamos a pasar aquí un rato, hasta que se acabe la tontería esa de la noche de los novatos.

—¡Tío, si te ha faltado tiempo para pillar una chocolatina!

—No le hagas ni caso. Muchas gracias, Julen —comenta Iria con una sonrisa—. ¿Puedo coger una Coca-Cola?

El navarro asiente y le pasa una lata a la chica. Piensa que tal vez aquel encierro no va a estar tan mal. Y es que pasará la noche de los novatos en la mejor compañía posible.

CAPÍTULO 25

En la pista de fútbol sala, bajo la oscuridad de la noche cerrada, y apenas iluminados por la tímida luz de unas farolas, se reúnen la mayoría de residentes de la Benjamin Franklin. En un lado del campo están de pie los novatos; y en el otro, los veteranos. Es Carmona el que toma la palabra y, alzando la voz, se dirige al resto de los presentes.

—¡Queridos amigos! Hace una noche perfecta para disfrutarla al máximo y pasarla entera en vela. ¿No creéis? ¡Hoy toca no dormir! Es una noche para divertirnos. Una noche para darlo todo. ¡Hagamos que sea la mejor noche de los novatos de la historia de esta residencia!

Gran parte de los residentes jalean y aplauden el discurso de su compañero. Sin embargo, Elena, David, Ainhoa, Nicole y Toni, que se encuentran juntos entre los novatos, permanecen en silencio. No saben lo que les tienen preparado. Como ninguno de los chicos de primer año que allí se encuentran. Alguno particularmente nervioso y con miedo a lo que pueda pasar.

—Como todos ya sabéis, desde que se inauguró esta residencia, la noche de los novatos es una tradición

—continúa explicando el joven segoviano del tatuaje en el antebrazo—. En la primera semana de curso, la madrugada del jueves al viernes, los nuevos deben obedecer a lo largo de siete horas las órdenes de los que llevan aquí uno o más años. Sin quejas, sin anunciarlo en las redes sociales, sin contárselo a nadie. Esto es algo solo entre nosotros: los que vivimos en la residencia. Ni una sola palabra de lo que esta noche suceda debe salir de aquí. Es nuestra ley, ¡la ley de la Benjamin Franklin!

El grito de Carmona es secundado de nuevo por muchos de sus compañeros veteranos. En cambio, los estudiantes de primer año no pueden disimular que su inquietud va en aumento.

—Si hubiera sabido esto, me habría ido a otra residencia —le comenta Ainhoa a Nicole en voz baja. Ahora comprende por qué no ha encontrado nada en Internet sobre las novatadas en la Benjamin Franklin. Por lo visto, no se puede revelar nada de lo que suceda esa noche.

—No te preocupes. Seguro que no es para tanto.

—¿Que no? Si parece que están todos locos. A saber lo que nos mandan hacer.

—Tranquila. No te va a pasar nada malo.

Sin embargo, la canaria no lo tiene tan claro. Le asusta lo que Carmona está proclamando y cómo los demás lo acompañan con sus vítores, rebosantes de euforia.

—¿Qué te pasa? —le pregunta David a Elena mientras los veteranos continúan vociferando.

—Nada. Estoy algo nerviosa con esto.

—Yo me refería a otra cosa. Te noto algo rara conmigo.

—Eso son imaginaciones tuyas.

—Sabes muy bien que no. Te pasa algo conmigo. Estoy seguro.

La chica chasquea la lengua y prefiere no mirarle cuando le habla.

—¿Has estado hablando por teléfono con Marta?

—¿Con tu hermana? Sí, he hablado con ella un par de veces.

—Pues no sé qué le has dicho para...

—¿Para qué?

—La tienes confundida —suelta Elena con un matiz severo en la voz—. Se ha encaprichado de ti.

—¿Sí? ¿De verdad?

—Sí. Me parece que hasta le gustas —le confiesa la toledana.

—¿Y eso te molesta?

—¿Que si me molesta? Es una cría.

—Tiene dieciséis años. Solo dos menos que tú. Ya no es tan pequeña —le advierte David, que conserva la calma.

Las palabras del chico enfurecen más a Elena, que ha dejado de prestar atención a lo que Carmona está anunciando en ese instante.

—Por favor, no juegues con Marta. Es una niña que lo vive todo con mucha intensidad.

—No juego con ella. Ni se me pasaría por la cabeza.

—Una cosa es lo que se te pase a ti por la cabeza y otra lo que le transmitas a ella. Si la llamas y le das esperanzas, creerá que puede tener algo contigo.

—No creo que por hablar con ella por teléfono le vaya a dar esperanzas de nada —la corrige el sevillano—. De todas maneras, si algo pasa o no pasa con tu hermana, es cosa nuestra, ¿no crees?

La chica va a responderle, pero, en ese momento, un estruendo de voces irrumpe en la pista de fútbol sala. David y Elena observan a Carmona, que enfila hacia donde se encuentran. Parece que la noche de los novatos acaba de empezar y que ellos dos van a ser los primeros protagonistas.

—¡Aquí tenemos a David y Elena! —vocifera Martín, presentándoselos al resto de los veteranos—. ¡Y serán los primeros en pasar por el camino de los condenados!

La pareja intercambia miradas sin llegar a entender a qué se refiere. Lo del camino de los condenados no suena bien. Nunca habían escuchado hablar de aquello.

Carmona llama a uno de sus compañeros, que aparece con una cuerda. A continuación, le pide que los ate uno junto al otro, a la altura de la cintura. Ni Elena ni David oponen resistencia ante la atenta mirada del resto de los residentes. Una vez que comprueba que están bien amarrados, Martín les indica a los veteranos que se coloquen en fila, haciendo un pasillo. Treinta de ellos forman dos hileras de quince personas y los demás se acomodan en el suelo, como simples espectadores, a la espera de que les llegue su turno.

—Imagino que tendremos que cruzar por el medio —le susurra David a su amiga.

—¿Y qué nos van a hacer mientras cruzamos?

La pregunta de Elena enseguida tiene respuesta. Otro de los veteranos pasa por el centro de las dos hileras arrastrando un gran saco repleto de globos, y sus compañeros se van sirviendo: dos para cada uno.

—Parece que los globos van rellenos de algo —señala David.

—¿De qué?

—No lo sé. Ahora nos enteraremos.

Carmona guía a la pareja hasta el comienzo de aquel pasillo humano. Vuelve a comprobar que la cuerda no se ha aflojado y sonríe.

—Bien. Lo que tenéis que hacer es muy sencillo. Debéis llegar juntos al final del camino de los condenados. Simplemente eso. Aunque en el trayecto os encontraréis con alguna que otra sorpresa. Así que, cuando cuente tres, podéis empezar a correr. ¿Estáis preparados? ¿Sí? Uno, dos y... ¡tres!

Cuando Martín da la salida, rápidamente y sin que Elena pueda reaccionar, el primer globo impacta en su camiseta y explota. Estaba relleno de un líquido verde, pegajoso, que repugna a la chica. La toledana grita, pero, sin tiempo para pensar en lo que le acaban de derramar encima, un segundo globo estalla sobre su cabeza. En esta ocasión, sí puede identificar perfectamente de lo que se trata: chocolate líquido.

—¡Vamos! ¡No nos podemos quedar aquí parados! —le grita David, que ha esquivado el primer globo que le han lanzado e intenta tirar de ella.

Elena está petrificada. Sin embargo, comprende que, si no se mueve, seguirán alcanzándola con facilidad. Así que hace caso al sevillano y juntos intentan caminar lo más rápido posible coordinando sus pasos, algo que no le resulta fácil.

Los globos, rellenos de todo tipo de sustancias, van impactando en el cuerpo de ambos conforme avanzan. Uno atiborrado de una especie de puré de patatas explota en la frente de Elena a mitad de camino y le dificulta la visión. La chica se detiene para limpiarse y es David el que se encarga de protegerla de la lluvia de globos que en ese instante cae en tromba sobre ellos. Unos los para con las manos, otros colocando su propio cuerpo, que actúa de escudo.

—¡Tengo una idea! —grita esquivando un nuevo proyectil.

Sin avisar a la chica, David la coge en brazos, tratando de cobijarla, y corre todo lo que puede. Ya no se detienen más. Cuando llegan al final, caen al suelo. El joven tiene la ropa completamente manchada. También su cara y su pelo han sufrido el estallido de los globos de los que no se ha podido defender.

Ánder se acerca hasta ellos y los desata. Los demás veteranos aplauden, silban y vitorean a los primeros en pasar. Ya esperan a los siguientes. Serán Toni y Nicole, a los que están a punto de amarrar.

—Muchas gracias por lo que has hecho —le comenta Elena, que saca un pañuelo de papel del pantalón.

—No pesas mucho, así que lo he tenido fácil. Aunque sigo pensando que debes comer más.

La chica se sonroja y sonríe. Con el pañuelo, le limpia a David los ojos, que están cubiertos de un líquido rojo; prefiere no pensar en lo que es. Le encantan aquellos enormes ojos verdes. Son increíbles. Durante unos segundos, uno no aparta la mirada del otro, mientras los veteranos lanzan globos a Toni y Nicole, que se enfrentan juntos al camino de los condenados. Unos segundos mágicos que Elena jamás hubiera creído que viviría tan pronto, y mucho menos de aquella manera.

Todos llegan al final del camino de los condenados embadurnados de a saber qué mejunjes de infinidad de colores diferentes. Quedan pocos novatos por cruzar, entre ellos Ainhoa, a la que no se le ha pasado el tembleque con el que llegó a la pista de fútbol sala. Sus compañeros de pasillo se encuentran al otro lado. Ellos ya han sufrido el bombardeo de globos. Así que no sabe qué pareja le asignará Carmona, porque no tiene a nadie al lado. Teme que le ponga con un chico al que perjudique haciéndole tropezar o tirándolo al suelo. Muy hábil no es, precisamente. Nunca lo ha sido, ni siquiera cuando estaba más delgada.

—Perdona, tú eres del pasillo 1B, ¿verdad? Creo que te he visto entrar allí alguna vez.

El que le habla es un joven, con el pelo largo, que se ha acercado por detrás a ella. No lo había visto hasta ese instante.

—Sí, vivo en el 1B. Mi habitación es la 1153.

—Yo estoy en la 1159 —indica él. También se le nota bastante nervioso.

La canaria se sorprende al escucharle decir el número de su cuarto. ¡Es el bohemio de la guitarra del que habló Nicole!

Es un tío interesante. No demasiado guapo, pero, como dijo su amiga, tiene algo.

—Me llamo Ainhoa. Encantada.

—Yo, Óscar —responde el chico, que ve pasar a otra pareja por el camino de los condenados—. No me gustan nada este tipo de bromas. No he conseguido escaparme, y eso que me han cogido de los últimos. No estaba ni en mi habitación.

—A mí tampoco me gustan. Pero creo que ya no nos libramos.

—Parece que no. Me van a destrozar el pelo con esos potingues. Estoy acojonado.

La chica ríe cuando escucha aquel comentario. No

imaginaba que un tipo como aquel pudiera darle tanta importancia a eso.

—Tendremos que pasar con las manos puestas en la cabeza.

—No creo que eso sirva de mucho —comenta Óscar resignado—. Además, por lo que veo, esa gente apunta a dar cuanto más arriba, mejor.

—Mejor que te den arriba a que te den abajo, ¿no?

Ahora es el chico el que ríe. La conversación entre ambos los está liberando un poco de la tensión propia del momento. Aunque esa tensión regresa cuando Carmona los llama. Llegó su turno. La pareja acude hasta él y, tras pedirles que se presenten, propone algo diferente a lo que han hecho los demás hasta ese instante.

—A vosotros no os vamos a atar con la cuerda —indica Martín con una sonrisa traviesa—. Como veo que tenéis zapatos de cordones...

Es Ánder el encargado de unir a Ainhoa y a Óscar a través de sus zapatos. El veterano se agacha y ata los cordones de las zapatillas de la chica con los de las botas de él. Carmona les advierte que no pueden desatarse o tendrán condena doble.

—Nos vamos a matar —dice la canaria, preocupada por lo que puede suceder. Seguro que si se cae o hace el ridículo, todos se ríen de «la gordita».

—Si morimos, que sea una muerte digna.

—No quiero morir. Y menos ahogada por esos líquidos asquerosos.

—Tengo una idea. Agárrate a mí y no te muevas hasta que yo te avise.

La chica asiente con la cabeza, obedece a Óscar y se aferra con fuerza a su brazo. Los treinta veteranos que componen en esta ocasión el pasillo ya se han dispuesto en dos hileras de quince. Carmona les pregunta si están listos, cuenta hasta tres y les da la salida. Sin embargo, el joven no echa a correr. Se inclina y, tras esquivar los dos primeros globos que le lanzan, se quita los zapatos.

—Nos han advertido de que no podíamos desatarnos los cordones, pero de quitarnos los zapatos no han dicho nada —le comenta a su compañera, sonriente, mientras le quita las zapatillas a toda velocidad.

En esos segundos solo un par de globos impactan en su espalda y otro en el pantalón de ella.

—¡Ahora, corre todo lo que puedas! —exclama Óscar una vez que se han deshecho de su calzado.

Los dos pasan descalzos lo más rápido posible por el pasillo. Apenas son alcanzados por dos o tres globos cada uno. Incluso algún veterano estrella su munición en el compañero que tiene enfrente, provocando las carcajadas del resto de los residentes.

Ya tumbados en el suelo, exhaustos tras el *sprint*, Ainhoa estira su brazo buscando la mano de Óscar. Este se la da y la aprieta. Han salido victoriosos de aquel primer mal trago.

—Ha sido una idea brillante —reconoce la canaria alegre—. ¡Somos los novatos más limpios de todos!

—Gracias. Aunque lo más importante es que ni un solo globo me ha manchado el pelo.

Sin embargo, es pronto para cantar victoria, porque la noche de los novatos continúa.

CAPÍTULO 26

—¿Por qué no encendemos las luces?

—¿Quieres que nos pillen?

—Claro que no, pero es que apenas os veo —le responde Julen a Manu, cansado de la férrea oscuridad que los envuelve.

—¡Y qué más da eso!

—Es muy incómodo hablar con alguien sin casi verle la cara.

Los dos amigos e Iria continúan en el edificio de la piscina climatizada, sentados en un banquito, hablando de mil cosas. La única luz de la que disponen es la de las farolas, que, curiosa, se cuela por las ventanas. Son casi las dos de la madrugada y ningún veterano se ha pasado por allí a buscarlos. Han escuchado gritos en la otra parte de la residencia en varias ocasiones, aunque no tienen ni idea de lo que estará sucediendo fuera de aquellas cuatro paredes.

—Voy a echar un vistazo, a ver si encuentro velas por algún sitio —indica la gallega poniéndose de pie—. A mí también me gusta ver con quién estoy hablando.

—La puerta de los vestuarios está cerrada con llave. No es posible entrar —le advierte el malagueño, que hace un rato intentó entrar en ellos—. Así que allí ni te molestes en ir.

—Pensaba mirar en el cuarto de baño pequeño de detrás de la grada.

—Ahí no creo que encuentres nada. Cuando fui antes, vi que está medio vacío.

—Por mirar no pierdo nada.

—Te acompaño —interviene Julen al mismo tiempo que se levanta. No quiere dejarla sola.

—No hace falta. No voy solo a... buscar algo que nos dé luz. El refresco y el agua que me he tomado me están haciendo efecto.

El navarro comprende rápidamente y se vuelve a sentar en el banquito. La chica se aleja de ellos en dirección al otro lado del edificio, donde está abierto el pequeño aseo.

—Tío, ¿qué estás haciendo? Déjala respirar —le dice Manu cuando Iria se halla lo suficientemente lejos como para no escucharles.

—¿Qué quieres decir?

—Que pareces su perrito. Vas todo el tiempo detrás de ella. Te falta solo mover el rabo.

—Eso no es cierto.

—¡Claro que lo es! ¡Se nota demasiado que te gusta! Contrólate un poco.

Julen se pone nervioso y saca el paquete de cigarros del bolsillo trasero del pantalón. Extrae un pitillo y se lo coloca en la boca. Pero cuando hace amago de usar el mechero, Manu se lo arrebata de las manos.

—¡Devuélvemelo!

—Aquí ni se te ocurra encenderlo. No vaya a ser que salte alguna alarma y la liemos. Es que no piensas...

Tras la pequeña reprimenda, le devuelve el mechero. El navarro entiende lo que le ha explicado su amigo y decide volver a guardarse todo en el bolsillo.

—Nunca intentaría nada con Iria, tiene novio —apunta Julen muy serio.

—Uno no controla de quién se enamora. Me da lo mismo que tenga pareja o no. Y si tuvieras posibilidades con ella, te animaría a que lo intentaras. Pero esa chica y tú no encajáis. Te terminaría haciendo daño. Y, como amigo tuyo que soy, debo decírtelo o no dormiré tranquilo cuando eso suceda.

Julen ni se inmuta. Su expresión es la misma que antes de que Manu le soltara aquel discursito. Reflexiona un instante antes de responder y luego insiste en su idea.

—Iria tiene novio. No me voy a meter en medio de ninguna pareja. No es mi estilo.

—¿Y por qué vas todo el tiempo detrás de ella?

—¡No voy detrás de ella!

—Amigo, no has dejado pasar ninguna ocasión para estar cerca de esa chica. Hasta nos has seguido hasta aquí para que no estuviera a solas conmigo por lo que pudiera pasar.

—No ha sido por eso. A mí tampoco me gustan las novatadas —le aclara Julen—. Iria me cae bien. Simplemente quiero ser su amigo.

—Un tío no va detrás de una tía solo para ser su amigo.

—Desde luego, no un tío como tú. Pero tú y yo somos diferentes. Yo puedo tener amigas y no querer acostarme con ellas.

El malagueño se toma aquello a broma. ¿Desde cuándo Julen se ha vuelto tan moralista? En las conversaciones que han mantenido esos años, han hablado muchas veces de chicas. Y no precisamente en el tono en que él lo está haciendo ahora. ¡Si le gustaban todas!

—Mira, tío, no sé qué tipo de terapia has hecho antes de venir a la universidad, pero tú no eres el mismo Julen que me contaba que le tiraba los tejos a todo lo que se movía.

—Bueno, las personas cambian. Mientras sea para bien...

Manu le va a contestar, pero la puerta del aseo pequeño se abre e Iria camina de vuelta con ellos. Lleva una bolsa en la mano y media sonrisa delatadora en la cara.

—Mirad qué he encontrado —comenta feliz cuando está con los chicos.

De la bolsa saca en primer lugar una pequeña linterna. La enciende y apaga varias veces para demostrarles que funciona y se la da a Julen, que la sostiene entre las manos. Pero hay algo más. La chica le entrega a Manu una botella de cristal, prácticamente llena, que también ha localizado en el aseo.

—¡Joder! ¡Esto es whisky! ¡Y del bueno! —exclama el malagueño, sorprendido, mientras examina la etiqueta—. El que se encarga del mantenimiento de esto no pierde el tiempo. ¿Dónde estaba?

—Oculto detrás de una caja llena de herramientas donde también guardaban la linterna.

—Esto nos va a animar la noche.

—Podemos mezclarlo con la Coca-Cola —apunta Julen.

—¡Qué dices, loco! ¡Esto es un Cardhu! Es como si le echas Casera a un rioja. Se bebe sin mezclar.

Manu observa detenidamente la botella, le quita el tapón y pega un pequeño trago para probarlo. El líquido le quema rápidamente el esófago y la sensación de calor infernal le llega hasta el estómago.

—¿Qué tal?

—Buenísimo. Aunque tengo la garganta ardiendo —responde el malagueño pasándole la botella a Julen.

El pamplonica imita a su amigo y también bebe. El licor está tan fuerte que le entran ganas de escupirlo. Sin embargo, aguanta el mal trago y permite que el líquido se deslice por su gaznate.

—Te toca, gallega —la anima Manu quitándole la botella a Julen para entregársela a ella.

—No pienso beberme esto a morro.

—No me seas delicada. Está bueno, pruébalo.

Iria se lo piensa unos segundos, pero, a regañadientes, acaba haciendo lo mismo que sus dos amigos. Sin embargo, ella no soporta la quemazón del alcohol y termina escupiéndolo. Con un generoso trago de la botella de agua, aplaca el ardor que le arrecia la garganta.

—¡No me digas que no te ha gustado! ¡Si este es el Dios del whisky! —exclama Manu, y toma otro sorbo de la botella.

—Está demasiado fuerte.

—¡Venga ya! Tanto carácter, tantos ovarios... y al final te ahogas en un traguito de Cardhu. Me has decepcionado, gallega. ¡Qué flojilla eres!

Aquello toca el orgullo de Iria, que se molesta con lo que le dice el malagueño. Siempre está fastidiándola o metiéndose con ella. Aquel whisky a palo seco está muy fuerte, sobre todo para alguien que solo se toma una copa de vez en cuando y en ocasiones especiales. En cambio, no piensa quedar como una «flojilla» ante Manu. Le arrebata el Cardhu y le arrea un buen lingotazo a la botella. Cuando el alcohol llega a su estómago, se retuerce en el banco y experimenta una desagradable sensación, como si su piel ardiera en llamas bajo la ropa.

—¿Te encuentras bien? —le pregunta preocupado Julen.

La chica le pone una mano sobre el hombro y asiente con la cabeza, sin hablar. Miente, no se encuentra tan bien, pero no va a mostrar ningún tipo de debilidad delante de Manu. Está harta de que le tome el pelo y esta vez no va a darle facilidades. De hecho, no se arruga cuando la botella regresa a sus manos tras pasar por los dos chicos, que han dado rendida cuenta de sus turnos.

Un trago seguido de otro van vaciando la botella. Los tres ríen y parecen divertirse. Aunque la realidad es que cada vez lo tienen más difícil para entender y hacerse entender. Las palabras empiezan a deformarse y sus lenguas se trastabillan.

—Tengo mucho calor —comenta Iria con las mejillas rojísimas y los ojos achinados.

—¿Qué dices?

—¡Que tengo mucho calor, malagueño estúpido!

—¡No me insultes, gallega! ¡Y no grites, que nos van a descubrir! —exclama Manu, al que el alcohol también ha afectado—. Si tienes calor, quítate la ropa.

—¿Estás mal de la cabeza? Eso es lo que tú querrías. ¡No me voy a quitar la ropa!

—¿No? ¡Pues yo sí! Me estoy abrasando.

El malagueño se incorpora y se deshace de la camisa. Detrás van los zapatos, los calcetines y, finalmente, los pantalones.

—Muchacho, tú no eres normal —indica la gallega abrazando la botella de Cardhu como si fuera su hijo.

—Claro que no soy normal. Soy especial, el mejor. El número uno.

—¡En eso estoy de acuerdo contigo! Eres el idiota número uno de la residencia Benja... *Benjamín Francrin.*

—¡Te he dicho que no me insultes!

—¡Vale! Aunque solo digo la verdad. Por cierto, me gustan esos *boxers*. Se los voy..., se los voy a comprar a mi novio. Unos igualitos.

—¿Te gustan? Pues te los doy ahora mismo. Para que se los regales a él.

El chico, sin ningún tipo de pudor, se quita la ropa interior y se la lanza a Iria, que observa incrédula el cuerpo totalmente desnudo de Manu. También Julen lo mira sorprendido. Aquel juego está llegando demasiado lejos, aunque no se encuentra en condiciones de pararlo. La cabeza le empieza a doler con fuerza y se siente bastante mareado. No imaginaba que terminarían emborrachándose tan deprisa. Aunque la realidad es que se han metido entre pecho y espalda una botella de whisky casi entera.

—¡Tápate! ¡No quiero vértela! —grita Iria cerrando los ojos.

—¿Qué pasa? ¿Que la de tu novio es más pequeña?

—¡No! ¡La suya es muy grande!

—Vamos, reconócelo. Tu novio la tiene pequeña —insiste Manu riéndose—. Antón, Antón... la tiene pequeña.

Que el malagueño canturree la canción infantil *Antón Pirulero* cambiando la letra y haciendo referencias sexuales a su novio enfurece a Iria, que se levanta enrabietada para abalanzarse sobre él. Se encuentran al borde de la piscina, tan cerca que, con un segundo empujón de la chica, el joven termina cayendo de espaldas al agua y desaparece bajo una acuosa capa de oscuridad.

Rápidamente, Julen acude junto a la gallega, que aguarda inquieta a que Manu asome la cabeza en la superficie. Sin embargo, diez, quince, veinte segundos más tarde, el cuerpo del malagueño continúa sin salir a flote.

CAPÍTULO 27

Una vez que la última pareja de novatos cruza el camino de los condenados, reina la tranquilidad. Aunque apenas dura unos minutos, porque Carmona ordena a los nuevos que se pongan de pie y se coloquen en el centro de la pista de fútbol sala. La imagen es realmente curiosa, con todos esos chicos bañados en sustancias de colores y amontonados en el medio del campo; como si fuera la paleta de un pintor. Los miembros del pasillo 1B se han vuelto a juntar; y ahora los acompaña Óscar, que se ha convertido en uno más del grupo después de que Ainhoa llevara a cabo las presentaciones.

—¡Enhorabuena a todos! ¡Habéis superado la primera prueba de la noche de los novatos! —grita Carmona satisfecho—. Aunque algunos habéis hecho trampas que, por esta vez, pasaremos por alto.

El joven mira hacia el lugar en el que se encuentran las dos parejas que han actuado de forma diferente en el bombardeo de globos: Ainhoa y Óscar son los que menos se han manchado; y David ha recibido la mayor parte de las municiones que iban destinadas a Elena. Está claro que el maestro de ceremonias se refiere a ellos.

—Pero esto no ha hecho más que empezar. ¡Queda

mucha noche por delante! Y para continuarla, ¿no os gustaría daros una ducha y limpiaros toda esa porquería que lleváis encima?

Algunos de los residentes novatos dicen que sí, pero una mezcla de miedo y timidez les atenaza la voz. Carmona insiste en su consulta gritando que no los ha oído. Como respuesta le llega otro «sí», ahora mucho más enérgico. El veterano vuelve a preguntarles una tercera vez si no les gustaría tomar una buena ducha para limpiarse.

—¡Sí! —exclaman la gran mayoría de los novatos.

—Esta vez sí que os he escuchado bien. Así que... ¡Todo el mundo a ducharse!

Entonces, a ambos lados de la pista de fútbol sala, aparecen dos chicos, provisto cada uno con una manguera. Los dos chorros, dirigidos uno desde la derecha y el otro desde la izquierda, impactan en el grupo de residentes nuevos. El agua sale a gran presión y muy fría. Los gritos no se hacen esperar.

Una de las mangueras está muy cerca de los chicos del pasillo 1B. El veterano que la sostiene apunta a Elena y luego se centra en Ainhoa. Toni se coloca en medio y evita que el agua golpee de forma directa a la canaria. De alguna forma, aquello le viene bien para limpiarse los restos de los globos, aunque el agua está helada. Tras el valenciano, la siguiente víctima es Nicole, que ríe y chilla al mismo tiempo, mientras el chorro moja su cuerpo.

Nadie se libra de la ducha de agua fría.

A los diez minutos, la mayoría de los novatos están empapados. Por si fuera poco, un grupo de veteranos aparece con cubos llenos de agua que también lanzan contra ellos.

—¡Mañana vamos a estar todos resfriados! —protesta Óscar echándose hacia atrás el cabello mojado.

La queja del joven solo consigue que uno de los dos chicos que controlan las mangueras, el que está más cerca de ellos, dirija el chorro de agua contra él. Óscar no lo acepta de buen grado y trata de arrebatarle el tubo de caucho; no lo logra y, en su intento, resbala y se golpea el brazo derecho al caer.

—¿Te has hecho daño? —le pregunta Ainhoa, que ha presenciado el golpe y acude rápidamente a su lado.

—No es nada. Gracias.

—Déjame ver.

La chica sube con cuidado la manga de la camiseta de Óscar y examina su brazo derecho. Lo tiene un poco inflamado.

—No parece grave, aunque deberías pedirles que te dejen ir a ponerte hielo. Se te ha hinchado.

—No creo que me dejen ir.

—Yo hablaré con Carmona. Seguro que lo entiende.

—Gracias. Pero aunque me dejaran, ¿dónde vamos a encontrar hielo a estas horas?

—No lo sé. ¿Se lo pedimos al bedel de guardia?

—Los veteranos no nos van a permitir hablar con él. Tendría que explicarle cómo me he caído y dónde me he metido para estar así de mojado.

La canaria piensa en qué puede hacer para ayudar al joven. No tiene nada roto, pero es mejor bajar aquella hinchazón cuanto antes. Necesita frío en el brazo.

Un cubo de agua cae sobre ellos mientras hablan del tema y provoca que el cabreo de ambos vaya a más.

—Joder. No sé cómo el bedel y el guarda de seguridad que tiene hoy turno no se enteran de nada —comenta Óscar, con el brazo en cabestrillo—. No me puedo creer que con el jaleo que estamos formando no se den cuenta de lo que está pasando aquí.

—Eso nos preguntábamos antes nosotros. Es muy extraño. Pero lo importante ahora mismo es curarte eso. Y creo que sé cómo. Espérame aquí un momento.

Ainhoa sale corriendo, con cuidado para no patinar y caerse también. La joven llega hasta Carmona y le cuenta algo. Óscar contempla como este la escucha y asiente con la cabeza. Enseguida, la canaria regresa a su lado.

—Tenemos permiso para irnos quince minutos —le comenta sonriente.

—¿Adónde?

—A un sitio donde no nos mojen más y puedas ponerte algo frío en el brazo.

—¿Le vamos a pedir hielo al bedel?

—No, no podemos hablar con él ni entrar en la residencia. Pero Carmona va a mandar a alguien con nosotros, que entre y nos consiga algo que te baje la inflamación del brazo. Por cierto, antes de que vengan, tienes que resolverme una duda.

—¿Qué duda?

—¿Qué prefieres: Fanta o Coca-Cola?

Un veterano se aproxima hasta la pareja y les pide que se dirijan a la catarata. Los chicos obedecen y se separan del grupo.

—¿Adónde van esos dos?

—Ni idea. Pero he visto a Ainhoa hablar antes con Carmona —le dice Nicole a Toni—. Le habrá pedido permiso para ir con Óscar a alguna parte.

—Parece que se han hecho amigos muy deprisa.

La peruana sonríe. Le encantaría que la canaria encontrara en la residencia a alguien de quien enamorarse y se quitara de encima sus complejos. Se nota mucho que no está conforme con su cuerpo y que lo pasa mal. Solo espera que no haga tonterías con la comida.

—Es normal. Aquí se vive todo con mucha intensidad —indica Nicole mientras observa como se retiran los dos veteranos que cargan con las mangueras—. Parece que tenemos una tregua. ¡Fin de la guerra de agua!

—A ver qué se les ocurre ahora.

—Ni idea. Pero espero que me dejen ir a cambiarme de ropa. ¡Estoy empapada!

Todos los novatos lo están. Aunque la que más está llamando la atención es Elena. Algunos de los veteranos se han fijado en ella y en cómo la camiseta ancha celeste que lleva se le ha ceñido al cuerpo por el efecto del agua. David se ha dado cuenta de eso y no se aparta ni un instante de su lado por si a alguien se le ocurre molestarla. Antes han vivido un momento único, mientras ella le limpiaba la cara con un pañuelo. Sus miradas han coincidido durante varios segundos de una forma muy especial. Los dos lo han notado, aunque después ninguno ha hablado del tema.

—¿Os ha gustado el baño? ¿Ya estáis todos limpios? —pregunta Carmona tomando de nuevo el mando—. ¡Bien! Aunque os veo demasiado mojados. Y, aunque hace muy buena noche, no queremos que pilléis un catarro. ¿Qué tal si dais una carrerita para que os sequéis un poco?

Martín les pide que se coloquen en pareja y que comiencen a correr alrededor de la pista de fútbol sala. ¿Cuánto tiempo? Él ya avisará de cuándo deben detenerse.

—Con la ropa mojada me cuesta mucho correr —le comenta Elena a David. Los dos están de nuevo juntos.

—Creo que a muchos les gustaría que te la quitaras. Aunque así ya estás muy sexi.

—¿Qué?

La chica se mira la camiseta y descubre que, por culpa del agua, se transparenta y deja a la vista el sujetador rosa.

—No te preocupes, que yo no miro.

—Más te vale.

—Aunque no puedo hacer nada para que los demás no lo hagan. Me da que eres el centro de atención ahora mismo.

Elena de repente se siente observada y las mejillas se le empañan de rubor. ¡Otra vez está pasando vergüenza! Para taparse y ocultar la transparencia de la camiseta, se cruza de brazos. Y si antes le costaba correr, ahora, mucho más. Pero David no piensa dejarla sola. También baja el ritmo y, más despacio, corren en paralelo.

—Antes no debí decirte lo de mi hermana —comenta Elena, que sigue trotando e intenta olvidarse de lo de su camiseta—. Sé que no es asunto mío lo que hables con ella. Pero no puedo evitar preocuparme.

—No te preocupes, lo entiendo.

—Marta es una buena chica. Aunque quiere vivirlo todo muy deprisa. Ella es así.

—Justo lo contrario a ti, ¿no?

—Somos diferentes en muchas cosas. Pero también nos parecemos en otras, como hermanas que somos.

—Me he dado cuenta —señala David con una sonrisa.

—¿De qué te has dado cuenta?

—De lo distintas que sois en unas cosas y lo mucho que os parecéis en otras.

—¿Sí? Cuéntame. Quiero saber lo que piensas de nosotras.

—Otro día te lo digo.

A Elena eso no le vale como respuesta. Cada vez que hablan, el sevillano termina guardándose cosas. ¿Por qué le gusta tanto el misterio?

—Ya estás otra vez con tus secretos.

—Es mejor esconder verdades que mentir para contestarte.

—¿Eso qué quiere decir?

—Que hay cosas que no puedo o no quiero contarte de momento y prefiero el silencio a la mentira.

—No me gusta.

—Ya. Te comprendo. Pero es lo que hay —señala David, que se mantiene firme en su postura.

La chica resopla, por la respuesta de su amigo y porque empieza a sentirse exhausta. Ella nunca ha hecho deporte. Además, correr con los brazos cruzados la está agotando más. Así que decide descruzar los brazos y despreocuparse de lo que su camiseta mojada pueda dejar a la vista.

—Eso que te guardas para ti con tanto misterio, ¿tiene algo que ver con el tatuaje que llevas en el cuello?

—Sí.

La escueta pero rotunda contestación de David coge desprevenida a Elena, que imaginaba que el chico volvería a andarse por las ramas. Quizá sea un buen momento para tratar de indagar.

—¿Y qué significa?

—Es un ave fénix —apunta el sevillano—. Me sirve para recordar que, pase lo que pase, la vida sigue y que uno, por muy mal que se encuentre y por muchos palos que reciba, puede resurgir de sus cenizas.

CAPÍTULO 28

¿Qué está pasando? ¿Por qué no se le ve?

Iria apunta con la linterna hacia la piscina, pero el chico sigue sin aparecer. Julen se quita la camiseta y se lanza en busca de su amigo. Sin embargo, cuando se sumerge en el agua, la cabeza del malagueño asoma en la superficie. Tras escupir un buche de agua, Manu comienza a reírse a carcajadas.

—¡Eres gilipollas! —grita muy enfadada la gallega, iluminando la cara del joven—. ¡Luego quieres que no te insulte! Pero es que te lo mereces.

Aunque continúa bajo el efecto del alcohol que ha tomado, el susto la ha espabilado bastante. Por un momento creyó que Manu se había ahogado y que ella era la culpable de aquella tragedia. Desbordada por las sensaciones, se acuclilla y se pone a llorar desconsoladamente.

—¡Vamos! ¡No llores! ¡Que estoy vivo!

—Eres un idiota —murmura sollozando—. Me lo has hecho pasar fatal.

—¿Tanto me quieres como para sufrir por mí de esa manera?

—¿Querer? Si supieras el odio que te tengo ahora mismo...

—No te creo. Se ve a kilómetros que te has enamorado de mí.

—Creído de mierda.

Manu sonríe. Va a responderle de nuevo, pero Julen acude nadando hasta él y le pide que no la presione más. El malagueño le hace caso por esta vez. La broma se ha terminado. Sale de la piscina y, desnudo, se dirige al pequeño aseo, a ver si encuentra allí una toalla.

—No le hagas caso. Es un idiota. Además, va muy borracho —le comenta el navarro a Iria, todavía desde dentro de la piscina.

—Uf. Es que no lo soporto. Se comporta de una manera...

—Pasa de él. De verdad. No merece la pena que te enfades.

La chica trata de calmarse; no lo consigue. La cabeza le da vueltas y de pronto siente ganas de vomitar. Sin ni siquiera poder avisar a Julen, se gira e intenta alejarse todo lo posible de la piscina.

—Y esto, niños, es lo que pasa cuando uno bebe whisky del bueno sin tener el estómago preparado para ello —señala en voz alta Manu, que regresa envuelto en una toalla de cintura para abajo.

—Déjala en paz, tío. ¿No has tenido ya bastante? —protesta Julen—. Has sido tú el que la ha provocado para que beba.

—¿Yo? Creo que ella es mayorcita para saber lo que hace.

—Estás todo el tiempo pinchándola. Va a terminar cansándose.

—Bueno, mejor para ti, ¿no? Si se cansa de mí, tendrá más tiempo para estar contigo. ¿No es lo que te gustaría?

—No sabes lo que dices. Estás borracho.

—¿Tú no?

Julen no contesta. Prefiere no seguir la discusión. Está preocupado por Iria: aún la oye vomitar. No debería haberla dejado beber tanto.

Cuando la chica regresa con ellos, se sienta en el bordillo de la piscina y agacha la cabeza. Respira hondo y se enjuaga la boca con un trago de Coca-Cola que luego escupe al suelo.

—No volveré a tomar alcohol en mi vida —indica la gallega, aún algo aturdida.

—Eso es lo que decimos todos.

—No quiero hablar contigo. Por esta noche ya he perdido demasiado el tiempo.

—Venga, gallega. No te lo tomes así. Todo esto no es más que un juego.

Sin embargo, Iria no está dispuesta a jugar más. Se pone de pie y se dirige solamente al otro chico.

—Julen, me voy a tumbar allí, a ver si duermo algo. No me encuentro del todo bien.

—Vale. Ahora iré yo también. Descansa y mejórate.

—Buenas noches.

—Buenas noches, Iria.

Después de que la joven se despida, Julen sale de la piscina y se sienta junto a su amigo. Ninguno de los dos abre la boca durante varios minutos.

—Es una buena chica y lo está pasando mal por lo de su novio. No le des tanta caña —comenta el navarro tras ponerse la camiseta.

—Tú y yo sabemos que esa relación está herida de muerte.

—Puede ser. Pero solo es cosa de ellos.

—También nuestra. Sobre todo tuya —insiste Manu más sereno—. Ahora hablando en serio: esa chica te gusta. No puedes negármelo.

—No estábamos hablando de eso. No cambies de tema.

—Enamorarte de Iria solo te dará problemas.

—¿Tú no decías que no es posible controlar de quién te enamoras?

—Y me reafirmo en ello —dice el malagueño convencido—. Pero sí puedes controlar lo que haces y pensar en otras cosas. O en otras personas.

—¿Otras personas?

—Sí, ¿qué te parece la canaria? Está un poco pasadita de peso, pero es mona y simpática. Con unos kilillos menos, sería un bombón.

Julen niega con la cabeza. Su amigo lo ha vuelto a hacer.

—Espero que no le digas a ella que está «un poco pasadita de peso».

—Te estás convirtiendo en alguien asquerosamente correcto. Pero no te preocupes, que no soy tan cruel como para llamarle gorda en su cara. Además, esa chica me cae bien.

—A mí también me cae bien.

—Pues sal con ella. No tiene novio. Así te quitarías a Iria de la cabeza. Uno no controla de quién se enamora, pero un amor se olvida con otro.

—Ni estoy enamorado de Iria, ni voy a pedirle salir a Ainhoa.

—¿Y a Nicole? No es un diez, pero está bien. Tiene buen cuerpo y no es nada fea. Tal vez se ríe demasiado, pero parece una tía legal.

—Ya puestos, ¿por qué no lo intento con Elena?

Manu ríe cuando Julen menciona a la de Toledo. Con ella sí que no tendría absolutamente ninguna posibilidad. Además...

—Hay demasiada competencia para Elena.

—Y tú eres uno de los que competirá por ella, ¿no?

—Has acertado. Pero no pienses que me he enamorado o algo así —le advierte el malagueño—. Aunque no puedo negar que me atrae mucho.

—¿Atracción no es igual a amor?

—Atracción es igual a sexo, amigo —le rectifica Manu—. Tengo muy claro lo que quiero.

—Pero Elena nunca ha estado con ningún chico, ¿no te da miedo hacerle daño si finalmente consigues lo que quieres?

—Como te he dicho antes acerca de Iria, ya somos mayorcitos. Estamos en la universidad, todos hemos cumplido los dieciocho. Si uno se lía o se acuesta con otro, lo hace con todas sus consecuencias. Bastante tengo con pensar en lo que mi cabeza me dice como para estar pendiente de lo que decide la cabeza de otro.

—¿Eso no es muy egoísta?

—Eso es supervivencia.

Julen no está de acuerdo con la opinión de su amigo, aunque sabe que no logrará convencerle de otra cosa. Se incorpora y palpa su pantalón. Está muy mojado. También sus *boxers* lo están. Así no puede irse a dormir.

—Estoy por regresar a la residencia para coger ropa seca —señala el navarro.

—Imposible. Si te ve alguien, te pillarán y te someterán a las novatadas hasta que amanezca. Y seguro que lo que te hacen a ti será más fuerte al haberte perdido las primeras horas de la noche de los novatos. Además, nos pondrías en peligro también a nosotros.

—¿Y qué hago? No puedo dormir con esta ropa empapada.

—Hazlo desnudo. No creo que Iria se escandalice después de haberme visto a mí.

—No pienso dormir desnudo.

Ante la negativa de Julen, Manu también se levanta y camina hasta donde dejó caer su ropa. Se pone la camisa primero y, tras dejar la toalla a un lado, sus *boxers*.

—Toma, anda —le dice a su amigo entregándole sus pantalones—. Hasta que se te seque tu ropa, puedes ponerte esto.

Julen acepta el préstamo, le da las gracias y se viste con ellos. Le quedan un poco cortos, pero se siente cómodo. Ambos se acercan hasta donde Iria ya duerme. La chica se ha acostado sobre el banco y utiliza su chaqueta como sábana para taparse. Los dos la observan atentamente.

—Con el carácter tan fuerte que tiene, y dormida, parece un bebé —indica Manu echándose en el suelo y doblando la toalla que usará como almohada. El navarro se tumba a su lado.

—Es una gran chica. Espero que la dejes tranquila y no la molestes más.

—Solo son bromas inocentes.

—No tan inocentes. Algunas veces te pasas de la raya.

—Eres un exagerado. Pero si quieres, hacemos un trato —le propone el malagueño—: yo no me meto más con la gallega, ni con su novio Antón Pirulero, si tú me prometes que no vas a intentar nada con ella.

—No pensaba intentar nada con ella. Tiene novio. Solo quiero ser su amigo.

—Bueno, si es así, te será muy fácil aceptar la propuesta.

—¿No te vas a meter más con Iria si acepto lo que dices?

—Promesa de *boy scout.*

—Tú no has sido nunca *boy scout.*

—¿Que no? ¡Hay muchas cosas que no sabes de mí, compañero!

Julen mira hacia el techo y se le escapa una sonrisa. Está seguro de que no lo sabe todo sobre ese tipo irreverente. Pero también él se guarda cosas para sí mismo que nadie sabe.

—Está bien, acepto tu propuesta.

—Perfecto. A partir de ahora que no se te ocurra ir detrás de ella como si fueras su perrito.

—Y tú no vuelvas a faltarle al respeto.

—No lo haré.

Los dos sellan el pacto estrechándose las manos, tumbados en el suelo.

Ambos creen que han hecho una buena acción. Manu considera que así salva al chico de un sufrimiento amoroso a corto plazo. Iria se lo haría pasar mal. Si mantiene las distancias con ella, lo que siente terminará apagándose. En la universidad hay cientos de chicas que se encargarán de ello; si no, ya estará él ahí presente para darle un empujoncito cuando haga falta.

Y Julen, por su parte, duda que el malagueño cumpla con lo prometido. Aunque pactar aquello no le supone ningún esfuerzo. A pesar de que Manu se empeñe, realmente no siente nada por Iria. Solo quiere ser su amigo. Y es que sus sentimientos van por otro camino completamente diferente. Un camino imposible que apenas ha empezado a recorrer.

CAPÍTULO 29

Las novatadas han continuado durante toda la noche y algunos de los residentes nuevos están muy cansados. Los han puesto perdidos, los han mojado, han corrido, luego han hecho circuitos muy exigentes físicamente, con flexiones, abdominales, piruetas, saltos... e incluso han cantado y bailado para los veteranos.

Son casi las seis de la mañana y Carmona les ha permitido diez minutos de libertad antes de afrontar la última hora de penitencia.

—¿Cómo tienes el brazo? ¿Te duele mucho? —le pregunta Toni a Óscar, que ha sufrido para realizar algunas de las pruebas.

—No, solo me molesta un poco.

—Menos mal que no tienes nada roto y que se te bajó la inflamación —señala Ainhoa, que ha permanecido todo el tiempo junto a él.

Las dos latas de Coca-Cola frías que se puso en el brazo durante más de media hora para bajar la hinchazón sin duda han contribuido a que aquello no tenga tan mala pinta como cuando se cayó. Por un momento, pensó que podía ser más grave. No habría sido un comienzo de curso nada bueno si se hubiera roto el brazo derecho nada más empezar. Aunque lo que más le habría fastidiado hubiera sido verse obligado a dejar de tocar su guitarra hasta recuperarse. Eso le habría mermado aún más la moral, que, precisamente, no tiene muy alta en las últimas semanas.

Los seis chicos del pasillo 1B están sentados juntos en una esquina de la pista de fútbol sala, esperando las nuevas órdenes de los veteranos. Estos se hallan reunidos, en su mayor parte, al otro lado del campo. Da la impresión de que están deliberando lo que hacer para poner el punto final a la noche de los novatos.

—No sé qué más nos pueden hacer —comenta Elena exhausta y con ganas de acabar ya—. Aunque, después de hacer el ridículo cantando el *Aserejé*, todo a partir de ahora me parecerá poco.

Ella, David y Nicole han formado un trío muy particular en la prueba de canto. Todos los veteranos se han reído con las numerosas desentonaciones de los tres y con el bailecito que han tenido que realizar. Estar con David y ver que él también se puso en ridículo le dio algo más de seguridad. Pero, aun así, no recuerda haber pasado más vergüenza en su vida. Además, notaba los ojos de todos los veteranos fijos en ella, sobre todo los de Carmona. Aquel chico sigue intimidándola.

—No te quejes —le dice riendo Ainhoa—. Yo he tenido que cantar sola *I will survive.*

—¡Pero tú cantas bien!

—¡Qué va! Parezco Piolín. ¡Y no lo digo porque sea canaria! Tengo una voz de pito horrible.

Todos se ríen con las palabras de la chica. Por fin tienen tiempo para respirar, aunque saben que es una tranquilidad provisional. Una calma tensa antes del último *show.*

—Oye, ¿qué habrá sido de Iria, Manu y Julen? —pregunta Nicole recordando a los tres miembros del pasillo 1B que no han aparecido en toda la noche.

—Ni idea. Estarán escondidos en algún sitio —responde David.

—Es muy extraño que no los hayan traído con nosotros. ¿Dónde se habrán escondido para que nadie los encuentre? Dentro de la residencia no creo que estén. No los escuché en sus habitaciones, que están muy próximas a la mía —recalca la peruana.

Entonces Elena recuerda que el malagueño tiene en su poder una llave del edificio de la piscina climatizada y que no llegó a devolverla en recepción. Seguro que se han encerrado allí. Así que les cuenta a sus compañeros lo que intuye y estos escuchan atentos lo que la toledana les revela.

—Creo que, conociendo a Manu, ni siquiera habrá pedido la llave para entrar ahí —apunta el sevillano.

—¿Piensas que se la ha llevado sin pedir permiso?

—Cuando me dijiste antes que habías ido con él a ver la piscina y que el bedel le había prestado la llave, ya lo sospeché. Pero después de oírte ahora, estoy convencido de que ha sido así. ¿Cómo van a dejarle la llave de la piscina a un residente? Y si luego no la ha devuelto, blanco y en botella.

Elena reflexiona un instante. Todo cuadra. Tiene más sentido lo que dice David que las explicaciones que Manu le dio. ¡Cómo pudo ser tan ingenua! Estaba allí de forma ilegal. Si los llegan a descubrir, le habría caído una buena.

—No me volveré a fiar de él —indica la joven moviendo la cabeza desolada.

Pero, sin tiempo para más lamentaciones, los veteranos se agrupan en el medio de la pista de fútbol sala y anuncian a los novatos que se terminó el descanso. Algunos han bebido alcohol y a esos se les nota especialmente contentos. Aunque Carmona, que de nuevo toma la palabra, se mantiene sereno y fresco, como si todo acabara de empezar.

—¡Está siendo una gran noche! ¡Sin embargo, todavía no ha terminado! ¡Tenemos preparado un gran final! —grita Martín orgulloso—. Todos vosotros habéis cumplido con la tradición. Habéis hecho lo que los veteranos de esta residencia os hemos ordenado en esta noche tan especial para todos. Sin embargo, aunque no es vuestra culpa, sois treinta y siete nuevos y aquí solo estáis treinta y dos. Es decir, faltan cinco.

Carmona saca un folio del bolsillo de su vaquero, lo despliega y lo muestra al resto de los residentes que están presentes. En aquella hoja están escritos los nombres y apellidos de los treinta y siete novatos de la Benjamin Franklin de ese año.

—¿Cómo ha conseguido esa información? —susurra Toni a los demás.

—Ni idea. Pero aquí está pasando algo que no sabemos —interviene David.

Mientras los treinta y dos novatos presentes hablan entre sí y se preguntan cómo los veteranos disponen de aquellos datos, que se supone que son administrativos y, por tanto, de acceso restringido, Carmona pasa lista y lee los nombres de todos en voz alta. Entre los cinco ausentes, surgen Iria Chacón Espejo, Manuel González Miranda y Julen Miramón Aguinaga.

—¿Alguno sabe dónde están estos desaparecidos? —pregunta Martín cuando termina de leer.

Enseguida, una chica pecosa, con el pelo anaranjado, levanta la mano. Explica que una de las que faltan es una amiga del pasillo 1C, que se ha quedado en la habitación enferma. Cuenta que tiene permiso de uno de los veteranos para no estar allí esta noche y señala a Ánder. Carmona asiente y vuelve a preguntar por los otros cuatro. No hay más respuestas.

—Muy bien. Solo faltan cuatro residentes novatos —apunta el joven mientras comprueba su reloj—. ¡Tenéis veinte minutos para encontrarlos! Si en veinte minutos no están los cuatro en la pista de fútbol sala, todos tendréis una penitencia en la última prueba. ¿En qué consistirá esta última prueba? Muy fácil. Será un desfile en el que nos diréis cómo os llamáis, de dónde sois, qué estudiáis y vuestro número de habitación. Si estáis aquí los treinta y seis residentes de primer año, el desfile será normal. Sin ningún tipo de castigo. Pero si no aparecen o alguien más se ausenta..., desfilaréis desnudos. Totalmente desnudos.

Aquellas últimas palabras de Carmona provocan la indignación y el temor entre los nuevos. ¡Cómo van a desfilar desnudos!

Las protestas no se hacen esperar y algunos gritan que no piensan hacerlo. En cambio, Martín no cede y avisa que, si uno solo de ellos no cumple con las normas impuestas, el resto lo pagará. ¡Nadie puede desobedecerlos en esa madrugada! ¡Es la tradición!

—Esta es la noche de los novatos —insiste el veterano—. Y, hasta las siete, debéis cumplir con lo que os digamos. ¡No permitiré ninguna rebelión! Os damos la oportunidad de encontrar a vuestros compañeros ausentes. En lugar de protestar tanto, dedicaos a buscar. Desde este momento, tenéis veinte minutos.

El nerviosismo se apodera de los noveles. Todos temen que transcurran esos veinte minutos y que los cuatro que faltan no aparezcan.

Curiosamente, tres de esos ausentes pertenecen al pasillo 1B, donde los nueve residentes son de primer año. La otra estudiante de la que no se sabe nada es una chica del pasillo 2A que se llama Carlota.

—Seguro que están en la piscina climatizada —comenta Elena, muy tensa por la situación que se ha planteado—. Tenemos que darnos prisa en ir hasta allí y traerlos.

—Pero no podemos ir los seis —señala Toni—. ¿Y si están en otra parte?

—Lo mejor es dividirnos por parejas.

Los seis chicos del pasillo 1B hacen caso a David y se organizan de dos en dos. Ainhoa y Óscar se encargarán de mirar dentro de la residencia, Nicole y Toni revisarán los alrededores del edificio central y Elena y David serán los que comprueben si la intuición de la toledana es acertada. Ambos caminan deprisa por el sendero de piedras que conduce hasta la piscina climatizada.

—No me pienso desnudar delante de toda esa gente —señala indignada por el castigo de la última prueba.

—¿Y qué vas a hacer? ¿Te negarás?

—Por supuesto. Mi cuerpo desnudo solo lo veo yo.

—Pues ya has oído a Carmona. Si uno solo de nosotros no cumple, el resto lo pagará.

—Me da lo mismo. He hecho todo lo que me han mandado hasta ahora. Y, por culpa de otros, ¿voy a tener que pagar yo?

—Tú y todos los que somos novatos.

—¡Si me obligan a desnudarme, los demandaré! ¡Uno por uno!

La cólera de Elena hace sonreír a David. Cuando saca a relucir su carácter, se lleva por delante al que sea sin pensar en las consecuencias. Y no puede decir que no le guste.

—No sé si denunciar es lo mejor.

—¿Por qué dices eso?

—Porque tendrás en contra a sesenta y pico personas con las que convivirás muchos meses —añade el sevillano—. Además, se supone que todo esto que estamos haciendo es secreto y voluntario.

—¡Nada ha sido voluntario!

—¿Y cómo lo demuestras? Nadie te ha puesto un puñal en la espalda, ni una pistola en la cabeza, para que participes en esta historia. Solo han sido propuestas y palabras.

—¡Bajo amenaza! —insiste Elena alzando la voz—. Y amenazar a alguien es un delito.

—¿Y prefieres denunciar a más de sesenta veteranos, poner en jaque a la residencia y a quienes la dirigen y, en definitiva, liar la mundial en tu primera semana como universitaria... antes que desfilar desnuda?

La chica piensa en lo que su amigo le expone. Sí, sería una locura enfrentarse a todo eso, pero está segura de que no es la única que lo siente así.

—¿Tú lo vas a hacer?

—Qué remedio. Supongo que por lo menos me dejarán taparme con las manos.

Aquello es surrealista. Elena no puede creer que David esté hablando en serio. ¡Taparse con las manos dice! Todo lo que ha acontecido en esa noche ha sido una locura. Por momentos, divertido, pero locura. Si la obligan a desnudarse junto al resto de sus compañeros, aquello se transformará en una locura denigrante.

—Lo mejor es encontrar a esos tres y dejarnos de líos —indica la toledana acelerando el paso.

—En eso tienes razón. Pero recuerda que hay una cuarta desaparecida.

—Ya. Es verdad. Espero que esa tal Carlota no nos fastidie.

—Yo también. Aunque bastante tenemos nosotros con buscar a los de nuestro pasillo.

—¿Crees que estarán en la piscina?

—No lo sé, pero es muy posible.

CAPÍTULO 30

Casi son las seis de la mañana. Julen no ha pegado ojo en toda la noche, al contrario que sus dos compañeros, que apenas se han despertado un par de veces. No se siente muy bien; sin duda, por culpa del whisky que se tomó a palo seco hace un rato. Aunque los ronquidos de Manu también podrían incluirse entre los motivos de aquel desagradable dolor de cabeza.

Hace calor allí dentro, tanto que su ropa se ha secado completamente y ha podido volver a ponérsela. Ahora se encuentra más cómodo que con los pantalones del malagueño, que le estaban algo prietos.

Se estira al levantarse. Le duelen la espalda y las rodillas de estar tumbado en el suelo. Primero va al baño y luego da una vuelta por el interior del edificio. Termina sentándose en el borde de la piscina, pensativo. Mete los pies en el agua y juguetea con las olas que él mismo va originando con los dedos.

Aquella ha sido una de las noches más raras de su vida. Aun así, recuerda una mucho más extraña. La noche en la que su vida cambió para siempre. Fue en Pamplona, hace unos meses, al terminar los exámenes de selectividad. Cuando despertó en aquella habitación, no tenía ni idea de lo que había sucedido. Estaba tumbado en una cama y a su lado se encontraba una chica de su clase.

—Por fin te has despertado —le dice ella sonriente. Las sábanas solo le tapan de ombligo para abajo.

—¿Dónde estoy?

—En mi casa. Pero no te preocupes, mis padres no aparecerán en todo el fin de semana. Así que no hay problema.

Leyre no es demasiado guapa, o al menos a él no se lo parece. Nunca le había atraído y mucho menos había pensado en acostarse con ella. Y sin embargo, ahora se encuentra en su cama después de, aparentemente, haber pasado buena parte de la noche allí.

—¿Qué ha ocurrido?

—¿No te acuerdas?

—Bueno, recuerdo que estábamos todos haciendo botellón, celebrando que habíamos terminado los exámenes.

Y besos. De repente recuerda a alguien besándole intensamente en el baño de un *pub*. Pero poco más. Intenta hacer memoria, pero sin éxito.

—¿Y nada más? ¿Me estás diciendo que no te acuerdas de más?

—No. No sé muy bien qué ha pasado esta noche.

La joven parece algo decepcionada cuando le escucha admitir que su memoria presenta muchas lagunas respecto a lo que sucedió desde que empezó a beber en el botellón hasta ese momento. Tantas lagunas que casi no se acuerda de nada.

—¿En serio? Me estás tomando el pelo, ¿verdad?

—No. Te juro que no. Que no me acuerdo. ¿Por qué? ¿Qué he hecho?

—¿Qué has hecho? Esto no me puede estar pasando a mí.

—Perdona si te he hecho algo que...

—Julen, te has acostado conmigo —lo interrumpe Leyre bastante molesta—. Eres el primero con el que lo hago. ¡Y no te acuerdas de nada!

Aquella chica admitió que estaba enamorada de él y que para ella había sido muy especial. Llevaba mucho tiempo esperando que se lanzara. Una historia que Julen seguía sin recordar y que acabó en gritos y llantos. Su compañera de clase no tardó en echar al joven de su casa entre insultos y lágrimas. Sin embargo, con el paso de los días, la memoria regresó poco a poco, en forma de confusos *flashes*. Aunque lejos de acordarse de lo que sucedió en la casa de ella, lo que pudo recordar fue a la persona con quien se había liado en los baños de aquel *pub* de Pamplona, con la que se besó intensamente. Y de algo estaba seguro: aquella persona no era Leyre.

—¿Qué ha sido eso?

Julen mira hacia donde están sus amigos, a los que casi no distingue en la oscuridad. Ha sido Manu el que ha gritado tras escuchar unos golpes en la puerta principal del edificio. También Iria se ha despertado. El chico ya está con ellos cuando vuelven a llamar. El malagueño les pide que no hablen.

—¡Eh! ¡Manu! ¿Estás ahí? ¡Julen! ¡Iria! ¡Tenemos que hablar con vosotros!

Los gritos que llegan desde fuera son de David. Pero no está solo. También escuchan a Elena, que les pide por favor que salgan.

—¡Vamos, chicos! ¡Sabemos que estáis ahí! —exclama la de Toledo—. ¡Necesitamos hablar con vosotros ahora mismo! ¡Es muy urgente!

Los tres debaten lo que hacer. ¿Les abren o no? Están seguros de que su presencia allí se debe a algo relacionado con la noche de los novatos. Aún no son las siete de la mañana, así que todavía no ha pasado el peligro.

Finalmente, deciden dejarlos pasar. Manu camina hasta la puerta principal y les indica que vayan a la parte de atrás del edificio. Allí les abre. David y Elena se sorprenden cuando lo ven en ropa interior, pero no disponen de tiempo para explicaciones. Les cuentan rápidamente lo que pasa y la necesidad de que los acompañen los tres para evitar que el resto de los novatos tengan que desfilar desnudos ante los veteranos. Julen e Iria enseguida comprenden la situación y no tardan en aceptar, aunque temen lo que puedan hacerles a lo largo de lo que queda de noche por haberse escabullido. En cambio, Manu...

—¡No voy a ir! ¿Estáis locos? —exclama el malagueño. Su negativa suena rotunda—. ¡Y vosotros tampoco deberíais hacerlo!

—Si no vamos, los que están allí pagarán por nuestra culpa —señala David—. Tenemos que regresar y tú debes venir con nosotros.

—¡Ni de coña! Estos dos que hagan lo que les dé la gana, pero yo no me muevo de aquí.

—Venga, Manu. Por favor. Sé solidario con el resto. Si uno solo de los novatos no está en la pista de fútbol sala, dentro de diez minutos, se va a liar una buena. ¡Yo tampoco quiero desfilar desnuda y me negaré a ello! Pero es mejor hacerlo por las buenas que por las malas.

El ruego de Elena ablanda un poco al chico, aunque

no piensa ponérselo tan fácil, y mucho menos sin obtener nada a cambio. Después de permanecer unos segundos en silencio, en los que todos están pendientes de su decisión, Manu habla:

—Muy bien, iré con vosotros. Pero quiero una recompensa por aceptar.

—¿Qué quieres?

—Que salgas conmigo esta noche —indica el malagueño con una amplia sonrisa en la cara—. Ya que me he perdido el primer jueves universitario, quiero un viernes a solas contigo por Madrid. Con cena fuera de la residencia incluida.

—¿Estás de broma? Ya dije que no pienso salir por...

—O eso o nada —la corta—. No pienso negociar. Tú eres la que decide ahora.

La chica aprieta los puños y siente ganas de golpear con uno de ellos el rostro de aquel caradura. De reojo, observa a David, que se mantiene impasible. Simplemente, espera expectante. Iria y Julen también la contemplan atentamente, aguardando su respuesta.

—Está bien. Pero no es una cita, que te quede muy claro. ¡Nunca saldría contigo! ¡Ah! Y la cena la pagas tú —termina aceptando resignada.

—Vale, pero yo elijo el sitio.

Elena asiente de mala gana. Al final, la que se tiene que sacrificar por los demás es ella.

—Muy bien. Pero ahora corramos a la pista de fútbol sala. Casi no nos queda tiempo.

—¿Y esto lo dejamos así?

—Luego venimos a recoger, Julen —apunta Manu mientras se enfunda el pantalón.

—¿No vas a devolver la llave a recepción?

—Hasta que no haga una copia, no. ¡Con lo que me costó cogerla sin que me vieran!

—Eres lo peor. Al final nos van a expulsar a todos por tu culpa —interviene Iria enfadada.

A ella también le contó que el bedel le había prestado la llave por la tarde y que se le olvidó devolverla.

—No me digáis que no es emocionante vivir en el mismo pasillo que yo...

La pregunta del malagueño se queda sin respuesta porque todos prefieren callar para no iniciar un nuevo debate.

Los cinco abandonan el edificio de la piscina climatizada y caminan lo más deprisa que pueden por el sendero de piedras que lleva hasta la residencia. Solo faltan cinco minutos para que concluya el plazo que los veteranos han dado.

¡Menuda noche tan estresante!

Sin embargo, en el trayecto reciben por fin una buena noticia. Nicole le ha enviado un wasap a Elena:

«Carlota ha aparecido. Espero que vosotros hayáis tenido suerte y hayáis encontrado a nuestros compañeros del 1B. Todos os estamos esperando».

CAPÍTULO 31

—Me llamo Carlota Álvarez. Soy de Granollers. Estudio Periodismo y mi habitación es la 2153.

Aquella joven delgada y larguirucha es la primera en presentarse en la última prueba de la noche de los veteranos. Luego tendrá que desfilar ante todos. Está algo asustada por lo que le han contado que no ha hecho, aunque intenta conservar la calma ante Carmona.

—Muy bien. ¿Y por qué no has aparecido hasta ahora?

—Porque no sabía nada de esta historia. Me quedé dormida sobre las once y media. No tenía ni idea de que todo el mundo estaba aquí.

—¿Y no te enteraste cuando llamaron a tu puerta a las doce?

—No, me quedé dormida con los cascos puestos y la música a todo volumen.

—¿Qué escuchabas? Por curiosidad.

—El último disco de Malú.

Las palabras de la chica convencen a Carmona y a los demás veteranos, a los que saca una sonrisilla.

—Te creemos, Carlota. Y por eso, no vamos a someterte a ninguna penitencia extra por no estar con nosotros en la noche de los novatos. Ahora, por favor, desfila y deja a todos con la boca abierta.

La chica obedece y camina, como si estuviera en un pase de modelos, desde el centro del campo hasta una de las porterías. No lo hace del todo mal y consigue algunos aplausos entre los residentes veteranos.

—Cuando acabe esta, nos tocará a nosotros —comenta Manu inquieto—. ¿Vamos a tener que darles explicaciones de dónde hemos estado?

—Eso parece —responde Iria, sentada al lado del malagueño.

—Pues yo no pienso decirles nada. Como se enteren de que tenemos una llave de la piscina climatizada, alguien puede chivarse y se nos caerá el pelo.

—A ver qué inventas, entonces. Todo esto es por tu culpa.

—Nadie te obligó a venir conmigo, gallega. Así que asume tus propios actos.

Tanto ellos dos como Julen se han saltado todas las pruebas que el resto de los nuevos han realizado aquella noche. Y sospechan que, de alguna forma, tendrán que compensarlo.

Una vez que Carlota termina, Carmona los llama y les pide que se presenten. Están los tres juntos, uno al lado del otro. Empieza hablando la chica:

—Yo soy Iria Chacón, vivo en Coruña, estudio Criminología y estoy en la habitación 1157.

—Mi nombre es Julen Miramón, soy de Pamplona, hago Fisioterapia y vivo en la 1158.

—Y yo me llamo Manu González, malagueño, también estudio Fisioterapia y mi habitación es la 1156.

Martín Carmona examina a los tres de arriba abajo

en medio de un silencio tenso. El resto de los veteranos y los novatos observan la escena con atención.

—Bien, bien, bien. Los tres sois del mismo pasillo y los tres acabáis de aparecer. ¿Tampoco nos habéis escuchado cuando llamábamos a vuestras habitaciones?

—Yo no he oído nada —señala Manu con cierta arrogancia.

—¿Porque tenías la música alta o porque no estabas en tu cuarto?

—Qué más da eso. No he oído nada y punto.

—¿Y vosotros dos tampoco habéis escuchado que os llamábamos? —pregunta Carmona, observando primero a Iria y después a Julen.

Estos no responden y solo se miran entre ellos. Temen contestar algo que los perjudique o contradecir a Manu.

—Estábamos todos juntos y ninguno hemos oído nada —interviene de nuevo el malagueño, anticipándose a cualquier respuesta de sus amigos.

—¿En qué habitación estabais?

—¿Eso importa? Mira, tío. Pídenos que desfilemos y déjanos que nos vayamos ya a dormir. Tengo sueño.

El desafío de Manu provoca que algunos veteranos lo silben y abucheen. En cambio, Martín no se altera lo más mínimo. Se coloca frente a él y lo observa con una sonrisa en los labios.

—¿Sabes? Yo era como tú —le comenta apoyando en su hombro una mano que retira de inmediato ante el gesto reprobatorio del malagueño—. Impetuoso, descarado... Y tampoco entendía por qué tenía que hacer esta mierda y cumplir las órdenes de unos capullos mayores que yo. Pero alguien me explicó la esencia de esta tradición y aquella noche se convirtió en una de las mejores de mi primer año en la residencia Benjamin Franklin. Sobre todo, porque aquel día conocí a mucha gente que mereció la pena.

—Me alegro por ti. Espero que te regalaran una placa conmemorativa con la fecha.

—No me la regalaron, pero habría sido una buena idea —bromea Carmona—. Lo cierto es que no sería justo que tú y tus dos amigos os marcharais sin ningún castigo por saltaros la tradición a propósito. Pero ellos me han caído bien y no deberán cumplir ninguna penitencia. ¿Estáis de acuerdo conmigo?

El grupo de veteranos grita que sí, en apoyo de su líder. Iria y Julen respiran tranquilos, aunque de quien todos están pendientes es de Manu.

—Pero tú, querido amigo...

—No me llames así. No soy tu amigo.

—Muy bien, perdona. Nada de amigos —se disculpa Carmona—. Tú, querido compañero, sí que vas a tener que hacer algo por no respetar nuestra tradición y, además, comportarte como un auténtico capullo.

—Yo no te he insultado.

—Ni yo. Simplemente, he calificado tu comportamiento. Y creo que ninguno de los que estamos aquí presentes negará que has actuado como un gran capullo.

—Lo que es de capullos y para tontos es esta historia que os montáis de perdonavidas.

—Es nuestra tradición. Y tú no la has cumplido. Por eso, tu castigo será... —Carmona se detiene y reflexiona un instante—. Tu castigo será servirle el desayuno, todos los días durante un mes, a nuestra adorable Megan.

Todos se giran instantáneamente hacia donde Martín señala. Megan Suárez saluda sabiéndose protagonista del momento. Hace un par de días, esta chica veterana de tercer año, y saltadora de longitud, se hizo un fuerte esguince en el tobillo derecho mientras entrenaba. Lleva la pierna escayolada y utiliza muletas para andar.

—¿Y si no quiero hacerlo?

—Si no quieres hacerlo es problema tuyo —añade Carmona sin dejar de sonreír—. Pero creo que ayudar a una residente que lo necesita es el mejor castigo que podrías tener. ¿No te parece, malagueño?

Manu mira hacia donde está Megan, que sigue saludando a todo el que se dirige a ella. No está mal, aunque no es su tipo. Supone que aquel es el mal menor al que podría enfrentarse. Está cansado y prefiere no meterse en más líos. Además, aquella absurda historia también ha sido positiva para él: por la noche saldrá a solas con Elena.

—Espero que no madrugue mucho —responde el chico relajándose por fin.

Les basta media sonrisa de cada uno para rubricar la paz definitiva entre ambos. Carmona le pide a continuación a Manu y a sus dos acompañantes que desfilen. Los tres cumplen y hasta se divierten haciéndolo. Poco a poco le va llegando el turno al resto. Nicole, Óscar, Ainhoa, Toni y David, tras presentarse y decir sus datos en voz alta, desfilan ante el griterío y el ánimo de los presentes. Aunque la que se lleva más aplausos y piropos es Elena. Ninguno de los chicos se pierde ni uno solo de sus pasos.

—Tenías razón. Es verdad que hay mucha competencia por la toledana —le susurra Julen a Manu al contemplar la expectación que levanta la chica.

—Eso lo hace más divertido.

Después de aquella noche, todos los residentes conocen a Elena y muchos desearían conocerla más a fondo. Pero él tiene en su mano el primer cartucho. La primera oportunidad para lo que surja es suya y no piensa desaprovecharla.

Son las siete menos cinco de la mañana de aquel viernes, 12 de septiembre, y los novatos acaban de terminar el desfile. Ya no existe separación ni distancia entre unos y otros. Todos están sentados juntos y se han mezclado los nuevos con los que llevan más de un año en la residencia de estudiantes.

Martín Carmona de nuevo toma la palabra.

—Están a punto de dar las siete. ¡Lo he pasado muy bien! ¡No ha sido para tanto! ¿Verdad? Espero que no. Y si alguno se ha sentido mal, le pedimos disculpas. Esta tradición, en realidad, es un invento para que los nuevos os quitéis los complejos. Para que desde la primera semana os integréis en esta familia que comparte la residencia Benjamin Franklin. ¡No somos tan malos como parecemos! Bueno, Ánder sí que es malo, pero es la excepción y le perdonamos.

El aludido se levanta y agita el dedo índice para negar lo que su amigo ha dicho. Todos ríen y Carmona continúa su discurso.

—Os quería pedir una cosa más, un gran favor: no digáis nada de esto a nadie. Guardadlo para vosotros. Ya veis que nosotros no nos comemos a nadie y que, al final, esto es una fiesta, pero cualquier palabra fuera de este contexto en el que estamos puede malinterpretarse. Es algo que, curso a curso, cada generación va transmitiendo a la siguiente. Lo que pasa en la noche de los novatos se queda dentro de la Benjamin Franklin y tiene que seguir siendo así. Como os comenté al principio, nada de redes sociales ni tampoco lo habléis con vuestra familia.

»Y termino ya, que algunos tenéis clase dentro de un rato y otros querréis dormir. Muchas gracias por vuestro compromiso, vuestro humor y vuestra paciencia. ¡Nos vemos en los pasillos de la residencia y, por supuesto, en su cafetería! ¡Buenos días!

Todos aplauden a Carmona durante varios segundos. El joven hace una reverencia y se marcha solo. Los demás residentes abandonan la pista de fútbol sala en pequeños grupos. Los nueve chicos del pasillo 1B caminan juntos. Ainhoa presenta a Óscar a Julen e Iria. Nicole conversa emocionada con Toni y Elena acerca de todo lo que han vivido esa noche que nunca olvidarán.

—Al final te has librado de una buena. Megan parece una chica muy agradable —le dice David a Manu. Los dos andaluces cierran el grupo.

—No creo que vaya a tirarle los tejos. Demasiado fibrosa para mí.

—El caso es que te podían haber impuesto un castigo más duro por desafiarlos y saltarte las normas. Has tenido suerte.

—En realidad, los que os habéis librado sois vosotros, y ha sido gracias a mí. Os he salvado de desfilar en pelotas.

—Escuchando el discurso final de Carmona, no creo que nos hubieran obligado a desnudarnos. No habría sido consecuente con la esencia de lo que se pretende con esto.

—Nunca lo sabremos. Pero debéis darme las gracias por los servicios prestados.

—Gracias, entonces, ¡oh, nuestro salvador!

—De nada. Sé que en el fondo me estás agradecido. Tú y todos los demás.

Los dos continúan caminando juntos hacia la residencia. Elena se gira un instante y los ve dialogando. Ambos se muestran sonrientes, aunque no imagina de lo que están hablando en ese momento.

—No te molesta que esta noche salga con ella, ¿verdad?

—¿A mí? No. ¿Por qué me iba a molestar?

—No sé, estáis tan juntitos siempre que igual...

—Solo somos amigos. Nos acabamos de conocer —explica David.

—Todos nos acabamos de conocer, pero es indudable que ya hay sentimientos de por medio entre algunos.

—¿Tú crees?

—Sí, eso se ve claramente —afirma muy seguro Manu antes de bajar la voz—: A mí me interesa Elena. Y esta noche haré lo posible para que ella se interese por mí. Ya me entiendes.

—Eres libre para hacer lo que quieras. Y ella también.

Los dos entran en la residencia junto a sus siete compañeros. El bedel de guardia los saluda y ni siquiera les pregunta de dónde vienen a esa hora de la mañana. Uno a uno, van pasando al pasillo 1B. Pero antes de que lo haga David, Manu lo sujeta del hombro y le susurra al oído.

—Sé que te gusta. Aunque no vas a poder conmigo. De momento, Málaga uno, Sevilla cero. Pero el partido no ha hecho más que empezar. Suerte, amigo.

CAPÍTULO 32

Faltan nueve minutos para que den las once. Ni ha dormido, ni ha ido a clase. Cuando Toni llegó a su habitación, pasadas las siete de la mañana, lo primero que hizo fue buscar en su ordenador algún mensaje de Lauren. Y lo tenía: la chica le había dejado un privado en Twitter.

> «Siento que te hayas tenido que marchar. Ya me explicarás qué ha sucedido cuando hablemos. Lo he pasado muy bien. Gracias por todo».

Fue tan precipitado lo de anoche que no tuvo tiempo de despedirse en condiciones de ella. Solo pudo decirle que venían a buscarle y que no sabía cuándo regresaría.

Aquel sencillo privado en Twitter le arrancó una sonrisa. Ayer llegó a pensar que la perdía para siempre; sin embargo, todo se desarrolló de una manera insospechada. Nunca se le había pasado por la cabeza practicar sexo virtual, y menos de esa forma: ni siquiera podía verla o escucharla; solo leía sus comentarios. Y cómo le excitaban. Tanto que recuerda haberse sentido así muy pocas veces. Sin duda, aquella joven de ojos azules es capaz de conseguir cualquier cosa.

Pero había algo que inquietaba a Toni y que no le había dejado dormir. Después de leer el privado, quiso saber si Lauren había escrito algún tuit en su cuenta. Y se encontró con una gran sorpresa: una extraña conversación entre ella y Sonia, que en Twitter se hace llamar Dafne, en la que las dos se insultaban y se recriminaban por cuestiones personales.

La disputa había comenzado después de que Lauren subiera una foto de Dani Martín y pidiera disculpas por el tiempo que había estado sin responder a sus seguidores.

Lauren_CFDaniM: «Chicos, perdonadme por no contestar. El principio de curso me tiene loca. Ahora me pongo con los tuits atrasados».

Nadie le recriminó haber estado ausente durante un día. Nadie, salvo su amiga Sonia.

DafneLoveDM: «@Lauren_CFDaniM ¿Seguro que ha sido por el principio de curso? Últimamente, nos tienes un poco abandonados».

Lauren_CFDaniM: «@DafneLoveDM No creo que os haya abandonado. Tengo vida personal y no puedo estar todo el día metida aquí».

DafneLoveDM: «@Lauren_CFDaniM Antes tenías menos vida personal y más tiempo para la gente que te apoya. Has cambiado».

Toni no podía dar crédito a lo que leía. Ellas dos eran muy amigas y nunca se habían hecho reproches en Internet. Se preguntaba si él formaba parte de esa «vida personal» de la que hablaba Lauren y si las quejas de Sonia tenían que ver con eso.

La trifulca tuitera no había finalizado ahí, se habían seguido lanzando puñales de una cuenta a otra:

Lauren_CFDaniM: «@DafneLoveDM A veces es mejor cambiar que quedarse toda la vida siendo una perdedora y alguien que no se aguanta a sí misma».

DafneLoveDM: «@Lauren_CFDaniM ¿Eso lo dices por mí o estás hablando de tu "vida personal"? No te reconozco. ¿Qué fue de la otra Lauren?».

Lauren_CFDaniM: «@DafneLoveDM No hay otra Lauren. Soy la de siempre, con menos tiempo. Esta discusión la has empezado tú. ¿Por qué? Creo que lo sé».

DafneLoveDM: «@Lauren_CFDaniM Tú no sabes nada. Solo eres una loca egocéntrica que se cree el ombligo del mundo. Olvídate de mí».

Lauren_CFDaniM: «@DafneLoveDM La que tiene que olvidarse de mí eres tú. Desaparece de una vez y no molestes más. Amargada de la vida».

DafneLoveDM: «@Lauren_CFDaniM No te preocupes, que esta será la última vez que te escriba. Eres historia en mi vida. Que te vaya bien, niñata».

Lauren_CFDaniM: «@DafneLoveDM Perfecto. Lo mismo digo. Hasta nunca».

Con aquel último tuit, escrito a la 1:07, se terminaba el diálogo entre las dos chicas. Toni no se lo creía. Leyó la conversación varias veces y se conectó a Skype para ver si podía conversar con Lauren sobre el tema. Pero todavía no había aparecido. Tampoco había cumplido con su promesa de responder a la gente que le había escrito durante su ausencia. Su rastro se desvaneció a la hora en que escribió por última vez a Sonia.

Hace un rato el valenciano le dejó un mensaje directo en Twitter:

> «Buenos días, yo también me lo pasé muy bien anoche. Pero he leído lo que ha pasado con Dafne... ¿Estás bien?».

> «Me quedaré toda la mañana en mi habitación con Skype encendido por si quieres hablar. Te echo de menos».

Pero Lauren ni se ha conectado a Skype, ni ha respondido a lo que Toni le ha escrito por privado. El joven está preocupado. Teme que aquel enfrentamiento con una de sus mejores amigas en la red vuelva a provocarle una crisis como la del día anterior. ¿Tendría Sonia algo que ver en lo que Lauren le había dicho de abandonar para siempre las redes sociales y desaparecer? No está seguro, aunque espera que el incidente de anoche no la afecte demasiado.

Al no haber desayunado, ahora tiene hambre. Teme abandonar el cuarto por si Lauren se conecta. Pero necesita comer algo. Sale de la habitación y a toda velocidad se dirige hacia donde está la máquina de sándwiches. Rápidamente saca uno de pollo y también coge un refresco de naranja. No hay novedades cuando regresa a la 1154. Todo sigue igual. Hasta que empieza a comer... y Sonia aparece por Skype. Toni se siente tentado de escribirle, pero espera unos minutos por si ella le habla antes. La última vez que conversaron no terminaron bien y no está seguro de que la chica quiera charlar con él. Tampoco al valenciano le apetece demasiado, pero es tanta la intriga que siente por averiguar más acerca del conflicto entre ambas que puede que el esfuerzo merezca la pena.

Sonia no le dice nada, así que, un cuarto de hora más tarde de haberse conectado, es él quien le propone una videollamada. Quizá esa sea la única manera de hablar con ella. Y su apuesta resulta ganadora, ya que la chica acepta. Su imagen no tarda en aparecer en la pantalla de su ordenador.

El semblante serio de la joven lo dice todo. Tiene ojeras como si no hubiera dormido demasiado y las mejillas muy rojas. Todavía está en pijama.

Es Toni el primero en hablar.

—Hola, Sonia, gracias por aceptar la videollamada.

—No te andes con formalismos. ¿Qué quieres?

Su expresión malhumorada persiste después de aquellas primeras palabras. Ha sido concisa y hasta desagradable. Toni comprende que no lo va a tener fácil.

—¿Qué te ha pasado con Lauren? He leído la conversación que mantuvisteis anoche en Twitter.

—¿No te lo ha explicado ella?

—No hemos hablado aún.

Eso parece que tranquiliza un poco a la chica. A Toni le da la impresión de que se alegra de que no hayan vuelto a hablar desde ayer.

—Lo que ha pasado es lo que has leído —indica Sonia, menos alterada, aunque todavía recelosa—. A tu querida novia se le han subido los *followers* a la cabeza.

—No es mi novia.

—Bueno, lo que sea. El caso es que se lo tiene muy creído.

—¿Por qué dices eso?

—Es obvio. Solo hay que ver lo que me dice y cómo me lo dice.

—Tú también le reprochas cosas y la insultas.

Sonia mira a la cámara fijamente, en silencio, y eleva el dedo corazón de la mano derecha.

—Si vas a defenderla, apago esto ahora mismo y te borro de mis contactos. Algo que tenía que haber hecho ya después de lo del otro día.

—Perdona, no quería molestarte —trata de arreglarlo Toni.

No le importaría que lo eliminara de su lista de contactos de Skype; sin embargo, piensa que hay algo que oculta y que él debe averiguar. No se cree que la conversación en Twitter entre ellas saliera así, sin más. Está convencido de que detrás de aquella pelea virtual se esconde un asunto que podría ser de su interés.

—Yo solo le hice un comentario y ella se puso borde. Luego, las dos nos pasamos un poco, aunque Lauren bastante más que yo.

—Pero ¿habíais hablado antes?

—Ella y yo hablamos mucho... Hablábamos mucho —rectifica al considerar su amistad cosa del pasado.

—¿Y ayer por la noche? ¿Lo hicisteis? ¿Hablasteis?

El gesto de Sonia cambia en ese instante. En su rostro aparece dibujada una sonrisita burlona.

—Toni, me lo contó todo. Si es lo que quieres saber.

—¿Qué te contó? —le pregunta sorprendido.

—Lo que hicisteis. No imaginaba que fueras capaz de eso. Aunque sabiendo cómo es ella, no me extraña que lograra seducirte así.

El chico no puede hablar más. Permanece inmóvil, con la sangre congelada, petrificado delante de la cámara. Apenas consigue realizar algún pequeño gesto con la cara. Se da cuenta de su estado y decide apagar la *cam*. Toda la confianza que había depositado en la chica a la que ama se ha roto en millones de trozos. ¿Por qué se lo ha contado? No lo entiende. Era algo tan personal, tan de ellos dos. ¡Cómo se ha atrevido a revelarlo!

La imagen de Sonia permanece en la pantalla, aunque no le quedan demasiadas ganas de continuar la conversación.

—¿Puedo decirte una cosa? —le pregunta ella acercándose a la cámara.

El valenciano no responde. Aún está asimilando lo que acaba de contarle. Es un golpe muy bajo a su relación. Si en ocasiones ya le costaba creer en Lauren y aceptar sus condiciones, en ese instante se plantea hasta olvidarse de ella para siempre.

—Bueno, aunque no me contestes, te lo voy a decir —comenta Sonia firme—. La conversación en Twitter viene de lo que ella y yo hablamos antes por Skype. Discutimos por... por ti.

La chica consigue atraer de nuevo la atención de Toni, que vuelve a mirarla.

—Lauren me contó lo que habíais hecho. No sé cómo te lanzaste a algo así, por muy buena que esté ella o por mucho que te guste. Pero en eso no voy a entrar. Lo cierto es que me lo contó riéndose, burlándose de ti. Ella no hizo nada, solo escribía, te miraba y se partía de risa.

La cólera del valenciano aumenta con cada palabra que Sonia pronuncia. Ya no solo se siente traicionado, también humillado, engañado y decepcionado. Hacía mucho que no tenía tantas ganas de llorar. Se pasa una mano por su cabeza rapada y continúa escuchando a Dafne.

—Vale que tú y yo no somos amigos. Ni siquiera te caigo bien. Pero me fastidió tanto lo que te hizo... Creo que hasta ahora solo conocías el lado bueno de Lauren, pero esa chica tiene un lado verdaderamente oscuro. Muy oscuro.

CAPÍTULO 33

Abre los ojos cuando escucha que llaman a la puerta de su habitación. ¿Qué hora es?

Elena bosteza y echa un vistazo al reloj de su móvil. ¡Casi las dos de la tarde!

—No, no... ¡No! —grita al percatarse de que se ha perdido todas las clases del viernes mientras golpea desesperada la almohada.

Cuando llegó a su habitación, decidió tumbarse un rato antes de ir a la facultad. Necesitaba descansar tras una noche con tantas emociones. Puso el despertador a las ocho y diez y, por lo visto, la condenada alarma no había sonado.

Maldiciendo a su *smartphone,* se levanta y abre la puerta.

—Vaya cara. ¿No me digas que te acabas de despertar? —le pregunta Manu jugueteando con un tique rojo que sostiene entre las manos.

—Sí, el maldito despertador no ha sonado. ¡Me he perdido un día entero de clases!

—¡Anda, como yo! Estoy tan arrepentido...

Pero Elena no está para bromas, y menos para las del malagueño. Intenta cerrar la puerta, aunque no lo consigue del todo, ya que el pie del chico lo evita. Sin muchos miramientos, el estudiante de Fisio se abre hueco y consigue entrar en su cuarto.

—Joder. Te van a dar un premio por pesado.

—No te enfades. Solo venía a preguntarte si querías venir a comer.

—Estoy sin duchar y sin vestir.

—Pues hazlo, yo te espero aquí.

El joven se sienta sobre la cama deshecha y mira con una sonrisa traviesa a Elena. Pero ella no se deja amedrentar: se acerca para cogerle de la mano y lo conduce hasta la puerta para invitarlo a salir.

—Espérame fuera mejor. Ahora salgo.

—No tardes. Que tengo hambre.

La chica cierra la puerta de su habitación y respira hondo para tratar de situarse. Ni siquiera había planeado lo que ponerse hoy. Pero no tiene ganas de pensar. Así que coge lo primero que ve, un vaquero negro y una camiseta también oscura, y se viste. Para los pies, las botas altas negras. Después se dará la ducha, que falta le hace. El saltarse el desayuno y no comer nada desde la cena hace que esté muerta de hambre. Pasa por el baño. Se peina, se pone un poco de sombra de ojos y, finalmente, se hace con el tique rojo de la comida y el teléfono. Lista en menos de diez minutos.

Cuando sale, Manu la está esperando apoyado en la pared de enfrente, junto al cuarto de David. ¿Habrá ido el sevillano a clase? Entonces recuerda lo que le comentó ayer: la esperaría al salir de la universidad todos los días. ¿Lo habrá hecho hoy?

—Oye, ¿has visto a David?

—No. La última vez fue esta mañana, antes de meterme en mi cuarto.

Mierda. Él sabe a qué hora sale ella, pero ella no tiene ni idea de a qué hora sale él. Debería haberle preguntado su horario.

Mientras caminan hacia el comedor, le envía un wasap avisándole de que no está en la facultad.

—Luego me dirás que no estás obsesionada con el sevillano.

—Y no lo estoy.

—¿Ah, no? ¿Y a quién acabas de escribir?

—A él, pero no estoy obsesionada con David. Solo le avisaba de que no estoy en la universidad, por si se pasaba a recogerme como hizo ayer. Tenemos horarios parecidos y salimos más o menos a la misma hora.

El malagueño arquea una ceja. Por lo visto, su adversario había movido ficha antes que él. Sonríe satisfecho por haberse adelantado esta vez.

—¿Adónde te gustaría ir a cenar esta noche?

—No lo sé. De eso te encargas tú, ¿no?

—Sí, pero no quiero llevarte a un sitio que no te guste. ¿Qué te parece la comida asiática?

—La odio. Me encanta el pescado, pero no que esté crudo.

—Vale, en eso coincidimos. Donde esté un buen espeto de sardinas bien asaditas de mi tierra, que se quite todo el sushi de Japón. ¿Y un mexicano?

—El picante me sienta fatal.

—¿Un indio?

—Uf. Qué va. Esas especias que le echan a la comida no las aguanto.

—¿Italiano?

—¿Pasta? ¿De noche? ¿Estás de broma?

Manu suelta una carcajada. Va a ser más difícil invitarla a cenar que conseguir que le bese. Es lo que piensa, aunque no se lo dice.

—Si quieres, nos llevamos la comida de la residencia en un táper y nos sentamos a cenar en la plaza de España.

—Es la mejor idea que has tenido desde que te conozco.

—¿En serio?

—No —responde contundente Elena mientras entrega su tique a la encargada del comedor—. Podríamos ir a un vegetariano. Me encantan.

—Ni de coña.

Los dos entran en la sala sin dejar de discutir sobre el tipo de restaurante al que van a ir por la noche. Allí ya se encuentran Ainhoa, Óscar, Nicole, Iria y Julen. Los cinco están sentados en la mesa del fondo que usan desde el primer día. Elena también ve en otra mesa a Carmona, acompañado por varios veteranos a los que conoció en la noche de los novatos. Martín la saluda con un gesto con la cabeza y una sonrisa.

—Parece que también le has gustado a ese —le comenta Manu, que empieza a servirse en una bandeja.

—No digas tonterías. Aunque para ti eso es complicado.

—No me digas que no te has dado cuenta.

—Son imaginaciones tuyas. No me he dado cuenta de nada —miente Elena.

En realidad, sí que ha observado como aquel chico la mira de una forma poco convencional. En ocasiones incluso de manera intimidante.

—Esta mañana he descubierto algo sobre él.

—¿El qué?

—Algo que te va a sorprender muchísimo.

—¡Dímelo ya y no te hagas más el interesante!

Aunque la mayoría de las cosas que Manu dice o insinúa no le importan demasiado, en este caso ha logrado picar su curiosidad.

—Me he enterado del motivo por el que les permiten a Carmona y a los demás veteranos hacer la noche de los novatos.

—¿Sí? ¿Qué es lo que sabes?

—Que tienen autorización de la residencia porque... el subdirector es su padre —le susurra al oído.

—¿De verdad? ¿Quién te lo ha dicho?

—Megan, la chica a la que tengo que servir el desayuno durante un mes. Me lo ha contado esta mañana.

Después de llenar hasta arriba un par de platos y de sentarse junto a Elena en la mesa con los demás, el malagueño le cuenta al resto de lo que se ha enterado en el desayuno.

—No es algo que sepa mucha gente, pero el subdirector de la residencia es el padre de Carmona y uno de los que comenzaron la tradición cuando él era residente de la Benjamin Franklin.

—¿Él también estuvo en esta residencia? —pregunta Óscar muy interesado.

—Sí, en la primera promoción.

—¿Pero el subdirector de la residencia no se llama José Manuel Arias? ¿Carmona se ha cambiado el apellido?

—No, Carmona es el segundo apellido. Su nombre completo es Martín Arias Carmona, pero siempre lo han llamado Carmona.

—¿Y cómo sabe todo eso Megan?

—Porque salió con él varios meses el curso pasado. Lo dejaron en abril.

Manu les explica que la noche de los novatos se hace desde el segundo año de estar abierta la residencia para que los nuevos se aclimaten al centro lo antes posible. José Manuel Arias formaba parte de aquel grupo de veteranos que inició la tradición hace más de veinticinco años. Megan también le reveló al malagueño que tanto guardas de seguridad como bedeles están al tanto de lo que se hace. Y que la única condición que se les pone a los veteranos es que no se pasen de la raya con los novatos. Solo se permiten pruebas que no inflijan ningún daño, físico o mental, y que no humillen a nadie. El único fin es que los chicos de primer año se adapten lo antes posible y conozcan a otros residentes para que no se sientan solos.

—Aunque ha habido años en que se les ha ido de las manos y estuvieron a punto de ser denunciados, siguen viendo esta noche como algo positivo. Por eso piden discreción y que nadie hable de lo que se hace esa noche. No quieren polémicas.

—Ya me extrañaba que nadie de la residencia apareciera aquí con el ruido que estábamos montando —señala Óscar, que acaba de terminar de comer.

—El de seguridad de guardia y el bedel que se quedó anoche sabían perfectamente que estábamos en la pista de fútbol sala. Pero tenían órdenes de no aparecer a no ser que alguien fuera a ellos a quejarse. Algo por lo que habría tenido que responder luego Carmona ante su padre.

—Vamos, que lo de anoche eran novatadas consentidas —interviene Ainhoa.

—Exactamente. Autorizadas en secreto por la dirección de la residencia. Un secreto que dura veinticinco años.

—¿Y por qué intentaron intimidarnos y amenazarnos si no estábamos o no hacíamos lo que ellos nos dijeran? —insiste la canaria.

—Porque si no lo hicieran de esa forma, muchos de los novatos pasarían de ir. Seguramente, los más tímidos y a los que más les cuesta relacionarse se quedarían en sus habitaciones y no intentarían integrarse con el resto. De esta manera, a todos se nos obliga a participar de esta especie de celebración inaugural del curso. Aunque se trate realmente de un simple teatrillo tradicional de los veteranos. El año que viene nos tocará hacerlo a nosotros. Bueno, a los que sigamos aquí.

Siguen hablando del tema hasta la sobremesa. Y ninguno lo hace de forma negativa. Incluso se ríen de algunas de las anécdotas que vivieron. Todos parecen divertirse en la conversación salvo Elena, que no deja de vigilar el móvil y de preguntarse dónde está David. Ni siquiera ha contestado su wasap. Le resulta muy extraño. Y es que, por muchas vueltas que le dé, jamás imaginaría lo que su amigo sevillano está haciendo en ese momento.

CAPÍTULO 34

Baja del metro en la estación de Atocha y se dirige hacia una de las zonas reservadas para la llegada de trenes. En el panel de información, lee que el que le interesa acaba de estacionar en su andén. David camina hasta la puerta de salida de pasajeros y enseguida la ve. Viste una camiseta blanca con letras negras en el centro y una falda vaquera muy corta de color azul. En las manos sostiene una fina chaqueta a juego con la parte de abajo. Cualquier chico se sentiría atraído por aquel bombón adolescente. Marta también lo ve y acelera su paso para encontrarse con él.

Hace media hora, cuando le llamó, no tenía tan claro que fuera a ir a por ella:

—¡David! ¿Cómo estás?

—Medio dormido. Acabo de terminar la última clase del día.

—¿Te acostaste muy tarde ayer?

El chico recuerda que no puede contarle a nadie lo de la noche de los novatos, así que prefiere ocultarle la verdad.

—Más o menos. Me entretuve hablando con Toni, uno de los chicos de nuestro pasillo. Pero después de comer me echaré una siesta para recuperar fuerzas.

—¡No! ¡No puedes dormir la siesta hoy! —exclama Marta nerviosa.

—¿Por qué?

—¡Porque estoy yendo en tren para Madrid ahora mismo!

—¿Cómo dices? ¿Que estás viniendo para Madrid?

—¡Sí! He terminado antes las clases y me apetecía mucho verte, así que he cogido el primer tren que salía para allá. Llego en media hora.

—¿Es una broma?

—¡No! Te prometo que estoy subida en un tren y que en un rato llego a Atocha.

—Pero ¿se lo has dicho a tus padres o a tu hermana?

—¡Qué va! A nadie. Solo lo sabes tú. Mis padres piensan que me quedo a comer en casa de una amiga y Elena no tiene ni idea. Y tampoco quiero que lo sepa. ¿Me vienes a recoger a la estación, por favor?

Y a pesar de repetirle que aquello no era una buena idea y que debería avisar a su hermana, Marta había logrado salirse con la suya y convencer a David para que fuera a buscarla sin decirle nada a nadie.

Cuando lo tiene delante, le da dos besos y un gran abrazo que dura casi diez segundos. Al separarse, el chico le echa la bronca.

—¡Esto que has hecho es una locura! No puedes hacer estas cosas. Imagina que te pasa algo.

—Estoy contigo, solo me pueden pasar cosas buenas.

—Si tu hermana se entera, te mata y luego me mata a mí.

—Por eso no le vamos a decir nada de esto —responde muy sonriente.

—Me ha enviado un wasap, pero no le he contestado. ¡No sé qué decirle!

—Miéntele.

—No quiero mentirle.

—Pues no le contestes. Pero eso ya lo decides más tarde. Ahora llévame a comer algo. ¡Estoy muerta de hambre!

La pareja sale de la estación de Atocha y camina en dirección al paseo del Prado. Entran en el primer McDonald's que ven.

—¡Qué ricas! ¡Me las comería todas!

—En eso no te pareces a tu hermana —le dice el joven mientras esperan en la cola para pedir.

—¿En qué no me parezco?

—En vuestros gustos para comer. Elena prefiere el brócoli a las hamburguesas.

La chica se ríe con el comentario del sevillano. Le da la razón y le cuenta lo que ya sabe: que a su hermana no le hace falta comer demasiado y que no es que haga sacrificios o dietas, simplemente, prefiere una ensalada o una menestra de verduras antes que una hamburguesa o una pizza.

—Es así de rara. Qué le vamos a hacer. Aunque tiene mucha suerte; la tía siempre ha tenido un cuerpazo y ni se esfuerza.

Ella no se queda corta de cuerpazo, piensa David. Ninguna de las dos hermanas puede quejarse de eso, a pesar de lo diferentes que son.

Les llega su turno y piden. Cuando les sirven, el chico lleva la bandeja con la comida hasta una de las mesas para dos que hay en el fondo del local y se sientan uno enfrente del otro. Marta no deja de sonreír.

—Y pensar que hace solo tres días que nos conocemos —comenta tras morder su Big Mac—. Qué suerte que seas compañero de residencia de mi hermana. No te hubiera conocido si ella no llega a decidirse por ir a...

—Marta —le interrumpe David—, esto que has hecho no lo repitas más.

—¿Por qué? Es divertido.

—No es divertido. Es peligroso.

—Anda, no exageres. No vengo desde Rusia. Toledo está aquí al lado.

—Ya. Pero nadie sabe que estás aquí.

—Lo sabes tú. Es suficiente.

—No, no es suficiente —la contradice el sevillano, que intenta que la chica entienda que no lo ha hecho bien—. Aunque Toledo esté muy cerca, debes avisar a tus padres y a tu hermana antes de venir.

—Si se lo dijera, no me dejarían. Mi madre se cree que aún me dedico a peinar a la Barbie. Joder, ya estoy en bachillerato y he salido con tíos. No soy una niña.

—Eso debes hablarlo con ella. Pero que no seas ya una niña no te da la razón.

Marta da otro mordisco a su hamburguesa y agacha la cabeza en silencio. En el fondo comprende lo que David le dice, pero se siente decepcionada. La está tratando como si fuera su hija o una hermana pequeña, no como alguien con quien empezar una relación.

—Vale, no lo haré más.

—Muy bien. Espero que sea así. ¿A qué hora tienes el tren de vuelta?

—A las seis y veintitrés.

—Bien, tenemos casi cuatro horas. ¿Qué te apetece hacer?

La buena predisposición de David devuelve la sonrisa a Marta. Por un momento creyó que el chico no querría pasar la tarde con ella. Le gusta mucho y le encantaría disfrutar de muchas tardes con él. Aunque sabe que eso no será fácil.

—No lo sé. No conozco mucho Madrid.

—Yo tampoco. Solo he venido dos veces antes de empezar la universidad. ¿Quieres que paseemos por el centro?

—¡Genial! Sí, me apetece mucho.

—Muy bien. Pues cuando termines de comer, nos vamos. Pero antes voy a escribirle a tu hermana.

—¿Le vas a decir que estoy aquí? —le pregunta Marta preocupada.

—No. Esta vez no. Pero será la primera y última vez que te encubro.

—Muchas gracias —dice, y le pega el último mordisco a la hamburguesa.

La chica se pone de pie y coge la bandeja para tirar las sobras a la basura, aunque antes se acerca por detrás a David y le regala un beso en la mejilla.

—Esto por ser tan bueno conmigo.

El joven no esperaba el beso de la chica y tarda un poco en reaccionar. La observa alejarse de la mesa con la bandeja en la mano y percibe como los chicos que están a su alrededor también la miran. Marta levanta pasiones por donde pisa. Sin embargo, le asusta lo que ella siente o cree sentir por él. Es una situación complicada.

Mientras regresa, David le wasapea a Elena:

«Hola. No te preocupes, no he esperado porque no he ido a la última clase. Estoy en el centro con unos amigos que han venido de Sevilla. Nos vemos luego».

—¿Nos vamos? —le pregunta Marta, de vuelta.

—Sí. Le he escrito ya a tu hermana. Al final le he dicho que habían venido unos amigos míos de Sevilla y que estaba con ellos.

—Qué mentiroso —comenta la chica burlándose.

—He tenido que mentir por tu culpa.

—Pero ha sido por una buena causa. ¡Vamos a divertirnos!

Los dos intercambian una sonrisa. A David no le agrada tener que engañar a Elena para cubrir a su hermana pequeña, pero ya está hecho y no hay marcha atrás. Hace un bonito día y pasear con aquella preciosa jovencita por las calles de Madrid no es un mal plan de viernes tarde.

—Bueno, ¿por dónde quieres ir? ¿Calle Atocha o paseo del Prado?

CAPÍTULO 35

Así que David está en el centro de Madrid con unos amigos. Bueno, por lo menos no debe sentirse culpable de haberle hecho esperar en la universidad.

Elena responde el mensaje con un sencillo «OK. Pásalo bien». No comprende el motivo, y tal vez prefiere no comprenderlo, pero que el sevillano no se encuentre en la residencia la desilusiona mucho. Tal vez no le vea hasta mañana, ya que por la noche saldrá con Manu. Eso la fastidia todavía más. ¿Y si lo anula? No puede hacerlo, se comprometió. Y no quiere quedar ante todos como alguien que no cumple sus promesas.

A pesar de que ha dormido unas cuantas horas, está cansada y tiene algunas agujetas del ejercicio que hizo por la noche. Le apetece tumbarse en la cama y no pensar en nada, pero antes se dará una ducha. Se desnuda y entra en el cuarto de baño con desgana. Intenta que el chorro de agua esté muy caliente. Aunque todavía hace bastante calor, siempre ha preferido ducharse con agua hirviendo. Otra de sus costumbres es que nunca duerme sin taparse y que el café lo toma ardiendo. En verano y en invierno. Sus *mirones* lo saben bien, porque ha contado varias veces en su blog estas anécdotas relacionadas con el calor.

La ducha le sirve para relajarse y quitarse un poco el sueño, aunque el cansancio persiste en su cuerpo. Eso sí, diez minutos bajo el agua caliente dan para pensar en muchas cosas.

Aquellos primeros días en la universidad están resultando muy intensos y quizá no exactamente como tenía planeado. Que no pueda controlar determinadas situaciones es algo que la inquieta. Y no quiere que nada se le vaya de las manos. Pero, por lo que ha comprobado, ella tendrá que adaptarse a la universidad y no tratar siempre que las cosas que pasan en la universidad se adapten a ella. Es muy diferente vivir en Toledo, una ciudad tranquila en la que todo el mundo se conoce y más o menos sigue un patrón, que vivir allí, rodeada de gente joven de toda España, con personalidades tan variopintas.

Tras salir de la ducha, se seca con una toalla y se viste con ropa cómoda, para pasar la tarde. No tiene intención de salir de su cuarto hasta que Manu la reclame. Aunque es pronto todavía. Mientras se peina y se seca el pelo frente al espejo del baño, llaman a la puerta. David no puede ser, y espera que el malagueño tampoco. Desenchufa el secador y se apresura a abrir.

Se trata de Nicole, que luce su habitual sonrisa.

—Hola, Elena. ¿Te pillo en buen momento?

—Sí, acabo de terminar de secarme el pelo. Pasa.

—Es que tengo que pedirte un favor —comenta la peruana entrando en la 1151—. No tengo ordenador y desde el móvil no soy capaz de rellenar una inscripción. ¿Puedo usar el tuyo un momento?

—Claro. Sin problema.

Las dos chicas se dirigen hasta el escritorio donde se

encuentra el portátil de Elena. Esta abre una página en Internet y deja que su amiga se siente frente a él.

—Es que mi ordenador está en Valencia. Mi madre lo necesita y no me lo he podido traer. En el móvil tengo Internet y para hacer los trabajos usaré los de la universidad, hasta que me compre uno.

—Puedes utilizar el mío para lo que necesites.

—Muchas gracias. Te lo agradezco de verdad, aunque no te molestaré demasiado. Solo quiero rellenar la solicitud para trabajar en Starbucks. Estoy empezando a enviar currículos para ver si encuentro un trabajo cuanto antes.

—Es admirable lo que vas a hacer. Yo no sé si podría.

—Tú has dicho que vas a estudiar cuatro horas al día y que ni siquiera vas a salir de fiesta.

—Bueno, es diferente. Estudiar Odontología y trabajar al mismo tiempo lo veo mucho más complicado.

La peruana se encoge de hombros y entra en la página del canal de empleo de Starbucks.

—No me queda más remedio. Tendré que llevarlo lo mejor que pueda. Pero tengo fuerzas para eso y más.

—Qué envidia me das.

—¿Por qué?

—Porque eres capaz de hacerlo todo sonriendo, sin miedo —señala Elena a su espalda—. Yo lo tenía todo muy claro antes de venir, pero en solo tres días me he dado cuenta de que las cosas no son como yo pensaba.

—¿Tienes dudas con tu carrera?

—¡No! ¡Eso no! Por lo menos, de momento. Es... todo lo demás.

—¿Qué es todo lo demás?

La toledana le pone varios ejemplos de situaciones que no estaban previstas: dormirse y no ir a clase esa mañana, salir luego a cenar con Manu, pasearse delante de todos los veteranos con la ropa mojada, haber metido la pata unas cuantas veces, el momento de inseguridad que vivió la primera noche... Aunque no admite delante de Nicole la mayor de sus preocupaciones: David.

—Yo vine creyendo que me comportaría de otra forma, y eso que todavía no ha terminado ni la primera semana de clase.

—Les das demasiadas vueltas a las cosas. Tienes que hacer lo que en cada momento te pida el cuerpo y no basarte tanto en lo que piensas de ti misma. En tantos meses, te dará tiempo a todo y seguro que harás cosas que te gusten más y otras que no te gusten nada.

—Intentaré por lo menos conseguir un equilibrio.

—Mi mamá dice que una persona logra el equilibrio cuando su corazón está equilibrado. ¿Tu corazón cómo está?

¿Su corazón? Por primera vez en su vida no logra descifrar lo que pretende transmitirle. Hasta el miércoles estaba tranquilo, como siempre. Pero desde que llegó a Madrid, ha cambiado, no lo controla. Por mucho que se empeñe en intentarlo.

—A lo mejor está un poquito confuso —revela Elena.

—Entiendo. Eso es porque te gusta alguno de los chicos.

—Bueno..., yo... no lo sé.

—Te da miedo aceptarlo, ¿no es así? Por tu manera de ser y por la idea con la que venías a la universidad.

—Es que yo no estoy aquí para salir con chicos. No

quiero descentrarme con algo que no tenga que ver con la carrera.

—Eso es como ponerle paredes al mar —apunta Nicole gesticulando con las manos—. Cuando te escuché la otra noche hablar de lo claro que lo tienes respecto al amor y que no estás en la universidad para enamorarte, pensé: será la primera en enamorarse de alguien. Y no sé si me estaré equivocando o no, pero creo que alguien está tocando la puerta de tu corazón.

Elena se deja caer sobre la cama y prefiere no pensar más en eso. Se está empezando a agobiar con el tema.

—Vamos a hablar de otra cosa, por favor —dice intentando no ser muy brusca con sus palabras.

—Perdona, no quería molestarte. A veces hablo de más. Es otra de las cosas que dice mi madre.

—No es culpa tuya, Nicole. No te preocupes —la tranquiliza la toledana—. Me ha ayudado mucho lo que me has dicho. Es solo que me estreso con facilidad.

—Está bien. Si algún día quieres seguir hablando de este asunto, o de otro, ya sabes en qué habitación estoy.

—Muchas gracias. Lo haré.

La joven de Perú se gira y continúa rellenando el formulario para trabajar en Starbucks. Elena la observa desde la cama. Pretende olvidarse de su corazón desequilibrado, aunque realmente no deja de pensar en lo que le ha dicho.

Cada una está a lo suyo cuando escuchan un ruido que parece provenir de la habitación de al lado. Nicole mira a Elena y ambas se muestran desconcertadas.

—¿Qué ha sido eso? ¿Viene del cuarto de Ainhoa?

—No lo sé —responde la peruana—. Antes de venir aquí, la he llamado y no me ha abierto.

Las dos se pegan a la pared para oír mejor aquel ruido que se repite. No hay duda de que llega desde el cuarto de la canaria.

—¿Está vomitando? —pregunta Elena extrañada.

—Eso es lo que me ha parecido a mí también.

—¿Vamos a ver qué le pasa?

La peruana asiente. Las dos salen de la habitación de Elena y llaman a la puerta de Ainhoa. Desde el pasillo también escuchan a su amiga. Como no les abre, insisten preocupadas. Un par de minutos más tarde, la canaria les responde desde dentro.

—¡Un momento! ¡Enseguida voy!

Las chicas se quedan más tranquilas cuando escuchan su voz. Al cabo de unos segundos, Ainhoa aparece con una sonrisa. Aún tiene mojada la barbilla de haberse enjuagado la boca.

—¿Te encuentras bien? —se interesa Nicole.

—Ahora sí. Creo que me ha sentado mal algo que he comido.

—Si casi no has comido nada.

—¡Ya ves! Como poco y encima me sienta mal. No tengo suerte con nada —suelta con una risilla nerviosa—. Será que me quedó mal cuerpo por lo de anoche. ¿Vosotras no tenéis unas agujetas horribles en las piernas y en el abdomen?

Elena reconoce que también ella las siente. Nicole, más acostumbrada al ejercicio, niega con la cabeza, aunque está preocupada por su amiga.

—¿Quieres que vayamos a la cafetería y te tomas una infusión?

—No, no me apetece. Quiero dormir un rato y luego llamaré por teléfono a mis padres y a mis hermanas.

—Bueno, yo estaré en mi habitación por si te sientes mal otra vez y necesitas algo. O por si cambias de opinión y quieres tomarte un té o una manzanilla —insiste Nicole.

—Muchas gracias. Pero creo que lo que necesito es dormir.

—Que descanses entonces.

La canaria se despide de ellas y cierra la puerta con la misma sonrisa con la que abrió. Sin embargo, su expresión cambia totalmente una vez que está sola. Suspira y se dirige a la cama, donde reposa el portátil. Clica en la página que tiene abierta y escribe:

«Ya me he provocado el vómito. Es muy desagradable. ¿Esto lo tengo que hacer cada vez que coma?».

CAPÍTULO 36

—Entonces, ¿lo pasaste bien anoche?

—Bueno, no estuvo mal. Hoy me duele un poco la cabeza por culpa de la música tan fuerte que tenían puesta en el *pub* al que fuimos.

A Iria también le duele la cabeza, pero no precisamente por escuchar música demasiado alta. Tiene resaca del whisky que se bebió a palo seco. Pero ha decidido no contarle nada del tema a Antón porque no está segura de cómo va a reaccionar. Además, ya le advirtieron que no podían hablar sobre la noche de los novatos.

Llevan algunos minutos charlando por teléfono y la conversación está resultando bastante plana. Sin mucha emoción. Como si hablaran por hablar. Ambos lo notan, aunque ninguno de los dos lo dice.

—¿Esta noche vas a salir?

—No lo sé. Los chicos van a dar una vuelta por ahí y me han dicho que vaya con ellos.

—No seas tonto y sal.

—Quizá. Ya veremos. Ahora mismo no me apetece. Me da mucha pereza —señala Antón, que bosteza—. ¿Tú qué vas a hacer?

—No tengo ni idea. Pero casi seguro que me quedaré en la residencia.

—Si quieres, hablamos después de cenar por Skype. No quiero que estés sola.

—No te preocupes por mí. Tú sal con los chicos y diviértete. Yo veré una peli o alguna serie en la sala de cine con alguna de las chicas del pasillo.

—¿Tenéis una sala de cine?

—Sí, aunque es pequeñita —comenta Iria, que también acaba de bostezar—. Si quieres ver algo, lo tienes que apuntar en un tablón y reservar la sala durante las horas en las que se emite el programa o la película. Tenemos hasta Digital Plus.

—Seguro que los chicos tienen ya reservada la sala todo el fin de semana con el fútbol.

—Acertaste. Ya he visto que mañana y el domingo han apuntado en el tablón todos los partidos de liga.

—El Dépor juega el lunes contra el Eibar.

—Ese lo reservaré yo —dice Iria, a la que en ese momento le entra algo de morriña.

Antes de conocer a Antón, odiaba el fútbol. Pero desde que sale con él, no se pierde ni un partido del Deportivo de La Coruña. Incluso han ido juntos varias veces a Riazor. ¡Y cómo celebraron el ascenso a primera división! Fue uno de los días más emocionantes de su vida.

—A partir de ahora, te tocará animar sola.

—Bueno, espero que haya algún deportivista más en la residencia, aunque no será lo mismo. Te echaré mucho de menos en los partidos.

—Yo también. Si quieres, cuando juguemos en Madrid aprovecho para ir a verte.

—¿Vendrías a ver al Dépor o a verme a mí?

—A los dos —contesta Antón, aunque rápidamente aclara su respuesta—. Iría a verte a ti, pero aprovecharía para ver el partido, ya que estoy allí.

—Bueno, lo has medio arreglado.

—Ya sabes que te echo mucho de menos. Solo estaba bromeando —añade Antón.

Hoy se le ve más tranquilo. Tal vez demasiado tranquilo. Iria imagina que, como ella, acusa la noche de ayer. Posiblemente, él también tenga algo de resaca y esté cansado. No quiere que lo pase mal cada día, pero aquel cambio la sorprende un poco.

Mientras hablan, decide no darle más importancia a la actitud diferente de Antón respecto a los días anteriores. Intenta mostrarse lo más agradable posible y termina diciéndole lo mucho que le quiere. Cuando cuelga se queda pensativa. Cinco minutos después, recibe un wasap.

«Estamos en la pista de tenis. ¿Vienes?».

El mensaje es de Julen. No tiene piernas para jugar al tenis, pero no quiere decirle que no una segunda vez. Tal vez así se distraiga. Además, necesita moverse y hacer un poco de deporte.

«Voy en diez minutos».

La chica se cambia de ropa y se viste para la ocasión con pantalones cortos deportivos y una camiseta ancha. Antes de dirigirse a las pistas, compra una botella de agua y le da un pequeño trago. Aún siente la garganta seca de anoche. Como la suela de una alpargata. Nunca más beberá alcohol.

En el camino, se pregunta si realmente Julen y Manu serán tan buenos como le han contado. Pronto lo descubre. En una de las canchas, el navarro y el malagueño están intercambiando un peloteo. La bola va muy deprisa y siempre dentro, botando cerca de las líneas. Cuando los chicos ven a Iria, se detienen y le piden que entre.

—Vaya, pensaba que no vendrías —comenta Manu secándose el sudor con una pequeña toalla roja que después guarda en una bolsa de deporte.

—Pues ya ves. Aquí estoy.

—Bien. Entonces, os dejo que practiquéis.

—¿Te vas?

—Sí, no quiero cansarme mucho. Tengo que estar fresco para esta noche —dice el malagueño al tiempo que le pasa su raqueta—. Toma, no me la rompas, ¿eh?

La gallega, preocupada, la agarra con fuerza para que no se le caiga al suelo. ¡Menuda responsabilidad jugar con la raqueta de Manu!

—¿Es..., es muy buena?

—No te preocupes, no es la suya —responde Julen sonriendo—. Nos la han dejado en recepción.

—Ya me parecía a mí muy raro que me la prestaras.

Manu ríe y después se cuelga la bolsa de deportes al hombro. Se despide de la chica y luego choca una mano con su amigo.

—No me he metido con ella como pactamos. Ahora tú no intentes ligártela —le exige en voz baja—. Si os dejo solos es porque quiero de verdad que le enseñes a jugar. Tengo muchas ganas de que aprenda y darle una buena lección.

—Cuidado, no vaya a ser ella la que te dé la lección a ti.

—No puedes hablar en serio, amigo.

—Esta chica es capaz de cualquier cosa. Ya lo verás.

El malagueño no tiene intención de seguir debatiendo con Julen sobre las capacidades de Iria. Solo le vuelve a advertir, antes de marcharse, que nada de flirteos con ella.

—¿Qué te decía ese? —grita la chica dirigiéndose a su lado de la pista—. ¡He escuchado que me nombraba!

—¡Nada! ¡Tonterías! Lo habitual en él.

—¡Qué pesado es! Bueno, ¿qué? ¿Empezamos?

El joven asiente. Se guarda en el bolsillo del pantalón corto dos de las tres bolas que sujetaba hasta ese momento en una mano y con la raqueta golpea flojito la tercera. La pelota pasa la red y bota cerca de donde está Iria, que consigue darle. Sin embargo, el tiro le sale hacia la derecha, en dirección a la valla metálica que rodea la pista. Prueban con una segunda y una tercera bola, pero el resultado es el mismo.

—¡Lo siento! ¡Esto es más difícil de lo que pensaba!

—No te preocupes. Espera.

Julen salta la red y camina hasta donde está Iria. Se pone a su lado y le indica cuál es la postura correcta para recibir la bola. A continuación, le explica cómo debe coger la raqueta.

—Si no la agarras con fuerza, el golpe te saldrá hacia un lado o se te quedará en tu propio campo. Debes empuñar la raqueta con firmeza y convertirla en una extensión de tu brazo.

—Muy bien. La agarro con fuerza.

—Perfecto. Probemos de nuevo.

El navarro recoge del suelo las tres bolas que Iria ha lanzado fuera y regresa a su parte de la pista. Vuelve a pasarle una pelota lenta que bota muy cerca de ella. En esta ocasión, el golpeo es más recto, pero se va muy lejos de cualquiera de las líneas de juego.

—¡Bien! Mejor. Aunque no debes darle tan abajo. Intenta controlar la potencia y la dirección del golpe para mandar la bola dentro de la pista.

—Eh... ¿Qué?

—¡Que no hace falta que le des tan fuerte! ¡Esto no es béisbol y lo que tienes en las manos es una raqueta, no un bate!

La chica ríe cuando escucha a su amigo. Tiene la impresión de que cuando le da a la bola, no la siente en la raqueta. Además, esta le pesa mucho. Pero no se piensa dar por vencida. Le pide a Julen que le mande la siguiente, que falla, y después otra. Y otra más.

Con el paso de los minutos, va mejorando ligeramente. Algunas de las pelotas entran en el campo del chico y otras se quedan cerca de hacerlo. No logran hilvanar una jugada de más de dos golpes buenos cada uno, aunque siente que, poco a poco, se acopla a la raqueta y va percibiendo cuándo le pega a la bola.

—¡Cinco minutos de descanso! —grita Julen viendo que su amiga empieza a notar el cansancio.

—¡Pero solo cinco, eh! ¡Que ya le voy cogiendo el truco a esto!

La pareja se sienta en el suelo, en un hueco en el que da la sombra. La gallega bebe un poco de agua y le pasa la botella al chico, que acepta agradecido y le da otro trago.

—Creo que voy a tener que entrenar mucho para aprender a jugar —reconoce Iria fatigada.

—Todos los deportes son así. Hay que practicarlos mucho para alcanzar un nivel mínimo.

—Por muy optimista y cabezota que sea, a Manu no podré hacerle ni un punto. He visto cómo juega y es una máquina.

—No te rindas tan pronto.

—No me pienso rendir. Pero hay que ser realista.

—Lo mejor es que practiques sin pensar en él. Juega para divertirte. Cuando consigues controlar el golpe y lo diriges donde tú quieres, es una pasada.

—Veo ese momento muy lejano.

—Normal. Acabas de empezar. Pero si juegas cada semana un rato, llegará antes de lo que imaginas. El tenis es un deporte muy agradecido porque te da mucho si tú le das mucho a él. En pocos deportes mejoras tanto con la práctica como en este. Además, ejercitas brazos, piernas y cabeza.

—¿Cabeza?

—Claro. Los grandes jugadores dicen que la diferencia entre unos y otros está en la mentalidad. En no dar una bola por perdida, en buscar la debilidad del rival, en saber responder en los momentos de crisis... El tenis es un deporte muy físico, pero también muy mental.

Cuanto más escucha hablar a Julen, más ganas tiene de aprender. Le ha conseguido transmitir la pasión que él siente por ese deporte. Quizá logre convertirse en una tenista aceptable si entrena mucho.

—Bueno, no hablemos más y sigamos. No quiero enfriarme.

—Muy bien. Pero haz una cosa.

—¿Qué quieres que haga?

—No te sitúes tan cerca de la línea de fondo. Da un

par de pasos hacia atrás. Así tendrás más campo de visión y más tiempo para golpear la bola.

—Te haré caso, maestro.

Ambos se sonríen y cada uno ocupa su parte de la cancha. Ese chico no tiene el carisma de Manu o de David, pero posee otras virtudes igual de atractivas o más que ellos. Le gusta tenerle cerca. Si no tuviese novio, ¿pasaría algo entre ellos?

Aquel pensamiento pasa fugazmente por la cabeza de Iria, que se sorprende a sí misma por imaginar algo así. Luego sonríe al no golpear la bola que le manda Julen.

—¡Lo siento! ¡Un agujero en la raqueta! —grita la chica, que estaba distraída.

—No pasa nada, ¡ahí va otra!

Esta vez sí le da y consigue enviar la pelota al lado del navarro, que la felicita y la anima a hacerlo igual de bien a la próxima. Es muy bueno con ella, demasiado bueno. Se lo pondría todo en bandeja de plata si fueran pareja. Faltaría tensión, morbo, chispa...

No, definitivamente, entre ellos dos nunca podría pasar nada. Aunque no puede negar que le gusta cómo la trata Julen.

CAPÍTULO 37

Tras caminar por el paseo del Prado, llegan a Cibeles y luego suben por Gran Vía, para desviarse más tarde por la calle Fuencarral.

Durante el paseo, Marta y David charlan, ríen y se conocen un poco más.

—No es lo mismo esto que hablar por el móvil —le indica la chica, a la que le encantaría ir cogida de su mano—. Aunque también me gustan nuestras conversaciones telefónicas. ¿A ti no?

El sevillano no sabe lo que contestar. Asiente con la cabeza para que Marta no se sienta mal y continúan andando. Esa chica le gusta, es imposible que a alguien no le guste, pero todo el tiempo tiene la impresión de que no está haciendo lo que debe. No se está portando bien con ella, ni con su hermana, ni tan siquiera consigo mismo.

—No hemos hablado todavía de una cosa —comenta la joven parándose delante de una tienda de jabones.

—¿De qué?

—De tus novias. ¿Cuántas has tenido?

—¿Sabes que eso mismo me lo preguntó ayer tu hermana?

—No me extraña. Seguro que le gustas —indica Marta muy seria.

—¿Crees que le gusto a Elena?

—Seguro. Se lo noté al primer minuto de conocerte, cuando se le cayó la maleta por la escalera. Aunque espero que se le pase o se llevará un chasco enorme.

—¿Y eso? ¿Por qué lo dices?

—Porque no creo que un chico como tú vaya a salir con una chica como ella —añade con convencimiento—. Tú eres sociable, amable, divertido... Ella es todo lo contrario. Solo piensa en sus estudios y en hacerse bien la raya de los ojos. ¡Ah! Y en un blog secreto que tiene.

Aquel comentario provoca que David se ría con fuerza. La espontaneidad y frescura de Marta para decir las cosas no deja de sorprenderle.

—Menudo concepto tienes de tu hermana.

—No, si yo con Elena me suelo llevar bien. Y la quiero un montón. Pero ella es lo que es.

—¿Y has dicho que tiene un blog secreto?

—Sí. Pero ella no sabe que lo sé —dice divertida—. Un día entré en su cuarto mientras se duchaba y lo descubrí en su ordenador. No es que la estuviera espiando, sino que se dejó la pantalla abierta y no pude evitar curiosear.

—¿Y qué cuenta en ese blog?

—Lo que le pasa, lo que siente... Luego te mando el *link* por WhatsApp, por si quieres echarle un vistazo. Escribe muy bien.

Un blog secreto en el que Elena cuenta su vida. Eso le parece interesante a David, aunque si lo lee, estará invadiendo su intimidad.

—Bueno, ya hemos hablado demasiado de mi hermana. ¿Con cuántas chicas has salido? Seguro que a ella se lo dijiste.

—Te equivocas. No le conté nada.

—No me lo creo.

—Créetelo. Es la verdad.

—¿Por qué? ¿También es secreto, como el blog de Elena?

—Algo así. La verdad es que no me gusta hablar del pasado.

—Esa es una excusa muy mala, David.

—No es una excusa. Cuando tienes un pasado difícil, es mejor no hablar mucho de él.

—Eso significa que alguna lagarta te hizo mucho daño, ¿no es así?

Pero al sevillano, en esta ocasión, no le hace gracia el comentario de Marta. La joven se percata de ello e, inmediatamente, trata de buscar otro tema del que hablar.

—¿Podemos entrar en esta tienda? ¡Me encanta la ropa de Springfield!

Sin permitir que David responda a su petición, la chica le coge de la mano y lo arrastra al interior del local. Ya dentro, se vuelven a soltar de la mano y caminan por las diferentes secciones. Marta nota que algo ha cambiado en el chico. Sin duda, la culpa ha sido de lo que ha dicho, igual no ha estado afortunada con su comentario. No debería haber hablado así sin saber. A veces es exageradamente impulsiva. Pero no le queda demasiado tiempo con él y debe aprovecharlo al máximo.

—¿Te gusta esta? —le pregunta enseñándole una camiseta blanca que contiene el famoso beso entre un soldado norteamericano y una enfermera, que simboliza el final de la Segunda Guerra Mundial.

Aquella imagen es una de las preferidas de David y le sorprende que Marta haya elegido precisamente esa camiseta. De hecho, en su dormitorio en Sevilla tiene un póster enmarcado con ese icono mundial.

—¿Sabes que no se conocían?

—¿Cómo dices?

—Los protagonistas de la foto de la camiseta no se conocían. Fue un impulso del marinero, feliz porque la guerra hubiera terminado. Este beso tiene hasta una estatua en Times Square, en Nueva York.

—¿Sí? No sabía que la escena fuese tan famosa. ¡Qué bien que te guste tanto! ¡Me la voy a probar!

La chica corre hacia uno de los probadores con la camiseta del beso en las manos. David se queda atrás. Hacía mucho tiempo que no se encontraba en una situación similar: esperando en los pasillos de una tienda a que alguien se probara ropa. Recuerda perfectamente cuándo fue la última vez. Desde entonces han pasado muchos días y demasiadas cosas. Ni siquiera se había hecho el tatuaje del cuello. Todo era distinto.

Mientras simula mirar vaqueros, suena su móvil. Lo saca del bolsillo y lee el mensaje que le han enviado.

> «¿Me puedes traer una talla menos? Esta me está muy grande. Una 38, por favor».

Aquello le hace sonreír otra vez. Marta es peculiar como su hermana, pero de otra forma. Un torbellino que quiere crecer demasiado deprisa.

El joven se acerca a la percha de donde cuelgan las

camisetas del beso y coge una más pequeña. Luego camina hasta el probador en el que se ha encerrado la chica.

—¡Aquí la tienes! —exclama desde fuera.

Marta asoma la mano por entre las cortinas y agarra la camiseta que David le ha llevado. El sevillano aguarda al otro lado.

—Puedes pasar si quieres. ¡No como!

—Si no te importa, mejor espero aquí.

—Vale, pero no te vayas. Quiero que me la veas puesta para que me digas cómo me queda.

—Bueno. Avísame cuando estés.

Unos segundos más tarde, la joven le pide que entre. David le hace caso y pasa al interior del probador. Marta está de espaldas y, cuando se gira, se queda muy cerca de él.

—¿Qué tal? ¿Te gusta? —le pregunta ella ajustándosela un poco primero y después dando una vuelta sobre sí misma para que la vea mejor.

Es tan reducido el espacio de aquel cubículo que sus cuerpos se tocan cuando la chica se mueve para mostrarle la camiseta. Lejos de ponerse nerviosa o sentirse intimidada por la situación, sonríe con picardía.

—Te queda bien —contesta David con cierta frialdad.

—Sí, creo que esta es mi talla. Me la voy a comprar. Así, cuando me la ponga, me acordaré de la primera vez que salimos juntos.

Y sin avisar al chico o pedirle que salga del probador, se quita la camiseta, quedándose cubierta únicamente con el sujetador de cintura para arriba. Luego mira a David sugerentemente. Sin embargo, el sevillano reacciona de una forma inesperada para Marta.

—No tienes que hacer este tipo de cosas para intentar gustarme. Ni a mí ni a nadie.

Suenan tan tajantes y duras sus palabras que a la chica se le vidrian los ojos en un segundo. Instintivamente, se tapa el pecho con la camiseta.

—Lo siento. Solo quiero que te fijes en mí y gustarte.

—Ya me gustas. Eres una chica preciosa. Y muy divertida, lista, ingeniosa...

—¿Y por qué tengo la sensación de que solo me ves como a una niña? —pregunta ella, muy afectada y a punto de echarse a llorar.

David resopla. Tal vez se ha pasado un poco con lo que le ha dicho. Debería haber controlado un poco más sus palabras.

—No te veo como a una niña. No nos llevamos ni tres años de diferencia.

—Pues me siento como si fueras mi canguro en lugar de un tío que se muere por besarme.

—No soy tu canguro.

—Ni te mueres por besarme, ¿no?

El joven la mira fijamente a los ojos y tiene la tentación de darle un beso en los labios. Es una tentación que casi le desborda y que le pide a gritos que no pierda esa oportunidad. No sería un error, sería de humanos. Sin embargo, no lo hace. Se da la vuelta y sale del probador.

—Te espero en la caja para pagar. Te invito a una camiseta.

—¿Me vas a regalar esta camiseta?

—Si tú quieres...

—¿En serio? ¡Me encanta! ¡Quiero probármela!

—Muy bien. Te espero aquí.

El chico se queda fuera del probador mientras ella entra y se pone la camiseta que va a regalarle. Cuando sale, está eufórica.

—¡Me queda genial! ¡Es tan bonita! Pero ¿de verdad que quieres comprármela? ¡Son veinte euros!

—Sí, nunca te he regalado nada.

—Solo llevamos quince días saliendo.

—Tiempo más que suficiente para hacerte un regalo.

—Yo a ti nunca te he regalado nada.

—Y no hace falta que lo hagas.

—No, no, no. Sí que hace falta —refunfuña la joven con la camiseta en las manos—. ¿Qué puedo regalarte?

—De verdad, no hace falta que me regales nada.

—¡No me lo digas más veces! Este fin de semana te regalaré algo. Y ya sé qué puede ser.

El chico sonríe y le da un beso en la mejilla. Cuando se le mete algo en la cabeza, es mejor no llevarle la contraria.

—¿Me vas a dar una pista?

—¿Quieres una pista?

—Sí, por favor.

—Vale. Ven conmigo.

La chica le agarra de la mano y lo guía hasta los probadores de la tienda. Le enseña a la dependienta la camiseta que va a probarse y le dice que él la acompaña para darle el visto bueno.

—Pero si ya te la has probado —dice él, en voz baja, entrando en el probador que está más al fondo.

—La camiseta sí, pero quiero probar otra cosa.

La joven pone el cerrojo para que nadie los moleste.

Luego, se lanza sobre él, empujándole contra el espejo y besándole como hasta ahora no lo había hecho. El morbo de poder ser pillados los excita. Tanto que ninguno de los dos quiere frenar. Sin embargo, paran antes de que se les vaya definitivamente de las manos. La continuación llegaría ese fin de semana, cuando ella le regaló su primera vez, la primera vez para ambos. La primera vez de David con la chica que creía que sería el amor de su vida.

CAPÍTULO 38

Apenas ha dormido un par de horas, por agotamiento mental sobre todo, y además se ha despertado no menos de diez veces. No ha comido al mediodía y sigue sin tener hambre. Lo que le ha contado antes Sonia le ha quitado las ganas de todo. Toni se siente peor que nunca y ni siquiera ha podido hablar con Lauren porque ella no se ha conectado. En esta ocasión, ha preferido no dejarle más privados en Twitter para que la chica no sospeche lo que pasa: no sea que le dé por no aparecer y huir de nuevo. La sensación es que aquello va a terminar de estallar por los aires en cualquier momento.

Lleva demasiado tiempo encerrado en su habitación. La sensación de ahogo va creciendo conforme transcurren las horas y Lauren no da señales de vida. Así que decide salir y respirar un poco de aire libre.

La tarde es cálida y el cielo está despejado completamente de nubes hasta donde alcanza a ver. Si tuviera pareja, sería la tarde perfecta para pasear por Madrid y conocer la ciudad un poco mejor. Pero la chica que le gusta ni siquiera se le aparece en su ordenador. Una vez más. Todo fue tan mágico ayer por la noche que lo que le ha sucedido hoy le duele más. La culpa es de él por confiar en alguien a quien no puede ver ni escuchar. Debe tomar una decisión definitiva, una decisión que ya le ronda por la cabeza, aunque antes necesita hablar con ella.

—¡Eh! ¡Toni! ¡Toni!

Los gritos llegan desde la escalera del edificio principal. El chico, que camina por el borde del lago artificial de la residencia, contempla desde lejos a Nicole haciéndole gestos. La chica se acerca corriendo hasta donde él se encuentra.

—Hola, ¿qué tal?

—Bien. Voy a salir a correr un rato —contesta la peruana, que no para de moverse dando saltitos sobre sí misma—. ¿Te vienes?

—No, gracias. Tengo agujetas. Con lo que hicimos anoche, tengo cubierto el cupo de actividades deportivas hasta que termine el curso y para parte del curso que viene.

—¡Qué dices! ¡Hay que hacer algo de deporte de vez en cuando! ¡Si no, te oxidas! —exclama Nicole, que continúa estirando y calentando en estático mientras conversa con el chico—. Te pasas demasiado tiempo en tu cuarto, sentado delante del ordenador.

—En eso tienes razón. Pero correr no es para mí.

—Bueno, como quieras. Me voy yo sola entonces. ¡Nos vemos en la cena!

La chica se despide del valenciano y se aleja corriendo. Toni observa como sale de la residencia y se marcha por el camino de atrás. Piensa que no hubiera estado mal acompañarla y hacer un poco de ejercicio, pero nunca ha sido buen deportista. Corre como un pato, y deportes como el fútbol, el baloncesto o el tenis solo se le dan bien en la videoconsola.

De todas maneras, todavía no le apetece regresar a su habitación. Continúa caminando un rato más por el borde del lago y termina sentándose en uno de los bancos junto a la cascada. Allí reflexiona sobre su actual situación. Su vida se ha convertido en un total despropósito. Enamorado de alguien que se burla de él y de quien solo ha visto una foto de perfil. Le cuesta asumirlo, pero se trata de la única realidad.

¿Dónde se habrá metido hoy Lauren?

Saca el móvil del bolsillo para mirar sus interacciones en Twitter, con la esperanza de que ella le haya escrito por privado. Y le da un vuelco el corazón cuando comprueba que así es. ¡Lauren le ha dejado un mensaje directo!

> «Hola. Dentro de un rato me conectaré a Skype por si te apetece hablar. Con Dafne pasó lo que podía pasar desde hace tiempo. Luego te cuento».

Aquello no explica nada. Tampoco parece que haya vuelto a hablar con su amiga, ni que esta le haya mencionado la conversación que han mantenido hace unas horas. No sabe muy bien qué puede contarle; lo que sí sabe es lo que va a decirle él. Y es que no puede seguir así.

De camino a su habitación, antes de entrar en el pasillo 1B, se encuentra con Óscar, que lleva su guitarra colgada del hombro.

—¿Dónde vas? —le pregunta.

—Está el día muy bueno. Voy a tocar por ahí.

—¿Nos vemos luego?

—Claro. Vuelvo para la cena.

Los dos se despiden y el valenciano se dirige rápidamente a su cuarto. Cuando entra, lo primero que hace es examinar su cuenta de Skype. Lauren aún no se ha conectado. Suspira desesperado. Desea que no tarde demasiado en aparecer, aunque tratándose de ella no puede estar seguro de nada. Ni siquiera de que cumpla con lo que le ha dicho en el mensaje directo de Twitter.

En cambio, por esta vez, la chica es fiel a su palabra y, a los cinco minutos, surge entre sus usuarios conectados.

Además, es la primera en hablar.

—Hola, Toni.

—Hola, Lauren —escribe sin invitarla a una videollamada. Prefiere hacerlo así hasta que la conversación avance y sepa por dónde va a discurrir.

—¿Cómo estás? Me sorprendió que anoche te fueras de repente.

—Vinieron a por mí y tuve que irme. Cosas de la residencia. Regresé a la habitación tarde, por eso no pude volver a conectarme.

No puede contarle lo de la noche de los novatos, así que evita darle datos concretos de lo que hizo ayer.

—Yo me quedé un rato más. Ya has visto lo que pasó en Twitter.

—Sí. Lo vi.

—Esa tía está loca. Solo intenta dar pena y dejarme mal.

—He hablado con ella por la mañana —escribe el valenciano sin más rodeos—. Me dijo cosas no demasiado buenas.

—¿Se metió contigo?

—No, no se metió conmigo. Lo que me dijo es que le contaste lo que hicimos anoche.

El joven se muerde el labio. Está impaciente por leer

lo que va a decir Lauren. Desearía que todo aquello tuviera una explicación coherente y que lo que le fuera a contar sonara real. Pero sus esperanzas son escasas y su confianza en ella casi nula.

La respuesta de la chica tarda más de lo deseado. Se nota que está pensando lo que escribirle. Por fin, Lauren se decide.

—Sí, se lo conté. Hasta ayer le contaba todo. Pero no volveré a hablar con ella nunca más. Es una persona que busca hacer daño a los demás porque es incapaz de estar bien consigo misma.

—Creía que lo que pasaba entre tú y yo quedaba solo entre nosotros.

—Ya. Lo siento.

Toni espera que diga algo más, pero Lauren no lo hace. ¿Basta con eso? ¿Ya está? La desidia de la chica agita su indignación. Por lo visto, una simple disculpa es todo lo que merece. Y eso que aún no le ha soltado lo que le quema por dentro.

—No sé tú, pero yo no suelo masturbarme delante de todo el mundo —escribe muy enfadado.

Duda en si pulsar el *enter* con aquella frase. La borra y la vuelve a redactar exactamente igual que la primera vez. Finalmente, se lanza y la incluye en la conversación.

—Claro que no. Lo de ayer para mí fue muy especial.

—Y si fue especial, ¿por qué se lo cuentas a otras personas?

—No se lo conté a otras personas. Solo a una, y se lo conté porque esa persona era mi amiga. Y se supone que los amigos se cuentan ese tipo de cosas.

—Yo no se lo he contado a nadie, ni pensaba hacerlo —insiste Toni, cada vez más molesto con la actitud que muestra la chica—. Es algo íntimo.

—Mira, ya te he dicho que lo siento. He metido la pata. No volverá a pasar, porque esa persona no volverá a estar en mi vida. No le des más importancia. Ahora solo estamos tú y yo. Olvidémonos de ella.

El joven se incorpora y pasea por la habitación inquieto, dibujando con sus pasos pequeños círculos. No cesa de frotarse la cabeza rapada con las manos. No puede más. Es hora de dar un paso hacia adelante.

Se sienta otra vez frente a su ordenador y escribe.

—Que le hables de nuestras conversaciones a Dafne me molesta. Que le hayas contado lo que pasó entre los dos todavía me cabrea más. Pero que te burles de algo tan importante para mí, y que hice dejándome llevar por lo que siento por ti, no tiene nombre. Ni tampoco creo que vaya a tener perdón.

—Yo no me he burlado de nada ni de nadie —se explica de inmediato Lauren.

—Sí lo hiciste. Te reías mientras yo me masturbaba.

—¿Eso te ha dicho Sonia? ¿Que me reía de ti? Esa tía está peor de lo que pensaba.

—¿No te burlabas de mí mientras escribías?

—¡Claro que no! ¿Cómo iba a hacer eso? ¿Por quién me tomas?

Lo que dice la chica le hace dudar. Es la palabra de una contra la de la otra. Ninguna de las dos le da tanta confianza como para creerla sin más. Se va a terminar volviendo loco.

—¿Y por qué se iba a inventar Sonia algo así?

—Qué ingenuo eres. ¿De verdad que no lo sabes?

—No. ¿Me lo puedes explicar, por favor?

—Anoche, cuando le conté a Dafne lo que habíamos hecho, se puso histérica. Ahí comenzó la pelea que luego continuó en Twitter. A ella le gustas mucho y no soporta que estés conmigo.

Esa explicación tiene sentido. También él intuía que le gustaba a Sonia, pero no sospechaba que le interesara hasta el punto de inventarse una historia en contra de Lauren para que él se enfadase y desconfiara de ella.

—Si ha mentido de esa manera es que no está bien de la cabeza.

—Ya te lo he dicho. Aunque me parece muy fuerte que hayas pensado que me reí de ti.

—¿Qué querías que pensase? Me lo dijo mirando a la cámara, muy seria. Parecía que decía la verdad.

—No sé. Pero con esto demuestras que desconfías de mí hasta tal punto que te crees algo tan miserable como lo que esa loca te contó.

La chica ha conseguido darle la vuelta a la tortilla en cuestión de pocos minutos. Ahora Toni ya no está enfadado con Lauren, sino que se siente culpable al haber pensado tan mal de ella.

—Siento haber creído lo que Sonia me contó —escribe el valenciano, envuelto en una gran tensión—. Esta historia me está matando. Te quiero, pero no te puedo ver, ni tocar..., ni tan siquiera tengo tu número de teléfono para llamarte o mandarte un wasap. ¡Es que no sé ni dónde vives!

—Son mis condiciones y las sabías desde el principio.

—Pero ya no estamos en el principio. Hace un mes que nos conocemos. Hablamos cada día, nos contamos mil cosas... ¡Hemos tenido sexo virtual! Me merezco más o voy a terminar como Dafne.

—Repito: lo sabías. Sabías lo que había.

—Solo quiero hablar contigo. Que tengamos una relación medio normal. Que me pueda ir a la cama sin el miedo de soñar con una chica que oculta su cabeza bajo una bolsa.

—Toni, te advertí lo que pasaría si me agobiabas con esto.

—Sí, me lo advertiste, pero necesito más de ti, Lauren. Es una necesidad, ¿no lo comprendes?

¿No lo entiende? ¿Es tan difícil de entender que la incertidumbre está abriéndole una herida irreparable? ¿Es que en el amor no hay que dar y recibir a partes iguales? Si también le quiere, ¿por qué no confía en él? ¿Qué se lo impide?

Lo normal sería marcharse y huir de ella para siempre. Pero no puede. Está obsesionado con esa chica de ojos azules. No es capaz de borrarla de sus contactos de Skype, de dejar de seguirla en Twitter..., de olvidarse de Lauren para siempre. En cambio, ella sí que toma una decisión que parece definitiva.

—Te lo dije, Toni. Te quiero. Hasta siempre.

CAPÍTULO 39

En Valencia estaba habituada a correr casi todos los días. El ejercicio la relaja, le permite despejar la mente y hace que se sienta bien consigo misma. Además de mantenerla en buena forma.

Cuando empiece a trabajar, será complicado sacar huecos para salir a correr. Pero Nicole piensa que, con organización y voluntad, hay tiempo para todo.

Lleva media hora a un ritmo aceptable, superior al del otro día, cuando la acompañó Ainhoa. Su amiga le preocupa. No está segura de que vomitara porque la comida le sentara mal. Intuye que fue algo provocado. Sin embargo, no la conoce tanto como para asegurarlo ni tampoco para preguntarle por un asunto tan delicado. Su habitación está al lado de la de ella, así que a partir de ahora estará pendiente por si vuelve a ocurrir.

Mira el reloj y decide regresar a la residencia. Aunque ella no tiene agujetas ni ha acusado tanto como algunos de sus compañeros el ejercicio que hicieron anoche, también se siente algo cansada. Da la vuelta y baja un poco el ritmo de la carrera.

Por aquella zona, pasa poca gente. En ese tiempo apenas se ha cruzado con seis o siete personas que también hacían *footing* y con una decena de ciclistas. Es un buen lugar para practicar deporte, aunque a veces tiene la sensación de excesiva soledad. De noche le daría miedo andar por allí. Aun así, aquel camino le gusta.

Aunque va a recibir una sorpresa desagradable.

Se encuentra a un kilómetro y medio de la residencia cuando nota que, por detrás, se le acercan dos bicicletas a toda velocidad. Al girarse, se siente inquieta por lo que ve: los dos ciclistas tapan sus caras con pasamontañas. ¡Parecen los del otro día, aunque en esta ocasión el rostro lo llevan completamente cubierto!

Nicole mira a su alrededor y descubre que está sola. No hay nadie más por allí. Entonces los jóvenes la adelantan y frenan unos metros delante de ella. ¿Qué pretenden?

La chica se detiene y piensa en lo que debería hacer. Pero se percata de que no tiene ninguna opción de huir. Los ciclistas desmontan de la bicicleta y recorren a pie la distancia que los separa de la peruana, que continúa inmóvil en el mismo sitio.

—¿Qué pasa, sudaca? ¿Te acuerdas de nosotros?

El que habla es el más alto de los dos. Debido al pasamontañas, Nicole solo puede distinguir sus ojos verdes y su boca. El otro tiene los ojos marrones. Se han puesto delante de ella para cortarle el paso.

—Dejadme en paz —dice la chica, que sabe que no tiene escapatoria. Su única esperanza es que pase alguien para ayudarla.

—No me digas que nos tienes miedo. ¿Por qué? ¡Si somos muy buenos!

—No os tengo miedo.

—¡Uh! ¡Qué valiente eres! ¿De qué país vienes?

¿Ecuador? —pregunta el alto, que es el único de los dos que habla.

—Soy del Perú —dice con valentía Nicole.

—¿Y qué haces aquí? ¿No sabes que este es nuestro país?

—Vivo aquí desde hace seis años. Y aunque soy peruana, también me siento española.

—¡Tú qué vas a sentirte española, trozo de mierda! Solo estás aquí para robarnos el dinero y buscar un marido que te dé lo que no pueden darte en tu puto país.

La agresividad verbal de aquel joven le hace temer lo peor. Nicole está muy asustada, aunque intenta que no se le note. No puede demostrar ninguna clase de debilidad ante ellos o lo aprovecharán.

—Estoy aquí para...

—¡Cállate, sudaca! —grita ahora el más pequeño—. Y arrodíllate.

Esa voz... La chica cree que se está volviendo loca, pero aquella voz le resulta familiar. ¿Dónde la ha escuchado antes?

—¿No has oído a mi amigo? ¡Que te arrodilles, zorra!

—¿Para qué? ¿Qué queréis?

—¡Obedece, puta! ¡Hinca tus rodillas en el puto suelo!

La joven accede temblorosa y termina arrodillándose. No deja de darle vueltas a aquella voz. Sabe que la ha escuchado alguna vez. Está casi segura. Pero tiene tanto miedo que no puede pensar con claridad en ese momento.

—España es para los españoles. No queremos a gente como tú en nuestro país. Sois inferiores en todo. Solo habéis nacido para follar, tener niños y llenar el mundo de mierda. Pero hacedlo en vuestro país y quedaos allí. Estáis ensuciando nuestra tierra.

Después de soltar todo aquello, el más alto escupe y la saliva cae directamente en la cabeza de Nicole, que sabe que está en una situación extrema.

—Por favor, dejad que me vaya. Yo no os he hecho nada malo.

—¡Cállate! ¡No hables más! Hasta que no te demos permiso, ten la boca cerrada. ¿Has entendido?

La peruana asiente con la cabeza. Alguna vez había vivido situaciones en las que alguien había sido desconsiderado con ella o la había menospreciado solo por el color de su piel o por ser sudamericana. Pero jamás había pasado por algo parecido.

—Ahora quiero que nos limpies los zapatos. Se nos han llenado de tierra. Pero lo vas a hacer con la lengua.

—¿Cómo voy a hacerlo con la lengua?

—¡Que te calles! —berrea el alto de nuevo—. Te hemos dicho que no hables hasta que te lo ordenemos. ¡Lame los zapatos de mi amigo y quítale la tierra!

Nicole se resiste, pero si no lo hace, teme que las consecuencias sean peores. Así que se coloca delante del más bajo de los dos dispuesta a limpiarle los zapatos con su propia saliva.

Justo cuando está a punto de rozar con su lengua el calzado de aquel tipo, se escucha a lo lejos el ruido de un motor. Viene una moto. Inmediatamente, los jóvenes de los pasamontañas corren hacia sus bicicletas y huyen en dirección contraria.

El vehículo llega a la altura de Nicole y se detiene junto a la chica, que sigue en el suelo arrodillada. Cuando el motorista se quita el casco, puede ver a Carmona.

—Hola, tú estás en la residencia, ¿verdad?

La joven asiente y rompe a llorar. Durante un par de minutos no logra articular ni una palabra ante la mirada atónita de Martín, que se baja de la moto y trata de consolarla.

—¿Me puedes contar qué te ha pasado? —le pregunta el chico cuando la nota más tranquila.

Nicole le explica con detalle lo sucedido. El joven escucha interesado y espera a que termine de hablar. Lo que más le llama la atención es que la voz de uno de los dos tipos le haya resultado conocida.

—No eres la primera a la que le pasa esto —reconoce Carmona pensativo—. El año pasado les sucedió a una chica colombiana y a un chaval senegalés de la residencia. Aunque este año ninguno de los dos está ya.

—¿En serio? ¿Y no hicieron nada?

—El chico lo denunció, pero se quedó ahí. Que yo sepa, no detuvieron a los culpables.

—Está claro que no los detuvieron. A no ser que estos dos sean otros.

—No creo. Por lo que me has contado, se han comportado contigo como con los otros chicos. No es sencillo averiguar quiénes son. Por aquí no hay cámaras. Además, en esos dos casos no hubo agresiones ni lesiones físicas. A ambos los humillaron, pero no les pegaron.

—¿Y no se sabe quiénes pueden ser?

—Hubo rumores en la residencia cuando esto sucedió en el curso pasado. Pero no aparecieron nombres. Que a ti te haya sonado una voz solo puede significar una cosa.

—¿El qué?

—Que ese tipo viva en la residencia y en estos días hayas coincidido con él alguna vez.

Es lo que ella había pensado. Si es así, entre los noventa y nueve residentes de la Benjamin Franklin, al menos uno es muy peligroso.

—No me puedo creer que haya gente así.

—Ya ves. En todas partes siempre hay alguien que da la nota negativa —señala Carmona subiéndose a la moto—. Venga, te llevo a la residencia.

Y le da el casco para que se lo ponga. Nicole acepta y monta detrás de él. Ha sido una suerte que apareciera en el momento justo. Aún le tiembla el cuerpo, pero ya está bastante más tranquila. Dos tipos como esos no van a conseguir que se amedrente o que pierda la sonrisa.

Cuando llegan a la residencia, Carmona aparca en los estacionamientos reservados para las motos. La chica le devuelve el casco y le da las gracias por llevarla y sobre todo por acudir en su ayuda.

—En realidad, yo no he hecho nada —admite Carmona, sonriente, mientras caminan hacia el edificio central—. Solo estaba dando una vuelta con la moto.

—Ya, pero si no llegas a pasar por allí, quién sabe qué me habrían hecho.

—Bueno, lo importante es que estás bien. ¿Vas a denunciarlo?

—No lo sé. No creo que sirva de mucho. Aunque debería hacerlo.

—Es tu decisión. Si necesitas que te lleve a algún sitio o lo que sea, avísame. Mi habitación es la 3157.

—Gracias. De verdad.

—¿Tu nombre es... Nicole?

—Sí —dice la chica sonriendo, sorprendida de que se acuerde de cómo se llama—. Tienes buena memoria.

—Para nada. Solo se me quedan algunas caras y pocos nombres.

—Entonces, soy una afortunada porque te acuerdes de mí.

El joven sonríe. Nicole se da cuenta de que se pone algo nervioso e incluso se sonroja un poco. Y eso le sorprende todavía más. Hasta ahora, a Carmona lo había visto como alguien totalmente inexpugnable, sin fisuras. Un líder que no muestra sus sentimientos. Que se le suban los colores por algo que ella le ha comentado le resulta encantador.

La pareja se despide y quedan en que ya se verán por algún rincón de la residencia. Después la peruana entra en el pasillo 1B. En su interior se confunden una mezcla de sensaciones contrapuestas. Sigue con el susto en el cuerpo por lo que le ha sucedido, pero está alegre porque las consecuencias han sido leves para lo que podía haberle pasado.

Ya dentro de su habitación, respira más calmada. Está como si acabara de despertarse de un sueño. Un sueño en el que aquella voz se repite una y otra vez en su cabeza.

¿Dónde la ha oído antes?

CAPÍTULO 40

«El ave fénix muere consumida por el Sol, convertida en cenizas de las que renace, después de arder su cuerpo, como un pequeño animal sin miembros, un gusano muy blanco que crece y se aloja dentro de un huevo redondo, como si fuera una oruga que se vuelve mariposa, hasta que, dejando de ser implume, se transforma en un águila celeste que surca el firmamento estrellado».

Es una de las leyendas que recoge la Wikipedia sobre el ave fénix. Hay varias más, pero Elena se queda con aquellas palabras de san Ambrosio.

El tatuaje de David simboliza la superación de los problemas. Cada vez que uno cae, debe levantarse y continuar. Como aquella ave mitológica, que renace de sus cenizas una y otra vez.

¿Qué le motivaría a grabárselo en la piel? Fuese lo que fuese, seguro que forma parte de ese pasado del que no quiere hablar. Tuvo que ser algo muy grave.

A ella los tatuajes nunca le han gustado. Ni para sí misma, ni en otras personas. Sin embargo, el que lleva David en el cuello le encanta. Espera que algún día el sevillano le explique su significado real y completo.

Maldita sea, no deja de pensar en él. Su corazón, como le contó antes a Nicole, se está enredando en un lío de contradictorios sentimientos. Le apetece verle, pero está con sus amigos de Sevilla en el centro de Madrid. ¿Le manda un wasap? No, ya le envió antes uno y no quiere resultar pesada. Tampoco tiene nada importante que decirle. Le gustaría hablar con él y que le contase cosas de su vida. Sabe que no le diría mucho, pero ahora mismo se contentaría con cualquier historia de su misterioso pasado. Quiere saber más de David.

Entonces se le ocurre una cosa.

Entra en Twitter y busca entre sus seguidores. Allí está él. Quizá en su cuenta encuentre más datos sobre su vida. Se dio de alta en abril del 2011 y ha escrito 2.604 tuits. Seguro que si rastrea en ellos, dará con información interesante.

¡Basta! ¡No! ¡No va a caer en algo así! ¿Qué se supone que está haciendo?

Elena se pone de pie y piensa en algo que hacer que no esté relacionado con David. No está siendo consecuente con sus ideas. Se lo dijo el otro día a él: si se enamora, contará hasta cien; y si hace falta, hasta mil. ¡No va a enamorarse!

Necesita urgentemente un antídoto efectivo antiamor y sabe dónde puede encontrarlo: en la habitación 1156.

Sale precipitadamente de su cuarto y llama a la puerta de Manu. Cuando esta se abre, aparece el chico, ataviado solamente con una toalla que le cubre de cintura para abajo.

—Me he duchado ya, pero si quieres repetimos juntos —le ofrece el malagueño con una sonrisa descarada cubriéndole los labios.

—No, gracias. Yo también me he duchado ya.

—Qué pena. Te habría gustado.

—¿Cuánto tardas en estar listo?

—Normalmente, en dos o tres minutos estoy preparado para la acción —responde con un gesto sugerente mientras hace amago de quitarse la toalla.

—¡No seas capullo! Vístete. En media hora nos vemos en recepción.

—¿Para salir ya? ¿No es un poco pronto para cenar?

—Pues nos tomamos un café —indica Elena y, antes de regresar a su habitación, le advierte—: En treinta minutos te veo. No te retrases. Y ponte guapo.

La chica entra otra vez en la 1151 y comienza a arreglarse. Salir con Manu no es la ilusión de su vida precisamente, pero puede resultar divertido. Y, lo más importante, mientras esté con él, no pensará en David.

Elige un vestido azul y negro, ceñido, algo más largo que el que se había puesto para salir la noche anterior. Tacones negros, no excesivamente altos. Hace calor, pero, por si acaso, se llevará una chaqueta beis. Se pinta los labios de rojo y le da un toque más de oscuridad a sus ojos con sombra negra. Se mira al espejo y se peina. Cuando se siente preparada, alcanza su bolso, el teléfono y las llaves y sale de la habitación.

En recepción ya la espera Manu, puntual. Deslumbrado, se guarda para sí tres o cuatro piropos que le vienen a la cabeza y se conforma con un silbido. Sin duda, es la chica más guapa de toda la residencia.

—¿Nos vamos? —pregunta el malagueño, que no le quita ojo a su preciosa acompañante.

—Sí. Vamos.

La pareja se despide del bedel de guardia y sale del edificio. Mientras caminan hacia el exterior de la residencia, comentan cuáles son sus opciones. Deciden que van a coger el metro hasta Sol. Allí ya pensarán dónde entrar a tomar café.

—Tenemos que coger el metro en Sol para ir hasta Atocha Renfe —indica David examinando un pequeño mapa del metro de Madrid.

Él y Marta están sentados en el VIPS de la calle Sevilla, tomando un batido. Finalmente, han hecho las paces. Después del incidente del probador, la chica se arrepintió de la situación que había provocado y nuevamente le pidió disculpas. El sevillano las aceptó, le compró la camiseta del beso y también se excusó por haberse puesto tan ogro con ella.

—Vale, pero tenemos tiempo todavía, ¿no? Mi tren no sale hasta las seis y veintitrés.

—¿Qué hora es? Me he quedado sin batería en el móvil y no puedo verla.

—¿Nunca llevas reloj?

—No, me molesta.

—Yo tampoco llevo —comenta Marta mostrando sus muñecas desnudas antes de echar un vistazo a su teléfono—. Pues son... las cinco y cuarto.

—¿Solo? Me parecía que era más tarde —confiesa David—. Sí, tenemos tiempo todavía. A Atocha llegamos en veinte minutos. Solo son cuatro paradas.

La chica sonríe, se lleva a los labios la pajita de su batido de fresa y sorbe con coquetería. Se alegra de haber superado el momento de crisis con él. No sabe si realmente la ve como a una niña o no, pero el solo hecho de que esté pasando la tarde con ella merece la pena. A pesar de que no la haya besado y le haya echado un par de broncas.

—¿Algún día vendrás tú a Toledo a visitarme?

—No lo sé. Tal vez algún día me anime a ir. Me han dicho que es muy bonito.

—Sí, no está mal. Pero vivir siempre ahí es aburrido. Yo preferiría vivir en una ciudad como Madrid.

—Quizá Madrid es demasiado grande. ¿No crees?

—Mejor. Así siempre tienes algún rincón por descubrir o gente nueva a la que conocer. Pero lo que más me gusta de lugares enormes como este es que nadie te mira y puedes hacer lo que quieras, con quien te dé la gana, porque nadie te conoce.

—¿En Toledo te conoce mucha gente?

—En Toledo nos conocemos todos. Aunque es una ciudad importante, todo el mundo sabe quién es quién —dice Marta jugueteando con la pajita, con la que ahora hace pompitas—. Cada persona se va creando una fama, sea verdadera o falsa, y todos te juzgan por lo que se diga de ti. Casi siempre por la espalda.

David empieza a intuir la razón de las palabras de la chica. La nota tensa cuando habla de aquel asunto, pero al mismo tiempo resignada.

—Eso pasa en todas partes. No solo en Toledo. En el instituto, en tu barrio, en tu calle, e incluso hasta en tu propio grupo de amigos. Nos gusta juzgar y opinar de todo. Hay que pasar de lo que dicen.

—Lo sé. Pero, en Toledo, la gente con quien estás prácticamente es la misma siempre y te la encuentras en todas partes. Y si tienes fama de algo, todo el mundo lo sabe. No puedes desconectar de eso.

—Entiendo lo que dices. No debería ser así.

Marta le sonríe tímidamente y agacha la cabeza algo triste.

—En mi ciudad, entre los chicos de mi edad, yo sé que tengo fama de fácil —admite riendo nerviosa—. Y la verdad es que no me he acostado nunca con nadie. Qué vergüenza, perdona que te cuente esto. ¿Qué vas a pensar de mí?

—No te preocupes. Lo que me cuentes no va a cambiar lo que pienso de ti.

—Espero que sea bueno. O más o menos bueno.

—Malo no es —comenta el sevillano tranquilizándola.

—Bueno, gracias. Lo cierto es que sí que me he liado con varios tíos. La mayoría, unos niñatos sin cabeza y solo con ganas de... Eso. Pero yo no he pasado nunca de cuatro besos mal dados con ninguno. Aunque cuenten otra cosa.

—¿Esto lo has hablado con alguien?

—Con alguna amiga, aunque no tengo muchas. Realmente, me llevo mejor con los chicos. Con los que no quieren liarse conmigo, claro. O con los que, por lo menos, no lo han intentado aún.

La tristeza que arrastran las palabras de Marta permite comprender a David ciertos comportamientos de la joven. Le da pena porque sabe que en su ciudad van a seguir hablando de ella de esa manera durante los años que permanezca allí.

Durante unos minutos, Marta se desahoga. Se le saltan las lágrimas, pero intenta hacerse la fuerte delante de David y no permite que ni una sola lágrima se le escape.

—Siento haberte soltado todo este rollo. No quería contártelo, pero me ha salido así.

—Me alegro de que lo hayas hecho. Ahora te conozco un poco mejor.

—Muchas gracias por escucharme —dice acariciando su brazo con la mano y mirando de reojo su móvil—. Estoy muy a gusto aquí, contigo, pero si no nos damos prisa, perderé el tren.

Y tras pagar, la pareja se levanta de la mesa. Caminan hasta Sol y se disponen a entrar en la estación de metro. Ahí deberán coger el tren que se dirige hacia la estación de Atocha.

Llegan a la parada de Sol Vodafone y se apean del vagón del metro. En el tiempo que llevan juntos, Elena y Manu no han parado de discutir, unas veces en broma y otras en serio. ¿Los motivos? Todos los inimaginables y posibles.

—¿Te apetece ir a Starbucks? —le pregunta el chico mientras caminan por la estación.

—¿Me vas a invitar?

—No, yo solo pago la cena. La que ha querido venir antes has sido tú. Así que te toca invitarme a merendar.

Elena le da la razón a regañadientes, aunque acepta. Es de justicia que ella se encargue de la merienda si el malagueño lo va a hacer de la cena.

Suben la escalera mecánica que desemboca directamente en la Puerta del Sol. En la salida, una joven saxofonista interpreta una curiosa y peculiar versión de un tema. Ni siquiera son capaces de ponerse de acuerdo en quién es la cantante original de la canción. Ella cree que es Katy Perry y él opina que se trata de Kesha.

Debatiendo, y sin que ninguno de los dos dé su brazo a torcer, suben por la calle Montera hasta Gran Vía. Allí entran en el Starbucks que está enfrente de la Casa del Libro. Piden sus bebidas y toman asiento en una de las mesitas de fuera.

—¿Por qué has querido venir antes? El acuerdo solo incluía cena y luego tomar algo —quiere saber Manu antes de dar un sorbo a un *frappuccino* de vainilla.

—Estaba un poco agobiada en mi habitación. Me apetecía salir.

—¿Puedo preguntar el motivo?

—Puedes preguntar lo que quieras, otra cosa es que yo te responda o quiera contarte la verdad —indica Elena tras beber de su *caramel macchiato* hirviendo.

—Cambio la pregunta entonces: ¿puedes decirme el verdadero motivo por el que estabas agobiada?

La chica sonríe. Sabía que ese tipo de conversaciones se darían constantemente cuando saliera con Manu. En cierta manera, le divierte. Es un tío inteligente, no solo una cara bonita con altas dosis de egolatría. Aunque en ocasiones, a decir verdad demasiadas, logra que pierda los nervios.

—Realmente, no lo sé muy bien. Imagino que es un poco por todo.

—Explícate mejor.

—Estar aquí es un cambio muy grande para mí. No es que esté mal, solo que se me escapan demasiadas cosas de las manos.

—Pues no quieras controlarlo todo. Porque eso es imposible.

Elena recuerda la charla que hace un rato tuvo con Nicole. No quiere repetirla, ya que corre el riesgo de que salga el tema de sus sentimientos y lo último que desea es hablar de eso. Así que decide cambiar la dirección de la conversación y centrarla en él.

—Bueno, ¿y tú qué? ¿Cómo te estás sintiendo en estos primeros días fuera de casa?

—Bien. Yo me adapto a todo con facilidad. No es un problema para mí el haberme ido de Málaga.

—¿No echas de menos nada?

—Echo en falta la playa. El mar. Madrid está muy bien, pero le falla eso.

—¿Y a tu familia?

—Llevo aquí solo tres días. No me ha dado tiempo a echar a nadie de menos. Aunque tampoco creo que eso vaya a pasar. He hablado más por teléfono con mis padres estos días que lo que solía hablar con ellos, estando allí, la mayoría de las semanas. Se pasan el día fuera de casa, trabajando. Están siempre muy ocupados.

—¿Tienes hermanos?

—No, soy hijo único —responde muy serio—. Pero ¿tú para qué quieres saber todo esto sobre mí?

—Por curiosidad.

—Ya. Tanto interés repentino es muy sospechoso. ¿No te estarás enamorando de mí? Mira que yo no quiero compromisos —se burla Manu acercando su silla a la de ella.

—¿Yo enamorarme de ti? ¡Eso es lo que tú quisieras!

—Para nada. Ya te he dicho que no quiero compromisos —le aclara el malagueño—. Yo solo quiero liarme contigo.

—Tienes la cara muy dura, ¿sabes?

—Puede ser. Pero la que se está enamorando eres tú.

—¿Sabes cuándo me enamoraré de ti?

—No, ¿cuándo?

—Cuando el Coyote coja al Correcaminos. Entonces caeré rendida a tus pies.

El joven sonríe y acerca todavía más la silla a la de Elena. Sus asientos casi están pegados el uno al otro.

—¿Qué haces? ¿Por qué te acercas tanto?

—Porque quiero probar tu *caramel macchiato.*

—Para eso no hace falta que estemos tan pegados.

—Si lo quiero probar así, sí.

E inclinándose sobre Elena, le da un beso en sus dulces labios con sabor a café y caramelo.

Cuando el metro llega a la parada de Atocha Renfe, quedan menos de quince minutos para que salga el tren de Marta.

—O corremos o lo pierdes —comenta David saliendo del vagón a toda velocidad.

—Tampoco pasa nada. Así me quedo otro ratito más contigo.

—Marta...

—Vale. Corramos.

El sevillano agarra a la chica de la mano y suben la escalera de la estación lo más deprisa que pueden. Cruzan el torno y, tras atravesar un largo pasillo, bajan a la planta en la que sale el tren de las 18:23 hacia Toledo.

—Es por ahí —le indica David señalando por dónde tiene que ir. Solo los que disponen de billete pueden acceder a las vías.

—Puedo cambiar el billete y quedarme un rato más. Sale otro tren a las ocho menos diez.

—Tengo que regresar a la residencia. Otro día lo repetimos.

—¿Seguro?

—Seguro. Aunque avisando antes a tu hermana y a tus padres de que vienes.

—Jo. Prefiero estar a solas contigo —se queja Marta, que se resiste a decirle adiós—. Muchas gracias por la camiseta.

—No tienes por qué darlas.

—Te llamaré esta noche. Y, por favor, no le digas nada a Elena.

—No te preocupes. ¡Corre o perderás el tren de verdad!

La chica no quiere marcharse. No sabe cuándo será la próxima vez que lo vea y mucho menos cuándo volverán a disfrutar de un día a solas. Quizá esa haya sido su única oportunidad. ¡Y no es justo! ¿Por qué tiene que irse?

Siente una gran presión en el pecho que nunca antes había experimentado. Una sensación que le produce una terrible angustia.

—Bueno, pues ya nos veremos —dice muy apenada.

—Ya nos veremos. Hasta luego, Marta.

David se inclina sobre ella para darle dos besos, pero la joven prefiere abrazarse a él. Lo rodea con sus brazos y aprieta sus manos con fuerza contra su espalda. Marta cierra los ojos y desea que aquel instante no termine nunca. El chico también la abraza y sonríe. Hacía mucho tiempo que una chica no se mostraba tan cariñosa con él. No quiere confundir sus sentimientos, aunque no hay duda de que le gusta. Pero salir con ella conllevaría mil y un problemas. El mayor de ellos lo tiene en la puerta de enfrente del pasillo 1B.

Unos segundos más tarde, se separan. Pero Marta

siente que no puede desperdiciar aquel momento. No se lo perdonaría. Se pone de puntillas y le besa. Un beso no muy largo, pero sí muy especial. El más especial de sus dieciséis años. Cuando recibe la mirada sorprendida de David, sonríe arrugando la nariz:

—¿Qué? ¡Los de la camiseta ni siquiera se conocían!

Y tras darle un nuevo beso en la mejilla, sale corriendo para no perder el tren de las seis y veintitrés.

CAPÍTULO 41

Durante la cena, Nicole explica con todo detalle a sus cuatro acompañantes lo que le ha pasado por la tarde, cuando salió a correr. Ainhoa, Iria, Julen y Óscar escuchan desconcertados lo que su amiga les está contando.

—¿Y dices que te sonaba la voz de uno de los que te atacaron? —le pregunta la canaria asustada.

Ella ya sufrió a esos dos tipos un par de días atrás, cuando acompañaba a su amiga. No quiere ni imaginarse el miedo que habría pasado si a ella le hubieran hecho algo parecido. Admira la fortaleza de Nicole y su valor para narrar lo sucedido sin pestañear ni derrumbarse.

—Sí, estoy casi segura de que he escuchado esa voz antes. Pero no recuerdo dónde ni cuándo. Es frustrante.

—Y los ojos que viste a través del pasamontañas, ¿no los reconociste?

—No. Eran marrones. Unos ojos castaños, normales y corrientes.

Como aquellos ojos podría haber millones en Madrid y cincuenta o sesenta en la residencia. Si es que realmente aquel sujeto es un residente de la Benjamin Franklin, como apuntó Carmona. Aunque ella no lo tiene del todo claro.

—Da muchísimo miedo pensar que estamos viviendo en el mismo edificio que gente así —señala Iria, también preocupada.

—No es seguro que sea de aquí. Yo llegué a Madrid el martes. Pude escuchar esa voz en cualquier parte. En el metro, en la estación de trenes, en la calle... No tengo muy claro que la haya oído en la residencia.

—También puede ser alguien de la universidad —sugiere Óscar—. O alguien de tu clase de Odontología.

—Sí, por lo que estamos hablando de miles de candidatos. Tenía que haberme fijado más en él, quizá así habría podido averiguar quién era.

—Estabas asustada. Cualquiera lo estaría en tu situación. Es normal que ni te pararas a pensar en eso —comenta el vallisoletano, que intenta que la peruana no se sienta mal consigo misma—. ¿Y del alto? ¿Te resultó algo familiar?

—No, nada. Ni la voz, ni su físico, ni sus ojos... Creo que a ese chico no lo he visto en mi vida.

Los cinco continúan hablando sobre el mismo asunto hasta que terminan de cenar. Le piden a Nicole que no salga a correr más por aquel camino y, si lo hace, que vaya acompañada de alguien. La joven acepta el consejo de sus amigos y les promete que no volverá a salir sola por allí.

—¿Qué vais a hacer esta noche? —les pregunta Ainhoa mientras se dirigen de nuevo al pasillo 1B.

Ninguno tiene planes concretos. Después de lo de la noche anterior, están algo cansados, especialmente Iria, a quien, tras una hora y cuarto de tenis, le cuesta hasta moverse. Aunque se siente feliz con la evolución de su primer día de entrenamiento. Al final, incluso conseguía pasar frecuentemente algunas pelotas al otro lado de la red. No eran bolas planas, ni la mayoría de las veces iban en la dirección que ella apuntaba, pero entraban en la cancha contraria. Hace unos minutos, su novio le ha confirmado que esa noche saldrá de fiesta con sus amigos.

—¿Sabéis jugar al póker? ¿Al Texas Hold'em? —interviene Óscar—. Podríamos organizar una timba esta noche. Tengo una baraja en mi cuarto.

Todos saben y han jugado alguna que otra vez, excepto Nicole, a la que no le importaría aprender. El vallisoletano le explica rápidamente los conceptos básicos: dos cartas en mano y se ponen cinco sobre la mesa, una a una, con las que hay que ligar. Luego le explica la escala de jugadas de menor a mayor.

—No me entero muy bien —reconoce Nicole, un poco abrumada por tanta información.

—Es muy sencillo. Ahora te paso un *link* en el que te lo explican todo muy claro —señala Óscar, que jugó varias veces con sus compañeros de Arquitectura en la Universidad de Valladolid—. Es muy divertido.

—Solo hay un inconveniente —comenta Iria—. En las normas de la residencia viene que están prohibidos los juegos en los que se apueste dinero. No quiero arriesgarme más después de lo de la piscina de ayer. No vaya a ser que nos descubran.

—Pues sin dinero, solo con fichas. En Valladolid, con mis amigos de la universidad, jugamos un par de veces al Texas Hold'em Secreto. Cada cinco partidas, se hace recuento de fichas, y el que menos puntos en fichas tiene debe responder a una pregunta que le haga el que más haya acumulado hasta ese momento. Así es más interesante.

Por unanimidad, el plan de la timba de póker se acepta. Los cinco quedan en verse en la habitación de Julen alrededor de las diez.

—Voy a avisar a Toni. A ver si quiere apuntarse —indica la peruana, que espera que su amigo salga de su habitación un rato.

—¿Qué le pasa? ¿Por qué no ha venido a cenar con nosotros?

—No lo sé, Ainhoa. Solo me dijo que no tenía hambre.

La peruana llama a la 1154 y el valenciano le abre. Parece triste, aunque Nicole no imagina el motivo.

—¿Puedo pasar?

—Sí, entra.

Su cuarto sigue igual o más desordenado que cuando lo visitó el día anterior por la tarde y la maleta continúa llena de ropa. Toni está cabizbajo y se frota los ojos con las manos como si hubiese llorado. La chica se da cuenta de ello, aunque no se atreve a preguntarle por la razón.

—Algunos de los chicos y yo vamos a jugar al póker dentro de un rato. A algo a lo que llaman Texas Hold'em. ¿Te animas?

—No me apetece. Gracias.

—Venga, Toni. No puedes pasarte el día solo, encerrado aquí dentro.

—No me encuentro muy bien. Me duele la cabeza.

—Eso es porque llevas todo el día metido en tu cuarto. No has ido a clase, ¿verdad?

—No. No he ido. Estaba cansado.

—Ayer tampoco fuiste, ¿me equivoco?

El valenciano menea la cabeza en un gesto de contrariedad y reconoce que todavía no ha pisado la universidad.

—La semana que viene empezaré a ir. Estos días solo son de presentación de asignaturas y de profesores.

—Bueno, no voy a entrar en eso. Es cosa tuya.

—¿Cómo sabes que no he ido a la facultad?

—Porque no soy tonta, Toni. Pero ya te digo que en eso no me voy a meter. No es asunto mío. Además, tienes razón. Estos primeros días no son los más importantes.

El joven resopla y se sienta encima de la cama. Allí tiene el portátil, que revisa una vez más. Pero no hay novedades. Desde que Lauren se despidió, no ha vuelto a saber de ella. Ya ni siquiera le puede dejar mensajes privados en Twitter porque ella ha dejado de seguirle.

—No sé jugar al póker —confiesa.

—Yo tampoco. Pero me van a enseñar. ¿Tú has oído hablar alguna vez de la escalera de color?

—Me suena.

—Pues ya sabes más que yo —comenta Nicole sonriente—. Deberías jugar con nosotros. Te distraerás de lo que sea que te preocupa ahora mismo.

—¿Tanto se nota que estoy preocupado?

—De aquí a Mestalla.

La respuesta de la chica le hace sonreír. Quizá deba pasar página e intentar olvidarse de Lauren para siempre. Es lo que parece que ha hecho ella, desaparecer para siempre.

Sin embargo, no es fácil dejar atrás algo que quieres tanto.

—¿Alguna vez te has enamorado de quien no debías?

—No sabes cuánto —responde Nicole recordando relaciones pasadas que no funcionaron.

—¿Y qué se hace cuando pasa eso?

—No tengo ni idea.

—Ya.

—¿Estás así por tu novia? ¿Te ha pasado algo con ella?

Su novia. Le hace gracia escuchar esa palabra y que supuestamente vaya asociada con el nombre de Lauren. ¿Qué era realmente ella para él? No era nada. Simplemente, un sueño inalcanzable. La chica imposible con la que jamás habría podido tener algo serio. Pero también la chica a la que tanto le costará olvidar.

—Mejor no hablemos de ella. ¿A qué hora habéis quedado para jugar al póker?

—A las diez, en la habitación de Julen.

—Allí estaré.

—¡Muy bien! ¡Aprenderemos a jugar al Texas Hold'em ese y celebraremos juntos muchas escaleras de color!

Sabe que aquello no le consolará, pero al menos tendrá la cabeza en otro sitio durante un buen rato. Lo mismo piensa Nicole, que, antes de despedirse de Toni, le dice que la tiene por allí para lo que necesite. Intuye que su novia y él lo han dejado. Si es así, el comienzo de la universidad será muy duro para su amigo y no le extrañaría que siguiera faltando a clase. Un desamor es de las cosas más difíciles que tienes que soportar en la vida. Pero ¿quién no ha pasado por eso alguna vez?

Cuando abandona el cuarto del valenciano, se encuentra con un pasillo vacío y en completo silencio. Todos han regresado a sus habitaciones. Sigilosamente, se acerca hasta la puerta de la 1153 y pega la oreja. No oye nada. Eso la tranquiliza y le permite respirar algo más tranquila.

Sin embargo, cuando está a punto de regresar a su habitación, el mismo ruido que la alertó antes, desde la habitación de Elena, se reproduce otra vez en el cuarto de Ainhoa. En esta ocasión, con menos fuerza e intensidad. Es como si su amiga tratase de ocultar lo que está haciendo.

Nicole se lamenta y sabe que aquello solo puede significar una cosa. Lo sabe muy bien porque ella vivió la misma situación hace unos años. Una situación que nunca podrá olvidar y a la que pensaba que jamás tendría que volver a enfrentarse.

CAPÍTULO 42

—¿Me puedes pasar la sal?

—¡Vaya! ¡Si hablas! Pensaba que nunca más volvería a escuchar tu preciosa voz.

—Y yo pensaba que no podías ser más capullo, pero hoy te has superado.

—Solo ha sido un beso. ¿Tú sabes la cantidad de besos que se dan en el mundo cada segundo del día?

A Elena le entran ganas de tirarle a la cabeza el plato de ensalada César que se está comiendo. No le hace ninguna gracia lo que ha pasado. Aquel beso que le robó en el Starbucks ¡era su primer beso! Por lo menos el primer beso que recuerda. No cuentan los de la guardería que supuestamente se dio con su amigo Álvaro Ruiz Cadenas.

—Me da igual. No tenías ningún derecho a hacerlo.

—Si lo estabas deseando. Te lo veía en los ojos.

—Manu, te lo digo en serio. Si sigues soltando esas estupideces, me levanto y me voy. Si sales con un estúpido, corres el riesgo de convertirte en una estúpida. Eso me lo dijo una buena amiga una vez. Y yo no quiero seguir corriendo ese riesgo.

—¿Tú me ves así? ¿Como alguien que no para de decir estupideces?

—Exactamente así.

Si es que no sabe qué está haciendo allí. Tendría que haberse vuelto a la residencia en cuanto le dio la bofetada. También era la primera vez que le pegaba un tortazo a un chico. ¡Pero él se lo había buscado!

—Muy bien, muy bien. Ya paro. Pero ¿es que el beso no te ha gustado ni un poquito?

—¡No! ¡Nada! ¡Tú no tendrías que haber sido el primer tío que me diera un beso! Me has fastidiado la vida.

—Y luego dicen que los andaluces somos exagerados.

—¿Crees que estoy exagerando? ¡Me has besado! ¡No estamos hablando de trampas jugando al parchís ni de que te hayas olvidado de felicitarme el cumpleaños! ¡Ha sido mi primer beso! ¡Si he sentido hasta tu lengua dentro de mi boca!

—Es lo que pretendía. Mi lengua es famosa en Málaga y aspira a ser conocida en otras ciudades.

—Eres gilipollas.

—Al menos, el restaurante al que te he traído es bueno, ¿no?

Otra vez burlándose de ella. ¡No lo soporta! Aunque es cierto: aquel restaurante al que han ido, cerca de la Puerta de Alcalá, está bien. De eso no puede quejarse. Es con lo único que está conforme. Su ensalada está riquísima. Y el lenguado que se está comiendo Manu tiene una pinta extraordinaria. Y no le va a salir barato.

Durante casi dos horas estuvieron caminando por Madrid, sin rumbo fijo, y sin prácticamente hablarse. ¡Incluso llegaron andando hasta el Retiro! Estando allí, la llamó su hermana, con la que estuvo charlando más de veinte minutos por teléfono. La notó rara, excesivamente feliz. Entonces se preguntó si David tenía que ver con esa sospechosa alegría de Marta. Otra vez, el sevillano en su cabeza. ¡Y no! Contar hasta cien, o hasta mil... Esa fue una de las razones por las que siguió con Manu y no regresó después de que el malagueño la besara: para no pensar en él.

—A ti no te han enseñado a comportarte como una persona normal, ¿verdad?

—Ya te dije antes que mis padres pasan mucho tiempo fuera de casa. No les da mucho tiempo a estar conmigo.

—¿Y quién te cuidaba cuando eras pequeño? Porque no lo hizo muy bien.

—Cuando era pequeño se quedaba conmigo mi abuela, hasta que murió. Luego, yo mismo he cuidado de mí.

La respuesta de Manu provoca que a la joven le sepa mal haberle hecho una pregunta como esa. Quizá se está precipitando. No puede ponerse a su altura.

—Lo siento. Por lo de tu abuela, digo.

—Está superado, no te preocupes. Hace mucho tiempo de eso —contesta el chico, aparentemente tranquilo.

En realidad, no hace tanto que murió su abuela. Ni tres años. Y para él resultó más traumático de lo que da a entender. La quería como a una madre, y perderla fue el golpe más duro de su vida. A partir de ahí, llegaron otros problemas.

Después de aquello, el tono de la conversación entre Elena y Manu no vuelve a ser el mismo durante el resto de la cena. Él se olvida de sus bromas y ella solo habla en contadas ocasiones. El postre es menos dulce de lo esperado. Y eso que la tarta *sacher* que comparten no está falta de azúcar ni de chocolate.

—Voy al baño un segundo. Aunque tengas la tentación, no te vayas —le pide el malagueño con una sonrisa que a ella le parece algo forzada.

—Ya que he llegado hasta aquí, no me voy a ir ahora. Te esperaré.

La joven le dedica media sonrisa y observa como el joven se levanta y se aleja de la mesa. Está segura de que el comentario y el recuerdo de su abuela le han afectado. Y se siente culpable por ello. A pesar de lo que le ha hecho, Manu le parece un buen tío. Un chulo, prepotente, descarado, inaguantable e insoportable buen tío. Cuando regrese le pedirá otra vez disculpas.

Mientras espera a Manu, suena su teléfono. ¡Es David! ¿Qué hace? ¿Qué demonios se supone que tiene que hacer? ¡Si está intentando olvidarse de él! ¿Para qué la llama? ¿Lo coge o no lo coge? No sabe de él desde hace muchas horas...

No puede resistirse y responde:

—¡Hola! ¿Qué tal? —contesta quizá en un tono demasiado alto. ¡Se ha puesto muy nerviosa de repente!

—Hola, ¿cómo va la cena?

—Bien, muy bien. Perfectamente. Esperando a Manu.

—¿No está ahí contigo?

—Ha ido un momento al baño. No tardará en regresar.

—Ah, vale —dice David, algo sorprendido por el entusiasmo con el que habla la chica—. Te llamaba por si necesitabas que te echara un cable y querías desconectar un rato de Manu. Algunas veces puede resultar algo pesado.

—Muchas gracias. Pero no hacía falta. Se está portando bien.

—Eso sí que es una sorpresa. Aunque mejor así.

—Sí, mejor.

La chica elude hablar del beso que ha recibido, del tiempo que se han pasado sin hablar, de aquellas estúpidas bromas continuas...

—Me alegro de que lo estés pasando bien. Yo ya estoy en la residencia. Ahora iré a cenar.

—¿Qué tal lo has pasado con tus amigos de Sevilla?

—No ha estado mal.

Tampoco él le cuenta la verdad. Guardará el secreto de que ha pasado parte del día con su hermana, beso en Atocha incluido.

—Genial entonces.

—Ahora vais a tomar algo, ¿verdad?

—Creo que sí. Aunque no quiero volver muy tarde a la residencia. Estoy cansada.

—Yo también. Me iré a dormir pronto.

En ese instante, Elena atisba como Manu sale del baño y está a punto de atravesar el restaurante para volver a la mesa.

—Oye, te dejo, que el malagueño ya está aquí.

—Vale, pasadlo bien. Ya nos vemos mañana. Adiós, Elena.

—Hasta mañana, David.

Cuelga primero ella y se queda con una sensación muy rara tras la despedida. La sensación de que, haga lo que haga, aquel chico y todo lo que está relacionado con él van a perseguirle a lo largo del curso. Aunque trate de hacer otras cosas, aunque trate de estar con otras personas. Aunque cuente hasta cien o cuente hasta mil. Los diferentes caminos que recorren sus sentimientos llevan siempre a David.

Y no puede ser. No puede enamorarse.

—Bueno, ya estoy listo. ¿Nos vamos? —le pregunta Manu, que no la ha visto hablar por el móvil.

—¿Has pagado?

—No. He pensado que podríamos hacer un *simpa*.

—¡Estás loco! Ni de coña.

El joven se ríe y saca una tarjeta de crédito de su cartera. Llama al camarero y pide la cuenta.

—Tranquila, me gusta vivir al límite, pero no tanto.

—Después de lo de la piscina, de ti me espero cualquier cosa.

—Qué poquito me conoces, toledana.

—Lo suficiente, malagueño. Lo suficiente.

La pareja paga y sale del restaurante. Son más de las diez de la noche. Hace un poco de fresco y eso obliga a Elena a refugiarse en su chaqueta beis. Se alegra de haberla cogido. Manu vuelve a gastarle alguna broma, aunque menos pesada de lo habitual. Parece que ha recobrado el buen humor y su carácter jocoso.

—Oye, perdona otra vez por lo que te dije antes —dice Elena aprovechando la vuelta a la normalidad.

—No tengo nada que perdonar. Olvídalo. ¡Ahora hay que divertirse! ¿Adónde vamos?

—No tengo ni idea.

Como ninguno de los dos conoce la noche madrileña, optan por entrar en el primer *pub* que ven abierto. Una vez dentro, descubren que son los únicos clientes. Se encuentran completamente solos. Pero el sitio les gusta, a pesar de que la música está demasiado alta. Así que deciden quedarse.

—¿Una cerveza? —grita Manu.

—No suelo tomar cerveza.

—Hay muchas cosas que no solías hacer antes y que vas a empezar a hacer aquí. Te pido una Heineken.

Elena no le dice ni que sí ni que no. No le da tiempo. Manu se dirige al mostrador y le pide a la camarera dos Heineken bien frías. Esta le sonríe y solicita primero su carné de identidad. El malagueño se lo enseña y enseguida recibe sus dos cervezas frías.

—¿Te ha pedido el DNI?

—Sí. Pero se lo perdono. ¿Has visto lo buena que está? —le dice chocando su botellín con el de ella—. Aunque tú estás mejor. Mucho mejor.

—No empieces.

—Lo sé. No quieres que diga estupideces. Pero, al menos en este caso, solo digo la verdad. Y tú lo sabes. De las chicas que he visto en la residencia, no hay ninguna más guapa y con mejor cuerpo que mi amiga de Toledo.

—A ver si al final el que se va a enamorar vas a ser tú.

—¿Yo? ¡Cuando el Coyote coja al Correcaminos!

—¡No seas copión!

Los dos ríen, vuelven a brindar con sus botellines y continúan hablando de ellos. Sin profundizar, tal vez con algo de frivolidad. A lo mejor llevados por la soltura que da una segunda cerveza.

Poco a poco, el local se va llenando; en cambio, ellos sienten como si nada hubiera cambiado, como si siguieran solos.

—¿Por qué me has besado antes? —le pregunta Elena, que nota como el alcohol se le ha subido un poco con la tercera cerveza.

—Me apetecía. Tienes unos labios bonitos.

—Mis labios son normales. Como los de cualquier chica.

—No hay nada en ti que sea normal.

—Este truco para ligar es muy malo, Manu. Demasiado empalagoso. Cambia un poco la estrategia.

El malagueño hace como que piensa, le pega un trago a su cerveza y la mira fijamente a los ojos.

—Tienes el mejor culo de todas las tías de la Benjamin Franklin. ¿Mejor?

—No tienes remedio. Pero tampoco lo vas a conseguir así. Las tías que te has ligado debían de ser muy tontas para engañarlas con esos trucos tan baratos.

—Bueno, pruebo otra cosa. A ver si...

Pero, en ese instante, una canción provoca que los dos se queden callados y sorprendidos al escucharla.

—¡Esta es la que estaba tocando la chica del saxofón! ¡La de Katy Perry!

—¡No es de Katy Perry! ¡Es de Kesha! —le grita Manu en el oído.

—¡Tío! ¡Que este tema es de Katy! ¡Lo he escuchado mil veces!

—¡No! No sabes nada de música. La que canta es Kesha —vuelve a exclamar, muy cerca de ella—. De todas formas, ¿qué te parece si la hacemos nuestra canción?

—¿Cómo vamos a tener nosotros una canción? ¡Si no somos pareja! Solo las parejas tienen canciones.

—¡Me da lo mismo! Quiero que este tema de Kesha se convierta en nuestra canción.

—¡Estás muy mal de la cabeza!

—Será el efecto de la cerveza.

—¡No le eches la culpa a la cerveza! Tú eres siempre así.

—Es verdad. Soy así. Y no creo que pueda cambiar.

Y, cogiéndola de improviso, la besa de nuevo en los labios. En cambio, en esta ocasión, Elena no se aparta ni le da una bofetada en la cara. La joven cierra los ojos y el beso se prolonga mientras suena *This is how we do,* de Katy Perry.

CAPÍTULO 43

Echa un último vistazo a Twitter antes de salir de la habitación. Nicole le ha convencido para que juegue al póker con ellos y se olvide un poco de sus problemas. No la conoce demasiado, pero se nota que es una gran chica. Y pensar que han vivido tanto tiempo tan cerca el uno del otro en Valencia... Seguro que se han cruzado decenas de veces. La vida está llena de casualidades. Si se hubiera enamorado de alguien como ella, todo sería más sencillo. Toni tiene asumido que será difícil volver a hablar con Lauren, por mucho que le duela. Pero no puede evitar entrar en su cuenta para comprobar si ha escrito algo nuevo. Y así es. Sin embargo, lo que se encuentra en esta ocasión no le gusta nada. Son tres tuits seguidos; el último, de hace cuatro minutos.

«No puedo más. Todo tiene un límite».

«He dado todo lo que he podido, pero eso no es suficiente. Esta vida no está hecha para mí».

«Sin mí, todo será más fácil. Algunos se alegrarán de esto. Me voy para siempre. No me busquéis. Adiós».

¿Aquello significa que se marcha de las redes sociales para siempre? Es la impresión que le da. Aunque los motivos no están claros. No comprende de qué límite habla o por qué dice que sin ella todo será más fácil. ¿Son mensajes dirigidos a él? No lo parece. Por lo menos, no del todo. Algo más ha tenido que pasar para que Lauren haya dado aquel paso. Y necesita averiguarlo.

Comienza por leer los tuits que la chica ha recibido de otros usuarios respondiendo a lo que acaba de poner. Se sorprende al descubrir a varios de ellos atacándola. Algunos incluso le escriben para decirle que ya era hora de que decidiera largarse y dejarlos en paz. No sospechaba que pudiera tener tantas cuentas enemigas ni que la odiaran. Nunca le habló de eso. Además, salvo el incidente con Sonia, no había leído ninguna confrontación con ningún usuario en Twitter. Alguna pequeña discusión como máximo, sin mayor importancia, típica de las redes sociales.

¿Es ese el motivo por el que se ha marchado? ¿Los *haters* que tenía y a los que parecía ignorar?

Es muy extraño, como todo lo que la rodea.

Toni empieza entonces a examinar las cuentas de las personas que critican a la chica. Algunas parece que se han creado solo para eso. Son usuarios con pocos *followers* y diez o quince tuits que únicamente escriben para insultar a Lauren.

Está tan metido en aquella historia que el sonido de su móvil hace que pegue un respingo. Pulsa el botoncito verde de su *smartphone* y responde.

—Dime, Nicole.

—¿Toni? ¿Vas a venir? Te estamos esperando para empezar a jugar —le indica la peruana.

—Es verdad. Se me había pasado, perdona.

—Date prisa, que están a punto de explicarme lo que es una escalera de color.

—Verás..., me ha surgido algo importante. Empezad sin mí. Yo voy luego.

—¿Luego? ¿Cuándo?

—No sé, más tarde —comenta el valenciano, impaciente por continuar investigando—. De verdad, Nicole, no te preocupes por mí. Pasadlo bien.

Y cuelga sin tan siquiera dejar que la chica se despida. Al instante, Toni se da cuenta de que quizá ha sido algo brusco. Luego le pedirá perdón, pero ahora tiene que continuar con sus pesquisas.

Pasa más de una hora analizando cuentas y usuarios relacionados con Lauren. Ella no ha vuelto a escribir. En cambio, sus *followers* le ruegan continuamente que no se vaya y sus *haters* siguen mostrando, inmisericordes, una gran felicidad por su marcha.

Todo parece desarrollarse dentro de la misma dinámica entre los dos bandos hasta que, a las 23:07, aparece un tuit que deja helado a Toni y al resto de los amigos de la chica. Es de Dafne-Sonia:

> «Acabo de hablar con el padre de @Lauren_CFDaniM y me ha pedido que os diga que su hija se ha suicidado. No puedo dejar de llorar #RIPLauren».

—No puede ser. No puede ser verdad —susurra repetidamente Toni, atónito tras leer más de veinte veces aquel tuit.

Tarda en reaccionar. Su cuerpo está frío como un témpano de hielo y ni tan siquiera puede llorar. Aquello tiene que ser una broma. Un error. Una pesadilla. Pero está despierto, con los ojos rojísimos, aunque muy abiertos. No está soñando.

Mientras el tuit de Sonia sobre el suicidio de Lauren empieza a acumular interacciones y retuits, piensa que lo mejor es hablar con ella para ver qué ha pasado y cómo ha conseguido contactar con el padre de la joven. Entra en el perfil de Dafne y, cuando va a enviarle un mensaje directo, descubre que ya no le sigue. Así que no le es posible mandarle ningún privado.

No lo comprende. ¿Por qué le ha eliminado de sus *followers*? Tampoco está conectada a Skype. Es increíble. Se ha quedado sin posibilidades de hablar directamente con ella. Eso le agobia y le desespera. Mucho, muchísimo.

No puede más.

Toni se levanta y va al cuarto de baño. Se mira en el espejo y se golpea la cabeza rapada con los puños. Repetidamente. Hasta se hace una pequeña herida, que empieza a sangrar aparatosamente. Comprende que debe calmarse o la noche no acabará bien para él. La historia de Lauren le está volviendo loco. ¡No puede ser que se haya quitado la vida! ¡Se niega a creerlo!

Cuando se cura la herida con agua y un poco de papel higiénico, regresa frente al portátil. No puede creer lo que ve. #RIPLauren se ha convertido en *trending topic* en Twitter. El supuesto suicidio de la chica se ha hecho viral y todo el mundo lo está comentando en sus cuentas.

Lee algunos de los comentarios que la gente escribe con aquel *hashtag*. La mayoría piensa que aquello ha sido consecuencia de una guerra de *fandoms* y que la chica no ha podido aguantar más la presión. Se inician infinidad de debates y acusaciones de todo tipo, y aparecen opiniones sin ningún rigor y sin sentido alguno. Toni ya no sabe qué creer ni qué pensar.

Pasadas las doce de la noche, el *hashtag* #RIPLauren ocupa el primer puesto entre los TT nacionales y también es tendencia mundial.

¿Hasta dónde va a llegar aquella locura?

Sonia no ha vuelto a decir nada más. No responde a los muchos que le preguntan, ni desmiente a los que la acusan de haberse inventado aquella historia. Se ha evaporado de las redes sociales. Y eso hace sospechar a Toni. Es muy raro que, después de la pelea que protagonizaron la noche anterior, sea ella, precisamente, la que haya comunicado aquella horrible noticia. No tiene mucho sentido. Tampoco tiene sentido que ya no le siga a él. La última conversación que mantuvieron entre ellos por la mañana no acabó mal. ¿O es que habían vuelto a hablar Lauren y ella después?

La cuestión es que no va a encontrar respuestas para tantas preguntas porque no hay nadie que pueda aclararle la verdad.

O se toma una pastilla o la cabeza le va a estallar. Le duele muchísimo. Se pone una gorra para que nadie descubra la herida que se ha hecho y sale precipitadamente de la habitación. En recepción le dan una aspirina. Después acude a la sala de las máquinas expendedoras y compra una botella de agua mineral para poder tragar la pastilla. No regresa inmediatamente a su habitación, sino que se sienta en el suelo de aquel cuarto e intenta ordenar sus ideas. Le cuesta pensar y, cada vez que recuerda lo que ha pasado con Lauren, siente una inmensa angustia. No sospechaba que estuviera tan mal como para hacer lo que ha hecho. ¿Cómo no se dio cuenta?

Pasan quince minutos y permanece allí sentado, analizándolo todo, preguntándose mil cosas que no llega a comprender. Le da miedo volver a su habitación y ver que todo sigue igual.

—¡Eh, tío! ¿Qué haces aquí?

El que ha entrado en la sala de las máquinas y se dirige a él es David. Toni le sonríe a duras penas y bebe un trago de agua antes de hablar.

—Pues no lo sé muy bien.

—¿Te ha pasado algo?

—Bueno. Me duele bastante la cabeza —responde el valenciano, que opta por no contarle lo que le sucede.

—A mí también me duele un poco. Debe de ser cosa del clima de Madrid.

El sevillano saca una Coca-Cola de una de las máquinas y se sienta en el suelo a su lado tras pedirle permiso para hacerlo.

—¿Tú no juegas al póker? —le pregunta Toni, que agradece en ese momento algo de compañía sin interrogatorio.

—¿Qué póker?

—Algunos de nuestro pasillo están en la habitación de Julen jugando al póker. Creía que estabas con ellos.

—¡Ah! No lo sabía. No he hablado con nadie. Yo he pasado el día en el centro, y cuando he regresado, he cenado y me he ido a dar un paseo.

—¿Te has ido a dar un paseo tú solo?

—Sí, a veces me gusta estar solo para pensar. Estar aquí, rodeado todo el tiempo de tanta gente, a veces te hace perder de vista la realidad.

Toni reflexiona sobre lo que David le dice. Él también siente que la realidad de su vida en ese momento se encuentra distorsionada. ¿Qué es auténtico y qué no? No sabría ni podría asegurarlo.

—No es fácil estar siempre feliz, ¿verdad?

—Eso es imposible, Toni. A no ser que te llames Nicole y tengas un espíritu positivo casi infinito. Aunque no creo que ni ella sea todo el tiempo feliz.

El valenciano sonríe cuando su amigo menciona a la peruana. Es verdad, ella, pese a todo lo que ha sufrido en su vida, es la persona más positiva que conoce.

Los dos se quedan en silencio durante unos segundos. David se termina el refresco y se pone de pie. Le ofrece su mano para ayudarle a levantarse, pero Toni le indica que se va a quedar allí sentado un poco más.

—No te vayas a dormir muy tarde o mañana no te levantarás para el desayuno. Me han dicho que los sábados ponen chocolate con churros.

—No lo sabía. Intentaré despertarme pronto entonces.

Los chicos se despiden y Toni se queda otra vez solo. Aquel sevillano le parece un tipo de confianza. Pero es pronto para abrirse a alguien y revelarle lo que ha pasado esa noche.

El dolor de cabeza mengua y se va encontrando algo más tranquilo. Y aunque el miedo no desaparece, entiende que va siendo hora de afrontarlo cara a cara.

Se incorpora y regresa a su cuarto. De fondo, desde la puerta de la 1154, escucha a sus compañeros de pasillo, que continúan reunidos en la habitación de Julen. Aquella no es su fiesta, aunque le gustaría integrarse pronto en aquel grupo de chicos.

Sin embargo, su guerra está esperándolo ahora delante de la pantalla de su ordenador.

CAPÍTULO 44

—¿Qué hacemos? ¿Esperamos a Toni?

—No. Me ha dicho que empecemos a jugar sin él. Dentro de un rato vendrá —le responde Nicole a Óscar un tanto decepcionada.

Ni tan siquiera ha podido decirle adiós. Ha colgado muy deprisa. Según le ha contado por teléfono, le ha surgido algo muy importante. Le preocupa aquel chico aunque no se conozcan desde hace mucho. Espera que haya dicho la verdad y se reúna luego con ellos. Le vendría bien para despejarse.

—Bueno, pues empezamos ya —comenta el vallisoletano, que tiene su móvil en la mano—. Nicole, te voy a pasar un *link* en el que está muy bien explicada la escala de jugadas en el póker. Así, si tienes cualquier duda, puedes consultarlo.

El joven le envía por WhatsApp el enlace de la página ilustrativa. Luego vuelve a explicar cómo se juega al Texas Hold'em y la variación que harán para no apostar dinero. Cada cinco partidas, el que más puntos en fichas tenga en su poder le hará una pregunta, algo comprometida, al que menos tenga acumuladas.

—Es muy fácil. Pero si alguien tiene alguna duda durante el juego, que lo diga.

Y los cinco comienzan a jugar. Se reparten veinte fichas, de diferentes valores y colores, a cada jugador. Las fichas amarillas valen un punto, las rojas cinco, las azules diez y las negras veinte. Eligen que el primero que dará las cartas será Julen. Este entrega dos cartas a cada uno después de que todos pongan sobre la mesa una ficha amarilla, equivalente a un punto.

—¿Para qué hemos puesto la ficha amarilla? —pregunta Nicole a Óscar, todavía muy confusa.

—Para empezar a jugar. Se hace siempre antes de cada partida, para que se acumulen fichas en el bote. Es como un pago por participar. El que gane la mano se las llevará junto con las fichas que se apuesten. ¿Entiendes? Es muy fácil.

—Entiendo. Hasta aquí por lo menos.

La joven suelta una carcajada y revisa las dos cartas que Julen le ha dado: la reina de corazones y el ocho de picas. El navarro coloca encima de la mesa las tres primeras cartas con las que cada jugador deberá combinar las suyas: la reina de picas, el tres de corazones y el nueve de diamantes. La primera en hablar es Iria, que pasa.

—¿Qué significa eso de que pasa? —vuelve a preguntar la peruana.

—Que tengo unas cartas horribles —se queja la gallega.

Ainhoa también pasa, pero cuando le llega el turno a Óscar, apuesta tres fichas rojas, que equivalen a quince puntos.

—¿Y ahora?

—Si quieres seguir jugando, debes poner otras tres fichas rojas o más —le indica el joven a Nicole—. Si crees que no tienes posibilidades de ganar o no quieres ir de farol, te retiras y esperas a la siguiente partida.

La peruana consulta la tabla de jugadas en el *link* que le ha pasado Óscar y opta por continuar jugando, así que suelta otras tres fichas rojas.

También lo ve Julen, que continúa en la partida. Ainhoa e Iria son las primeras en retirarse.

—Bien, quedamos solo nosotros tres —señala el navarro, que deposita una cuarta carta sobre la mesa: el cinco de tréboles.

Óscar pone una ficha azul, que son diez puntos más. La chica peruana se aferra a sus cartas y responde con otra azul a la jugada del vallisoletano. Julen se retira.

—Bueno, esto va a ser un duelo entre dos. ¿Quién ganará?

Julen levanta la carta que está encima de la baraja e introduce en el juego a la reina de tréboles. Óscar se queda pensativo y mira a Nicole; esta sonríe.

—¿No tendrás la suerte de los principiantes y llevarás una reina? —piensa en voz alta el chico mientras se acaricia la barbilla.

—¡Ah! Eso no te lo puedo decir, amigo —responde ella saboreando el poder de su reina de corazones.

—Sería mucha suerte que en la primera partida de tu vida ganes con un trío de reinas. No sé...

—¿Qué haces? ¿Apuestas? —le pregunta la peruana un poco ansiosa.

—Venga, sí. Apuesto. Una ficha azul y una roja.

—Eso son quince puntos, ¿no?

—Exacto. Te toca. ¿Qué haces? ¿Lo ves?

Nicole no espera más e iguala la apuesta de Óscar. Pone sus cartas sobre la mesa y se las enseña al resto.

—¡Esto es un trío de reinas! ¿Verdad? —pregunta eufórica.

—¡Sí! ¡Es un trío de reinas! —exclama Iria casi al unísono que Ainhoa.

—Entonces, ¿he ganado?

Óscar sonríe sin revelar todavía su jugada. Coloca las cartas bocabajo encima de la mesa y levanta primero el nueve de tréboles. Acto seguido, ante la expectación del resto, enseña la segunda carta: la reina de diamantes.

—¡*Full* de reinas y nueves! ¡Te gano! —grita el joven barriendo hacia sí las fichas que se han acumulado en el bote.

—¿He perdido? —pregunta Nicole mientras revisa la tabla de jugadas en su teléfono—. ¡He perdido!

Los otros cuatro ríen cuando la chica se tapa la cara con las manos, lamentándose y quejándose a Óscar por haberla engañado con sus palabras.

—Así es el póker. Es tan importante la mano que lleves como la que consigas hacer creer a tu adversario que llevas.

—Lo tendré en cuenta. Y aunque haya perdido, me gusta este juego. ¿Quién reparte las cartas ahora?

—Da Iria.

La segunda partida la gana Julen, que repite en la tercera. La cuarta es para Ainhoa y en la quinta vence otra vez Óscar. Hacen el recuento y el vallisoletano es el que más puntos tiene. La que menos, Nicole.

—Me toca hacerte una pregunta —le anuncia el vencedor de la primera ronda de partidas a la peruana.

—No seas muy malo conmigo, por favor.

—Por ser la primera, y ya que tú eres una novata en el póker, voy a intentar portarme bien.

—Gracias. A ver, ¿qué quieres saber?

—Mi pregunta es... ¿Alguna vez te has fumado un porro?

—¿Marihuana? ¡No! —responde Nicole riéndose—. Ni siquiera he probado el tabaco normal. Odio el humo. ¿Tú sí has fumado porros?

—La que tenía que responder eras tú, no yo. Siguiente ronda; empezamos todos desde cero. ¡Julen, repartes!

En la siguiente tanda de partidas, crece la competitividad entre los cinco chicos. Iria gana por primera vez y también lo hace Nicole, que se muestra exultante cuando en un mano a mano vence a Óscar. Sin embargo, es Julen el que más puntos en fichas acumula y Ainhoa la que menos. La canaria se pone un poco nerviosa cuando sabe que es la que ha perdido y debe responder a la pregunta que le haga el chico.

—¿Alguna vez has salido a la calle sin ropa interior?

—¿Perdona? ¿Tengo que contestar a eso? ¡Es muy personal!

—No es para tanto. Saldrán cosas peores —señala Óscar sonriente. Aquella chica le cae bien desde la primera vez que habló con ella.

Los cuatro esperan curiosos la respuesta de Ainhoa, que mueve la cabeza de un lado para otro.

—Sí —indica por fin la chica, avergonzada—. ¡Pero muy pocas veces! ¡Tres o cuatro solo!

Todos se ríen, menos la canaria, que siente como le arden las mejillas tras contestar a la pregunta de Julen.

Y la timba de Texas Hold'em Secreto continúa en la habitación 1158.

—¿Qué ha sido lo más loco que has hecho por una pareja? —le pregunta Iria a Óscar.

Por una escasa ventaja, la gallega se ha impuesto en la tercera ronda a la canaria, que se ha esforzado lo indecible para intentar ganar al ver que el de Valladolid iba a ser el perdedor en esa ocasión.

—Hice muchas locuras por mi última pareja, mi ex. Estaba muy enamorado —admite el chico poniéndose algo más serio—. Pero lo más loco que hice por ella fue... regalarle un viaje en globo y subirme en él para decirle que la quería. A Naiara le hacía mucha ilusión, pero a mí me dan miedo las alturas. Lo pasé muy mal, aunque ella fue feliz.

—¿Y qué te pasó con ella? —insiste Iria mientras se reparten de nuevo las fichas.

—Se lio con otro. Su exnovio. Pasó hace solo tres meses.

—Vaya, lo siento.

—Gracias, Ainhoa, no pasa nada. Eso me dio el empujón definitivo para dar el paso y cambiar de carrera y de ciudad. A lo mejor, si Nai no me hubiera engañado, no estaría aquí con vosotros.

Los otros chicos contemplan a Óscar con cierta pena. Pero este no les permite que se compadezcan de él y los anima a iniciar una nueva ronda.

En esta ocasión, el vencedor de nuevo es Julen. Y la que ha perdido, otra vez Nicole. La peruana se lamenta por su mala suerte, aunque reconoce con deportividad su derrota.

—Bueno, otra vez me toca a mí. Pregunta.

—Quiero saber... ¿Cuál es el sitio más raro donde lo has hecho?

—¡No vale! ¡Esta pregunta no vale!

—Sí que vale. Y debes responder con total sinceridad.

Nicole se frota los ojos y luego se toca las mejillas, que están muy calientes. Duda un instante, pero finalmente contesta.

—En la arena de la playa de la Malvarrosa, en Valencia, por la noche.

Todos la vitorean y aplauden. La chica explica que no es de sitios raros ni de hacer ese tipo de cosas en público, pero que esa noche de verano surgió con su novio de entonces y no se arrepiente. Aunque no duró mucho por las prisas del momento y el miedo a que los fueran a pillar.

—Esto cada vez se pone más interesante —señala Óscar mientras le pasa la baraja de cartas a Julen para que comience una nueva ronda.

El navarro pierde casi todas sus fichas en la segunda de las partidas en un pique con Iria. Ella, precisamente, es la que gana. Y la que le tiene que interrogar a él.

—A ver, una dificililla. Julen, ¿alguna vez has besado... a un tío? ¡Y hay que decir la verdad!

A Julen le sorprende la pregunta de su amiga gallega. A su cabeza acude rápidamente aquella noche extraña después de los exámenes. Aquel cuarto de baño en el *pub* de Pamplona al que fueron y aquellos besos repletos de intensidad. Cuando se despertó en la cama de su compañera de clase Leyre, no recordaba casi nada. Sin embargo, con el paso de los días, un rostro apareció en su mente, con tanta claridad, con tanta nitidez, como para darse cuenta de que todo aquello no había sido un sueño. La persona con la que se había liado en el *pub* era Imanol, su profesor de Inglés en el instituto.

—No, nunca he besado a un tío.

CAPÍTULO 45

A la una de la madrugada, Elena y Manu llegan a la residencia. No van de la mano, ni abrazados. No son pareja, aunque ambos han disfrutado de una sesión intensa de besos en aquel local del centro de Madrid.

En la puerta de afuera, junto a la verja, la chica se detiene y mira muy seria a su acompañante.

—Como hemos acordado, ni una palabra a nadie de lo que ha pasado —le recuerda ella lo que han hablado por el camino.

—Tranquila, no diré nada. Aunque no sé por qué tienes tanto miedo a que alguien sepa que nos hemos enrollado.

—Eso es cosa mía.

—¿Tiene que ver con David?

—No, para nada —responde molesta—. ¿Tú crees que todo lo que hago en mi vida gira en torno al sevillano?

—Por lo que he comprobado esta noche, está claro que no.

—No seas capullo. Lo de esta noche ha sido... un accidente.

—¿Un accidente? ¿Así lo ves tú?

—¿Cómo quieres que lo vea? Es algo que no tenía que haber pasado.

Manu se ríe y continúa caminando. Cruza la puerta y se dirige hacia el edificio principal de la Benjamin Franklin. Elena acelera el paso para ponerse a su altura.

—Un beso puede considerarse un accidente. Pero hemos estado más de una hora liándonos. Y esta vez no he sido yo solo el que ha jugado con la lengua.

—¡Calla! No me lo recuerdes.

—Tengo que reconocer que, para ser tu primera vez, besas como una auténtica especialista. Has aprendido muy deprisa.

—Te lo advierto: o te callas y dejas de comentar la jugada o terminas en el lago.

—Si te bañas conmigo, no me importaría.

—¡Te he dicho que pares!

Pero, en esta ocasión, la chica esboza media sonrisa cuando le recrimina. Está claro que Manu va a estar recordándole lo que ha pasado entre ellos toda la vida. Y no tiene excusa. Ni siquiera las cuatro cervezas que se ha tomado. Si se ha enrollado con él ha sido porque ella ha querido.

Tienen el edificio de la residencia justo enfrente, pero, en lugar de dirigirse a sus habitaciones, van a los banquitos junto a la cascada a petición de la chica.

—¿Quieres que sigamos aquí lo que hemos dejado de hacer en aquel *pub*? —le pregunta él cuando ya están sentados.

—No, no quiero seguir aquí nada de nada.

—Si prefieres ir a tu cuarto o al mío y que profundicemos algo más...

—Manu, ya. Para. Vamos a hablar en serio, por favor.

—Estaba hablando en serio.

—No me voy a acostar contigo. Que te quede claro.

—También decías que no ibas a salir por las noches, que no querías nada con ningún tío, que no...

—¡Vale! Lo he pillado. No soy una persona de palabra.

—No creo que eso sea así tampoco —indica el malagueño—. Simplemente, te has dejado llevar por lo que sentías. Justo lo que deberías hacer siempre.

—No me parece que liarme con un tío a los tres días de estar aquí esté muy acorde con lo que siento.

—Me gusta eso de «esté muy acorde». Hablas muy bien.

—No te burles más de mí, por favor.

—Es que me lo pones muy fácil —reconoce sonriente Manu—. Y además me gusta. Me divierte hacerlo.

La joven resopla e intenta no ponerse nerviosa. Es complicado porque aquel chico sabe cómo conseguir que se altere.

—Antes de entrar en la residencia, prométeme que no se lo vas a contar a nadie.

—¿Otra vez?

—Sí, Manu. Otra vez. No quiero que nadie se entere.

—Que sí, mujer. Que me lo guardaré para mí. No voy a presumir de que me he enrollado contigo delante de nadie.

—Prométela.

—Te lo prometo.

—Bien. Espero que seas un tío que cumple lo que promete.

—No deberías avergonzarte de haberte liado conmigo. Al contrario, eres una privilegiada. Has sido la primera con la que me he enrollado en Madrid. Considéralo un triunfo.

—¿Me van a dar una medalla?

—O una copa, ¿qué prefieres?

La chica sonríe y levanta su mirada hacia el cielo. Desde allí se ven más estrellas de las que se suelen apreciar en el resto de la ciudad. Es un cielo precioso, bastante luminoso. Un firmamento estrellado como único testigo de la promesa que Manu le ha hecho. No le queda más remedio que fiarse de él.

—¿Te vas?

—Sí, ¿no entras conmigo? —le pregunta el joven, que se ha incorporado—. Sigue en pie mi oferta para continuar haciendo más grande nuestro secreto en alguna de nuestras habitaciones.

—No, gracias. Me voy a quedar aquí sentada un poco más

—¿No quieres que me quede contigo?

—Prefiero estar sola un rato.

—Perfecto. Pero no le des demasiadas vueltas a lo que ha pasado.

—Las justas.

El joven sonríe y se inclina sobre ella para darle un beso en la cara. Elena se lo recrimina, aunque no le da mucha importancia y se lo toma como una broma más. Manu se despide dándole las buenas noches y se aleja de la cascada. La chica lo contempla hasta que desaparece completamente de su vista. La noche ahora es su única compañía.

Ya dentro del edificio, el malagueño saluda al bedel que está de guardia. Abre la puerta del pasillo 1B y se detiene delante de la habitación 1152. Llama y espera apoyado en la pared de enfrente. A los pocos segundos, David aparece.

—Ya estáis aquí —comenta el sevillano, algo sorprendido de ver a Manu—. ¿Qué tal lo habéis pasado?

—Mejor de lo esperado.

—Me alegro. ¿Dónde está Elena?

—Fuera. En la cascada.

—¿Se encuentra bien?

—Creo que sí. Perfectamente —indica el malagueño con una sonrisa que le delata—. Solo te quería dar las buenas noches y anunciarte el resultado que ahora luce en el marcador: Málaga dos, Sevilla cero.

—Gracias por la información. Pero yo soy del Betis.

Manu ríe y le da una palmadita en el hombro al otro chico antes de recorrer el tramo de pasillo que lleva hasta su habitación.

—¡Que descanses, bético! ¡Mañana nos vemos! —se despide mientras lo saluda con la mano desde el otro extremo.

David se queda pensativo durante un instante. Entra de nuevo en su cuarto y, tras ponerse una fina chaqueta de chándal por encima, se dirige hasta la cascada. Allí ve a Elena, sentada en uno de los banquitos, mirando hacia ninguna parte. Cuando se da cuenta de su presencia, da un brinco y sonríe con timidez. El chico se sienta a su lado y trata de comprobar a través de sus ojos lo que intuye que ha pasado entre ella y Manu esa noche. Sin embargo, la joven aparta la mirada hacia otro lado y se abraza a sí misma para protegerse de la ligera brisa que corre en ese momento.

—¿Cómo sabías que estaba aquí? —le pregunta sin querer mirarle a la cara.

—Me lo ha dicho Manu. Ha venido a mi cuarto.

Elena se sobresalta cuando le escucha decir que el malagueño ha ido a verle. ¿Le habrá contado algo?

—Es un pesado.

—Parecía muy contento.

—Ya sabes cómo es —indica la chica, preocupada por lo que le haya podido revelar—. Siempre está bromeando y metiéndose con la gente.

—Lo habéis pasado bien, ¿no?

—Bueno, normal. Starbucks, paseo, cena, unas cervezas...

—Una noche bastante completita.

—Supongo que sí.

El silencio se abre hueco en el banco, entre los dos, y provoca que Elena, incómoda, se levante. David la observa detenidamente. Es tan guapa como su hermana y tiene algo especial que la hace única. Pero sabe que otro ha logrado algo que ningún chico hasta el momento había conseguido. Está seguro de ello.

—Elena, me alegro de que Manu y tú lo hayáis pasado bien esta noche. Es bueno para ti que no solo pienses en estudiar.

—Bueno, cuando empiecen las clases en serio, tendré que ponerme las pilas.

—Hay tiempo para todo.

La joven de Toledo asiente y se da la vuelta. De momento solo ha tenido tiempo para enamorarse de uno y liarse con otro. Nada más y nada menos. En tres días de universidad. En tres días de su nueva vida.

Se suponía que estaba allí para estudiar...

—Hasta mañana, David —dice alejándose, algo abrumada por la situación.

—Hasta mañana, que duermas bien.

La despedida es muy fría y los dos se muestran demasiado distantes. Ambos lo saben. No han hablado de lo que ha pasado. Quizá porque ninguno de los dos necesita hacerlo. En realidad, solo son amigos. Solo amigos que acaban de conocerse.

CAPÍTULO 46

Son casi las dos de la mañana y algunos de los chicos del pasillo 1B continúan jugando al póker en la habitación de Julen. No están todos los que empezaron. Nicole se retiró hace un rato, muy cansada, con ganas de dormir. Pero los otros cuatro permanecen en la batalla de secretos y cartas.

El tono de las preguntas ha ido subiendo conforme la noche avanzaba. Además, ya no esperan a la quinta partida para finalizar una ronda. Han recortado a tres para hacerlo más interesante.

—¿En el sexo, te gusta llevar a ti la iniciativa o que la lleve tu pareja?

—Pues un poco de cada —le contesta Óscar a Ainhoa con naturalidad—. Depende del día y de la persona con la que lo hagas.

El sexo es el tema sobre el que más preguntas surgen. Al principio les costaba responder o lo hacían con bastante vergüenza. Sin embargo, cada vez están más desinhibidos. Han hablado sin pudor de sexo oral, masturbación o posturas preferidas.

—¿Le pondrías los cuernos a tu novio con alguien de la residencia? —le pregunta el de Valladolid a Iria.

—No. Nunca lo haría. Ni con alguien de la residencia ni con nadie de ninguna parte. Me sentiría fatal si engañara a Antón. No sería capaz de besar a otro chico.

Aquella pregunta le hace recordar a la gallega que su novio no le ha contestado al wasap que le envió hace un rato para preguntarle qué tal lo estaba pasando con sus amigos. Quizá no se haya llevado el móvil o lo tenga sin batería, ya que hace varias horas que no se conecta.

—Ojalá todas pensaran como tú —reflexiona Óscar acordándose de lo que le pasó a él con Naiara.

—No entiendo cómo una persona puede ser infiel.

—Ni yo, pero pasa demasiadas veces.

—Creo que si yo estuviera a punto de liarme con otro chico, al intentar besarle se me aparecería la cara de Antón y me echaría atrás.

Ainhoa y Julen asisten en silencio a la conversación que mantienen Iria y Óscar acerca de la infidelidad.

—Además, cuando alguien te engaña, te hace sentir culpable. Porque es como si no hubieras podido darle lo que otro le está dando.

—Creo que la mayoría de las veces es cuestión de sexo —apunta la gallega—. Un capricho o la tentación de probar otra cosa diferente.

—Ya. La mayoría de los cuernos no viene por amor, llega por un calentón.

—Estoy de acuerdo. En fin, no hablemos más del tema. ¿Reparto yo?

Julen asiente y le pasa la baraja a la gallega. La chica mezcla las cartas y le entrega dos a cada uno. Luego coloca otras tres bocarriba encima de la mesa. Comienza una nueva ronda al mejor de tres partidas.

La que acumula más puntos en fichas es la canaria; y el que menos, Óscar. Ainhoa sonríe cuando se dispone a preguntar.

—Me das miedo —dice el joven, que también parece disfrutar del momento—. Venga, dispara. ¿Qué está pasando por esa cabecita?

—Quiero saber cuál es tu récord.

—¿Mi récord en qué?

—¿Cuántas veces has conseguido llegar al final en una sola noche?

Óscar abre mucho los ojos, sorprendido por el atrevimiento de su amiga. Entre ellos se ha establecido una conexión especial. Esa especie de sintonía que solo encuentras con algunas personas. Los demás también se han dado cuenta.

—No las he contado —contesta el vallisoletano risueño.

—¡Eso no vale! ¿Cuántas?

—No sé, tres, cuatro... ¿Tal vez cinco?

—Si no lo sabes tú...

—Es que no quiero presumir de algo como eso —bromea Óscar barajando las cartas.

—¡Uh! Dime de lo que presumes y te diré de lo que careces.

—Bonito refrán. Pero en esta ocasión no se puede aplicar, ya que no he presumido de nada.

La chica ríe y recibe dos cartas de su amigo. Es la primera vez en toda la noche que le dan una pareja de ases en mano.

—Última ronda que juego —señala Iria bostezando—. Es hora de irse a la cama.

—Bien. Últimas tres partidas —anuncia Julen, que

no se siente del todo cómodo desde que le preguntaron si había besado a algún chico.

Ha mentido y es consciente de que ha hecho trampas en el juego. Es la única vez que no ha dicho la verdad, pero le ha condicionado para el resto de la noche. Sobre todo porque le ha recordado lo que pasó con su profesor de Inglés.

Si no llega a ser porque están en su habitación, hace tiempo que habría dejado la mesa. Pero no quería ser un aguafiestas y ha continuado jugando con los demás, tratando de disimular su malestar.

La partida de los dos ases de Ainhoa la gana ella con claridad, sin que nadie oponga resistencia. La segunda es para Iria. Y la tercera mano se la lleva de calle Óscar. Él es el ganador de la última ronda y Julen el que, bastante distraído en sus pensamientos, pierde. Le toca contestar a una pregunta del vallisoletano.

—La última de la noche —indica el ganador frotándose las manos—. A ver, Julen, si tuvieras que elegir a alguien del pasillo 1B para pasar una noche frenética de fiesta, sexo y *rock & roll*, ¿a quién escogerías?

El joven pamplonica duda sobre lo que responder. Tiene muy clara su respuesta. Pero no puede contestar lo que siente. Así que prefiere volver a mentir.

—Probablemente a Elena —contesta muy serio.

La respuesta sorprende a Iria: le fastidia muchísimo que su amigo haya nombrado a la chica que peor le cae de todo el grupo. No obstante, decide callarse y no realizar ningún comentario al respecto.

—¡Pues todos a la cama! —exclama Óscar levantándose.

—Habrá que repetir —señala Ainhoa, alegre, mientras también se incorpora.

La canaria se lo ha pasado genial, a pesar de haber tenido que confesar datos muy personales que, de no ser en un juego como aquel, no habría revelado jamás en un grupo de amigos. Pero se alegra de haber participado en algo así. Sobre todo estando Óscar de por medio. Le ha parecido un tío más que interesante.

Los dos salen juntos del cuarto de Julen, mientras que Iria se queda para ayudarle a recoger. Las sillas, que han cogido prestadas de la cafetería para que se pudieran sentar todos, las ubican, una encima de otra, en una esquina. Mañana, junto con la pequeña mesita, deberán devolverlas.

—¿Te has divertido? —le pregunta la gallega a su amigo antes de marcharse a su habitación.

—Sí, ha estado bien.

—¿Has dicho la verdad en todas las preguntas?

El navarro arquea una ceja y trata de comprender por qué Iria quiere saberlo. ¿Se le ha notado que ha mentido?

—He intentado ser lo más sincero posible.

—Eso significa que has mentido, ¿verdad?

—¿Tú has dicho la verdad en todo?

—Estamos hablando de ti, Julen. De ti y de tus respuestas.

Pero el joven no da su brazo a torcer. Prefiere quedar mal ante ella a contarle la verdad.

—Estoy cansado, mañana hablamos.

—No me lo vas a decir entonces.

—Hablamos mañana, Iria. Es muy tarde.

La chica asiente y le da las buenas noches sin demasiada amabilidad. Le sigue molestando lo de Elena. ¿Por qué ha tenido que nombrarla a ella? Está claro que Manu y David van detrás de esa pija prepotente. Pero ¿Julen? No esperaba eso de él.

Sale de la 1158 y se dirige a la habitación de enfrente. No hay nadie en el pasillo. Aparentemente, cada miembro del 1B está en su cuarto. Sin embargo, no es así. En una de las habitaciones de la pared de la izquierda, una pareja acaba de darse un beso en los labios. El primero de los muchos que esa noche lloverán en esa habitación.

CAPÍTULO 47

Los ojos le escuecen muchísimo. Teniendo en cuenta lo tarde que es y que anoche tampoco durmió, no le extraña. A eso se suma la tensión que lleva soportando desde por la mañana. Incrementada a su máxima potencia tras el anuncio, por parte de Sonia, del supuesto suicidio de Lauren. Para Toni está siendo un día muy complicado. El día más difícil de su vida.

Aunque ahora no está solo. Nicole le acompaña desde hace un rato. Al ver que no aparecía, la chica decidió abandonar la timba de póker e ir a su habitación a interesarse por él y preguntarle cómo se encontraba.

—Hola —le saluda tímidamente cuando el joven le abre—. Al final no has venido a jugar con nosotros.

—Lo siento, no he podido.

—Ya me he dado cuenta de que no has podido. ¿Qué te ha pasado?

—Te lo dije por teléfono. Me ha surgido algo urgente.

—¿Y no se puede saber qué es? Estabas muy seguro de venir con nosotros —le pregunta Nicole, que lo ve peor que cuando habló con él antes. ¿Y qué haces con esa gorra puesta?

—Nada. No tiene importancia.

—Quiero ayudarte, Toni. De verdad. Si te desahogas, te sentirás mejor —insiste la peruana, ofreciéndose como apoyo.

La chica está segura de que el problema que tiene es mucho más serio de lo que él pretende dar a entender. Y en su casa le enseñaron a echar una mano a todas las personas que lo necesitan. A riesgo de ser pesada, permanece allí de pie. En su puerta, inmóvil.

—Es tarde, me voy a ir a dormir ya.

—Me da que no vas a hacerlo. Te noto muy preocupado. Habla conmigo y cuéntame qué es lo que te sucede. Soy muy buena escuchando.

—Es una historia muy larga.

—Da lo mismo. No tengo sueño. Y mañana es sábado, no tenemos clase.

El valenciano resopla. Parece que no va a dejarle tranquilo hasta que le confiese lo que le pasa. No está seguro de lo que va a decirle, pero finalmente permite que Nicole entre en su habitación. La joven esquiva la maleta, que todavía continúa en el suelo, a medio deshacer, y ocupa la silla. Toni se sienta en la cama. Como siempre, su portátil está abierto, delante de él.

—No sé qué contarte.

—La verdad, por favor. Aunque sea horrible. Prometo no juzgarte.

—Es todo tan difícil de explicar —comenta tras soltar un resoplido que arrastra consigo aires de angustia y tensión.

Cuando se quita la gorra para dejarla a un lado, Nicole se sobresalta: se ha percatado de la herida que su amigo tiene en la cabeza.

—¿Cómo te has hecho eso?

—No tiene importancia. Es solo un rasguño.

—¡Oye! ¡Deja de decir a todo que no tiene importancia! —le recrimina la peruana—. Estás hecho una mierda, sin salir de la habitación desde que llegaste, ni ir a clase. Parece que de tus ojos va a brotar sangre en cualquier momento y tienes una raja en la cabeza que hace un rato no estaba ahí. ¡Me sabe mal actuar como tu madre! ¡Pero no vuelvas a decir que no tiene importancia! ¡Porque lo que te pasa, aunque digas que no, la tiene!

La regañina de Nicole hace reaccionar a Toni. A pesar de que no es muy buena echando broncas —su dulce acento hace poco creíble el cabreo—, tiene razón. Le pasa algo y ese algo le va a volver loco.

—Mira esto —le indica dándole el portátil—. El primer *trending topic.*

La chica alcanza el ordenador y lee en voz alta el *hashtag* #RIPLauren en Twitter. Luego, observa desconcertada a Toni, que está a punto de echarse a llorar.

—¿Quién es Lauren? ¿Ha muerto?

—Eso parece.

—No me digas que... ¿la conocías?

Aquella pregunta desencadena que las emociones y sentimientos del valenciano estallen frente a Nicole en forma de lágrimas repletas de tensión. La peruana se acerca hasta él para sentarse a su lado. Le abraza y le acaricia la cabeza rapada como si fuese un niño desolado que acaba de caerse de su bicicleta. En este caso, el dolor es mucho más intenso e irreparable.

—Era mi novia. Mi supuesta novia —confiesa Toni cuando se calma.

Y entonces, durante varios minutos, le explica a su amiga la historia que ha vivido con Lauren en el último mes. Le da detalles de todo, salvo de su encuentro sexual. Y en su narración incluye también a Dafne, los *haters* y el club de fans de Dani Martín.

—Es una locura. Todo lo que me has contado parece sacado de una serie de los guionistas de *Lost*. No me extraña que estés así.

—Por desgracia, me he enamorado de la persona inadecuada.

—Ya veo. Pero ¿estás seguro de que esa chica se ha suicidado? Me parece muy raro todo.

—No estoy seguro de nada. Aunque es lo más probable.

—No sé. Si una chica llega a ese extremo, tiene que estar muy mal. Y no parece que ella estuviera tan desesperada antes de esta noche. Además, es muy sospechoso que su padre sea el que dé la noticia, pero no lo haga él directamente o no acuda a los medios de comunicación, sino que sea a través de una amiga con la que, para colmo, Lauren se había peleado.

—Eso pienso yo también. Pero no he podido hablar con Sonia porque me ha dejado de seguir en Twitter y no le puedo enviar mensajes privados. Y a Skype no se ha conectado en todo este tiempo.

Nicole no lo ve nada claro. Entra en la cuenta de Lauren y vuelve a examinar los últimos tuits que ha publicado. A continuación, lee otra vez lo que Sonia ha escrito en su cuenta y que ha provocado un incendio en las redes sociales.

—Esa Sonia, ¿es de fiar?

—Bueno, no lo sé. No la conozco demasiado —señala Toni, que está más calmado desde que le ha contado a Nicole su historia.

—Me da que ella es la clave de todo.

—¿Sonia?

—Sí, Sonia. Dafne. Como se llame esa tía.

—¿Qué quieres decir? No te comprendo. ¿La clave de qué?

—¿No lo ves?

—No, ¿qué tengo que ver? No me pongas más nervioso, Nicole. ¿Qué es lo que crees?

—Es algo surrealista, pero tengo la impresión de que puede que Sonia y Lauren sean la misma persona.

—Me parece que he escuchado algo en el cuarto de enfrente.

—¿El qué?

—Voces. Toni está con alguien. ¿No lo oyes?

Óscar presta atención a lo que le dice Ainhoa. Los dos se pegan a la puerta de la habitación de la chica y oyen la voz de Nicole al otro lado del pasillo.

—Es la peruana —susurra el vallisoletano riendo—. Está en el cuarto de Toni.

—Es verdad. Es Nicole. Y eso que nos dijo que se iba a dormir.

—Pues ya ves que no. Esos dos...

El joven hace un gesto significativo, con explícito carácter sexual. Los dos ríen y... se dan un beso en la boca. No es el primero. Ni el segundo. Tras la partida de póker, sin saber muy bien cómo, han terminado en el cuarto de la canaria.

La chica le quita la camiseta y le besa el pecho desnudo. Luego asciende otra vez a sus labios y continúan enrollándose hasta que caen sobre el colchón, haciendo que suenen los muelles de la cama.

—Shhh. No hagas ruido —le pide Ainhoa—. Que aquí se oye todo.

—Será muy difícil que nadie nos oiga.

—Pues intenta que así sea. O mañana tendremos que dar una rueda de prensa.

Óscar sonríe y vuelve a besarla. Baja por el cuello, mientras coloca las manos en su pecho, por dentro de la camiseta. La joven suelta un pequeño gemido. ¿Cuánto hacía que no vivía un momento como ese? Varios meses, se recuerda a sí misma. Mientras él le recorre con los labios el cuello, la boca, la cara, ella piensa en que no quiere que pare. Pero hay algo que la inquieta mucho.

Después de innumerables besos frenéticos, llenos de pasión, Óscar se detiene y la mira fijamente, al tiempo que le acaricia la parte trasera de la cabeza. Ambos sonríen.

—¿Quieres que sigamos? —pregunta el de Valladolid—. No vamos a hacer nada que no te apetezca.

—Sí, quiero seguir.

De nuevo se sonríen y continúan con la sesión de besos y de caricias por debajo de la ropa.

—¿Tienes un condón? —comenta el chico recostando su cara en el pecho de ella.

—No. ¿Tú?

—Sí, en mi habitación. ¿Me esperas un minuto?

La joven asiente y contempla como el chico se pone la camiseta y sale del cuarto rápidamente en busca de un preservativo.

Ainhoa suspira, tumbada bocarriba en su cama. Aquello sí que no se encontraba dentro de sus planes. ¡Va a acostarse con Óscar! Le gusta y hay química entre ellos, pero no está enamorada. ¿Cómo va a estar enamorada si casi no se conocen?

Sin embargo, sigue muy preocupada. ¿Cómo la verá él? ¿Le gustará también o simplemente está aprovechando la oportunidad para tener sexo? No quiere comerse la cabeza con el tema. Además, no tiene tiempo porque Óscar regresa con un condón en la mano.

—¿Continuamos?

—Sí, pero ¿puedes apagar la luz? —le dice Ainhoa vergonzosa.

—¿Y eso? ¿Te gusta hacerlo a oscuras?

—Bueno, sí.

Óscar cumple con lo que la chica le pide y pulsa el interruptor. No está oscuro del todo porque por debajo de la puerta entra una fina luz proveniente de las lámparas del pasillo, que se quedan encendidas toda la noche. Eso no agrada nada a la canaria.

El joven guarda el preservativo bajo la almohada y la vuelve a besar. Enseguida busca más. Mete las manos en su camiseta y le desabrocha el sujetador. Ainhoa empieza a ponerse un poco nerviosa. Está excitada y quiere continuar, pero...

—¿Qué pasa? —le pregunta Óscar cuando la chica evita que le quite la camiseta.

—Prefiero hacerlo con la ropa puesta.

—¿Qué? ¿Te da vergüenza que te vea desnuda?

—Algo así. Es que no te conozco mucho y, aunque no lo parezca, soy bastante tímida.

—Vale, no te preocupes. Ya te he dicho que no quiero hacer nada que tú no quieras.

—Muchas gracias. Siento ser tan pesada.

—No pasa nada. Tranquila.

La chica se baja ella misma los pantalones, aunque no se quita la ropa interior ni la camiseta, y se cubre con la sábana. Óscar sí se desnuda completamente y se sitúa encima de ella. Las caricias y los besos pronto se quedan cortos y pasan a algo más intenso. Más íntimo. Ambos se entregan todo lo que pueden e intentan satisfacer al otro. Tratan de no gemir muy alto, de no hacer mucho ruido, aunque en ocasiones es imposible evitarlo. Hasta se tapan la boca el uno al otro para impedir que alguno de los dos grite. Cómplices. Como si aquella vez no fuera la primera entre ambos.

—Me has mordido —dice Ainhoa sonriendo cuando terminan.

Para mostrarle la prueba del delito, alza la mano derecha ante la mirada inquieta de Óscar. Efectivamente, se aprecia la marca de sus dientes.

—Joder, lo siento.

—No pasa nada. No creo que me deje ninguna huella.

El chico le da un último beso en los labios y se viste para marcharse a dormir a su cuarto. Se despide deseándole dulces sueños y dándole las gracias por una noche tan especial. La canaria hace lo propio, pero, en cuanto él se va, su sonrisa también desaparece. Malditos complejos. ¿Qué habrá pensado Óscar de lo de la luz y la ropa? Seguramente no le guste y solo se haya acostado con ella para intentar quitarse de la cabeza a su ex. La joven no lo sabe, pero solo tiene algo de razón en uno de esos dos pensamientos.

CAPÍTULO 48

La mañana amanece encapotada y sombría. Las nubes y el viento han querido ser testigos de aquel entierro. También la lluvia, que, intermitente, se precipita sobre los presentes y los obliga a desfilar por el cementerio bajo un sobrio mar de paraguas.

Escucha las campanadas que anuncian las doce y tiene la impresión de que no debe estar allí. David camina entre la gente. Solo, bajo una capucha negra. Quiere ver de cerca lo que acontece, aunque corre el riesgo de que ellos no lo entiendan. Aquella situación, ya de por sí, es poco comprensible.

Era tan joven...

La vida puede cambiarte en un momento. Basta un solo segundo para que todo gire en una dirección, un camino, que ni siquiera podías imaginar. Una moto, un error, un sinsentido que destroza la existencia de muchas personas.

Entre ellas, la suya.

Ella no debería estar dentro de ese ataúd que ahora desciende hasta las profundidades de la tierra. El joven observa con lágrimas en los ojos aquel instante mientras se estremece con los desconsolados quejidos de sus familiares y amigos más cercanos. David lee el nombre de la chica en la tumba y se siente culpable de muchas cosas que no deberían haber pasado.

—¿Qué haces tú aquí? —le pregunta una voz a su espalda.

Cuando se gira ve a la madre de la muchacha enterrada. Tiene los ojos hinchados y los labios resquebrajados.

—Quería darle el pésame y...

—¡Fuera de aquí! ¡Cómo puedes ser tan insensible y asistir al entierro de mi niña!

—Lo siento. De verdad que lo siento.

—¡Fuera! ¡Fuera! ¡Márchate!

Abre los ojos sobresaltado. Está sudando. David mira a su alrededor y descubre la tranquilidad que desprende su habitación en la residencia Benjamin Franklin. Otra vez aquel sueño. Se palpa el cuello, donde tiene el tatuaje, y trata de recuperar la calma. Si aquello solo hubiera sido una pesadilla...

Entra claridad por la ventana. ¿Qué hora es? En el reloj del móvil comprueba que son cerca de las nueve. También, que tiene un mensaje de WhatsApp que le han dejado hace poco. Estaba tan profundamente dormido, tan inmerso en aquel sueño, que ni siquiera ha oído el sonido del teléfono.

«Buenos días. ¿Sabes qué me gustaría hacer hoy? Volver a Madrid y darte otro beso como el de ayer en la estación. Pero me conformaré con pensar en ello y confiar en que algún día te apetezca repetirlo. Disfruta del sábado, aunque sea sin mí».

Las palabras de Marta le arrancan la primera sonrisa de la mañana. No está mal sentirse querido, y más después de la pesadilla que ha tenido y del odio que en ella se proyectaba. ¿Cuándo acabará? ¿Aquello le perseguirá toda la vida? Otra vez se toca con la yema de los dedos el ave fénix del cuello y respira hondo. Es hora de ponerse en marcha.

Lo primero que hace es responder al wasap que la chica le ha enviado. No se implica demasiado. También le desea un buen sábado y la anima a que disfrute del soleado día que acaba de empezar. Luego va al baño, se viste y se dispone a salir de la habitación con el móvil y el tique del desayuno en las manos.

De los chicos del pasillo 1B, solo Elena se encuentra en el comedor. No está seguro de si es buena idea entrar y sentarse a solas con ella después de la agridulce conversación de anoche. Pero se decide y camina hasta la mesa del fondo, en la que ella desayuna. Cuando la chica le ve, intenta no inquietarse demasiado. Le costó mucho conseguir dormir, y no solo por lo que había pasado con Manu. También por intentar ponerse de acuerdo consigo misma: ¿qué es lo que siente por David?

Se desean los buenos días con amabilidad y el chico se sienta a su lado, aún sin haber cogido el desayuno.

—Hay chocolate con churros —le dice la joven, que ha preferido un zumo de naranja y una tostada de pan integral con tomate y aceite.

—Ya lo sabía. Me lo avisó ayer Jesús, el bedel. Solo lo ponen los sábados. ¿A ti no te gustan?

—Sí, demasiado.

—¡Vaya! Así que hay algo que engorda que sí te gusta.

—Ya. Pero prefiero algo más sano y menos pesado.

—Pues yo me voy a tomar una buena taza de chocolate y voy a pillar unos cuantos churros. Hace mucho que no los como. ¿Seguro que no quieres?

—¡No me tientes!

El chico se retira hacia la zona donde sirven la comida. No ha ido tan mal. Pensaba que, después de la frialdad con la que se despidieron por la noche, hoy las cosas estarían más tensas entre ellos.

En su bandeja pone una taza hasta arriba de chocolate y un plato con cuatro churros y dos porras. Se echa un vaso de agua y regresa junto a Elena. Al verle llegar tan cargado, la toledana se tapa los ojos.

—¡Por favor! No me hagas sufrir con eso.

—Si no comes es porque no quieres.

—Si no como es porque me pasaré el día con el estómago superpesado.

—Eso es una tontería —le recrimina el sevillano, que acaba de mojar un churro en el chocolate. Le da un mordisco y lo saborea de forma exagerada para fastidiar a Elena.

—Eres lo peor.

La chica se pone de pie y regresa con una taza de chocolate y un platillo que contiene una porra y un churro. Se sienta de nuevo y lamenta lo que está haciendo.

—No me digas que no huele bien...

—Huele genial y sabrá aún mejor. Pero estoy cometiendo un error.

—El único error es que seas tan controladora con todo. Relájate y disfruta.

Elena resopla. Si él supiera que ha perdido esa capacidad de controlar todos sus actos... Anoche se dejó llevar unas cuantas veces. Pero eso pertenece al pasado y es irreparable. Aspira una vez más el aroma del chocolate y coge el churro. Lo moja y se lo lleva a la boca. Cierra los ojos tras morderlo, relamiéndose mientras lo mastica.

—Por Dios, qué rico está.

—Si te hubieran visto los dueños de Valor o de Paladín, te habrían contratado para hacer sus anuncios de chocolate a la taza.

—¡No seas tonto! Es que está buenísimo.

—Lo sé, lo sé —indica David, a quien no se le va la sonrisa de la boca—. Se me ha ocurrido algo. ¿Quieres que juguemos a una cosa?

—¿Jugar? ¿A qué?

—Con el chocolate y los churros. ¿Te animas? Es muy sencillo.

—Pues depende de a qué. No quiero hacer más veces el ridículo por ahora. Bastante tuve con la noche de los novatos.

David le explica el juego. Consiste en que, con un churro mojado en chocolate, uno de los dos irá escribiendo letra a letra una palabra en el brazo del otro, que tendrá los ojos cerrados. Cada letra acertada merecerá un mordisco. Ganará el que menos mordiscos necesite para adivinar la palabra del otro. La palabra no puede tener más de nueve letras.

—¿Qué te parece? ¿Te apetece?

—Vale, pero la primera que pringa al otro soy yo.

El joven acepta y, para darle más verosimilitud al juego, enrolla una servilleta y se tapa los ojos con ella, en forma de venda.

—Ya estoy listo. Cuando quieras, puedes empezar a escribir —comenta David ofreciéndole el brazo derecho.

—Espera, que tengo que pensar la palabra.

—Date prisa, que el chocolate se enfría. Y recuerda que tiene que tener menos de diez letras.

Elena reflexiona unos segundos y por fin se decide. Moja uno de los churros que están en el plato de David dentro de su taza y escribe la primera letra. El joven da un brinco cuando siente el calor del chocolate en su piel.

—Ya está. ¿Cuál es?

—La ese, ¿no?

—¡Acertaste! ¿Escribo la siguiente?

—Sí. Pero antes tengo que darle un mordisco al churro. —Algo que David no tarda en hacer—. Ya estoy preparado para la siguiente.

—Pero ¿cómo borro la letra que está puesta?

David, entonces, acerca su brazo a la boca de Elena. Esta no comprende qué es lo que el chico quiere que haga.

—Vamos, bórrala.

—¿Yo? ¿Cómo? ¿Chupándola? ¡Estás de coña!

—Tranquila. Solo era una broma. Ya me encargo yo —comenta y, con su boca, limpia la letra escrita con chocolate en su antebrazo.

—Menos mal que estamos en una mesa donde no nos ve nadie. Qué vergüenza tan grande.

—Escribe la siguiente letra, anda.

La toledana moja de nuevo el churro y dibuja la letra e, que rápidamente identifica el sevillano. Repiten el proceso anterior y, cuando David pega el bocado y borra lo que tiene escrito con chocolate en el brazo, Elena escribe la letra uve. El joven sonríe cuando de nuevo lo adivina a la primera.

—Es muy fácil. Sevilla o sevillano —indica tras comerse lo que quedaba de churro y chupar el chocolate de su brazo por tercera vez.

—Sí, sevillano. Muy sencillo, ¿no?

—Demasiado. Eres muy mala jugando a esto.

—¡Oye! Simplemente he querido ser buena contigo.

David se quita la servilleta de los ojos y vuelve a enrollarla para ponérsela a Elena.

—Te toca a ti ahora.

—Bueno, pero no me lo pongas muy difícil.

—Tranquila. Será facilita.

El sevillano le venda los ojos a la chica y remanga su camiseta para poder escribirle en el brazo derecho. Elena todavía no sabe por qué ha aceptado jugar a aquello. Pero compartir el desayuno de esa manera con él... le gusta. Es algo solo entre los dos. Ayer no estuvieron juntos en casi todo el día, y cuando se fue a la cama, echó de menos haber pasado más tiempo con él. Aunque el primer beso de su vida se lo dio Manu, la chica sabe que su corazón ha optado por tomar otra dirección. Esa es la única realidad, y no puede engañarse más. No quería enamorarse, lo tenía muy claro. Ha contado hasta cien, hasta mil. Varias veces. Pero se quedaría sin números, incluyendo los decimales, si tuviera que seguir contando para olvidar lo que siente por David. Nunca había creído en los flechazos; y, sin embargo, ahora está viviendo uno como si Cupido le hubiera acertado de pleno en el corazón.

—¿Es una te? —pregunta la chica cuando siente el calor del chocolate deslizarse por su piel.

—Exacto. La primera letra es una te. Muerde.

Elena busca el churro que le ofrece el sevillano y le da un mordisco. Le entra la risa tonta cuando lo hace. David se ríe con ella, contagiado. Tardan unos segundos en recuperar la seriedad antes de continuar con el juego.

—Yo no pienso chuparme el brazo cada vez que

quiera borrar una letra. ¿Puedes limpiarme tú con una servilleta, por favor?

—Qué delicada eres.

—No es por eso. Es que no quiero que nadie me vea haciendo algo así.

—Estamos solos. Es la mesa más escondida del comedor. Nadie te ve.

—Me da lo mismo. No te cuesta nada limpiarme con una servilleta.

—Vale, tú ganas.

David alcanza otra servilleta de tela y borra la te que ha escrito en su brazo. A continuación, vuelve a empapar el churro en la taza y dibuja otra letra. En esta ocasión, la hace más grande.

—¡Te has pasado! ¡Me has manchado todo el brazo!

—Es que está en mayúscula.

—¿En mayúscula? ¡Capullo! —exclama sin saber si reír o llorar—. ¿Es una uve?

—No, no es una uve.

—Entonces tiene que ser una u.

—Eso sí. Lo acertaste. ¿Ya sabes qué palabra es?

—¡No! ¡Hay cientos de palabras que empiezan por *tu*!

—No creo que sean tantas —comenta David riendo—. Ahora muerde otra vez el churro.

Esta vez da con él antes y le arrea un gran mordisco. Ya está frío, aunque el chocolate todavía se conserva caliente en la taza.

—A ver, siguiente.

David pinta una i, con puntito incluido. Elena lo acierta enseguida. Da un bocado más y piensa.

—Si no lo aciertas ahora, pierdes. Yo la adiviné al tercer mordisco.

—Vale, no me metas presión. ¿Qué palabra puede empezar por *tui*? Joder, no se me ocurre nada. No es tan fácil como me dijiste.

—Es muy sencillo. ¿Te das por vencida?

—No, espera.

—Empieza la cuenta atrás. Diez, nueve...

—¿Desde cuándo este juego tiene cuenta atrás?

—Lo he inventado yo, así que yo pongo las reglas —indica riendo David—. Ocho, siete...

—Me pones nerviosa. No cuentes más.

—Seis, cinco, cuatro...

—¡Vale! ¡Me rindo! ¿Qué es?

El joven celebra su victoria con un grito de euforia. A continuación, le quita la servilleta de los ojos a Elena.

—Pensaba que lo adivinarías.

—Pues no. ¿Qué es?

—Ahora lo sabrás.

Entonces, el sevillano alcanza la porra que no se ha comido, la moja en su taza de chocolate y escribe la palabra en el brazo de Elena.

—¿Tuitear? ¡Pero si eso se escribe con uve doble!

—Yo siempre lo he escrito con u. ¿No te parece que queda más bonito?

—Lo único que sé es que me has hecho trampas y que tengo todo el brazo pringoso de chocolate.

Pero también una sonrisa en la cara. Sonrisa que se esfumará durante ese mismo sábado, después de descubrir algo que ni siquiera podría haberse imaginado. Y es que, en muchas ocasiones, al que habría que disparar con un arco y una flecha es al propio Cupido. Se evitarían muchos desengaños.

CAPÍTULO 49

A pesar de que las cosas con Julen la noche anterior no terminaron del todo bien, Iria ha aceptado jugar un rato al tenis con él. Ayer disfrutó mucho con la experiencia y cuando, recién levantada, el navarro le preguntó si se animaba de nuevo, no se lo pensó dos veces.

Entre los dos han devuelto a la cafetería la mesa y las sillas que utilizaron para la timba de póker. Luego han desayunado juntos y enseguida irán a la pista.

Entre tanto, la gallega ha recibido un wasap de Antón. Su novio se disculpaba por no haberle contestado al mensaje de anoche. Como ella había intuido, se quedó sin batería en cuanto salió de fiesta con sus amigos. Ha quedado en que la llamará antes de comer.

—¿Sigues molesta por lo de ayer? —le pregunta Julen mientras caminan hacia la cancha de tenis.

En el desayuno han coincidido con Óscar y Ainhoa y no han hablado nada del tema.

—No estoy molesta por nada.

—Claro que lo estás. Te fastidió que no te dijera si había mentido o no cuando respondí a las preguntas que me hicieron.

—Porque soy muy legal en el juego y yo dije la verdad siempre. Aunque me diera vergüenza responder. Pero veo que no todos somos iguales.

—¿Qué quieres saber?

—Nada. Ya da lo mismo.

—No, venga. Dime qué es lo que quieres saber —insiste Julen mientras enciende un cigarro.

—¿Vas a fumar antes de jugar al tenis?

—Sí, dentro de la residencia no puedo hacerlo. Y tengo mono. Hoy todavía no me he fumado ninguno.

—Eso es malísimo. Deberías plantearte dejar el tabaco. Con toda la información que existe hoy en día, y aún hay gente joven como tú que sigue fumando. ¡Fumar mata!

—De algo hay que morir.

A Iria le molesta mucho aquella respuesta, pero prefiere no seguir echando leña al fuego. Y no va a desaprovechar la oportunidad que su amigo acaba de ofrecerle de aclarar algunas dudas respecto a la velada de ayer.

—¿Por qué nombraste a Elena cuando Óscar te preguntó con quién del pasillo pasarías una noche de fiesta, sexo y *rock & roll*?

—Por descarte.

—No te creo.

—Elena está muy bien, pero no es mi tipo.

—Y si no es tu tipo, ¿por qué dijiste su nombre?

—¿Tanto te molesta? ¿A quién querías que nombrara?

—A cualquiera menos a ella. Parece que todos los tíos babeáis por su culo. No la soporto, de verdad.

Julen da una calada a su cigarro y no puede contener una sonrisa. Su gesto molesta aún más a Iria, que protesta en voz baja.

—No me he reído de ti, eh. Lo que pasa es que no

entiendo la razón por la que esa chica te cae tan mal. ¿Qué te ha hecho?

—Nada. Pero va de que no ha roto un plato en su vida y de buenecita. Cuando en realidad tiene mucho peligro.

—¿Por qué dices eso?

—Por el rollo ese de la virgencita que solo viene a la universidad a estudiar, que no le interesa nada más. ¿A quién quiere engañar con eso? ¿No viste cómo se insinuaba la otra noche a los veteranos? Y Manu y David... Esos dos van a terminar mal por su culpa. Porque los dos se han colado de la misma. Se les nota demasiado.

—Manu no quiere compromisos.

—Manu es el primero que va a caer como una mosca en la miel con esa pija. Si es que no ha caído ya. ¡Al tiempo!

Los dos llegan a la pista de tenis y empiezan a prepararse mientras continúan hablando de Elena y su «rebaño de babosos», como los define la gallega.

—A mí no me parece para tanto. Creo que le has cogido manía —añade Julen.

—¿Qué vas a decir tú? ¡Sería la tía del pasillo con quien pasarías una noche de lujuria!

—Otra vez con eso. No podía nombrar a otra. Ainhoa parece que le gusta a Óscar y no quería meterme ahí. Tú tienes novio. Y Nicole... Bueno, Nicole es muy buena chica, pero, entre ella y Elena, elegiría a Elena. Aunque si llego a saber que te ibas a enfadar por eso, habría nombrado a la peruana.

—Bah. Sois todos iguales —sentencia Iria mientras se marcha al lado derecho de la pista empuñando la raqueta con más fuerza de la necesaria.

Julen resopla. Apaga el cigarro y se dirige a la línea de fondo de su lado.

Durante una hora no hablan más del asunto. Solo juegan al tenis. Y el chico queda muy sorprendido con la mejora de la gallega. Esta golpea la pelota con mejor dirección y más brío que el día anterior, como si estuviera enrabietada. Además, consigue meter un gran número de bolas dentro del campo contrario. Incluso logran intercambiar algún que otro peloteo de cuatro o cinco golpes cada uno.

La intensidad del juego provoca que Iria esté exhausta cuando acaban de jugar. Se sienta en el suelo y se bebe media botella de agua casi sin respirar.

—Enhorabuena. Lo has hecho muy bien hoy.

—Gracias. Sé que me queda mucho por mejorar.

—Claro. Pero, para ser la segunda vez que coges una raqueta, está genial. Estoy gratamente sorprendido.

—No me hagas la pelota —comenta la chica secándose el sudor con una toalla pequeña—. Me has dicho el motivo por el que elegiste a Elena, pero todavía no sé en qué mentiste.

—¿Otra vez con eso?

—Sí, otra vez. Ya te digo que me tomo el juego muy en serio. Odio las trampas.

El joven saca el paquete de tabaco y enciende otro cigarro ante el estupor de Iria, que le echa la bronca. Pero Julen no le hace caso y se lo fuma, procurando que el humo no llegue hasta ella.

—Mentí cuando dije que no había besado nunca a ningún chico —señala el navarro con tranquilidad.

—¿De verdad?

—Sí. Fue el curso pasado. En la fiesta de después de

los exámenes finales, me enrollé con mi profesor de Inglés en un *pub*.

La cara de la chica es todo un poema. No puede creerse lo que acaba de escuchar.

—¿Te liaste con un tío? ¿Y era tu profesor?

—Exacto. El que me dio Inglés en primero y segundo de bachiller.

—Vaya, esto sí que es una sorpresa.

—De aquel día no recuerdo mucho. Bebí demasiado —reconoce Julen mientras guarda la raqueta en su funda—. Y a él no lo he vuelto a ver más desde aquella noche.

Entonces, ¿es que a Julen le gustan los tíos o solo fue consecuencia del alcohol?

No quiere preguntarle algo tan personal, aunque parece obvio. Ella, aunque fuera con una copa de más, no se liaría nunca con una chica.

Aún se encuentra en estado de *shock*. No esperaba para nada la revelación que le acaba de hacer su amigo.

—¿Esto lo sabe alguien más?

—No. Solo tú y él. Y, por favor, no se lo cuentes a nadie. Es algo muy personal y de lo que no estoy demasiado orgulloso.

En ese momento, alguien se acerca a ellos dando voces desde lejos. Los dos se giran cuando escuchan a Manu. Julen le pide discreción y silencio a su amiga. Ella asiente antes de que el malagueño entre en la pista y se siente a su lado.

—¡Sí que os lo habéis tomado en serio! ¿Cuánto tiempo lleváis jugando?

—Hemos estado más de una hora. Iria ha mejorado mucho.

—¿En serio? Eso está bien.

Por un instante, la chica se sorprende de que el sevillano no le suelte alguna de sus bromitas para meterse con sus supuestos progresos en la cancha. Aunque, en su cabeza, a lo que no para de darle vueltas es a lo que le acaba de confesar Julen. Ha dicho que no se sentía orgulloso: ¿porque se lio con un tío o porque fue con aquel profesor? Le gustaría saberlo. Pero eso tendrá que esperar.

—De aquí a antes de Navidad, ya podrá jugar contra ti un punto en condiciones.

—Tengo ganas de que llegue ese enfrentamiento —asegura el malagueño risueño—. Os buscaba por si os queríais venir conmigo a la piscina.

—¿Aún sigues teniendo la llave?

—No, la devolví ayer. Aunque hice una copia primero, claro. Pero hoy no hace falta entrar ilegalmente. Los fines de semana abren desde las diez. Por cierto, no os preocupéis, que lo recogí todo perfectamente y nadie se dará cuenta de que estuvimos allí toda la noche del jueves.

—Menos mal —resopla el navarro—. Yo me apunto. Me apetece darme un chapuzón. Con este calor me vendrá bien.

—¿Y tú, gallega?

—Yo no creo que vaya. Mi novio me ha dicho que me iba a llamar por teléfono antes de comer. Así que me quedaré esperándole en la habitación.

Manu se encoge de hombros y no insiste.

Los tres se levantan y, mientras que los chicos se dirigen al caminito de piedras que lleva hasta la piscina climatizada, Iria entra en la residencia. Se cruza con

Ainhoa y Óscar, que justo en ese momento salen del edificio. Los saluda y prosigue hasta el pasillo 1B. Allí, oye como en la habitación 1154 hablan Nicole y Toni, que otra vez están juntos.

Parece que se van formando parejitas. Era de esperar. En un lugar en el que chicos y chicas jóvenes conviven las veinticuatro horas del día, es lógico que se desaten los sentimientos y surja el amor y el sexo. No le sorprende. No puede decir lo mismo de la confesión de Julen. Y ella que pensaba que quizá le gustaba al navarro... Entonces, un pensamiento fulgurante se cruza por su mente como un rayo. A lo mejor por ese motivo va todo el día con él. ¿Y si el que le gusta realmente es Manu?

CAPÍTULO 50

—Toma, te he traído esto. Ya que antes no has querido venir a desayunar... Imaginaba que tendrías ganas de comer algo.

Nicole le entrega una chocolatina a Toni. Tras aceptarla, le da las gracias y se deshace rápidamente del envoltorio. Muerde el chocolate y mastica con ganas. En realidad, sí que tenía un poco de hambre. Pero anoche se acostó tan tarde que, cuando la peruana lo llamó por la mañana para preguntarle si quería desayunar con ella, le dijo que no.

—¿Cuánto te debo?

—Nada. Invita la casa. Ya lo harás tú otro día.

—Bueno, muchas gracias —dice con la boca llena.

—¿Alguna novedad?

—No, ninguna. Todo está igual. Lauren sigue siendo *trending topic* y Sonia continúa sin aparecer.

—¿Todavía es TT?

—Sí. Y la gente no para de debatir sobre ello. Hay opiniones para todos los gustos. La mayoría de los que opinan no saben ni quién era.

—Siempre pasa lo mismo. ¿Y se sabe algo del padre de la chica? ¿O ha salido algún familiar hablando en la prensa?

—No. Algún medio de comunicación ha publicado la noticia en su web. Pero los datos que dan son los que ya sabemos. Mira.

—Me parece increíble que la prensa publique una noticia como esta sin contrastarla —comenta Nicole, que lee la página que Toni le está enseñando.

TRAGEDIA EN LA RED

13 de septiembre

En la noche de ayer, una joven seguidora del cantante Dani Martín, presidenta además de un club de fans del artista, se quitó la vida. Según apuntan fuentes cercanas a la víctima, la joven, conocida como Lauren y de la que no han trascendido aún ni el nombre ni la edad exacta, habría decidido suicidarse debido a la presión y el acoso que sufría a diario en las redes sociales. Una de sus amigas, @DafneLoveDM, fue la encargada de comunicar la triste noticia a través del siguiente tuit:

«Acabo de hablar con el padre de @Lauren_CFDaniM y me ha pedido que os diga que su hija se ha suicidado. No puedo dejar de llorar #RIPLauren».

Desde anoche, el hashtag utilizado por @DafneLoveDM es *trending topic* en Twitter y muchos de los fans de Dani Martín, y de otros *fandoms*, muestran un crespón negro en su foto de perfil en honor a la chica fallecida.

—Debe de ser una noticia de agencia, porque está repetida en varias páginas web.

—Cuanto más crece esta historia, más extraña me parece —confiesa Nicole negando con la cabeza.

—¿Sigues pensando que Lauren y Dafne son la misma persona?

—Le he dado muchas vueltas y yo creo que sí. Aunque no hay nada que pueda demostrarlo.

El joven se toca la cabeza rapada nervioso. Aunque desapareció anoche, el dolor punzante regresó esta mañana, en cuanto abrió los ojos. Luego, tendrá que pedir otra aspirina en recepción. Pero lo peor no es el desagradable dolor de cabeza; lo peor es la sensación de impotencia e incertidumbre que persiste en él desde que apareció aquel tuit de Sonia. No quiere creer que Lauren se haya quitado la vida. Sin embargo, piensa que, conforme transcurre el tiempo sin novedades sobre el tema, más posibilidades existen de que, o bien Sonia, o bien la chica de la que se enamoró, sean las responsables de una gran mentira.

—Daría lo que fuera por saber la verdad.

—No sé si algún día conseguirás descubrirla. Debes asumirlo.

—¿Quién me mandaría a mí enamorarme de una persona así?

—No te culpes, Toni. Son cosas que pasan.

—Las condiciones que ella me puso, nunca debí aceptarlas —se mortifica—. Si hubiera cortado en los primeros días, hoy no me sentiría tan mal.

—Estabas enamorado y ya está. Por amor se hacen toda clase de tonterías.

—He sido muy ingenuo, un pardillo, por creérmelo todo.

Nicole le pone una mano sobre el hombro e intenta

consolarle. Es muy fuerte lo que su amigo ha vivido y tardará en olvidar la mala jugada que le han hecho. Ella tratará de permanecer a su lado y ayudarle en todo lo que pueda.

—¿Alguna vez hablaste por mensaje privado con Sonia?

—Sí, varias veces.

—¿Puedo ver esos mensajes? Quizá haya algo que pueda delatarla.

El chico entra en el perfil de Dafne para enseñarle a Nicole lo que le pide y descubre algo que le deja totalmente desconcertado.

—¡Me está siguiendo otra vez!

—¿Cómo dices?

—Que Sonia me vuelve a seguir en Twitter.

—Eso significa que le puedes enviar mensajes privados, ¿no?

—Sí, voy a escribirle —responde ansioso.

Es como si de repente se hiciera la luz. La reaparición de Sonia le da una pequeña esperanza: porque si consigue hablar con ella, quizá llegue a enterarse de toda la verdad acerca de la historia de Lauren.

> «Hola, Sonia. Estoy hecho polvo con lo que ha ocurrido. Necesito hablar contigo y que me aclares lo que ha pasado. Por favor, respóndeme».

Cuando escribe el mensaje directo, se lo muestra primero a Nicole para que dé su visto bueno antes de enviarlo. La chica lo ve bien y Toni no tarda en mandarlo. Los dos se quedan sin uñas esperando a que ella conteste.

Casi media hora después, llega su respuesta.

«Hola, Toni. Quiero hablar contigo, pero no puedo conectarme a Skype. Allí hay demasiada gente que me quiere preguntar y no tengo ganas de hablar. Tengo muchas cosas que explicarte. Este es mi móvil. Llámame cuando puedas».

Y, en otro mensaje, la chica le escribe un número de teléfono.

—¿Qué hago?

—¿Cómo que qué haces? ¡Llámala ahora mismo! —grita Nicole, que está igual de nerviosa que su amigo.

El valenciano le hace caso. Marca el número que le ha dado y espera. Al tercer bip, la chica descuelga al otro lado.

—¿Toni?

—Sí, soy yo. Hola, Sonia.

—Hola. Me alegro de volver a oírte. ¿Cómo estás?

Su voz suena muy apagada. Sin fuerza. Si está fingiendo o actuando, lo hace francamente bien.

—Muy mal. ¿Cómo voy a estar?

—Ya, yo también estoy fatal. Me he pasado la noche llorando. Todavía no me lo creo.

—¿Entonces es verdad?

—¡Claro que es verdad! ¿Piensas que me he inventado todo esto?

—Yo... no lo sé.

—¿Cómo podría jugar con el suicidio de alguien, y menos el de una persona a la que conocía? ¡No estoy tan loca!

—No me..., no me lo puedo...

Toni no logra ni terminar la frase. Va perdiendo la voz conforme habla. Al escuchar a la chica, se da cuenta de que todo aquello es real. Que está viviendo una pesadilla, pero auténtica. Se le seca la garganta y tose para intentar aclarársela. Nicole acude rápidamente con una botella de agua para que beba.

—Toni, ¿te encuentras bien?

—Perdona. Me he atragantado —señala él tras dar un trago—. No entiendo nada, Sonia.

—Yo tampoco. Cuando ayer hablé con su padre, pensaba que era una broma.

—¿Cómo se puso en contacto contigo?

—Por Twitter. Me envió un mensaje directo a través de la cuenta de Lauren. Te lo leo.

> «Hola. Creo que eres una de las mejores amigas de mi hija. Tengo que decirte algo muy grave que ha pasado: Miriam se ha suicidado».

—¿Miriam? ¿Lauren se llamaba Miriam? —pregunta Toni tembloroso.

—Sí. Yo no lo sabía. Me lo dijo él.

—¿Y cómo sabes que no era la propia Lauren la que estaba escribiendo o alguien gastándote una broma?

—Porque más tarde hablé con él por teléfono —indica Sonia sollozando.

—¿Qué? ¿Hablaste con él por teléfono?

—Así es. Pensé lo mismo que tú: que a lo mejor era ella misma la que me había enviado el privado. No me creía lo que me estaba diciendo. Entonces, le pedí el número de móvil para hablar con él. Y el hombre me lo dio.

—¿Y qué te dijo?

—Estaba llorando cuando le llamé. Me dijo que su hija se había quitado la vida, sin entrar en detalles de cómo lo había hecho. Además, quería que yo pusiera un tuit para que sus amigos lo supieran y le dieran su último adiós. Decía que no habría mejor homenaje para Miriam que el que todos sus seguidores se pudieran despedir de ella en las redes sociales. Que el mundo supiera de su existencia.

—¿Él te pidió eso?

—Sí, por eso escribí el tuit —indica Sonia. Se le nota muy afectada—. Después, me quité de en medio. Sentía tanto dolor dentro de mí que no podía razonar con claridad. Lo único que tenía claro era que no quería saber nada más de esta historia. Ni del club de fans, ni de lo que suponía ella, ni de ti... Incluso dejé de seguirte en Twitter para que no pudieras hablarme más por mensaje directo.

—¿Fue por eso?

—Claro. Tú y Lauren manteníais una conexión especial que me hacía sentir en un segundo plano. Lo reconozco: estaba celosa de ella... Y por eso me inventé lo de que se rio de ti cuando tuvisteis sexo virtual. Me lo contó entusiasmada. Me equivoqué y no sabes cuánto lo siento.

—No... no entiendo nada. ¿Por qué?

—Porque tú me gustabas, Toni. Pero al irse Lauren para siempre, tampoco quería volver a saber de ti. Me sentía culpable. De hecho, soy culpable de haberle hecho daño a propósito. No sabes la de veces que en las últimas horas me he culpado a mí misma de todo lo que ha pasado.

—Tú estás detrás de esas cuentas falsas que se metían con ella, ¿no es así?

—No de todas, pero sí de bastantes —reconoce llorando—. Lauren no solo tenía amigos en las redes sociales. También había hecho algún que otro enemigo.

—Esto es un mal sueño —dice él hundido.

—Lo siento, Toni. Lo siento muchísimo. Yo quería desaparecer para siempre. No hablar más contigo. Cambiar de vida por completo, alejada de Internet. Pero cuando me he despertado esta mañana y he visto el revuelo que se había montado... He pensado que nadie te iba a contar nada y que merecías respuestas o te volverías loco. Es que esto es muy fuerte, Toni. Imagino que lo estás pasando fatal. Tú la querías. Y ella creo que también te quería mucho a ti.

Al valenciano se le encoge el corazón. Nota cómo le falta el aire, cómo pierde las fuerzas. Ni siquiera puede sostener el móvil en su mano. El *smartphone* cae al suelo y por un segundo pierde hasta la visión. Alarmada, Nicole acude inmediatamente a su lado. No deja de preguntarle cómo está, pero el chico solo tiene en la cabeza lo que acaba de escuchar. No puede decir nada. Ni tan siquiera llora.

La peruana le ayuda a sentarse en la cama y recoge el móvil del suelo de la habitación.

—¿Hola? ¿Hola? ¿Estás ahí?

Pero al otro lado de la línea ya no hay nadie. Sonia ha colgado.

CAPÍTULO 51

Después de desayunar juntos, Ainhoa y Óscar han decidido salir a dar una vuelta por los alrededores de la residencia. La chica intenta disimular su preocupación, a pesar de que hay cosas que no se le van de la cabeza. Ninguno de los dos ha hablado de lo de anoche, aunque saben que tarde o temprano saldrá en la conversación.

—Te veo un poco seria hoy —comenta el de Valladolid mientras pasean.

—¿Sí? Pues estoy normal. Como siempre.

—No te conozco desde siempre. La primera vez que hablamos fue el jueves. Parece que ha pasado un siglo, pero fue hace nada.

—Sí, hace nada —repite la canaria pensativa.

Hace tan poco tiempo que no entiende cómo pudo acostarse con él a las primeras de cambio. Y no estuvo nada mal, pero quizá se precipitó. Sobre todo, porque tiene la sensación de que ni siquiera le gusta. Fue un polvo de una noche; posiblemente, intentando eliminar los recuerdos de esa ex de la que estuvo hablando mientras jugaban al póker. Fue ella como podría haber sido Iria, Nicole, Elena o cualquier otra. Alguien como ella, con ese físico y esos complejos, no enamora a chicos como Óscar, que idealiza a tías como su ex.

—¿Quieres que volvamos al pasillo? —le pregunta el joven tras un rato en silencio.

—¿Ya? ¿Por qué?

—Porque no se te ve con muchas ganas de pasear conmigo.

—¿Y no es al revés?

—No, a mí me apetece. Hace un día muy bueno y se está bien fuera de la residencia.

—Creo que te hubiera dado igual salir conmigo que con cualquier otra.

Óscar la mira y se rasca la cabeza muy confuso. También algo molesto. No comprende absolutamente nada.

—¿Y esa actitud? ¿Por qué estás tan agresiva conmigo?

—Has empezado tú, diciéndome que estaba seria —responde Ainhoa, con el enfado *in crescendo*—. Y si me conocieras un poco, sabrías que no estoy todo el día gastando bromas. Me gusta reírme, pero no siempre tengo que estar sonriendo. Tengo problemas, ¿vale?

—Todos tenemos problemas.

—Ya, pero algunos os los buscáis y a otros nos llegan porque la vida es muy injusta.

—¿Yo me lo he buscado? ¿Te refieres a lo de Naiara?

—Sí, me refería a eso. Si no hubieras salido con una tía así, a la que le dabas todo lo que quería y más, no te habría pasado lo de los cuernos. Pero los tíos preferís que os vean con una chica bonita del brazo, y contar lo buena que es en la cama y la de cosas que os hace, antes que enamoraros de personas normales y corrientes, que no serían capaces de engañaros por muy golosa que fuera la tentación.

Aquel discurso termina de desconcertar a Óscar, pero el joven no está dispuesto a aguantar más desplantes de la canaria. Se gira y, sin decirle nada, toma el camino de vuelta al edificio principal de la residencia. La chica se queda petrificada mientras observa cómo se aleja. No esperaba que reaccionara de esa forma. Tal vez se ha pasado un poco con lo que le ha soltado sobre su exnovia. Resopla y decide seguir sus pasos, aunque no intenta alcanzarlo.

Lo mejor es que pase un tiempo para asegurarse de que se ha tranquilizado y no vuelve a meter la pata. Así que se queda unos minutos encerrada sola en su cuarto. Enciende el ordenador y echa un vistazo al foro que sigue desde hace un par de días.

Alguien le ha escrito un mensaje privado en su perfil.

> Tienes mucho valor. No todo el mundo es capaz de hacer lo que tú has conseguido. Provocarse el vómito cuatro veces en un día es increíble. Seguro que no has engordado ni un solo gramo y has perdido muchas calorías. Ánimo para este fin de semana. No dejes que el hambre pueda contigo. Fuerza, princesa.
>
> Mía

La chica le escribe para darle las gracias, aunque ni siquiera los halagos consiguen que se sienta mejor. Se pone la mano sobre la tripa, por debajo de la camiseta, y se lamenta una vez más de lo que ha engordado en el último año por culpa de sus padres. Entonces, cae en que el desayuno sigue dentro de ella. Menudo error. Un fallo que debe subsanar de inmediato.

Hay demasiado silencio en el pasillo, así que es posible que alguien la escuche. Ainhoa sale de la habitación y se dirige a los baños comunitarios. Entra en el de chicas y comprueba que no hay nadie. Bien, está sola. Se arrodilla frente a uno de los váteres y se mete los dedos en la boca.

Su estómago se vacía totalmente. Es una sensación muy desagradable, pero está contenta por haberlo logrado otra vez.

Unos minutos después, entra de nuevo en la 1153 y escribe en el foro.

> Adiós, desayuno. Adiós. Pero ¿cuándo empezaré a notar que pierdo peso? Contadme vosotras cuánto se tarda en comenzar a adelgazar. ¡Quiero verme ya más delgada!

Mientras espera a que alguien le responda, piensa en la discusión que ha mantenido con Óscar. Quizá le deba una disculpa.

Como nadie contesta a su *post* en el foro, apaga el ordenador y se arma de valor para ir a hablar con el vallisoletano. Desde el pasillo escucha su guitarra. Está interpretando *Don't speak*, del grupo No doubt. Lo hace francamente bien. Le gusta muchísimo cómo toca, tanto que espera a que termine para llamar a su puerta.

—Hola, ¿puedo pasar?

El joven la invita a entrar con un sencillo gesto de la misma mano que hasta un momento antes rasgaba las cuerdas de su guitarra. Ainhoa acepta, todavía un poco incómoda por la situación. Óscar está muy serio.

—Bueno, ¿qué quieres? ¿Me vas a echar otra bronca? —comenta él tras cerrar la puerta.

—No, no vengo a eso.

—¿Y a qué vienes? Porque te has puesto muy borde conmigo. Y todavía no entiendo el motivo.

—Ya. No suelo ser así —reconoce Ainhoa torciendo el labio—. Por eso te quería pedir perdón. Me he pasado hablándote de esa manera. No sé qué me pasa. Estoy un poco estresada desde que llegué a Madrid.

Óscar suspira y le pide que se siente con él en la cama.

—Acepto tus disculpas. Aunque me tienes que explicar por qué me has recriminado tanto lo de mi exnovia.

—No lo sé. Soy tonta.

—No creo que seas tonta.

—Debo de serlo por imaginarme que te acostaste conmigo para intentar olvidarte de ella.

—Y así es. Claro que me acosté contigo para tratar de alejarme de lo que he vivido con Naiara.

Aquella afirmación enfada de nuevo a Ainhoa. ¡Estaba en lo cierto! ¡Simplemente es el clavo que saca a otro clavo!

—¿Y me lo sueltas así? Podías haberlo disimulado un poco.

—¿Por qué? Nai fue mi novia durante mucho tiempo. Rompí con ella hace solo unos meses. Todo lo que hago está encaminado a intentar sustituirla, a eliminar para siempre lo que sentía por ella.

—Vamos, que me has usado como un clínex.

—Para nada. Nunca haría algo así —la contradice Óscar—. Si me acosté anoche contigo fue porque me gustas. No estoy enamorado de ti, pero me gustas.

La chica de repente se siente mejor. Parece sincero cuando le habla. Lo que le ha dicho la hace sonreír.

—Yo tampoco estoy enamorada de ti, pero también me gustas.

—Me alegra oírlo. Es que no es sencillo enamorarse de alguien en dos días.

—Ni en tres.

—Podemos dejar pasar un par de semanas, a ver qué tal —indica Óscar rodeándola con el brazo por detrás.

—Estoy de acuerdo.

—Me alegro de que nos entendamos.

—Yo también.

Ambos se miran a los ojos y sonríen durante unos segundos. Hasta que sus rostros se acercan, lentamente, y sus bocas se unen en un largo beso de no enamorados. Beso que precede a caricias y roces que ya les resultan familiares, viejos conocidos de la noche anterior. Los dos lo tienen claro y saben a dónde van.

—Que no estemos enamorados no significa que no podamos enrollarnos.

—Aunque sea solo para olvidar a tu novia.

—No empieces, canaria.

—Era una broma. Ahora que sé que te gusto, me quedo más tranquila.

—¿Quieres que cerremos la persiana y aprovechemos el último condón que me traje de Valladolid?

—Si me haces ese favor...

CAPÍTULO 52

Todavía no se habían visto desde la noche anterior. Elena hace la cama, observada atentamente por Manu. El chico lleva un par de minutos en su habitación y permanece inmóvil y vigilante, sin perder ni un solo detalle del espectáculo.

—¿Qué miras? —le pregunta la chica al girarse y darse cuenta de lo que el malagueño estaba prestando toda su atención.

—Estás muy sexi en esa posición. Ese pantalón vaquero te queda muy bien.

—Eres tonto. Y un descarado. No tienes vergüenza.

—Eso ya lo sabías. Además, te encanta que sea así.

—¿Algún día dejarás de ser tan creído?

Manu no responde. Pasea por el cuarto de Elena mientras ella dobla el pijama y lo guarda en un cajón del armario.

—Espero que no le hayas dado muchas vueltas a lo que pasó ayer.

—Alguna que otra.

—Ya sé que soy inolvidable, pero recuerda que no quiero ni estoy para compromisos.

—No quiero ningún compromiso contigo —dice

Elena mirándole, desesperada por la arrogancia del chico—. Ya te dije que fue un accidente.

—No logras nada engañándote a ti misma. No fue un accidente. Y lo sabes.

—¡Sí lo fue! ¿Podemos hablar de otra cosa, por favor?

—Me gusta cuando te enfadas. Te salen unas arruguitas muy graciosas en la frente.

—Idiota.

La chica se toca la frente con una mano y entra en el cuarto de baño a peinarse. Cuando termina, va a cambiarse de zapatos. Manu se ha sentado en la única silla de la habitación y está distraído toqueteando la pantalla de su móvil; así que a Elena no le queda más remedio que sentarse en la cama para calzarse.

—¿Te apetece salir esta noche otra vez conmigo?

—¿Tú y yo? ¿Otra vez? No. Ni de coña.

—¿Así de claro lo tienes?

—Sí. Lo tengo clarísimo. Esta noche me quedaré en la residencia.

—¿Haciendo qué?

—No lo sé. Pero no pienso salir más. Y menos contigo.

—¿Es que lo pasaste mal anoche? —pregunta sonriente Manu, que continúa buscando algo en su móvil—. Por lo que yo sé y tú me demostraste, estuviste bastante a gusto.

—No quiero hablar más de eso. No se lo has dicho a nadie, ¿verdad?

—Tranquila. No he presumido delante de nadie de que ayer me lie con la tía buena de Toledo. Así es como te conocen en la residencia, según he oído.

—Eso te lo acabas de inventar.

—Me has pillado. Pero empezaré a difundirlo desde hoy mismo.

Elena se levanta, ya con los otros zapatos puestos, e intenta darle un golpe en el hombro con el puño cerrado. Pero Manu logra esquivarlo sin muchas dificultades. Luego sigue rastreando en su móvil.

—¿Qué es lo que estás buscando? Me estás poniendo nerviosa.

—Algo que he leído en Internet y que me ha recordado a ti y a lo que sientes por mí.

—No siento nada por ti.

—Ya, eso es lo que dices, pero no es verdad. Poco a poco, te estás enamorando de mí.

—Ni en tus mejores sueños. Te dije que eso pasaría cuando...

—¡Aquí está! Lee esto —la interrumpe Manu antes de pasarle su móvil.

La joven coge el teléfono y se fija en la página que aparece en la pantalla. Hay un dibujo del Correcaminos perseguido por el Coyote y un pequeño texto debajo que dice:

> «¿Te acuerdas de los dibujos animados del Coyote y el Correcaminos? Seguro que recuerdas bien que el Correcaminos tenía una velocidad increíble. Ahora te contamos que la velocidad máxima que alcanza un correcaminos es de 32 km/h, mientras que un coyote puede llegar a los 69 km/h».

—Es decir, que si los dibujos animados estuvieran basados en datos reales, el Coyote agarraría al Correcaminos cuando le diera la gana.

Elena observa incrédula a su amigo y suelta una carcajada.

—Estás muy mal de la cabeza. En serio, Manu. Muy muy mal.

—Sí, lo que tú quieras. Pero esto demuestra que no es tan difícil que te enamores de mí.

—Esto no demuestra nada. Además, estamos hablando del Coyote y el Correcaminos de los dibujos animados. Ahí nunca lo atrapa.

—Porque el dibujante era un indocumentado. Tampoco entiendo cómo un gato es incapaz de atrapar a un canario cabezón que está dentro de una jaula. ¡Si yo fuera Silvestre, Piolín no me habría durado ni medio capítulo!

La chica vuelve a reírse. El humor y el ingenio de Manu, en muchas ocasiones, la impresionan. Es una pena que no siempre use esa capacidad de pensar rápido y sorprender para mejores fines. El malagueño en una película sería el malvado inteligente y buenorro que intenta conquistar el mundo utilizando su talento.

—En eso te doy la razón. Pero el caso del Correcaminos y el Coyote es diferente. Por muchas estadísticas que encuentres. En la serie de dibujos animados, el Coyote nunca atrapa al Correcaminos. Y ese es el mismo nunca que yo utilizo, con sus cinco letras, para asegurarte que *nunca* me enamoraré de ti.

—Ya veremos, ya —comenta sonriente el malagueño—. Bueno, coge tu tique ya, que hoy comemos todos juntos.

—¿Quiénes comemos juntos?

—Todos los que vivimos en el pasillo 1B.

Es la primera vez, desde que se conocen, que los nueve miembros del pasillo 1B se sientan a comer en grupo. Ha sido por iniciativa de Manu, quien, cuando ha regresado de darse un baño en la piscina climatizada, ha ido puerta por puerta avisándolos a todos.

Y allí están: los nueve compartiendo mesa y mantel.

Iria acaba de hablar con su novio, que le ha repetido, una y otra vez, que la quiere y que la echa de menos. Eso ha derretido a la chica, que empezó la conversación con él algo despistada por la revelación de Julen. Al navarro le ha sentado bien el baño que se ha dado en la piscina. Aunque no está seguro de si ha sido una buena idea confesarle a la gallega su gran secreto.

Óscar y Ainhoa se encontraban en la habitación del chico cuando Manu ha llamado a la puerta de la 1159. Ya se habían vestido después de hacer otra vez el amor. De momento, creen que nadie sospecha ni ha escuchado lo que ha sucedido entre ellos. Aquellas paredes tan finas los obligan a ser cuidadosos y a contener ciertos impulsos. Luego se han pasado un rato hablando de lo no enamorados que están y se han seguido conociendo un poco más.

Toni y Nicole también estaban juntos cuando el malagueño ha ido a avisarlos. Al valenciano le ha costado recuperarse de lo que Sonia le había contado. De hecho, no quería ir a comer con el resto. Ha sido la peruana quien le ha convencido. Aunque han llamado a Sonia en varias ocasiones y le han escrito varios privados en Twitter, no han vuelto a saber de ella. El efecto Lauren se ha ido apagando en las redes sociales y ya no hay tanta gente hablando del tema. Ni siquiera es *trending topic*. En cambio, a él le duele como si acabaran de darle la noticia. Ojalá su angustia fuera tan volátil, tan pasajera, como un *hashtag* en Twitter.

Por su parte, David se ha pasado buena parte de la mañana hablando por teléfono con Marta, quien, después de varios mensajes de WhatsApp enviados, no pudo aguantar más y lo llamó. El sevillano no sabe qué hacer con respecto a ella. Tampoco tiene claro qué es lo que realmente está sintiendo. No se perdonaría hacerle daño.

—A ver, chicos, ¡escuchadme un momento! —grita Manu poniéndose de pie y golpeando con un tenedor su vaso lleno de Coca-Cola.

Los ocho componentes del pasillo 1B prestan atención al malagueño. También le observan los que están sentados en otras mesas, que no entienden qué está haciendo aquel chico.

—Quiero deciros unas palabras antes de que vayáis a por el postre. He visto que hay arroz con leche, por cierto. Y tiene muy buena pinta —añade el joven ante la sonrisa de varios de sus compañeros de mesa—. Es la primera vez que comemos todos juntos. Los nueve. Los nueve individuos que habitamos en el pasillo 1B. Que no sea la última y que haya muchas más ocasiones como esta.

—¡Las habrá! —exclama Nicole emocionada.

—Por eso, quiero que cojamos nuestros vasos llenos de refrescos o de agua y los alcemos por nosotros, por todo lo que estamos viviendo y vamos a vivir en este curso. ¡Brindemos por el pasillo 1B!

Cuando Manu grita, los nueve integrantes del mismo pasillo chocan sus vasos unos con otros. Algunos, como Ainhoa o Elena, se mueren de vergüenza al sentir como todo el comedor los observa y cuchichea sobre ellos.

—¡Bien! Una vez que hemos hecho esta payasada y que todo el mundo nos mira, iré al grano con lo verdaderamente importante de esta reunión. ¡Todavía no tenemos grupo de WhatsApp! Así que voy a hacer uno ahora mismo y os voy a ir añadiendo. ¿Os parece bien?

Todos asienten entre risas. Incluso Toni, que continúa afectado por lo de Lauren, esboza una tímida sonrisa por las palabras del malagueño.

—Mira que te gusta ser el centro de atención —murmura Elena, sentada a su lado.

—Alguien tenía que encargarse —le explica el chico en voz baja—. Así, cuando tenga que contarles a todos que me he liado contigo, bastará con ponerlo en el grupo.

—Ni se te ocurra.

David observa cómo se susurran Manu y Elena. Cada vez está más seguro de que entre ellos hubo algo anoche, cuando salieron juntos. Resopla y se levanta en busca de un cuenco de arroz con leche.

Cuando regresa y se sienta de nuevo, el malagueño le pide su número de teléfono para agregarle al grupo. David se lo da, y enseguida lo añade.

—Listo. Ya formas parte de «Pasillo 1B», el grupo de WhatsApp. Solo faltabas tú.

El sevillano asiente con la cabeza, sin demasiado entusiasmo. Introduce la cuchara en su postre y saborea la canela con la que está bañado el arroz con leche. Elena y Manu siguen dialogando como en secreto. Y le molesta. No debería, pero es lo que siente. No aguanta más tener que presenciar aquel tonteo. Está a punto de levantarse y marcharse a su habitación cuando Carmona se acerca hasta su mesa; saluda a todos en general y los chicos le devuelven la cortesía.

—En los años que llevo aquí, nunca había visto que un pasillo se uniera tan pronto —comenta el veterano apoyando sus manos en los hombros de David—. Está muy bien que os hayáis adaptado tan rápido a la residencia.

—En realidad, no nos soportamos —señala Manu jocoso.

—Pues lo disimuláis muy bien.

—Unos mejor que otros —añade David rebañando el cuenco de arroz con leche.

Elena es la única que percibe cierto malestar en su amigo. Parece incómodo por algo.

—Yo os venía a proponer una cosa —continúa Carmona—. Soy relaciones públicas de una discoteca en Madrid. Esta noche damos una gran fiesta universitaria. Y me gustaría que vosotros vinierais.

—¿Más novatadas? —interviene Nicole preocupada.

—No, sin novatadas. Solo es una fiesta de bienvenida al nuevo curso.

—Suena bien —indica Manu interesado.

—Es una pasada la que se monta. Aquí os dejo nueve invitaciones por si os animáis. Yo que vosotros no me lo perdería.

Martín le da los pases a David, que observa lo que pone. La fiesta es en Kapital y la entrada, a partir de las once de la noche. La primera consumición es gratuita.

—Muchas gracias, seguro que nos apuntamos —habla por todos el malagueño.

—Muy bien. Eso espero. Pues allí nos veremos.

Carmona se despide y, tras mirar y sonreírle a Elena, regresa a la mesa en la que está comiendo con otros veteranos. El gesto no ha pasado desapercibido para Manu y David; y, sin pretenderlo, se ponen de acuerdo en algo: no les ha gustado lo más mínimo. La chica se pone roja e intenta que no se le note la vergüenza.

El malagueño intenta olvidarse rápidamente de lo que ha visto y escribe en su móvil:

«Estreno el grupo. Primer mensaje: ya tenemos plan para esta noche. ¿Quién se apunta? Y no me digáis que tenéis que estudiar, porque no me lo creo».

CAPÍTULO 53

—Venga, Toni. Tienes que salir a distraerte un rato.

—No insistas, Nicole. No tengo el cuerpo para nada. Y menos para ir a una discoteca. Además, nunca me han gustado.

—Lo de la discoteca es lo de menos. Lo importante es que des una vuelta con nosotros, te lo pases bien y desconectes de todo durante un rato.

—No quiero salir. Es imposible que me lo pase bien.

—Quedándote aquí, no se va a solucionar nada. Lauren ya no va a volver. Es muy triste y entiendo que te duela, pero la vida continúa. Si te pasas aquí encerrado todo el día, terminarás volviéndote loco.

—Tampoco soluciono nada saliendo por ahí de marcha.

La peruana resopla apenada. Comprende que su amigo lo ha pasado mal en las últimas horas y que lo que ha sufrido le ha dejado en estado de *shock*, pero cuanto antes rehaga su vida, mucho mejor.

—Mira, descansa un rato. Duerme un par de horas, que lo necesitas. Y cuando despiertes, lo piensas, ¿vale?

—Lo tengo más que pensado. No voy a ir a Kapital esta noche.

—Eres muy cabezota, valenciano —protesta Nicole antes de abrir la puerta—. Te veo más tarde. Lo dicho: duerme un poco.

La joven sale de la habitación y lo deja solo. Toni se tumba en la cama y se coloca la almohada bajo la nuca. Comprende que lo único que quiere su amiga es ayudarle, pero no va a ir a una discoteca a bailar y a emborracharse para pasar página. Entre otras cosas, porque a la mañana siguiente el libro estaría abierto por el mismo sitio.

En una cosa Nicole sí tiene razón: necesita dormir.

Trata de acurrucarse acomodándose de lado, hundiendo la cara en su almohada. Cierra los ojos e intenta concentrarse en algo que no le produzca dolor. Piensa en su hermana Lorena y en sus padres. En los domingos de paella en la Albufera, en los baños en la Malvarrosa o en los días que de niño lo llevaban a ver a Gulliver. Recordando su infancia, se queda dormido.

La que no tiene intención de echarse la siesta es Nicole. La joven peruana ha llamado a la puerta de Ainhoa, pero esta no le ha abierto. Decide pasarse por el cuarto de Óscar para comprobar si está allí.

Desde el interior de la 1159 le llega el sonido de la guitarra del vallisoletano. Toca con los nudillos y espera a que le abra. La música para y Nicole oye los pasos del joven acercándose a la puerta.

—Hola, ¿qué tal estás? —le pregunta el chico cuando aparece. Se ha recogido el pelo en una coleta y se muestra muy sonriente.

—Bien. Andaba buscando a Ainhoa. ¿Está contigo?

—No, nos hemos separado después de comer.

—Ah, vale. No está en su cuarto. Pensaba que podría estar aquí. Disculpa.

—No pasa nada. ¿Ocurre algo?

—No, no. Es que no la he visto mucho hoy y me apetecía charlar con ella un rato. Perdona por molestarte. Voy a seguir buscándola.

Sin embargo, a Óscar no le queda del todo claro que la peruana la quiera localizar solo por ese motivo. Si hay algo que caracteriza a Nicole es que resulta transparente como una gota de lluvia. Y en el rostro se le nota que está preocupada.

—¿Me dejas que me ponga los zapatos y te acompañe?

—Bueno...

—Espera un momento. No tardo nada.

El joven entra de nuevo en su habitación y a los pocos segundos reaparece con unas Converse negras.

—Ya nos podemos ir.

Los dos abandonan el pasillo 1B y se dirigen a recepción. Entran en la pequeña sala de cine primero, después en el cuarto de las máquinas expendedoras de comida y más tarde en el salón de estudios. En ninguno de esos sitios está.

—¿Vamos a la cafetería? —pregunta ella.

—Vale. A lo mejor está tomándose algo, aunque es raro que no nos haya avisado a ninguno de nosotros para acompañarla.

Nicole y Óscar van a indagar en la cafetería de la residencia, pero, cuando están a punto de llegar, contemplan como Ainhoa sale de los baños comunitarios. Se está limpiando la boca con la manga de la camiseta y, durante unos segundos, camina dando tumbos, casi desorientada.

No ve a sus amigos, que tienen que gritar su nombre

para que la canaria se percate de su presencia. Los saluda con la mano y espera a que lleguen hasta ella.

—¿Qué hacéis por aquí? —les pregunta cuando los tiene delante.

—Te estábamos buscando.

—¿A mí? ¿Para qué? —quiere saber la canaria, claramente a la defensiva.

Óscar mira a Nicole y aguarda a que ella responda. Él solo la ha seguido porque la ha visto preocupada y quería investigar las razones.

—Pues para charlar un rato. ¡Hoy solo te he visto a la hora de comer y apenas hemos hablado! ¿Dónde te has metido todo el día?

Ahora es Ainhoa la que observa de reojo al chico. Este rápidamente intuye lo que la canaria le está preguntando con la mirada y niega con la cabeza. ¡No le ha contado que se han acostado dos veces! Aunque quizá ese es el motivo por el que Nicole quería hablar con ella. ¿Y si los ha escuchado antes o ayer por la noche?

—Es que ha estado conmigo —responde el chico al ver que ella no contesta—. Hemos ido a dar un paseo por los alrededores de la residencia y luego le he estado enseñando... cómo se tocan algunas canciones con la guitarra.

—Sí, eso. Es que quiero aprender a tocarla. La guitarra. Eso.

—Eso, la guitarra.

—Óscar toca muy bien. Me va a enseñar a... tocar. La... guitarra.

Nicole no comprende aquel diálogo entre ambos que parece sacado de un dúo cómico sin mucha gracia. Intenta sonreír y prefiere no hacer preguntas.

—Seguro que Óscar te enseña muy bien. ¿Te apetece que vayamos a tomar algo a la cafetería?

—Vale. Aunque yo no voy a pedir nada —comenta la canaria, que cree que Nicole sospecha algo.

—Bueno, yo me vuelvo a mi cuarto. Voy a tocar un rato. ¿Te espero luego para seguir practicando?

Ainhoa asiente antes de que el joven las deje solas y regrese al pasillo 1B.

Las dos chicas entran en la cafetería y se sientan en una de las mesas que están más alejadas de la puerta. La peruana pide un café americano y la canaria solo un vaso de agua.

—¿A qué hora acabasteis la partida anoche?

—Sobre las dos, creo. Un rato después de que te fueras a dormir —contesta Ainhoa, que sabe que Nicole no se fue a la cama cuando dijo. Por lo menos, no a la suya.

—Al final, no me fui a dormir. Estuve en el cuarto de Toni hasta las tantas.

A la canaria le sorprende que se lo reconozca. Imaginaba que, si había algo entre ellos, lo querrían mantener en secreto. Como ella y Óscar.

—Ah. No lo sabía —miente.

—Pero no te pienses nada raro, eh. No hicimos nada. Bueno, sí. Hablar.

—¿Estuvisteis hablando toda la noche?

—Toda la noche no. Pero sí mucho tiempo. Toni tiene un problema y estoy intentando ayudarle.

—¿Un problema? ¿Qué problema? ¿Es grave?

—Nada, un lío tonto en el que se ha metido. Pero eso es lo de menos. Me gustaría que luego intentaras convencerle de que se venga con nosotros esta noche.

Creo que salir le vendrá bien para despejarse y desconectar.

—¿No se lo has dicho tú?

—Sí, pero a mí no me hace caso. Si se lo comentas tú, quizá tengas más suerte.

A Ainhoa le parece extraña la petición de su amiga, pero termina aceptando.

—Está bien, luego hablaré con él.

—Muchas gracias. Seguro que tú logras convencerle.

—No sé si podré, pero haré lo que pueda.

La peruana sonríe y bebe de su café. Ya ha dado el primer paso, el de aproximación. Ahora intentará abordar el tema por el que realmente quería hablar con Ainhoa. Pero debe hacerlo con discreción y mucho tacto.

—¿Te duele?

—¿El qué?

—El golpe que te diste el otro día, cuando te tiraron los ciclistas.

—¡Ah, eso! No, ni me acordaba ya —señala la chica sonriente—. A ti te hicieron algo mucho peor. ¿Sigues sin recordar dónde escuchaste la voz del tío que te atacó?

—Sí. Le he dado muchas vueltas, pero nada. Seguro que me viene a la cabeza cuando menos me lo espere.

—A ver si es verdad. ¡Esos tíos tienen que pagar por lo que te han hecho!

—Sobre todo por el daño moral al que nos han sometido. No debieron insultarte.

Ainhoa bebe de su vaso de agua y esquiva la mirada de Nicole.

—Ya.

—¿Sabes? Cuando me vine de Perú, estaba muy gordita. Y me dolía mucho que la gente se metiera conmigo por eso. Más que cuando me insultaban por ser de otro país o tener la piel oscura. Me dolía tanto que incluso dejé de...

Justo en ese momento, aparece por la puerta de la cafetería, atolondrado, un chico con la cabeza rapada al dos. Toni ve dónde están sentadas sus amigas y corre hasta ellas. Ambas lo contemplan estupefactas.

—¿Qué te pasa? Parece que has visto un fantasma —comenta Nicole alarmada.

—¡Me ha escrito!

—¿Quién te ha escrito? No me pongas nerviosa.

—Ella. Ella me ha escrito. ¡Está viva! ¡Lauren no se ha suicidado!

El joven coge de la mano a la peruana y, sin decirle nada a Ainhoa, se la lleva a la 1154. Dentro de su habitación, le enseña a Nicole el *e-mail* que acaba de recibir:

Hola, Toni:

Soy Lauren, aunque mi nombre real es Miriam. No sé si Sonia te habrá revelado ya mi verdadera identidad. Pero, por si acaso, me presento.

No sé por dónde empezar. Estoy muy nerviosa y ya he derramado no pocas lágrimas sobre el teclado del ordenador mientras escribía las primeras líneas de este correo electrónico. Esto es muy difícil para mí. Aunque para ti imagino que lo será todavía más.

En principio, mi intención era no ponerme más en contacto contigo. Que creyeras que me había ido para siempre y que el tiempo curara la herida que sé que he abierto en tu corazón. Pero todavía me queda algo de humanidad y pienso que la única persona que merece saber la verdad de todo eres tú. La verdad sobre mí y sobre lo que ha pasado.

Antes de contarte mi historia, te quiero pedir disculpas. Nunca debí hacerte creer que me había suicidado. Creo que jamás me perdonaré eso. Pero no estaba segura de que quisieras guardar el secreto y no le dijeras a nadie que todo había sido una farsa.

¿Por qué te lo confieso ahora? Porque ya me da lo mismo todo. No te merecías seguir sufriendo y quería que supieras que nunca pensé en quitarme la vida. Me avergüenza mi comportamiento contigo, pero no me arrepiento de lo que he hecho de cara a los demás.

Lauren debía morir y dejar paso a Miriam, la persona que se esconde detrás de un *nick* o de una triste foto de perfil. Nadie sabrá que Miriam era Lauren. Y podré empezar mi vida fuera de las redes sociales.

Mi vida era tan triste que fui feliz con poco. Unos cuantos fans, unos cuantos halagos, unos pocos aplausos virtuales... me valían para irme contenta a la cama cada día. El club de fans de mi querido Dani Martín se fue convirtiendo en una obsesión y también en mi propia tumba. La tumba de Lauren.

De buenas a primeras, me vi obligada a responder a todo el mundo si no quería que me insultaran o se pusieran en mi contra. Empezaron a aparecer enemigos ocultos en la red que me criticaban por subir una foto o por publicar algún comentario con un tema que no estuviera relacionado con DaniM. Cualquier cosa que hacía era cuestionada, con razón o sin ella. Creé algunos enemigos y generé mucha envidia. Y también, por qué no decirlo, fui creyéndome una auténtica *Twitterstar*, con mis amigos y también con mis enemigos, a los que intenté no darles importancia y ni tan siquiera responder. Dicen que la indiferencia es la mejor forma de contrarrestar a esos *haters* que solo existen en la pantalla del ordenador para generar odio y dar por saco.

Pero me cansé de todo. Hacía tiempo que estaba harta de Lauren, del club de fans, de los *haters*, de los *emojis*, de los pelotas... Estaba harta de todo el mundo. Pero me costaba decir adiós. Resultaba muy difícil abandonar aquello que me había dado tanto. Aunque cada día me lo planteaba. Sonia fue la que me dio la puntilla definitiva y el empujón que necesitaba para mandarlo todo a la mierda.

Ella era mi gran amiga en la red. Le contaba cosas que nadie más sabía. Y me traicionó. Comprendí que Internet es una trampa, que nunca llegas a saber qué es verdad y qué es mentira. Las redes sociales me han enseñado que el mundo es imperfecto y está lleno de gente en la que no puedes confiar. Tal vez, empezando por mí, una gran mentirosa. La traición de Sonia me abrió los ojos y entonces di el paso definitivo.

Pero no me podía ir de cualquier manera. Sigo teniendo mi ego y también quería ver hasta dónde llegaba mi poder en Twitter. Lauren se marcharía, pero lo haría a lo grande. Todos hablarían de mí por última vez.

Le envié el mensaje privado a Sonia como si fuera mi padre el que escribía desde mi cuenta y, como sabía que ella sospecharía que podía ser yo, hablé con la única persona del mundo en quien confío, mi hermano mayor, para que me echara una mano. A él le expliqué lo justo de esta historia: que estaba harta de insultos, de críticas y de todo el mundo de Twitter y que quería desaparecer. Le conté mi plan y le avisé de que Sonia no se conformaría con un puto tuit. Tal vez tendría que hablar con ella por teléfono haciéndose pasar por nuestro padre. La interpretación de mi hermano fue absolutamente genial. De Goya.

Del resto ya se encargaron los borregos que se creen cualquier cosa que aparece en las redes sociales. Entre fans, seguidores, inútiles, *haters* y sabelotodos, han creado el TT más duradero en lo que va de mes. Pobres idiotas. Pero ya imaginaba que esto saldría así. La gente se deja guiar por opiniones de otros, se creen cualquier cosa sin que esté contrastada. En cierta forma, me alegro de ser una especie de justiciera de las redes sociales. He leído tantas tonterías y tantas mentiras, hasta de gente que se supone que está por encima del bien y del mal, que me he estado riendo de ellos durante las últimas horas. En fin, cuánta mediocridad y falta de personalidad hay en el mundo.

¿Y ahora qué? Pues ahora desapareceré para siempre. Borraré mi cuenta de Twitter y simplemente seré Miriam. Aunque mi vida real es una mierda, es mejor que vivir en la mentira en la que he vivido estos meses.

Quizá nos encontremos alguna vez, Toni. Tú y Sonia sois los únicos que habéis visto mi foto. Así que puede que algún día me reconozcas por la calle y nos demos un abrazo.

No sé si me dejo algo. Han sido demasiadas cosas en muy poco tiempo y posiblemente me haya olvidado de explicarte alguna de ellas. No me lo tengas en cuenta.

Antes de marcharme, solo voy a decirte una cosa más: contigo todo ha sido muy especial. Y lo que hice, lo hice porque quise. Incluido lo que tú y yo sabemos. Me lo pasé muy bien mientras te observaba. Realmente, me he enamorado de ti, aunque lo nuestro es imposible. Cualquier cosa que esté relacionada con Lauren lo es.

No me odies, por favor.

Espero que hayas llegado hasta aquí. Sigo llorando mientras termino este *e-mail*. Muchas gracias por portarte tan bien conmigo y por soportar mis condiciones. Nunca me olvidaré de ti.

Que la vida te sonría,

Miriam

Los dos se miran cuando terminan de leer el correo electrónico. El chico tiene lágrimas en los ojos y resbalando por las mejillas, pero no logra decir nada. Nicole se las seca con la mano e intenta sonreír.

—Aunque no quieras, esta noche deberías salir para olvidarte de todo esto. Y no es una opinión, es una orden.

CAPÍTULO 54

—Me parece increíble que, viviendo todos en el mismo pasillo, estemos hablando de este tema por WhatsApp.

—Para algo está el grupo que hemos hecho.

—¿Y no sería mejor reunirnos en alguna habitación y comentarlo allí?

—No, no lo creo. Mejor así. Somos muchos y no nos enteraríamos de nada.

Iria se encoge de hombros. Está sentada en uno de los banquitos de la cascada junto a Manu. Conversan con el resto, a través del grupo «Pasillo 1B», sobre lo que van a hacer esta noche. Carmona les ha dado nueve entradas para una fiesta universitaria.

Manu: Bueno, al final, ¿cuántos vamos a ir a Kapital esta noche?

Julen: Yo voy.

Iria: Yo creo que también voy.

Ainhoa: Contad conmigo.

Óscar: Yo voy.

Manu: Bien. Conmigo, ya somos cinco. ¿Y los otros cuatro?

Los otros cuatro de momento no se han pronunciado. Nicole y Toni están juntos en la habitación del chico, sorprendidos todavía por el *e-mail* que Lauren ha enviado. Ni siquiera han visto la conversación de WhatsApp del grupo. David, una vez más, está hablando por teléfono con Marta. La chica le ha pedido disculpas por llamarle otra vez, pero no ha podido evitarlo. Se muere por estar con él. Y Elena...

Elena: Yo no voy. Pasadlo bien.

Manu: ¿Cómo no vas a ir? ¡Tienes que venir con nosotros!

Elena: No tengo ganas de salir. Ya os dije que no estoy aquí para eso.

Manu: No seas sosa y ven con nosotros. ¡Kapital es una pasada!

Elena: Prefiero quedarme en la residencia esta noche.

Manu: ¿Y qué vas a hacer? ¿Ver *Informe Semanal*?

Iria le da un codazo al malagueño en el costado cuando escribe el último mensaje. Tan fuerte que incluso le hace daño.

—¡Qué haces! ¡Eso me ha dolido! ¿Te has vuelto loca?

—Déjala, que se quede aquí.

—¿Por qué? Quiero que vayamos todos —señala Manu mientras se masajea la zona donde le ha golpeado la gallega.

—Si no le apetece, que no venga. No le insistas más.

—Parece que eres tú la que no quiera que vaya.

—Eso también —confiesa Iria mirando el móvil.

La conversación continúa desarrollándose entre los chicos del pasillo 1B.

Elena: Pues mira, no es mal plan. En mi casa lo veía con mis padres.

Ainhoa: ¿En serio veías *Informe Semanal*?

Elena: En serio. Y me parecía muy interesante.

Julen: Yo, los sábados que no salía de marcha, prefería ver el fútbol. Aunque últimamente al Osasuna es mejor no verlo. Este año lo pasaremos mal en segunda.

Manu: ¡No nos desviemos del tema! ¡Estamos organizando lo de esta noche!

Tras escribir en el grupo, el chico vuelve a mirar a su amiga gallega. No sospechaba que tenía algún problema con Elena.

—¿Por qué no quieres que vaya?

—Simplemente, porque no me cae bien. Y no me apetece salir con ella.

—Joder, ¿y ese odio tan grande?

—Vamos, Manu. Es lo peor, aunque a ti te guste.

—A cualquier tío le gustaría una chica como ella —señala el malagueño, aún sorprendido por lo que acaba de descubrir—. Está muy buena.

—Está muy buena, ella lo sabe y vosotros vais detrás para recordárselo.

—Yo no voy detrás de ella. Pero a nadie le amarga un dulce.

La gallega mueve la cabeza quejándose y escribe en el grupo.

Iria: El que no quiera venir que no venga.

Julen: Yo pienso lo mismo. Al que no le apetezca salir que no salga.

Manu: Pues yo creo que deberíamos salir todos. Ya

que el jueves no pudimos, por culpa de los veteranos, esta es una buena oportunidad.

—Solo quieres que salga con nosotros para intentar liarte con ella —comenta Iria cuando lee lo que el malagueño ha escrito en el grupo.

—Y qué más te da para qué quiero que salga con nosotros.

—Eres un interesado. ¿No tuviste ayer tu oportunidad? Si no pudiste enrollarte con la pija estando los dos solos, no le insistas más. No caigas tan bajo ni te arrastres por ella.

Manu entonces suelta una carcajada. Se siente tentado de contarle a Iria lo que pasó por la noche entre ellos, en aquel *pub* de Madrid. Pero logra resistirse.

—Qué sabrás tú.

—Pues sé que esa tía nunca se va a liar con alguien como tú. Te calentará y todo eso, pero no llegarás a más. Le gusta tener a los tíos detrás, pero sin pasar de la línea.

—Me infravaloras, gallega.

—No quieras hacerme pensar lo que no es, malagueño. Si te hubieras liado con Elena, lo habrías pregonado por toda la residencia.

Mientras ellos charlan, en el grupo de WhatsApp aparece David, que acaba de terminar de hablar con Marta.

David: Yo voy también. Me apetece conocer Kapital.
Ainhoa: ¡Bien! Uno más.
Óscar: Lo vamos a pasar genial.
David: Cenamos en la residencia, ¿no?

Julen: Sí, ¿no?

Ainhoa: Mejor cenar aquí. No quiero gastar mucho.

Óscar: Voto por cenar en la *resi*.

Manu: Que no se hable más. Cenamos en la residencia y a las diez nos vamos para Kapital. La fiesta empieza a las once. ¿OK?

David: OK.

Óscar: OK.

Julen: OK.

Ainhoa: Por mí, perfecto.

Elena: Pasadlo bien.

Manu: ¿Sigues sin querer venir? ¡Vas a ser la única del pasillo!

El malagueño cabecea pensativo. No se va a rendir. Está seguro de que si la chica de Toledo sale con ellos, volverá a liarse con él. Y hacerlo delante de David sería una doble victoria. Además, aunque los besos con ella fueron geniales, se quedó con ganas de más.

—Si tanto te interesa esa chica, quédate con ella en la residencia.

—Me apetece salir. Y estoy seguro de que Elena terminará saliendo también.

—En serio, Manu. Háztelo mirar. Estás obsesionado con esa tía. Acéptalo: nunca se va a liar contigo.

El malagueño se muerde la lengua para guardar el secreto que Elena le pidió que no revelara, pero le resulta imposible continuar escondiéndolo. No aguanta más y lo suelta por fin.

—Ya me lie con ella anoche —confiesa, orgulloso de su hazaña.

—Sí, claro.

—De verdad. Después de cenar, fuimos a un *pub* cerca de la Puerta de Alcalá y nos enrollamos.

—Mentira. Eso no hay quien se lo crea.

—¿Para qué te iba a mentir? Si te lo digo es porque pasó y quiero que se repita esta noche. Pero puedes creer lo que te dé la gana. No tengo que intentar convencerte de nada.

La rotundidad con la que Manu habla hace que Iria empiece a sospechar que está diciendo la verdad.

—¿Me estás hablando en serio?

—Sí, claro. No me gusta inventarme cosas así. Puedo ser mil cosas, pero no suelo mentir con estos temas.

—Pero ¿esa chica te gusta?

—Me gusta para lo que me gusta. No quiero ataduras de ningún tipo. Quiero ser libre para hacer lo que quiera.

—Manu, te has pillado por ella.

El joven ríe y se lo niega. Se pone un poco nervioso al sentirse observado por la gallega. No se está enamorando de Elena. Simplemente, es un rollo. Alguien con quien pasarlo bien. Él no se enamora. Solo se enamoró una vez y no permitirá que vuelvan a romperle el corazón.

David: ¿Por qué no quieres salir, Elena?

Elena: No me apetece.

David: ¿Nada?

Elena: Nada de nada.

David: Bien. Pues pásalo bien aquí.

Iria: ¿Dónde están Nicole y Toni?

Ainhoa: En la habitación del valenciano. Antes, estaba hablando con Nicole en la cafetería y ha llegado él a buscarla. Se han ido los dos juntos. Iban a su cuarto e imagino que seguirán allí.

Iria: Ah. OK.

Manu: Espero que ellos dos se apunten también.

Ainhoa: Toni se pasa mucho tiempo en su habitación. No sé si querrá venir.

Manu: Ya lo dirá él cuando vea esta conversación.

Ainhoa: Si no aparece en un rato, iré yo a preguntarle. Y también a Nicole.

Óscar: Te acompaño. Pásate ahora por mi cuarto.

Ainhoa: OK.

La conversación en el grupo de WhatsApp se para. Con todo aclarado, ninguno escribe durante varios minutos.

—Bueno, me voy a mi habitación —le dice el malagueño a Iria mientras se levanta.

—Vale, luego nos vemos. Y olvídate un rato de esa chica.

El joven dice que sí con la cabeza, aunque no está dispuesto a hacerlo. Camina hacia el edificio principal examinando su móvil. Piensa en cómo hacer para que Elena salga esa noche con ellos.

Mierda, ¿por qué está tan pendiente de esa chica? Por sus labios, sus besos, su manera de andar, por cómo habla, su culo, su risa... Porque le gusta pasar tiempo con ella. Y eso no lo puede negar.

Manu: Elena, ¿no hay forma de convencerte para que salgas esta noche con nosotros?

Elena: No, no hay forma de convencerme.

CAPÍTULO 55

—No pienso salir. ¡Lo he dicho tres mil veces ya!

—Pues si tú no sales, me voy yo con ellos.

—¡Tú no vas a ir a ninguna parte!

—¡Soy libre para hacer lo que quiera!

—¡Aquí no! ¡Aquí tienes que hacer lo que yo te diga!

—¡No puedes tratarme como a una esclava!

—¡No me deberías haber convencido para dejarte venir! ¡Sabía que romperías la promesa que me hiciste!

—¡Pues sal con todos y así no incumpliré esa promesa!

—¡Que no voy a salir!

—¡Menuda hermana!

—¡Eso digo yo! ¡Menuda hermana!

Marta se gira y le da la espalda a Elena. Esta gruñe, se sienta en la silla de su habitación y se centra en mirar la ventana de la habitación 1151, como si allí fuera a encontrar la salida a aquella absurda situación.

—Chicas, tranquilas, creo que podemos llegar a un acuerdo sin dar voces —comenta David intentando interceder entre las dos.

—Eso, no hace falta que os gritéis de esa manera —añade Manu—. Tranquilidad.

Las dos hermanas vuelven a mirarse de reojo. Ambas

están muy nerviosas en ese momento. Hace tres horas, mientras hablaban por teléfono, todo era diferente:

—Hola, hermanita.

—Hola, Marta. ¿Qué tal estás?

—Aburrida. No tengo ningún plan decente para esta noche. ¿Tú qué vas a hacer?

—Nada. Me quedaré en la residencia.

—¿En serio? ¿El primer sábado por la noche que pasas en Madrid?

—Sí, estoy cansada y quiero irme pronto a la cama. ¿Cómo están papá y mamá? No he hablado hoy con ellos.

—Bien. Aunque papá está liado con unos papeles.

—¿En sábado?

—Sí, se ha traído trabajo a casa. Mamá le está ayudando.

Durante unos minutos, Marta y Elena hablan de sus padres y de lo ocupados que están todo el día con el trabajo. Pero la intención de la llamada de la hermana pequeña es otra muy diferente.

—Oye, Elena, ¿en tu cuarto te dejan que duerman otras personas?

—Pues no lo sé. No viene nada en las normas, que yo sepa —indica la mayor de las hermanas, extrañada por la pregunta—. Supongo que, al haber solo una cama, se sobreentiende que solo va a dormir una persona por habitación. De todas maneras, ¡no pienso meter a ningún tío en mi cama de la residencia si lo dices por eso!

—No, no es por eso. Es por mí. ¿Algún día podría quedarme a dormir ahí contigo?

—Pues no creo que hubiera problema. Eres mi hermana.

—¡Genial! ¿Qué tal si voy hoy?

—¿Hoy?

—¡Sí! Me estoy aburriendo muchísimo aquí encerrada y por la noche no voy a salir. Se lo pregunté antes a mamá y me dijo que dependía de ti. Así que tengo su permiso.

—¿Mamá te deja?

—Sí. Solo hace falta tu consentimiento. Cogería el tren en veinticinco minutos y estaría en Atocha en menos de una hora. No hace falta que vengas a por mí, mamá me da dinero para un taxi.

Elena imagina lo pesada que se ha tenido que poner Marta para que su madre le dé permiso tan fácilmente y, además, dinero para que coja un taxi hasta la residencia.

—No sé, pensaba pasar la noche tranquila e irme a la cama pronto.

—Bueno, no pasa nada. No te molestaré mucho. Solo quiero que me dejes dormir en tu cuarto esta noche.

—También te vas a aburrir aquí. Todo el mundo va a salir de fiesta. Creo que voy a ser la única del pasillo que se quede aquí. Hoy la residencia va a estar medio vacía.

—¿Salen todos?

—Sí, eso parece. Van a la discoteca Kapital. Uno de los veteranos nos ha dado pases.

—Ah. Bueno —indica con algo de tristeza Marta. David no le ha contado nada—. Pero eso me da igual. Yo si voy es para estar contigo y verte a ti. Aunque no lo creas, te echo de menos. Déjame ir, por favor.

Aunque Elena es consciente de que su hermana está exagerando, sus palabras le llegan un poquito al corazón. Supone que lo que realmente quiere es ver a David y que necesita un lugar donde quedarse. Pero David sale esa noche con el resto, así que no hay peligro.

—Si vienes es para quedarte conmigo en la residencia.

—¡Claro! ¿Para qué si no?

—Marta, que nos conocemos.

—Te prometo que solo quiero ir a Madrid para verte a ti. Te lo prometo.

Tres horas más tarde, la hermana pequeña de las Guillermo Casanova mostraba una postura diferente. Convencer a Elena constituía solo la primera fase del plan que Marta tenía en mente. Cuando se enteró de que David también saldría con los demás, se propuso no dejar escapar la oportunidad de acompañarle y disfrutar con él de la noche madrileña. Tras cenar con los residentes del pasillo 1B, la joven se había aliado con el sevillano y el malagueño para intentar convencer a su hermana. Hasta le habían pedido a Carmona una entrada más y un permiso especial para poder entrar en Kapital, aun siendo menor de edad. Al ir con otros ocho o nueve mayores de dieciocho y ser la hermana de quien era, Martín había accedido a dejarla pasar. Así que por eso no debían preocuparse.

Pero Elena seguía con la misma intención de no salir, y ni entre los tres habían logrado hacerle cambiar de opinión.

—Me da igual lo que digas, me iré con ellos quieras o no —insiste Marta, que se cruza de brazos y arruga la frente, enfadada.

—No te pongas más pesada. No irás.

—Sí que lo haré.

—Si vas, te juro que se lo diré a mamá.

—Me da lo mismo. Me castigará, como siempre, y luego me perdonará.

Elena resopla. Está harta de discutir con ella y de

decirles a todos que no piensa salir. Durante la cena, hasta Toni y Nicole han confirmado que también irán a Kapital.

—¿Vosotros no le vais a decir nada? —les pregunta la mayor de las hermanas a los dos chicos.

—Yo estoy de acuerdo con Marta. Creo que deberías salir con todos —indica Manu sonriente—. Y si tú no quieres salir, que se venga ella. Yo la cuidaré.

—¡Ni de coña! ¡No me fío nada de ti! —grita Elena perdiendo los nervios y mirando ahora solo a David, pidiéndole apoyo.

—Yo solo digo que lo aclaréis pronto y dejéis de gritar. Estamos muy cerca de recepción y nos van a llamar la atención por montar este escándalo.

—Qué diplomático y qué correcto eres.

Durante unos segundos, ninguno de los cuatro habla. Solo hay miradas, de lo más variopintas, entre unos y otros. Sin embargo, el malagueño ha visto una oportunidad de que su amiga ceda en su decisión y va a intentarlo de nuevo.

—A ver, Elena. Ya que la chica ha venido desde Toledo, no la obligues a pasar la noche encerrada en tu habitación.

—¡Es que ese fue el trato para que viniera!

—Pero ¿por qué no quieres que salga con nosotros?

—Eso. ¿Por qué no quieres? —repite Marta la pregunta que acaba de formularle Manu.

—Porque no quiero y punto.

—Menuda respuesta. Gracias por aclarármelo.

—No eres justa con la pequeña y lo sabes —insiste el joven de Málaga—. Déjala que salga. No entiendo el motivo por el que te niegas. Ni comes ni dejas comer.

No puede decir la razón concreta por la que se opone a que su hermana se vaya esa noche con ellos. El que le preocupa realmente no es Manu, aunque este también podría intentar ligar con Marta si se le presenta la ocasión. Lo que le preocupa de verdad es que pase algo entre ella y David. Si sale con sus amigos, sin que ella esté presente, es algo que podría suceder. Sabe que el sevillano le gusta mucho y está convencida de que, sin nadie que la controle, lo buscará hasta encontrarle.

—Muy bien. Saldremos todos juntos —termina cediendo Elena, muy seria—. Ya tenéis lo que queréis. ¿Contentos?

—¿De verdad? ¿De verdad?

—Sí, Marta. De verdad. Pero es la última vez que te dejo venir a la residencia. ¡Que te quede muy claro!

La chica ya no escucha lo que su hermana mayor le dice. Se abraza a ella y después se lanza corriendo hacia la pequeña maleta que se ha llevado, en busca de algo sexi que ponerse para David. Aunque sabe que tendrá vigilancia estrecha, no puede ocultar su inmensa alegría. ¡Quiere saborear otra vez sus labios!

A las diez y cinco minutos, los nueve chicos del pasillo 1B y Marta están arreglados y listos para disfrutar de una noche que promete. Una noche que muchos de ellos jamás podrán olvidar.

El teatro Kapital es una de las discotecas más conocidas de todo Madrid. Se encuentra en la calle Atocha, a la que los diez chicos llegan en metro. Normalmente, los sábados abre sus puertas a las doce de la noche, pero es una fecha especial y han adelantado una hora su apertura para que entren los cientos de universitarios que se prevé que asistan a aquella fiesta.

Aunque todos se han vestido para la ocasión, las hermanas son las que más están llamando la atención con sus cortos vestidos y sus botas altas. Nadie diría que Marta es mínimo dos años más pequeña que la mayoría de sus acompañantes. Elena se ha encargado de pintarla y también la ha ayudado a alisarse el pelo con su plancha. Ella, en cambio, ha decidido rizárselo. David y Manu se han quedado con la boca abierta cuando la han visto aparecer en el pasillo.

—No teníamos bastante con una, que ahora tenemos que soportar también a la pija pequeña —le susurra Iria a Julen mientras se dirigen a la discoteca—. ¿De quién ha sido la idea?

El navarro sonríe y le recomienda silencio llevándose el dedo a la boca. El odio que la gallega siente por Elena crece con el paso de las horas. Cuando supo que finalmente saldría con el grupo, se llevó una gran decepción y estuvo a punto de quedarse en la residencia. Fue Julen quien la convenció para que no se echara atrás.

—Bueno, ¿dispuesta a pasar la mejor noche de tu vida? —le pregunta Manu a Marta guiñándole un ojo.

—Estoy muy emocionada. ¡Siempre había querido venir a una discoteca así!

—¿Sabes que tiene siete plantas?

—¡Madre mía! ¡Espero no perderme!

—No te preocupes, que si te pierdes, yo te encuentro.

La chica se ríe con las palabras del malagueño ante la atenta mirada de su hermana, que, desde unos pasos más atrás, no les quita ojo. Intuye que la noche va a ser muy larga. Tendrá que permanecer alerta para que Marta no meta la pata ni cometa ninguna locura.

—Relájate un poco —le dice a su lado David—. Te veo tensa.

—Estoy tensa.

—No tienes motivos.

Él, en cambio, sí los tiene. Que Marta esté allí es un peligro. De momento, no ha hecho ni ha dicho nada que haga sospechar a Elena de lo que pasó entre ellos el día anterior. Sus sensaciones son contradictorias. Está contento por salir con ellas, pero también preocupado por lo que pueda pasar.

—Creo que sí tengo motivos —le rectifica Elena—. Una adolescente con las hormonas desatadas... entre universitarios con las hormonas más desatadas aún. ¿Te parece poco?

—Marta es lista. No se irá con cualquiera.

La chica suspira. Sabe que su hermana es lista. Tan lista como para seducir a David y conseguir lo que quiera de él. De todo lo que puede pasar esa noche, eso es lo que más la afectaría.

Cuando los diez llegan a la puerta de Kapital, se encuentran con una cola inmensa esperando para entrar. La mayoría son chicos de entre dieciocho y veintitrés años que han visto la fiesta anunciada en Internet o en los tablones de su universidad. Entre ellos también hay jóvenes extranjeros, que están en Madrid de Erasmus.

—¿Tenemos que esperar todo esto para entrar? —pregunta Ainhoa sorprendida.

—Voy a buscar a Carmona. A ver si él nos puede dejar pasar. Nosotros ya tenemos entrada.

Manu se separa del resto y busca entre el gentío a Martín. El más veterano de la Benjamin Franklin está hablando con otro de los relaciones públicas de Kapital, junto a la puerta principal. El malagueño grita su nombre, pero no le oye. Es precisamente el que está con él quien le avisa de que lo están llamando. Carmona ve a su compañero de residencia y enseguida se acerca a saludarlo.

El chico le explica que sus amigos están en la fila esperando. Martín le pide que se los traiga a la puerta para que pasen sin tener que hacer cola.

—¡Vamos, chicos! Tener enchufe sirve para entrar sin necesidad de esperar —les dice Manu a los demás.

Los diez entran en Kapital tras dar las gracias a Carmona, que presta especial atención a Elena. Como siempre, esta se siente intimidada por aquel joven que, cada vez que la ve, le sonríe y la mira de una forma intensa.

Una vez dentro del teatro, los chicos quedan asombrados de las dimensiones de la discoteca. Allí pueden ver un mapa con el nombre de las diferentes salas y las opciones de música que tiene cada piso.

—¿A qué planta vamos? —pregunta Óscar, también impresionado—. ¡Hay siete!

—¡Yo quiero ir a la sexta! —grita Nicole muy emocionada—. ¡Ponen música latina todo el tiempo!

—Yo prefiero la quinta, que la música es más variada —indica Iria.

Todos opinan, pero no se ponen de acuerdo. Al final es Manu el que se erige en portavoz del grupo y les habla a todos.

—No tenemos que ir los diez a la misma planta. Que cada uno vaya a la que quiera y dentro de un rato nos vemos en algún sitio concreto. ¿Os parece bien?

Los otros nueve asienten. Aquella es la mejor solución. Además, quedan en que si hay cualquier problema, lo avisen por el grupo de WhatsApp.

Iria y Julen suben a la quinta, llamada «The Party», donde ponen canciones de diferentes estilos. Nicole y Toni se decantan por la sexta, la de la música latina. Con ellos también van Ainhoa y Óscar, que han dudado un poco pero finalmente han decidido acompañar a la peruana y al valenciano.

—¿Nosotros a cuál vamos? —pregunta Marta al sevillano agarrándose de su brazo.

—¿Os apetece un poco de *funky*?

Así que las dos hermanas, David y Manu empezarán la noche en la tercera planta, acompañados del *funky* y el *R&B.*

¡Empieza la fiesta! La discoteca Kapital está a reventar y sus siete plantas serán testigos de confesiones inesperadas.

CAPÍTULO 56

—¿Quieres que te pida algo?

—Sí, una Coca-Cola Light. Gracias.

—¿No vas a beber alcohol?

—No. Con el whisky del jueves ya tuve bastante. No tengo ganas de más resacas por una temporada.

Julen sonríe y asiente. El chico se dirige a la barra mientras Iria saca el móvil para escribirle a su novio. Antes de cenar, lo llamó para decirle que posiblemente esa noche saldría con el resto de los chicos del pasillo. A Antón no le gustó demasiado la idea, aunque él también había planeado irse de marcha con sus amigos por los locales de Coruña, por tercera noche consecutiva.

«Cariño, ya estoy en Kapital. Esto es enorme. Tiene no sé cuántas plantas. ¿Tú cómo estás? ¿Ya has salido con los chicos? Escríbeme cuando puedas. Te quiero».

La gallega espera impaciente a que su novio le responda, algo que no hace en los minutos siguientes. Se siente culpable por salir de fiesta sin él, aunque no debería, ya que Antón lo lleva haciendo con sus amigos desde el jueves. Por lo menos, esta vez no le ha mentido como en la noche de los novatos.

A pesar de disfrutar de una buena compañía, le echa de menos.

—Toma, aquí tienes. Era *light*, ¿verdad?

—Sí, gracias.

Después de darle su copa a Iria, Julen bebe de la suya. Él sí toma algo con alcohol. Aunque no piensa emborracharse. Una o dos, como máximo tres copas, y parará. Quiere pasarlo bien, pero controlando. Hay situaciones que no desea volver a vivir.

Observa a su amiga, que parece preocupada. Ya va conociéndola un poco y sabe cuándo tiene la cabeza en otra parte. Es increíble lo que se puede llegar a conocer a una persona en tan poco tiempo si pasas con ella tantas horas al día.

—¿Te puedo contar un secreto? —le dice el navarro inclinándose sobre ella.

—Claro. Cuéntame.

—Odio bailar. Además, lo hago fatal.

La gallega se siente un poco decepcionada. ¡Pensaba que iba a contarle algo relacionado con su confesión de esa misma mañana en la pista de tenis! No han vuelto a hablar del tema y se muere de la curiosidad. Sin embargo, sonríe.

—A mí tampoco me gusta demasiado. Aunque de vez en cuando apetece.

—Si me vieras... Soy un pésimo bailarín.

—Si lo sigues diciendo, te voy a obligar a que bailes conmigo.

—Seguro que todos nos mirarían.

—¿Probamos?

Julen detesta bailar, pero quiere sacarle una sonrisa a Iria e intentar animarla. Lo que está sonando en ese instante es *What are you waiting for?*, de The Saturdays. El chico no se lo piensa: agarra a su amiga de la mano y la guía hasta el centro de la pista. Están rodeados de jóvenes universitarios moviéndose al rimo de la *girl band* británica-irlandesa. Es el momento de lanzarse.

—Julen, ¿estás seguro de esto? —exclama la chica, que empieza a intentar seguir la música.

—No, pero no importa. ¡A bailar!

El chico comienza a contonearse sin demasiada coordinación. Mueve sus largos brazos de una manera extraña, arriba y abajo, aunque por lo que destaca especialmente es por su desacertado baile de pies. La gallega lo contempla sin poder creerse lo que ve. Debería sentir vergüenza ajena por él; sin embargo, lo que Julen está logrando es hacerla reír como no reía desde hacía mucho tiempo.

—¡Sí que se te da regular lo del baile! —grita Iria, que se mueve a su lado.

—¿Regular? ¡Soy un desastre!

—Es verdad. Nunca había visto nada igual. Creo que eres mejor jugando al tenis.

—En cambio, a ti no se te da nada mal ni una cosa ni la otra. ¡Aprendes muy rápido lo que te propones!

—¡Eso es porque soy gallega! ¡Y los gallegos somos muy testarudos!

—¡Se nota! ¡Se nota!

Los dos continúan bailando la canción de The Saturdays y después otros cuatro temas más en la planta cinco. Cuando termina *Salute*, de Little Mix, Julen vuelve a coger de la mano a Iria y la saca del centro de la pista, hacia un lateral.

—Estoy muerto.

—¿Qué dices? ¿Ya te has cansado? ¡Un gran tenista como tú!

—Ya ves, estoy como si hubiera jugado un partido contra Roger Federer y después otro contra Rafa Nadal.

—Eso es del tabaco. A ver cuándo lo dejas.

—De momento lo veo difícil —reconoce dando un último sorbo a su copa—. Por cierto, me apetece un cigarro.

—¡Aguanta! ¡No fumes!

—Lo siento. Tengo el mono. Vamos a la séptima planta, ahí está la terraza y se puede fumar.

La chica, resignada, lo acompaña hasta el piso siete, donde se encuentra la zona de fumadores. Allí están más tranquilos. La música no está tan alta y no tienen que elevar la voz para hablar entre ellos.

Iria aprovecha que hay menos ruido para llamar a Antón, pero este no le responde. Y vuelve a escribirle otro wasap.

«Hola, cariño, ¿dónde te metes? Te he llamado y no lo coges. Espero que estés bien. ¿Piensas en mí? Un beso. Te quiero».

Vuelve a estar seria por la ausencia de su novio. Ayer tampoco le contestó a los mensajes y puso como excusa que se había quedado sin batería. ¿Le ha vuelto a pasar lo mismo? Demasiada casualidad. No ceja en su empeño y lo llama una vez más. El resultado es idéntico que un minuto antes.

—No te preocupes. Seguro que está en un sitio donde no oye el móvil —comenta Julen, tratando de animarla, tras darle una calada a su cigarro.

—Será eso.

—O, a lo mejor, se le ha caído el teléfono dentro de la copa y se le está secando ahora.

—Eso es más complicado —dice Iria, algo más sonriente.

—¿Sabes cómo se seca un móvil si se te cae al agua?

—No, ¿cómo?

—Metiéndolo en un paquete o en un bote lleno de arroz.

—Eso es una leyenda. No conozco a nadie a quien le haya funcionado eso.

—Yo sí —apunta Julen, al que un repentino recuerdo le viene a la cabeza—. A mi profesor de Inglés del instituto.

Iria se ríe, aunque rápidamente se da cuenta de que su amigo no pretendía convertir aquel comentario en una broma. El navarro apura el cigarro y lo apaga en un cenicero.

—¿Puedo preguntarte cómo era ese profesor de Inglés?

—Pues... Era un tío muy alto, algo más que yo. Moreno, con los ojos claros, llevaba perilla...

—¿Cuántos años tenía cuando...?

—Treinta y uno.

—¡Dios! Te saca trece años.

—Ya. No estoy muy orgulloso de lo que hice. Pero no se puede borrar el pasado.

—Todos tenemos cosas en nuestro pasado que querríamos borrar.

Julen entonces saca del paquete de tabaco otro cigarro y lo enciende. Parece nervioso.

—Acabas de fumarte uno, ¿qué haces encendiéndote otro?

—Será el último que me fume hoy.

—No te creo.

—Ya lo verás —indica confiado—. Yo no fumo más y tú te olvidas del teléfono.

—Mmm. ¿No fumarás más?

—No si tú me das tu móvil para que te lo guarde y dejas de mirarlo cada dos minutos. Ya hablarás con tu novio mañana.

Iria se lo piensa. En realidad, no tendría que estar tan pendiente de Antón si él está pasando de ella y ni siquiera está atento al móvil por si le escribe o le llama. Julen tiene razón. Debería olvidarse del móvil hasta el día siguiente.

—Vale, acepto. Pero déjame intentarlo una vez más. Si no lo coge, te lo doy para que me lo guardes el resto de la noche.

—Muy bien. Llama.

La gallega pulsa sobre su número e intenta contactar con él una vez más. Uno, dos, tres, cuatro..., al quinto bip, escucha su voz en medio de un gran ruido.

—¿Hola?

—¿Cariño? ¿Eres tú?

—¿Iria? ¿Hola?

—Antón, ¿dónde estás? ¿Puedes ir a un sitio donde la música esté más baja?

—¡No te escucho!

La chica se desespera y observa a Julen, que continúa fumando y le hace un gesto para preguntarle qué pasa. Iria no responde y se centra otra vez en el móvil.

Por lo menos, su novio le ha cogido el teléfono. Ahora solo falta que la oiga para poder hablar con él.

—¡Cariño! ¡Aléjate un poco de ese ruido, por favor! ¡Así no me entero de nada!

—Voy a buscar un lugar más tranquilo, espera.

Mientras Antón intenta encontrar un rincón donde se le escuche mejor, la gallega le explica a Julen lo que sucede. Parece más calmada e incluso le sonríe cuando habla. No sabe si habría resistido no volver a mirar el móvil para comprobar si él la había llamado o respondido a los mensajes de WhatsApp.

—¿Cariño? ¿Estás? —vuelve a preguntarle la chica cuando oye menos jaleo al otro lado de la línea.

—Sí, hola. ¿Dónde estás? Se escucha música ahí.

La voz de Antón se entiende mucho más nítida, pero Iria detecta que ha tenido que beber bastante. Arrastra las vocales al hablar de forma evidente.

—Claro que se escucha música. Estoy en una discoteca, en Kapital. ¿No te acuerdas de que te lo conté?

—Joder, es verdad.

—¿No has leído mis mensajes?

—No, tenía el móvil en silencio. Perdona.

—¿Y por qué lo tenías en silencio? —le pregunta la chica desconcertada.

—Ni idea. Pero estaba en silencio.

A cada palabra que el joven pronuncia, más nota Iria que se ha pasado con el alcohol. ¿Desde qué hora llevará bebiendo con sus amigos y cuántas copas se habrá tomado? No le gusta escucharle así.

—Cariño, ¿dónde estás?

—En el baño. Me he metido en el cuarto de baño. Pero creo que es el de las tías.

—¿Qué? ¿Estás en el baño de chicas?

—No sé, pero eso creo.

Entonces, Iria escucha cómo se abre una puerta y luego la voz de una chica hablando en gallego y pronunciando repetidamente el nombre de su novio entre sospechosas risitas.

—¡Antón! ¿Con quién estás? ¿Quién es esa que te habla?

—Nadie. Nadie. Estoy solo. No me habla nadie.

—No digas que estás solo. Si oigo como una tía te está hablando... ¿Con quién estás?

El joven no contesta. En cambio, al otro lado de la línea, Iria escucha un sonido que la deja tan confusa como impotente. ¿Son besos? Aquello no puede estar pasando. Se gira hacia Julen y le habla con lágrimas en los ojos.

—Creo que mi novio me está poniendo los cuernos. Y está haciéndolo en mi propia cara.

CAPÍTULO 57

En la planta sexta de Kapital suena bachata. A Toni no le gusta mucho, pero Nicole está desatada. Ainhoa baila con ella y con Óscar, mientras el valenciano los mira desde fuera de la pista con una copa de ron con cola en la mano. Los tres han insistido para que baile con ellos, pero aquello no es lo suyo. Solo quiere beber, olvidar y que mañana sea otro día. Aunque ha intentado abstraerse de lo que ha sucedido en las últimas horas, no ha podido.

Mientras sus amigos bailan, saca su móvil y lee otra vez el *e-mail* que Lauren le envió por la tarde. Es la quinta vez que lo hace. No le ha contestado, ¿para qué? No va a lograr nada haciéndolo, solo sufrir esperando una respuesta que está convencido de que nunca llegaría. No sabe cómo va a lograr superarlo. Pese a las mentiras, sigue muy enamorado de ella. Solo espera que el tiempo repare pronto aquel destrozo que Miriam ha originado en su corazón.

—¡Eh, Toni! —le grita Nicole, que ha vuelto a su lado—. ¡Anímate!

—Estoy animado.

—¡Muy animado te veo! No pienses más en ella.

—No es tan fácil.

—Sabes que está bien. ¿No es eso lo más importante?

—No lo sé —contesta el chico con una voz que exhala tristeza—. Sé que yo la quería y que me va a costar mucho olvidarme de ella.

—Sinceramente, creo que lo mejor para ti es que esa chica desaparezca de tu vida para siempre. Una persona que te obliga a cumplir unas normas como las que ella te había impuesto no merece la pena. En las relaciones debe haber igualdad.

Toni comprende a Nicole y sabe que tiene razón. Pero una cosa es hablar y entender y otra, muy distinta, sentir. Lo que siente no se cura con palabras.

—Voy a por otra copa.

—Vale, pero intenta no pensar mucho en ella, por favor. ¡Y ven a divertirte con nosotros!

La chica se acerca a su amigo, le da un beso en la mejilla y, antes de regresar a la pista, le abraza. Toni la observa cómo llega otra vez hasta Ainhoa y Óscar y empieza a bailar de nuevo. Siempre está sonriendo. Ha tenido mucha suerte de cruzarse con alguien como Nicole en su camino. Lo mejor que le ha pasado desde que llegó a Madrid. Podría ser como ella e intentar tomárselo todo con más optimismo. Pero de momento no puede. No puede superar lo que acaba de pasarle.

Tanta gente le agobia, jamás le han gustado las aglomeraciones. Sorteando a unos y a otros, consigue llegar hasta la barra. Allí espera a que la camarera le atienda.

—¡Tío! Tú eres de mi residencia, ¿no?

Toni no está seguro de que le estén hablando a él, pero cuando se gira a su derecha, descubre que un chico le está mirando. Es uno de los veteranos de la Benjamin Franklin, el amigo de Carmona. Recuerda que se llama Ánder. No está solo, va con otros tres más. El valenciano le saluda con la mano y le sonríe para no quedar mal.

Sin embargo, Ánder no se conforma con eso y se acerca hasta él.

—¡Qué pasa, chaval! ¿Tomando unas copas? —le grita dándole tres palmadas fuertes en la espalda. Parece bastante bebido.

—Sí, aquí estamos...

—¡Yo soy Ánder! Te acuerdas de mí, ¿no?

—Sí, sí. Estamos juntos en la residencia Benjamin Franklin.

—Eso es. ¿Te gusta esto? ¡La música que ponen es la caña!

—Está genial —comenta tímidamente Toni, que todavía no ha escuchado ni una sola canción que le agrade.

—¡Qué bien, tío! ¡Este sitio es la bomba! ¿Has visto la de tías buenas que hay y cómo van vestidas? ¡Aquí el que no folla es porque no quiere!

Y, tras soltar una carcajada, Ánder pasa un brazo por detrás de Toni y le abraza.

—Bueno, chaval, me vuelvo con mis colegas. ¡No te vayas de aquí sin mojar! ¡Me alegro de verte!

—Igualmente. Adiós.

Ánder se marcha otra vez con sus amigos, a quienes parece comentar su casual encuentro, mientras Toni espera a que le sirvan. Pasan unos cuantos minutos más y la camarera no le hace caso.

La que sí acude hasta él es Nicole, que empezaba a preocuparse por su ausencia.

—¿Vas a pasarte la noche en la barra?

—Es que la camarera pasa de mí.

—¿De verdad? ¡Qué mala! —exclama la peruana riéndose.

—No te burles de mí, bastante tengo ya con que ella haya atendido antes a seis que han llegado más tarde que yo.

—Es que no impones nada, amigo. ¿Qué quieres?

—Un ron con Coca-Cola.

Nicole da un paso al frente y se echa encima del mostrador. Cuando la camarera pasa por delante de ella, le grita lo que su amigo quiere beber. La chica asiente y le pide que espere un segundo.

—¿Ves? Ya está.

—Ya he visto, ya —comenta el valenciano resignado—. Está muy claro que no tengo ningún poder de atracción.

—No digas eso, hombre. Es una cuestión de actitud.

—Es una cuestión de que todo el mundo me ve insignificante.

—Yo no te veo así —le contradice Nicole en un tono alegre—. El problema es que, después de lo que te ha pasado, cualquier cosa te resultará negativa. Por eso, cuanto antes cambies de actitud, antes verás la vida de otra forma.

La camarera interrumpe su conversación y les pone sobre la barra un vaso de tubo con hielo. Lo llena primero de ron y después con el refresco, que echa hasta casi rebosar la copa. Les dice el precio de la bebida y Toni paga.

—Emborracharme aquí me va a salir caro —señala el chico guardándose la cartera.

Nicole ríe y luego se gira hacia su derecha al escuchar las tremendas carcajadas de un grupo de chicos que intenta ligar con otra de las camareras de la planta seis.

—¿Ese no es...?

—Sí, Ánder. El amigo de Martín Carmona —se anticipa Toni—. Antes ha venido a saludarme y me ha dado tres golpes en la espalda que todavía me están doliendo.

La peruana escucha como el veterano de la residencia y sus colegas le sueltan otro piropo subido de tono a la chica que los atiende y los cuatro vuelven a reírse como una jauría de hienas. Un escalofrío sacude su cuerpo de repente. Ahora lo comprende todo. A Nicole le tiembla cada centímetro de su cuerpo cuando cae en la cuenta de que la voz que le sonaba del sujeto con pasamontañas que la asaltó... ¡es la de Ánder! Y el más alto del grupo con el que está ahora es el tipo que lo acompañaba. No tiene ninguna duda sobre ello.

En la pista de la planta seis, Ainhoa y Óscar continúan bailando mientras Nicole ha ido a buscar a Toni, que lleva un rato desaparecido. Cuando acaba la enésima canción que bailan juntos, deciden tomarse un descanso. La pareja sale de la pista de baile y se dirige a una zona con sillones. Solo hay uno libre.

—Si quieres me siento yo y tú te pones encima de mí —comenta el joven de Valladolid.

—Peso demasiado.

—¿Qué dices? Peso yo mucho más que tú.

—Porque eres un tío —indica molesta la canaria—. Estoy gorda. Y no me digas que no para quedar bien. Siéntate tú, yo estoy bien de pie.

Pero Óscar no le hace caso. Se acomoda en el sillón y arrastra con él a Ainhoa tirando de su mano. La chica cae sobre sus piernas e intenta levantarse de nuevo. El joven se lo impide y la atrapa entre sus brazos para que no pueda incorporarse.

—Si te sigues moviendo, vamos a caernos los dos. Y todos se van a reír de nosotros.

—Pues déjame que me ponga de pie.

—Así estamos bien. Los dos juntos.

La chica suspira y se da por vencida. Está segura de que le pesa mucho y de que Óscar lo está ocultando para que no se sienta mal.

—Siento estar aplastándote con mi culo enorme. Cuando te canses, me avisas.

—Tu culo es perfecto. Y está muy bien donde está.

—Necesito perder unos doce kilos como mínimo.

—¿Doce kilos? ¿Me estás hablando en serio?

—Por supuesto. Con doce o trece kilos menos, estaría perfecta —señala Ainhoa convencida.

—Estarías esquelética. Solo se te verían huesos.

—Mejor eso que tanta chicha —insiste ella, que se está empezando a agobiar.

No sabe por qué le está hablando de ese tema. No debería haberle contado nada del complejo que tiene con sus kilos de más.

—A mí me gusta cómo eres.

—Pues a mí no. Y eso es lo que cuenta.

—¿Es por eso por lo que quieres que apaguemos la luz para...?

—¡Calla! ¡Dejemos el tema, por favor! —grita Ainhoa, que de nuevo intenta ponerse en pie.

Sin embargo, Óscar vuelve a impedirlo agarrándola

por las piernas y la cintura con firmeza. Luego, la sujeta con delicadeza por detrás de la cabeza y acerca su cara a la de ella para darle un beso en los labios. La chica se deja hacer y se relaja cuando juntan sus bocas. Al separarse unos segundos más tarde, el vallisoletano la mira a los ojos y sonríe. Ella permanece seria.

—No quiero que te sientas mal por eso. A mí me gusta cómo eres.

—Te gustaría más si estuviera delgada.

—Estás bien. Si crees que te sobra algún kilo, haz ejercicio y deja los dulces, por ejemplo. Pero eso de pensar en perder doce o trece kilos es una locura. Y no te hace falta.

Lo que Óscar dice la anima, aunque no le hace cambiar de opinión. Tiene muy claro que haciendo ejercicio, o simplemente dejando de comer dulces, no va a conseguir lo que se propone. Aunque le guste a ese chico, que es algo que no termina de creerse, debe gustarse primero a sí misma.

—¿Podemos hablar de otra cosa?

—Vale, pero espero que tengas en cuenta lo que he dicho.

—Sí, muchas gracias por los consejos —le susurra melosa mientras se inclina sobre él para volver a besarle.

Diez minutos después regresan a la pista de baile, aunque Nicole y Toni continúan sin aparecer por allí. Se preguntan dónde se habrán metido. No sospechan que la peruana ha descubierto la identidad de los que la atacaron y que, en ese instante, ella y Toni buscan a alguien que les pueda echar una mano.

CAPÍTULO 58

Llevan un rato en la planta tercera, pero a Marta no le gusta la música que allí ponen. Así que han decidido cambiar de sala y bajar hasta la «Main Floor», dedicada al *dance* y al *house*. Allí la chica sí se siente como pez en el agua, aunque su hermana no soporte esa clase de música.

—¿Quieres que tú y yo vayamos a otra parte? —le pregunta Manu, sentado a su lado.

—No, estoy bien aquí, gracias.

No está bien allí, pero no piensa perder de vista a su hermana ni un instante. David baila con ella en la pista y, en cuanto se descuide, sabe que se lanzará a sus brazos.

—¿Te da miedo que la pequeña te arrebate al novio?

—No seas capullo, anda.

—Marta tiene tu belleza, pero le falta tu simpatía y encanto natural —ironiza el malagueño después de la respuesta de la chica.

—No tendría que haber venido. Y mi hermana tampoco.

—Ella se lo está pasando en grande, y los que están a su alrededor, aún más.

Elena mira hacia donde señala Manu y observa como un montón de tíos se encuentran alrededor de Marta, contemplando sus sensuales movimientos. Esta baila sin ningún pudor frente a David, que también mantiene sus ojos clavados en ella.

—Esta chica no tiene remedio —murmura enfadada la joven.

Se pone de pie y camina hasta la pista de baile. El malagueño la sigue detrás. Cuando llega hasta su hermana, la agarra de la mano y le pide que la acompañe. Marta protesta, pero termina obedeciendo a la fuerza lo que Elena le dice. Las dos se alejan de David y Manu, que también abandonan la zona cuando las chicas se marchan, aunque no van tras ellas: se dirigen a la barra de la planta baja para pedir algo de beber. Ninguno quiere estar en medio de la discusión fraternal que se avecina.

—¿Vas a intentar liarte con la pequeña? —le pregunta Manu a David, sin ningún tapujo, mientras los atienden—. Por lo que se ve, ella está muy interesada en ti.

—No voy a liarme con ella.

—¿Por qué? Está buena. Serías la envidia de todo Kapital.

El sevillano hace un gesto con la mano para que pare y da un sorbo de la copa que una camarera le acaba de servir.

—No hables de ella como si fuera un juguete que puede ir de mano en mano.

—Está bien que la defiendas. Pero no he dicho nada malo sobre Marta. Aunque no me negarás que esa niña tiene mucho peligro.

—Es una chica de instituto de Toledo, rodeada por universitarios salidos, muchos de ellos con una copa de más. ¿Quién tiene realmente peligro aquí?

Manu se ríe y después pega un trago de su bebida. Su whisky con naranja está algo flojo y le pide a la camarera que le eche algo más de alcohol. La chica obedece, intercambiando con el malagueño miradas y sonrisas.

—Bueno, como tú digas. Ya que la defiendes tanto, quédate tú con la pequeñaja. Yo prefiero emociones más fuertes.

—Esa camarera solo está siendo simpática contigo para que luego le pidas más copas.

—¡No hablo de la camarera! —exclama Manu riendo—. Y tú lo sabes.

—No soy adivino. No sé de lo que hablas.

—Hablo de la mayor de las dos hermanas. El premio gordo. Voy a liarme con Elena esta noche. Muy mal se tiene que dar para que se me escape.

El gesto de David no cambia. Mete un dedo dentro de su vaso y remueve el hielo. Luego se seca con una servilleta de papel.

—¿No me dices nada? —le pregunta Manu, algo extrañado por su actitud.

—¿Qué quieres que te diga?

—Que no lo voy a conseguir, que estoy loco, que no trate a Elena como a un objeto. No sé, algo de eso que sueles decir tú. Estoy segurísimo de que te ha molestado mi comentario.

—Es tu forma de ser. No vale la pena discutir más.

—¿Entonces no ves una locura que quiera liarme con Elena?

—No creo que sea imposible que te líes con ella. Ya lo hiciste ayer, ¿no?

Manu esboza media sonrisa. ¿Está admitiendo su derrota?

—Sí, lo hice. ¿Te lo ha dicho ella?

—No seas capullo, Manu. Cuando viniste a mi habitación anoche, no me lo dijiste directamente, pero lo dejaste caer descaradamente. Tú eres así. Te gusta pregonar todo lo que tienes y todo lo que crees que eres. Aunque no lo grites o ni siquiera lo digas a la cara. ¿Así era más interesante, no?

—Lo interesante será cuando nos veas besándonos esta noche y le meta mano en alguno de los reservados de esta discoteca —señala el malagueño intentando provocarle—. Sé que ella te gusta. Se te ve en los ojos.

El sevillano resopla y se acaricia el tatuaje del cuello con los dedos. No quiere alterarse ni discutir con él. No es su estilo.

—Si me gusta o no me gusta Elena es solo asunto mío.

—No es solo asunto tuyo. Puede que a ella también le gustes tú, y si os entendéis y termináis convertidos en parejita, tendré más complicado que quiera liarse conmigo. Ella me interesa. A lo mejor de una manera diferente a como te interesa a ti, pero me interesa.

David es ahora el que sonríe.

—Hablas, hablas y no dejas de hablar de que Elena te interesa de otra manera. Pero, realmente, estás enamorado de ella hasta las trancas.

—¿Estás loco? ¡No estoy enamorado de ella!

—No soy tonto, Manu. Por muy frívolo que sea tu discurso, te gusta esa chica mucho más de lo que reconoces. Es muy evidente.

—A mí me gusta porque está buena y me pone, como a cualquier tío. Es muy guapa y tiene un cuerpazo.

—En eso estamos de acuerdo. Pero no solo te pone.

Elena te ha enamorado. Y aunque te líes con ella, le metas mano en algún reservado como pretendes o lleguéis a tener sexo, te duele que ella jamás vaya a sentir lo mismo que sientes tú. Por eso te comportas de esa forma.

—No sabes lo que dices, sevillano.

—Lo sé perfectamente. No dejas de delatarte cada vez que hablas de ella.

—Mira, tío, paso de darte explicaciones.

—No quiero más explicaciones. Eres tú el que se ha enamorado de alguien que no podrá tener nunca.

Y tras despedirse con una sonrisa de la camarera que los ha atendido, David coge su copa y regresa a la pista de baile, sin que Manu pueda negar más veces lo que tiene tan claro.

Elena y Marta aún no han regresado a la zona de baile de la planta baja. Las dos hermanas están en los baños. Llevan varios minutos discutiendo.

—¿Qué he hecho mal esta vez?

—¡No puedes moverte de esa manera! —la recrimina la mayor—. Todos te estaban mirando.

—¡Solo bailaba! ¡Que miren lo que quieran!

—¡No puedes bailar de esa forma!

—¿Por qué? Esa música se baila así.

—¡Se te veía todo! ¿Es lo que pretendías?

La pequeña de las dos contiene la respiración y se mira en el espejo del cuarto de baño. Ha estado cerca de insultar a su hermana cuando le ha soltado eso. Espera a que un grupito de chicas muy pijas salga de allí para dirigirse de nuevo a Elena.

—Yo solo bailo. No busco nada más. Si no te gusta, no mires.

—¿Y que todos los babosos de la discoteca se pongan a tu lado para intentar meterte mano cuando te descuides?

—Nadie me va a meter mano. Eres una pesada.

—Soy tu hermana mayor. Estás aquí bajo mi responsabilidad. Y no puedes comportarte como una...

—¿Como una qué?

—Déjalo. No quiero seguir discutiendo.

—Tú también piensas que soy una guarra, ¿verdad?

—No he dicho eso.

—¡Pero lo piensas! Piensas que lo único que quiero es calentar a los tíos y liarme con ellos. ¿No es así, Elena? ¿No es así?

—A ver..., claro que no pienso así... Lo que pasa es que...

Pero Marta no quiere escuchar sus explicaciones y, tras empujarla, se encierra en uno de los baños echando el pestillo. Elena llama a la puerta, pero su hermana ni siquiera responde. Solo se le escucha llorar. Eso ablanda a la joven, que ahora se siente culpable.

—Vamos, perdona. No quería decir eso.

—¡Sí que querías! ¡Mi propia hermana cree que soy una puta!

—¡Marta, no hables así, por favor! ¡Cómo voy a creer algo así!

—¡Es lo que has dado a entender! —grita llorando—. ¡Vete y déjame en paz!

—No me pienso ir de aquí. Por favor, sal y hablamos tranquilamente.

—¡No! ¡No quiero hablar más contigo!

Durante varios minutos la hermana mayor intenta convencer a la pequeña para que le abra la puerta y hablen. Pero Elena no logra que salga. Ya no sabe lo que decirle ni cómo pedirle disculpas.

—Marta, por favor. ¿Te vas a pasar la noche ahí dentro llorando?

—¡Sí! ¡Eso pienso hacer!

—Me has estado dando la brasa para que vengamos y ahora resulta que, por una estupidez, te encierras en el cuarto de baño.

—Que tu hermana te diga que eres fácil para los tíos no es ninguna estupidez.

—No he dicho eso. Y si has entendido algo así, te pido perdón. La estúpida soy yo.

—¡Lo eres! ¡Y mucho! ¡Y no quiero salir!

—Joder, Marta. ¿Quieres que le diga a David que venga? ¡A él seguro que le dejas pasar!

—¡No vas a decirle nada a David!

—¿Que no? Espera, que ahora mismo le mando un wasap.

Tras unos segundos de silencio y duda, la puerta del baño en el que se ha encerrado Marta se abre despacio. La chica se asoma y le pide a su hermana que pase. Esta suspira y entra. Se queda de pie, apoyada contra la pared, mientras la otra sigue llorando sentada sobre la tapa del váter.

—No le digas nada a David, por favor.

—Tranquila. No lo haré. Pero he estado a punto de enviarle un mensaje.

—No quiero que me vea llorar. Estoy muy fea.

Elena se agacha y le seca las lágrimas. Se le ha corrido el rímel por toda la cara.

—Tú nunca estarás fea. Eso sí, pareces un mapache ahora mismo.

—Jo. Qué mal. Así no puedo volver a la pista.

—No, así no puedes volver.

La hermana mayor saca un paquete de toallitas desmaquillantes de su bolso y comienza a limpiarle los ojos con cuidado.

—No quiero que pienses que soy una guarra.

—¿Quieres dejar de decir eso? ¡No lo pienso!

—Solo pretendía..., solo quería que él se fijara en mí.

—Todos estaban fijándose en ti —le advierte Elena, que continúa quitándole la pintura de los ojos.

—Me dan igual los demás. Solo me interesa David —confiesa Marta con tristeza—. Creo que me he enamorado de él.

Cuando Elena escucha a su hermana, no sabe verdaderamente qué decirle. Tampoco está segura de qué es lo que siente al respecto. ¿Cómo se supone que debe actuar? ¿Qué tiene que hacer? ¡A ella también le gusta David! Y sí, está enamorada. Por muchos rodeos que le dé. No puede engañarse más a sí misma.

—¿Estás segura de eso?

—No lo sé, me parece que sí.

—Si solo lo has visto dos veces. Vale que habéis hablado algún día más por teléfono, pero ¿no puedes estar confundiendo tus sentimientos?

Marta agacha un instante la cabeza y después mira a Elena fijamente, con expresión de culpabilidad.

—Prométeme que no te vas a enfadar.

—¿Qué? ¿Por qué dices eso?

—Solo prométemelo —insiste la hermana pequeña—. Te cuento una cosa si me prometes que no me vas a echar más broncas.

—Si no me dices qué es, no puedo prometerte nada.

—¡Prométemelo!

Elena está cada vez más nerviosa. No tiene ni idea de a qué se refiere. Y por lo visto no piensa contárselo hasta que le prometa que no se va a enfadar con ella. Así que acepta.

—Está bien, prometo no enfadarme contigo.

—¿Sea lo que sea?

—Sea lo que sea.

—¿Seguro? ¿Sea lo que sea?

—¡Que sí, pesada! Te prometo que no me enfadaré contigo sea lo que sea.

Marta balancea las piernas. Sus ojos están más limpios ahora, aunque tendrá que volver a maquillarse antes de salir del cuarto de baño. En cambio, eso no le preocupa en ese instante. Solo le inquieta la reacción de Elena. Toma aire y lo suelta.

—Ayer estuve en Madrid con David —reconoce temerosa de que su hermana no cumpla su palabra.

—No es verdad.

—Sí, lo es. Cogí el tren para verle y pasé con él toda la tarde. Pero hay más... Antes de despedirnos y regresar a Toledo, nos besamos en la estación. Fue el mejor beso de mi vida.

CAPÍTULO 59

No han querido molestar a los demás y han preferido solucionar el problema por su cuenta, sin implicar al resto en aquel asunto tan delicado.

—¿Estás segura de que es Ánder?

—Completamente segura —contesta Nicole a Toni mientras bajan hacia la primera planta.

—¿Y si te has confundido? Ahí había mucho ruido.

—No me he confundido. La voz del tipo del pasamontañas es la suya. Y el alto que hoy iba con él es el otro. No tengo ninguna duda.

—No parece esa clase de persona.

—Toni, me da igual lo que parezca. Sé que fue él quien me atacó el otro día.

Los dos llegan a la primera planta, donde están los reservados, la sala privada de Kapital. Allí les han dicho que encontrarían a Carmona. La peruana piensa que él puede ayudarla, tal y como se ofreció el día anterior.

—Deberíamos ir directamente a la policía —comenta Toni, que sigue sin tenerlas todas consigo.

—Prefiero hablar primero con Martín. Él conoce bien a Ánder. Es uno de sus mejores amigos. Quizá ya sospechaba algo.

—Si sospechaba algo, no te lo va a decir.

—Tal vez, pero ya veremos. Carmona se prestó a ayudarme si necesitaba cualquier cosa relativa a la agresión. Trabaja aquí, es su amigo y creo que nos puede echar una mano con esto.

El valenciano no dice nada más; simplemente, se limita a seguir a Nicole. La pareja está en el primer piso, pero un guarda de seguridad custodia la entrada al interior del mismo. Hablan con él para pedirle permiso para pasar, explicándole que buscan a Carmona. Sin embargo, el portero no cede: necesitan un pase especial para poder acceder a la zona privada.

—A lo mejor alguno de los chicos tiene su número de teléfono —apunta Toni pensando en lo que pueden hacer.

—No lo sé. ¿Lo pregunto en el grupo de WhatsApp?

—Haz lo que quieras. Es una opción. Aunque van a querer saber para qué lo necesitas y todos se van a enterar de lo de Ánder.

—Es verdad. Y vendrían a buscarnos. No quiero fastidiarle la noche a nadie. ¿Has visto lo acaramelados que están Ainhoa y Óscar?

—Para no verlos. Esos dos acaban juntos, seguro —indica el chico apoyándose en una pared.

—Me encantaría. A ella le hace falta alguien que la quiera.

—Todos necesitamos a alguien que nos quiera.

El suspiro de Toni entristece a Nicole. Sigue pensando en Lauren. Espera que no le dure mucho el luto de haberla perdido para siempre.

—Bueno, tenemos que conseguir hablar con Carmona como sea.

—No sé cómo si no podemos pasar a donde está.

—Quizá sí podamos hacerlo —señala la chica, que acaba de tener una idea—. Voy a ir a la puerta de entrada de la discoteca a ver si localizo a otro relaciones públicas de Kapital. Tal vez me puedan hacer un pase especial o darme el número de teléfono de Carmona.

—No sé si eso va a ser posible.

—Por intentarlo, no pierdo nada.

—En eso llevas razón. Voy contigo.

—¡No! Tú quédate aquí por si aparece Martín. No te preocupes, sé cuidarme solita.

La peruana no permite ni que Toni rechiste y sale corriendo a buscar la manera de ponerse en contacto con el más veterano de su residencia.

El joven se deja caer, cansado de estar de pie, y se sienta en el suelo. Bebe un último trago de su copa y coloca el vaso de tubo vacío a su lado. Reflexiona mientras espera a Nicole. Ojalá pudiera retroceder en el tiempo y afrontar su vida de otra manera.

Desde el móvil entra en su cuenta de Twitter. ¿Y si la borra? Tendría sentido. No la quiere para nada ahora mismo. Pero allí tiene muchos recuerdos almacenados. Quizá recuerdos que le hacen daño, pero se resiste a perderlos para siempre.

Trata de entrar en el perfil de Lauren, pero ya ha sido borrado. No sabe si se alegra o le pone triste. Lo ha visitado tantas veces para comprobar si ella había escrito algo que se le hará raro no volverlo a ver jamás. Hasta hace unas horas, aquella chica era su vida. En cambio, tiene la impresión de que hace un año que se fue.

Ya nada será lo mismo.

Vuelve a mirar la foto que Lauren le envió por Skype. ¿Cuántas veces la ha visto ya? No entiende cómo una chica tan guapa puede tener tanto miedo de que alguien la vea. Algún tipo de complejo oculto debe tener. No hay otra explicación.

Hay algo más que preocupa al valenciano. No sabe cuándo volverá a enamorarse otra vez. O lo que es más inquietante aún para él: cuándo volverá a ser correspondido.

Eso del amor es algo tan complicado...

—¡Toni! ¡Despierta! ¿Qué haces ahí sentado?

La mano de Nicole agita el hombro del chico. Parece que se ha dormido mientras la esperaba. Alza la mirada y junto a ella ve a una chica muy elegantemente vestida, con el cabello larguísimo, que le sonríe.

—Esta es Julia. Trabaja aquí manejando las redes sociales y se encarga también de la comunicación de Kapital. Es amiga de Martín.

—Ah. Hola —dice el joven incorporándose.

—Hola —le saluda amablemente la chica que acaba de conocer—. Bien, podéis entrar conmigo.

Julia saluda al guarda de seguridad y le indica que Nicole y Toni van con ella. Los tres pasan al interior de la sala y echan un vistazo a su alrededor. Es un lugar amplio, con la luz tenue y repleto de sofás y sillones, bien separados los unos de los otros por zonas.

—No lo veo —se queja la peruana mirando inquisitiva a un lado y a otro.

—Esperad aquí, voy a preguntar a una de las camareras.

Los chicos obedecen a Julia y se sientan en un sofá para dos. Empiezan a sentirse algo cansados.

—Siento estar dándote la lata con esto —comenta

Nicole, más seria que de costumbre—. Igual tenía que haber pasado del tema y haberlo solucionado otro día.

—Lo has hecho bien. Cuanto antes lo resuelvas, mejor.

—Ya. Pero te estoy fastidiando la noche. ¡Como si tú no tuvieras bastante ya con lo tuyo!

—Desde que nos conocemos, me has estado intentando ayudar en todo momento. Ahora es mi turno. Aunque yo solo no pueda hacer nada contra esos tíos.

La joven peruana le sonríe y le da un abrazo. A continuación, le pasa la mano por la cabeza rapada y se la frota.

—Nunca había tenido un amigo con tan poco pelo. Me gusta.

—Puedes afeitarte la cabeza y así estarás como yo. Te puedo prestar mi maquinilla.

—¡Soy una loca de la vida, pero no tanto! Me encanta mi cabello largo, negro y rizadito.

La pareja habla sobre diferentes peinados y cortes de pelo hasta que aparece Julia de nuevo.

—No está aquí —comenta la joven—. Lo he llamado por teléfono y no lo coge. No lo escuchará por el ruido.

—¿Y no sabes dónde puede estar?

—La camarera me ha dicho que le ha comentado algo. Cree que ha ido a la sexta planta, a ver a unos amigos que han venido de su parte.

—¿A unos amigos? —insiste Nicole.

—Sí, uno de ellos me parece que se llama Ánder, ha estado aquí otras veces —indica dubitativa Julia—. ¿Puedo hacer algo más por vosotros?

Los chicos le dan las gracias y le dicen que todo está

bien. La joven se marcha, invitándolos antes a una copa de parte de la discoteca.

—¿Qué hacemos ahora? —pregunta Toni mientras espera a que le sirvan lo que ha pedido.

—Pues ir a la sexta planta otra vez.

—Sabes que se puede liar una buena, ¿verdad?

—Claro que lo sé. Pero no es nuestra culpa. Ya es hora de que a esos tipos alguien les dé su merecido.

CAPÍTULO 60

Ainhoa: Óscar y yo vamos a la planta dos. Hay un karaoke. ¿Dónde estáis cada uno?

David: Manu y yo estamos en la planta baja. Vamos con vosotros ahora. Estamos esperando a que vengan Elena y Marta, que hace un rato que han desaparecido.

Ainhoa: Perfecto. Aquí nos vemos entonces.

Julen: Estoy con Iria en la terraza. Luego nos vemos.

Ainhoa: Nicole, Toni, ¿dónde os habéis metido? Hace rato que no sabemos de vosotros.

Pero ni la peruana ni el valenciano responden en el grupo de WhatsApp del pasillo 1B.

Julen guarda el móvil en su bolsillo y de nuevo acude junto a Iria, que lleva un rato sin hablar. Con la mirada perdida, cabizbaja y pensativa. Sigue asimilando lo que hace unos minutos ha escuchado al otro lado de la línea de su teléfono.

—Antón, ¿qué está pasando ahí? ¿Me oyes?

—Sí, perdona. Han entrado aquí... Espera, voy al baño de los tíos. Por lo visto me he equivocado.

—Eso ya me lo habías dicho antes. Lo que quiero saber es quién era la chica que te estaba hablando y por qué he escuchado cómo te besaba.

Su novio no contesta. Pasa unos cuantos segundos en silencio, ante la expectación de la gallega, que necesita respuestas. Se seca las lágrimas que resbalan por su mejilla y vuelve a preguntarle lo mismo a Antón.

Por fin parece que el chico está listo.

—¿Me escuchas bien aquí?

—Sí, te oigo bien.

—A ver, cariño, ¿qué dices de besos y no sé qué más?

—He escuchado besos y cómo una tía te estaba hablando en plan cariñoso. No me lo niegues.

—Ah. Ni idea.

—¿Cómo que ni idea? ¡Si lo he escuchado yo!

—Amor, no sé de qué coño me hablas. Estaba en el baño de tías..., ha entrado alguien y me he salido porque no tenía que estar allí.

—Antón, ¿cuánto has bebido?

—Poco. Cinco o seis copas. Pero casi todas invitadas, eh. Ya sabes que no tengo pasta para tanto.

—Joder, estás muy mal —le recrimina Iria tocándose el pelo nerviosa—. Por favor, no bebas más esta noche.

—Vale, te prometo que no beberé más. Como mucho una copa o dos. Te lo prometo.

La chica suspira y se frota los ojos con la mano. Aquella situación no le agrada en absoluto. No reconoce a su novio. Con ella nunca había desfasado tanto. Encima la trata de loca, como si lo que ha escuchado hubieran sido imaginaciones suyas.

—¿No me vas a decir quién era la chica?

—Aquí solo hay tíos. En el baño de tíos, solo hay tíos. No hay tías. ¿No lo comprendes?

—Vete a la mierda, Antón.

Desesperada, Iria cuelga y se sienta en un sillón de la

terraza. Quiere lanzar el móvil desde la séptima planta a la calle y no volver a hablar con su novio nunca más en la vida. Pero Julen la tranquiliza y conversan sobre lo que ha pasado. De eso hace ya más de veinte minutos.

—Los chicos van a ir al karaoke de la planta dos, ¿te apetece que vayamos con ellos? —le pregunta el navarro sentándose a su lado—. Si bailando soy un desastre, no te quiero decir cómo canto...

—No, prefiero estar aquí contigo. No tengo ganas de cantar ni de nada.

—Pues nada de karaoke.

—Perdona, ahora mismo tengo el ánimo por los suelos.

—Te entiendo, no te preocupes.

Los dos permanecen sin hablar durante un par de minutos. Julen no quiere molestarla y a Iria le quedan pocas fuerzas para seguir quejándose. Tiene la necesidad de averiguar si de verdad Antón la ha engañado con otra, pero no es capaz de volverle a llamar. Tampoco su novio lo ha hecho, por lo que sus sospechas de infidelidad son todavía mayores.

—El día que me lie con mi profesor de Inglés del instituto acabé en la cama de una compañera mía de clase —comienza a decir el navarro rompiendo el silencio que había entre los dos—. Ella estaba enamorada de mí. Pero yo nunca me había fijado en ella.

—¿Te acostaste con una chica después de liarte con tu profesor?

—Sí, y de ninguna de las dos cosas me acuerdo bien ni me siento satisfecho.

Aquella historia llama la atención de Iria, que siente curiosidad por saber más.

—¿Volviste a liarte con ella alguna vez más?

—No. Nunca más. Aquellas dos fueron las dos últimas veces que estuve con alguien. Lo que hace el alcohol... Lo digo por lo de tu novio.

—Ya.

—El alcohol hace que nos convirtamos en alguien que no somos. Aunque también algunos lo utilizan como excusa. Yo, por ejemplo.

La gallega mira extrañada a Julen. No sabe a qué se refiere con eso.

—¿Usaste la excusa de que habías bebido para justificar algo?

—Claro. Estoy arrepentido de lo que hice porque lo hice bebido y casi no lo recuerdo, no porque no quisiera. Estaba deseando liarme con Imanol, mi profesor de Inglés. Pero no así. Cometí un gran error.

—¿Te gustaba?

—Mucho. Con él descubrí que me gustaban los tíos.

Aquella revelación tan categórica de Julen sorprende a Iria no por cómo lo ha dicho, sino por la confirmación de lo que significa. Nunca había tenido un amigo gay.

Pero no le da tiempo a hacerle más preguntas, porque su móvil está sonando. En la pantalla aparece el número y la foto de su novio. Es el navarro quien la anima a responder.

—Hola, ¿qué quieres? —dice muy seca en cuanto descuelga.

—Hablar contigo. ¿Estás sola?

—Sí, estoy sola —le miente, aunque su amigo no pueda oír lo que él dice.

Parece que Antón está más sereno. Posiblemente el alcohol se le ha bajado todo de golpe después de la anterior llamada. Ha pasado más de media hora y ha tenido tiempo de recuperarse un poco. Iria se pone de pie y se pasea por la terraza con el móvil en la mano. Julen no deja de observarla ni un instante.

—Quiero explicarte lo que ha ocurrido hace un rato.

—¿Me vas a decir la verdad o me vas a intentar engañar otra vez?

—Te voy a contar la verdad.

—Si es así, habla. Te escucho.

—A la que has oído antes, cuando me has llamado, es Noe —confiesa Antón tras resoplar en un par de oportunidades.

—¿Noe... Noelia? ¿La de tu clase?

—Sí, Noelia la de mi clase. Ella es la que ha entrado en el cuarto de baño mientras hablaba contigo.

Iria recuerda bien a esa chica. Es una de Lugo, muy guapa. Rubia, con tetas enormes y, por lo que su novio le ha dicho varias veces, bastante agradable y simpática. Ella apenas la ha visto en tres o cuatro ocasiones. Ni siquiera es de las mejores amigas de Antón. Más bien, una simple compañera de facultad.

—¿Y qué ha pasado con ella? —quiere saber, aunque teme la respuesta.

—No te quiero seguir mintiendo. Nos hemos liado.

El peso de las palabras del chico cae sobre el alma de Iria como un enjambre de puñales afilados. Le rasgan el corazón y siente el dolor en cada poro de su piel. La franqueza de su novio, ahora convertido en un traidor de mierda, acaba de matar un pedacito de su vida.

—Eres un cabrón. No sé cómo has podido hacerlo.

—Lo siento. Ella me ha perseguido estos días que tú no estabas y...

—Un momento. ¿Estos días? ¿Cuántas veces te has liado con ella?

—No tenía que haber pasado ninguna.

—Antón, ¿cuántas veces has estado con esa tía?

Los nervios, el enfado y el odio se conjuran en la voz de Iria, que solo quiere saber la verdad. Una verdad que, hasta ese momento, su novio le había escondido.

—El jueves, ayer y hoy.

—¿Qué? ¿Desde el jueves?

—Sí. Lo siento mucho, Iria.

—Y has tenido los huevos de llamarme luego por teléfono para decirme que me echabas de menos y me querías. ¡Si hasta me has hecho sentir culpable por venirme a Madrid! ¡O por salir hoy con los de la residencia!

—Que te echaba de menos y que te quiero es verdad.

—¡Ja! Eres un mentiroso.

—Lo siento, cariño. De verdad que no te mereces esto.

—¡No me llames cariño! ¡Claro que no me lo merezco! ¡No merezco como novio a un cabrón como tú! —grita la chica, cargada de malos pensamientos hacia él y hacia la otra—. ¿Te has acostado con ella?

—Iria...

—Habéis follado, ¿verdad? Dímelo, Antón. Dime que te has tirado a esa...

—Es mejor no seguir hablando ahora. Estás muy nerviosa. Yo solo quería contarte la verdad. Me sentía como una mierda.

—¡Porque es lo que eres! ¡Eres una mierda de tío! ¡No te mereces lo que siento por ti! ¡Cabrón! ¡Eres un cabrón!

Al escuchar los desesperados gritos de Iria en la terraza, Julen corre hacia ella y le arrebata el móvil. Lo apaga y la abraza con fuerza. La chica comienza a llorar desconsolada, apoyando su rostro en el pecho del navarro, sin poder parar ni un instante. Él le acaricia el pelo e intenta envolverla con sus brazos.

—Tranquila, cálmate —susurra el joven en su oído y después le da un beso en la cabeza—. Ahora lo ves todo oscuro, pero esto era lo mejor que te podía pasar. Sí, estoy seguro de que esto es lo mejor para ti.

CAPÍTULO 61

Los cuatro chicos que estaban en la planta baja se han unido a Ainhoa y a Óscar en el segundo piso, donde los espera el karaoke. Marta y Elena por fin han regresado junto a David y a Manu, aunque las dos están aún más serias que cuando se fueron al baño.

—Nos toca —indica la canaria cogiendo de la mano al de Valladolid.

—¿Ya?

—Sí, es nuestro turno. No me dirás que tienes miedo.

—No, pero siempre me impone un poco cantar delante de gente. Y más si no tengo mi guitarra. La echo de menos.

—Me tienes a mí, aunque no estoy tan afinada.

—Pero besas mejor —bromea el joven para soltar adrenalina—. En serio, estoy un poco nervioso.

—¿De verdad? ¡Lo harás genial! ¡Eres casi un profesional! En cambio yo, con mi voz de pito...

—Por cierto, ¿qué temas has elegido?

—¡Sorpresa! Ahora lo verás.

Ainhoa y Óscar suben juntos al escenario después de que el chico dé un último trago a su copa para infundirse el valor que en ese momento necesita. Teme la canción que su amiga puede haber elegido para cantar delante de aquel montón de personas que allí se encuentran esperándolos.

Cuando el vallisoletano ve el título del tema seleccionado, se quiere morir:

—¿*It's raining men*? ¡*It's raining men*!

—¡Aleluya! ¡Sí! ¡La versión de Geri Halliwell!

—Te odio. Te odio muchísimo.

—Mentira. Sé que me quieres. Aunque no estés enamorado de mí.

La música comienza a sonar y Óscar y Ainhoa se preparan para cantar. Se miran, la chica le sonríe y le guiña un ojo. ¡Las palabras empiezan a salir en la gran pantalla que tienen delante y los dos se entregan a la canción!

—¿Puedo hablar contigo en un sitio más tranquilo?

—¿Ahora? ¡Nos vamos a perder esto!

—Sí, ahora —le ordena Elena a David, y luego se gira hacia el otro chico—. Manu, cuida de mi hermana un momento.

—¿Dónde vais? —le pregunta el malagueño algo desconcertado.

—Enseguida volvemos. No tardamos nada.

El chico asiente con la cabeza y observa como los dos desaparecen entre la gente, al tiempo que sus compañeros de residencia continúan cantando el famoso tema. También Marta presencia cómo salen de la sala de karaoke. Elena no se ha enfadado con ella como le prometió, aunque tampoco ha querido charlar más del asunto y se muestra muy distante desde entonces. Intuye que ha sacado a David de allí para hablar sobre lo que pasó ayer entre ellos. La bronca que no le ha caído a ella le caerá a él. Y lo siente muchísimo. Le gustaría correr detrás de ambos y que se solucionase todo de la manera más adecuada y civilizada, pero piensa que lo mejor es esperar acontecimientos.

Fuera del alcance de la música y del ruido, la pareja se detiene. El sevillano vislumbra que no está ahí para algo bueno e imagina que aquello tiene que ver con Marta. Las dos hermanas han estado un buen rato separadas de ellos y cuando han vuelto ninguna parecía contenta.

—¿Por qué no me has dicho que ayer estuviste con Marta? —pregunta directamente Elena, muy molesta.

A pesar de que aquello no le coge del todo a contrapié, David no está seguro de qué responder. No sabe qué le ha contado exactamente su hermana y hasta dónde ha llegado su confesión. Lo mejor que puede hacer es mostrarse lo más sincero posible y no poner excusas infantiles.

—Ella misma me lo pidió.

—Sé que ella te lo pidió. Me lo ha dicho. Pero ese no es motivo para ocultármelo a mí. ¡Imagínate que pasa algo! ¿Qué hubieran pensado mis padres?

—Sí, lo sé. Fue un error por mi parte.

—Un gran error. Tú ya no eres un crío como ella. No sé en qué estabas pensando...

Aquel tono que emplea Elena no le gusta a David. Tiene razones para estar enfadada con él y con Marta, pero no para hablarle de una forma tan hiriente.

—Ya me lo has dicho. No hace falta que me lo repitas de esa manera.

—Es que has sido un insensato.

—¿Me lo vas a decir más veces?

Tampoco a Elena le agrada la contestación del sevillano ni que alce la voz. Se siente muy cabreada por el engaño, por haber sido cómplice de la locura de su hermana y por el beso. Eso último ha terminado de rematarla.

—Te lo repito porque lo que has hecho es algo muy fuerte.

—Y yo te repito que no debió pasar y que ya está hecho y no tiene solución. No volverá a ocurrir más. Tenlo por seguro.

—Más te vale.

—Ella ya estaba en el tren cuando me llamó. Debí avisarte, aunque se hubiese enfadado conmigo.

Aquellas palabras no sirven para calmar a Elena. Sigue furiosa por lo que organizaron los dos a sus espaldas. Aunque también se siente dolida porque su hermana ha sido capaz de hacer lo que a ella le hubiera gustado.

—David, no juegues con Marta, por favor.

—No estoy jugando con ella. No lo haría nunca.

—Me ha dicho que os besasteis.

Lo que imaginaba. Le ha contado también lo del beso en Atocha. El joven se mesa el cabello y se muerde el labio nervioso.

—Fue algo instintivo. Ella se me lanzó encima antes de despedirse y... sucedió.

—Me da igual cómo fuera. Os besasteis.

—Más bien, Marta me besó a mí. Pero sí, hubo un beso y no quiero excusarme.

Es lo que Elena quería que le confesara. Comprobar que no había sido un invento de su hermana. Se besaron. No hay más que hablar.

—Mira, a mi hermana le gustas mucho. A mí me parece que los dos sois muy diferentes y que, estando lejos el uno del otro, la relación no llegaría a nada ni duraría mucho tiempo. Pero esa es solo mi opinión, que no vale para nada.

—Elena, tu opinión es importante siempre.

—Solo te pido que no la hagas sufrir.

—No quiero hacerla sufrir. Tu hermana me... gusta. Aunque... la verdad es que...

—Ya. No quiero saber más. Es asunto vuestro. Yo me lavo las manos.

Y sin querer escuchar lo que él tiene que decirle, sale corriendo hasta donde continúa la sesión de karaoke. Ya no están Ainhoa y Óscar en el escenario. Es el turno de ¡Marta y Manu! Todavía no han empezado a cantar, aunque lo harán en pocos segundos.

Elena contempla ensimismada a su hermana. No le extraña que pueda gustarle a chicos como David. Es guapísima y tiene una personalidad arrolladora, aunque algunas veces se comporte como una niña. Esa niña que todavía es.

—Chicos, ahora vengo. Voy al baño —señala Ainhoa, que está sudando.

—¿Te encuentras bien? Te has puesto pálida —le dice Óscar inquieto.

—Sí, solo estoy un poco mareada. Tanto bailar y tanto cantar me han pasado factura. Vuelvo enseguida.

La chica camina hacia el exterior de la planta haciendo eses. El de Valladolid se percata y avisa a Elena de que va a acompañarla.

Mientras, la canción de Marta y Manu empieza a sonar y David ha regresado junto a su amiga. No se dicen nada, solo escuchan una curiosa versión de *Human*, de Christina Perri, traducida y con letra en español.

La voz de la chica es dulce e impresiona a todos. El malagueño tampoco lo hace nada mal. Cuando llegan al estribillo, los dos se crecen:

—Puedo hacerlo, puedo hacerlo —grita Marta entonando perfectamente, sin desafinar.

—Puedo hacerlo.

—Pero soy humana. Si me caigo, sangraré.

—Soy humano. Me quiebro y me golpearé. Siempre te escucho. Duele mi alma.

—Me haces subir y me caigo otra vez. Porque soy humana.

—Soy humano.

Cada vez que Marta canta «soy humana» en el tema, mira a su hermana. Es una manera de pedirle disculpas por sus últimos errores y para que ella comprenda que si se enamora o se deja llevar es porque siente como cualquier persona. Es tan humana como ella.

Cuando la pareja acaba, se lleva una gran ovación de todos los que allí se encuentran. Bajan del escenario entre aplausos y ambos se dirigen hasta donde están David y Elena. La hermana pequeña se abraza a la mayor y las dos se quitan las lágrimas de los ojos rápidamente para que no se les corra la pintura. Casi se han quedado sin toallitas desmaquillantes.

—¿Os ha gustado entonces?

—Tengo que reconocer que cantáis muy bien los dos. Me habéis sorprendido —le admite David a Manu.

—Muchas gracias, sevillano. ¿Vosotros no vais a cantar nada?

—Eso, animaos.

Elena contempla a David y recuerda el ridículo que hicieron el jueves, en la noche de los novatos, cantando el *Aserejé* junto a Nicole. Se le escapa una sonrisa y niega con la cabeza.

—No me apetece —indica la chica, que luego bosteza.

—¿Ya tienes sueño?

—Sí, Manu. Tengo sueño. No he parado de hacer cosas desde que llegué a Madrid el miércoles.

—Si queréis nos tomamos la última en la quinta planta y luego cogemos un taxi para regresar a la residencia. ¿Os parece bien?

Los otros tres aceptan lo que el malagueño propone.

—Voy a avisar por WhatsApp de que subimos al piso cinco —indica David sacando el móvil y escribiendo a continuación en el grupo del pasillo.

Los chicos llegan a la sala, en la que suena un tema de Coldplay. Tras pedir, los cuatro acceden a la pista de baile para terminar allí la noche.

Aunque lo está pasando bien pese a la discusión con su hermana, Marta siente que se le terminan las oportunidades con David. Tiene que llamar su atención de alguna forma. No puede acabarse la noche sin probar suerte otra vez. Pero no debe pasarse de la raya bailando porque corre el riesgo de enfadar de nuevo a Elena. Ha de ser más sutil. Así que se acerca hasta el sevillano y se agarra de su cuello con dulzura. Como si bailaran una lenta.

—¿Te incomoda que esté así? —le pregunta la chica, tímida—. Si te molesta, dímelo.

—No, no me molesta.

Se pone nerviosa cuando siente las manos de David en su cintura. Marta sonríe y cierra los ojos. No puede ver como el joven que baila con ella a la que mira es a Elena, que también se encuentra muy pegada a Manu.

—Sé que esto lo haces para ponerle celoso —le susurra el malagueño.

—Lo hago porque quiero.

—No, si a mí no me importa. ¿Quieres que te bese?

—No. No quiero.

—Da igual, te voy a besar de todas formas.

E inclinándose sobre Elena, la besa en los labios. Esta se aparta inmediatamente, pero se da cuenta de que David la está observando. No sabe qué estará sintiendo al verla con otro. Ni siquiera lo puede llamar castigo o venganza, pero es ella la que ahora toma la iniciativa y besa a Manu. En un largo y cálido beso apasionado.

El sevillano los ve y le da un vuelco el estómago. Sin embargo, no se deja impresionar. La chica que tiene delante le gusta. Posiblemente sea la más deseada de todas las que están ahora mismo dentro del teatro Kapital. Y sabe que él le gusta mucho a ella. No lo piensa más y le da un beso en la boca. Marta abre los ojos muchísimo cuando siente los labios de David. Le flojean las piernas, le late muy deprisa el corazón y siente que aquel es el momento más feliz de su corta vida.

Segundos después, el móvil de todos los chicos del pasillo 1B suena. Nicole acaba de enviar un wasap al grupo.

«Toni y yo estamos en la puerta de la discoteca. Han herido a Carmona con una navaja y está sangrando mucho. Acaban de llamar a una ambulancia».

CAPÍTULO 62

—¿Te encuentras mejor?

—Sí, solo ha sido un pequeño mareo, pero ya estoy bien.

Ainhoa trata de incorporarse, aunque pierde el equilibrio y está a punto de estrellarse contra el suelo. Óscar lo ha evitado sujetándola a tiempo.

—No estás bien —le dice ayudándola a sentarse de nuevo en un sofá para dos—. Tienes un aspecto horrible.

—Gracias. Así da gusto tener amigos.

—Ya sabes a qué me refiero —señala el joven mientras se sienta a su lado—. ¿Qué es lo que te pasa? Te ha dado un bajón muy grande. ¿Qué sientes?

—No sé, estoy como sin fuerzas. Me he quedado sin pilas.

—¿Has cenado bien?

—Sí, como siempre —miente Ainhoa, aunque no se le nota.

Óscar la contempla preocupado. Su rostro está blanco y sus ojos presentan unas alarmantes ojeras. Parece muy decaída y, cuando se ha puesto de pie, las piernas le han fallado. Puede ser que le haya dado una lipotimia.

—Voy a ir a por una Coca-Cola. Tal vez tu cuerpo necesite un poco de azúcar.

—Vale, te espero aquí.

El chico le acaricia los labios con un beso y se aleja de ella caminando deprisa. Ainhoa se tumba en el sofá, aunque no está cómoda y le cuesta mucho realizar cualquier tipo de movimiento. Sabe el motivo real por el que se encuentra así. Esa noche también ha vomitado la cena. Desde que comenzó con aquel plan, no se ha saltado ni una sola comida. En todas ha cumplido el ritual, pero es la primera vez que cree que ha llegado al límite.

Saca su móvil y, con la vista algo nublada, examina el foro en el que se supone que van a ayudarla a perder kilos en poco tiempo. Le pesan los párpados y tiene la sensación de que se desmayará en cualquier instante. Está agotada.

Lee los últimos comentarios. Varias chicas celebran el no haber comido nada en una semana. ¿Cómo lo lograrán? Ella sigue comiendo, aunque lo expulse y se quede vacía. Solo han pasado tres días y no se ve aguantando mucho más tiempo así. Aquello es un auténtico suplicio, además de desagradable. Provocarse arcadas es lo peor del mundo.

Se le cierran los ojos. Está muy cansada y solo quiere dormir.

Aquel sofá es incómodo, pero tiene tanto sueño...

Cuando Óscar regresa con un vaso lleno de Coca-Cola, ve a su amiga tumbada, con los ojos cerrados, sin moverse. Se asusta un poco, pero, al acercarse a ella, se da cuenta de que solo está dormida.

El móvil se le ha caído al suelo, aunque, afortunadamente, nadie se lo ha robado. Va a despertarla para que se tome el refresco y, casi sin querer, al recoger el teléfono, observa en la pantalla la página que tiene abierta.

Se sobresalta cuando se da cuenta de que Ainhoa estaba consultando un foro para anoréxicas y bulímicas. No es una web para ayudar a chicas y chicos que sufren trastornos alimenticios. Al contrario. Lo que aquel sitio fomenta y a lo que anima es a realizar prácticas nada saludables relacionadas con la comida.

Además, se percata de que la sesión está abierta por un usuario registrado en la web. Suspira. No hay dudas de que «Canariadesesperada» es ella.

Comprueba de nuevo que Ainhoa está dormida, pero que se encuentra bien. Respira correctamente y nada parece fuera de lo normal, salvo su aspecto cansado y algo desaliñado. Así que decide investigar un poco más en aquel foro y busca lo que la chica ha escrito en los últimos días.

Lo que descubre le deja paralizado. Impotente. No podía imaginar que la canaria estuviera metida en algo así. Lo único positivo es que aquello ha empezado hace poco y está a tiempo de solucionarse.

El sonido del wasap despierta a Ainhoa, que mira desconcertada a Óscar. Ni siquiera se había enterado de que estaba de vuelta. Este le devuelve el móvil y lee el mensaje que él también ha recibido.

—Algo ha pasado en la puerta de la discoteca. Han herido a Carmona —comenta el joven, inquieto tras examinar lo que ha escrito Nicole en el grupo.

—Vamos a ver qué pasa.

—No. Tú no estás para más sobresaltos. Quédate aquí y descansa. Además, quiero hablar contigo muy seriamente de un asunto.

—¿De qué quieres hablar?

—Tómate primero la Coca-Cola. Te vendrá bien para recuperar fuerzas.

La chica obedece y en unos minutos su cuerpo va entonándose. Sigue sintiéndose cansada y también algo mareada, pero está mucho más reconfortada que cuando salió del karaoke o que cuando llegaron a aquel sofá.

—Estoy bastante mejor, aunque sigo encontrándome un poco débil.

—Normal. Es lo que suele pasar si vomitas cada vez que comes.

—¿Qué estás diciendo?

—He leído el foro ese en el que estás registrada y he visto que has puesto mucho empeño en perder peso de la manera más estúpida posible.

Ainhoa deja el vaso a un lado y cruza las piernas. No le ha sentado nada bien lo que Óscar acaba de decirle.

—¿Por qué me espías?

—No te he espiado. Te has dejado la página abierta en el móvil cuando te has quedado dormida. Lo tenías en el suelo. No sé cómo alguien no se lo ha llevado.

—Da lo mismo. No tenías derecho a mirarla.

—Tal vez, pero me alegro de haberlo hecho. Si no, ¿cómo me hubiera enterado de que lo que te pasa es porque tienes el estómago completamente vacío por vomitar lo que comes?

—Lo que haga para adelgazar es cosa mía.

—Vale, pues sigue así. No hace falta ni que comas. Directamente, aliméntate de agua. Eso lo he leído también en ese foro.

La chica se levanta para marcharse, pero se marea

una vez más y se ve obligada a sentarse. El estómago le ruge y siente de repente un hambre atroz.

—Solo quiero perder unos kilos. Cuando me vea bien, volveré a comer con normalidad.

—Para entonces será tarde. No podrás controlarlo.

—Claro que podré. Esto lo estoy haciendo sin ninguna presión y voluntariamente.

—¿Estar como estás ahora es algo voluntario? —pregunta Óscar, muy molesto con la actitud de la chica.

—No. No estoy así porque quiera. Es evidente. Pero para estar buena hay que sufrir. Sin sufrir no se puede tener un cuerpo perfecto.

—No sé qué es para ti un cuerpo perfecto. A mí me gusta cómo eres.

—Te gusto para un ratito, para enrollarte conmigo, para acostarnos... Pero no creo que te sirva como pareja. Tú mismo has reconocido que no estás enamorado de mí. Y eso es porque mi cuerpo es el que es.

El joven se recoge su cabello largo con las manos y lo deja caer luego por la espalda. Es un gesto desesperado por la inconsciencia de Ainhoa.

—No me he enamorado de ti porque no ha pasado el tiempo suficiente. Nos conocemos desde hace nada y yo necesito más días. O incluso meses. Acabo de salir de una relación de casi dos años. No tiene nada que ver con que estés más delgada o más gorda. No sé cómo decirte ya que me gustas, Ainhoa. Y me vas a gustar más cuando salgas de esa historia en la que te has metido.

—Quiero estar más delgada, Óscar. Yo antes no era así.

—Todos cambiamos. Quizá algún día me toque afeitarme la cabeza porque me empiecen a salir calvas o las entradas de la frente se hagan enormes.

La canaria sonríe y resopla. La tripa le vuelve a gruñir.

—Ese foro está lleno de chicas a las que les va bien y adelgazan varios kilos por semana.

—Lo que dicen ahí es insano y una insensatez tras otra. Además, no me lo creo. A saber quién está detrás de cada usuario. Lo mejor es llevar una dieta equilibrada. Y si quieres perder peso, haz deporte, como te dije antes. O ve a un nutricionista y que él te prepare una dieta especial.

La canaria piensa en todo lo que su amigo le está diciendo. En esos días, Nicole también ha intentado acercarse a ella para prevenirla. Está segura de que la escuchó vomitar en su habitación y se preocupó por ello.

—Haré lo que pueda.

—No necesitas hacer nada de lo que has hecho estos días. Nadie lo necesita. Y recuerda que me tienes para lo que sea.

—Muchas gracias, Óscar. Por todo...

—Para eso estoy y estaré ahí. Además, tengo un remedio muy eficaz para perder calorías sin sufrir. Es un método en el que sobre todo se disfruta.

—¿Sí? ¿Qué remedio es ese?

—Cuando lleguemos a la residencia y comas hasta que recuperes lo de estos días, te lo explico. Aunque la receta la tienes en la cama de mi habitación.

La chica sonríe cuando por fin comprende a lo que se refiere su amigo. Le pide ayuda para levantarse y caminar hasta la salida de Kapital. Fuera, en la misma puerta de la discoteca, hace unos minutos se ha organizado una batalla campal que se ha saldado con varios detenidos y un herido por arma blanca.

El resto de los componentes del pasillo 1B, junto a la

hermana de Elena, se encuentran allí. Nicole se acerca hasta la pareja y les explica que a Carmona se lo han llevado en una ambulancia a un hospital pero que su estado no es grave. También les cuenta que Ánder es uno de los dos tipos que la atacaron y que a él y a sus amigos los ha arrestado la policía.

—¿Ánder? No me lo esperaba. ¡Madre mía!

—Ya ves, sorpresas que tiene la vida —dice la peruana, aún muy nerviosa por todo lo que ha vivido.

—Parecía un tío legal. Menudo individuo.

—Por suerte, todo ha terminado. Ya podremos salir a correr tranquilas otra vez por los alrededores de la residencia.

—Qué bien. Aunque ahora estoy agotada y pensar en hacer ejercicio me cansa todavía más —indica la canaria, a la que ha regresado la sonrisa.

—No te preocupes, el lunes lo retomamos cuando hayamos recuperado la energía. ¡Hay que ponerse en forma!

—Vale, pero me gustaría contarte una cosa importante. Aunque creo que ya sabes gran parte de lo que me pasa.

—Me imagino a lo que te refieres. Pero si no te importa, dejémoslo para mañana. Hoy ha sido una noche demasiado agitada. Quiero tomar un taxi y volver a la residencia cuanto antes para dormir tranquilamente en mi cama hasta las tantas.

—Yo también tengo ganas de irme a dormir. Aunque lo que más me apetece en este momento es un buen bocadillo de jamón y queso. ¿Sabes si en algunas de las máquinas de la *resi* los venden?

Los nueve chicos del pasillo 1B y Marta regresan en

tres taxis a la residencia Benjamin Franklin. Unos más alegres que otros, pero todos con la sensación de que aquella noche ha sido especial y diferente. Para algunos incluso quedará marcada como la noche en Kapital que dio origen al comienzo de algo. El principio de una etapa llena de contrastes.

CAPÍTULO 63

Tras el estado de euforia, como consecuencia de haberse liado con David, a Marta le cuesta mucho dormir. No para de contarle a su hermana cómo fue aquel beso prolongado que el sevillano le dio mientras bailaban en la quinta planta de Kapital.

Lástima que sucediera lo de Carmona y se tuvieran que marchar. A ella le hubiera encantado que esa noche durara para siempre.

Para colmo habían regresado a la residencia en taxis separados y se habían despedido muy deprisa y en grupo, sin nada especial, antes de entrar cada uno en su habitación. Ni siquiera pudo darle un beso de buenas noches a su chico.

—Ya lo verás mañana, antes de que te vayas —le dice Elena, acostada ya en la cama y sin muchas ganas de hablar.

—Es que es tan perfecto... ¿Tú crees que formamos buena pareja?

—Yo lo que creo es que amanecerá dentro de poco. Y quiero dormir.

—Ha sido increíble. La mejor noche de mi vida.

Y una de las más raras para su hermana mayor. Eso

de besar a Manu para fastidiar a David no ha sido muy inteligente. En ese momento pensó que era una buena idea, pero después le ha parecido bastante inapropiado e infantil. Está claro que su comienzo de universidad ha estado plagado de errores. Algunos, como aquel, evitables e innecesarios.

—Duérmete ya, anda.

—Creo que le quiero. Sí, estoy segura de que le quiero. ¿Sentirá él lo mismo?

—Mañana se lo preguntas. Ahora no son horas —protesta Elena, cansada de su hermana y de sus sentimientos.

—Quiero demostrarle lo que siento. ¿Le regalo algo mío para que se acuerde de mí cada vez que lo vea?

—Marta, mañana lo hablamos. Ahora cállate y duerme.

Pero la chica no escucha a su hermana. Está decidida a hacer algo que deje su huella en David, para que él sepa realmente lo que siente y no se olvide de ella cuando regrese a Toledo. Algo que no haya hecho con ningún otro chico hasta ahora.

Piensa hasta que se le ocurre una cosa.

Coge de nuevo el móvil y teclea con dedos entusiasmados.

—Ya está. Se va a llevar una sorpresa cuando lo vea —comenta Marta sonriente.

—Me das miedo. ¿Qué has hecho?

—Algo tan sencillo como tuitear «te quiero». Se lo he puesto en mayúsculas en su cuenta. ¿Te parece que he hecho bien? ¿O tuitear que le quiero, así sin más, es muy lanzado?

Elena se tapa la cabeza con la almohada. Está teniendo una pesadilla sin ni siquiera haberse dormido todavía. Aunque cabe la posibilidad de que aquel «te quiero», tuiteado en mayúsculas, sea solo el primero de los muchos que su hermana tiene intención de escribir en la cuenta del chico del que ella también está enamorada.

CAPÍTULO 64

No son ni las nueve de la mañana, pero lleva más de una hora levantada, sentada sobre el escritorio, mirando la cascada a través de la ventana. Casi no ha dormido, y prácticamente todo el tiempo que ha estado despierta se lo ha pasado llorando. Iria sigue sin explicarse lo que su novio le ha hecho.

Un revoltijo de preguntas centrifuga en su cabeza, pero de ninguna de ellas consigue obtener una respuesta clara y satisfactoria. ¿Todo ha sido por su marcha a Madrid? No ha pasado el suficiente tiempo para que necesite a otra.

El motivo da igual. Antón le ha puesto los cuernos con la rubia de su clase. Esa es la triste realidad. Él sabrá por qué lo ha hecho.

Anoche la llamó varias veces y le dejó mensajes en el WhatsApp pidiéndole que hablaran, pero Julen se negó a que contestara. Estaba demasiado nerviosa para ser coherente. Lo único que quería era insultarle y echarle en cara sus mentiras. Más tarde o más temprano, tendrán que dialogar y tomar una decisión respecto a su relación. Ella le sigue queriendo, pero nunca más podrá confiar en él.

Aquel domingo, 14 de septiembre, ha amanecido tan soleado como el resto de días que lleva en Madrid.

Asomada a la ventana, contempla como un chico alto y desgarbado camina por el margen del lago con un cigarro en la mano. ¿Qué hará Julen despierto tan pronto? Él se da cuenta de que ella está mirándole y la saluda con la mano. Iria responde imitando el gesto de su amigo.

Le debe mucho al navarro. No sabe qué habría hecho sin su respaldo cuando se enteró de la infidelidad de Antón. Supo calmarla, cuidarla y entenderla en todo momento. Recuerda los bailes que se marcaron juntos y le entra la risa. Julen es ahora el único capaz de hacerla sonreír.

Aunque tiene los ojos morados de llorar, la nariz roja y está muy despeinada, le apetece salir a pasear y a hablar con él. Tal como está vestida, con un pijama azul y simplemente cambiando las zapatillas por unas deportivas, sale al encuentro del chico.

—¿Qué haces ya levantado? ¡No pensaba verte hasta la hora de comer! —grita Iria mientras se aproxima a él.

—No podía dormir más y me entró el mono.

—Ojalá algún día dejaras de fumar.

El joven sonríe y la mira atentamente. En su rostro percibe las marcas del desengaño y la dureza de unas horas complicadas.

—¿Noche de pañuelos?

—Sí. He gastado todos los que tenía y casi me he quedado también sin papel higiénico.

—Normal. Si no lloras por cosas como la que te pasó anoche, no llorarás nunca. Está bien que te desahogues.

—Pues me he desahogado bien. Mira cómo me ha

quedado la nariz. Parece un pimiento. ¿Y los ojos? ¿Los has visto?

—Tienen un color berenjena muy conseguido —indica Julen siguiendo la broma de la gallega—. Ahora en serio, ¿cómo estás?

La chica chasquea la lengua y sus ojos se vuelven a humedecer. Sorbe por la nariz e intenta responder sin más gimoteos.

—No muy bien. Pero también es normal, ¿no?

—Claro que sí. Todo lo que llores y te lamentes en los tres próximos días es lógico.

—¿Solo tres días?

—Sí, a partir del miércoles no te permitiré ni una lágrima más —comenta con autoridad Julen—. La vida continúa.

Los dos siguen caminando por uno de los bordes del lago artificial de la residencia. Llegan a la cascada y se quedan allí un rato, escuchando cómo cae el agua.

—No he hablado con él todavía.

—¿Te ha vuelto a llamar?

—No. La última vez fue anoche, cuando estaba contigo. Tampoco me ha mandado más mensajes.

—Lo intentará hoy otra vez.

—Ya. No me quedará más remedio que hablar con él. Aunque no tengo ganas.

—Cuanto antes termine todo, mejor para ti. Antes reharás tu vida.

—No sé si será tan sencillo. Aún le quiero.

Es la verdad. Le quiere. Y a pesar de que también le odia por lo que le ha hecho, dentro de ella no es capaz de olvidar los buenos momentos que pasaron juntos.

—Mi consejo como amigo es que te olvides de él.

Que cuando habléis le dejes claro que es el final de la relación.

—¿Así? ¿Tan rotundo?

—Te ha engañado con otra durante tres días. ¿Te parece poco?

—No, me parece demasiado.

—Es más: creo que es muy positivo que te haya puesto los cuernos ahora. Alguien que te engaña será capaz de hacerlo siempre. Antes, durante o después. Y mejor al principio de curso, cuando tienes tiempo para superarlo y crearte en Madrid una nueva historia, que al final, con los exámenes y próxima tu vuelta a Galicia.

Iria resopla muy desanimada. Quizá Julen esté en lo cierto y estaba destinada a que Antón la engañara con otra. Eso la lleva a comerse la cabeza con el tema. ¿Ha sido la única vez o se habrá liado con otras chicas sin que ella se haya enterado?

—Cuando me llame, veremos qué pasa.

—Yo ya te he dicho lo que pienso, pero la decisión es tuya, por supuesto.

Sí, la decisión es suya. Aunque no será un camino de rosas afrontar las consecuencias. Una de las cosas que más rabia le da es el paripé de su novio en aquellos días. La de veces que le ha dicho que la echaba de menos y resulta que por la noche se tiraba a Noelia. Aquel cambio de actitud era sospechoso. Y que no le cogiera el teléfono... Todo era porque estaba con aquella chica.

Si es que no tiene perdón.

—Hoy no creo que vaya a jugar al tenis.

—No te preocupes, hay muchos días por delante para entrenar —indica Julen, que parece ahora distraído por algo.

—Igual me acuesto ahora e intento dormir. Estoy exhausta.

—Llorar desgasta mucho y quema muchas energías.

—Sí. Entre eso, lo de ayer por la noche, la *bienvenida* que nos dieron a los novatos, el tenis... Me siento agotada. Y tengo un dolor de cabeza permanente que no hay quien me lo quite.

—A mí también me duele la cabeza.

—¿Sí?

—Sí. Me he tomado una aspirina, pero ahí sigue el dolor —reconoce dando una última calada al cigarro—. Quiero enseñarte una cosa.

Del bolsillo de su pantalón saca un folio doblado. Lo despliega y se lo entrega a Iria. Esta lo recibe extrañada.

—¿Es una carta?

—Sí. Cuando llegué anoche, estaba dentro de mi habitación. El bedel de guardia la metió por debajo de la puerta cuando se dio cuenta de que era para mí. Creo que la trajo el cartero el viernes por la tarde. La escribe Imanol, mi antiguo profesor de Inglés.

—¡Madre mía! ¿En serio?

—Sí, lee.

La chica no espera ni un segundo más y empieza a leer la carta que le ha enviado a Julen el profesor con el que se lio al final del curso pasado.

Querido Julen:

Aunque lo natural hubiera sido enviarte un e-mail, todavía quedan románticos como yo a quienes les gusta mandar cartas. Además, no me termino de fiar del correo electrónico. No sé quién puede entrar en mi cuenta y quién no. Así que al final me he decidido por escribirte en un papel y con un bolígrafo Bic de los de toda la vida. Como ves, está en castellano, no en inglés, que nunca se te ha dado demasiado bien.

Hechas las bromas oportunas para romper un poco el hielo, voy con lo que quería decirte.

No sé si tengo derecho o no a soltarte todo lo que te voy a soltar aquí. Tampoco voy a extenderme mucho, no te preocupes. Pero la verdad es que no dejo de pensar en ti. No he dejado de hacerlo desde aquel día. Bueno, miento. Desde que comenzó el curso pasado. O el anterior. No recuerdo el momento exacto en el que pensé: me encanta este chico. Pero era tu profesor, tú eras menor de edad y ni siquiera sabía si te gustaban los chicos o las chicas.

Cuando lo tienes todo en contra, no te atreves a dar ese paso adelante necesario. Por cobardía o por razonamiento. No es sencillo estar enamorado de un alumno al que solo ves una hora al día como mucho y del que desconoces hasta sus intereses personales.

Me daba cuenta de que me mirabas de una forma distinta de los demás estudiantes y eso me otorgaba esperanzas. Pero luego esas esperanzas se esfumaban cuando caía en la cuenta de lo imposible de lo nuestro. Y me tocaba ser el adulto.

No fui muy adulto en aquella fiesta. Lo que ocurrió en el baño de aquel pub *no tuvo que haber pasado porque tú ibas con una copa de más. O dos. O quizá cinco. Y aproveché la ocasión. Me arrepiento de lo que hice, quizá tú también. O a lo mejor ni lo recuerdas porque ibas muy mal. Pero pasó y disfruté mientras te besaba y tú me besabas a mí. El día siguiente fue diferente. No me sentía nada orgulloso de mis actos e incluso pensé en pedir el traslado y marcharme de Pamplona por si acaso alguien nos había visto. Sí, hubiera sido una cobardía por mi parte, pero tú seguías siendo menor de edad y yo acababa de dejar de ser tu profesor de instituto. ¡Imagina la que se habría liado si alguien hubiera descubierto que un profesor gay sale de fiesta y se lía con estudiantes de su clase en los bares de la ciudad! Alguien me habría linchado, y quizá hasta con razón.*

Fue un fallo muy grande que no volveré a cometer y que me sirvió de lección.

Entonces, ¿para qué te escribo esto?

No lo sé. Me apetecía decirte lo que siento. Ya no eres menor de edad (perdona por no felicitarte por tu cumpleaños el 18 de agosto), ya no eres mi alumno y ni siquiera vives en Pamplona.

A lo mejor tú también piensas en mí, aunque sea en secreto.

Este año, una de las excursiones que tiene planeadas el centro es a Madrid. Si te apetece, podríamos tomarnos una cerveza o un relaxing cup of café con leche in plaza Mayor.

No te quiero presionar, ni dar más el coñazo, que seguro que en la universidad tienes cosas más importantes que hacer que leer la carta que te envía un antiguo profesor.

Tienes mi número, si no lo has borrado. Aunque sigo sin querer WhatsApp. Lo odio.

Cuídate mucho, Julen. Y espero que no te haya molestado lo que aquí he escrito.

Un abrazo.

Imanol

P. D.: Para que no te vuelvas loco: la dirección de tu residencia y el número de tu habitación me los ha dado tu madre. Le dije que quería darte una sorpresa.

Ahora sí: cuídate, Miramón.

Iria termina de leer la carta y se la entrega de nuevo al chico.

—¡Joder! ¡Joder! ¡Joder! ¡Menuda carta! ¡Es muy fuerte esto! —exclama la gallega incrédula—. ¿Y qué vas a hacer? ¿Le vas a responder? ¿Vas a llamarle?

—No. No pienso hacerlo.

El navarro se acerca hasta una papelera junto al lago y rompe la carta en varios pedazos que, sin opciones de dar marcha atrás, van cayendo dentro de la basura. Iria acude a su lado y le da un beso en la cara. Nota que, a pesar de que no quiere saber nada de su profesor, lo que le ha escrito le ha removido por dentro.

—Eres un tío fuerte e inteligente.

—Simplemente soy práctico. Imanol no me aporta nada. Ha estado tres meses sin dar señales de vida y ahora me viene con cartitas de amor. ¡Que le den!

—Ya. Te entiendo. Bueno, ya aparecerá otro chico del que enamorarse.

—Chico o chica.

—¿Chica? Quizá esté confundida, pero ¿tú no eres...?

—¿Gay? Solo la mitad —indica Julen sonriendo—. Hace un tiempo descubrí que me gustan por igual tanto los chicos como las chicas. Iria, soy bisexual.

CAPÍTULO 65

Su hermana ha ido al cuarto de David y ella por fin dispone de un poco de tranquilidad. Desde que se ha despertado, Elena tenía ganas de escribir en su blog y contarles a sus seguidores lo que siente en ese momento.

Hola, mirones:

¿Cómo lleváis el fin de semana? El mío está teniendo de todo un poco. ¡Anoche estuve en la discoteca Kapital! Si venís a Madrid, debéis disfrutar allí de una noche de marcha sí o sí.

Ya, lo sé. He dicho un millón de veces, o quizá más, que venía a la universidad para estudiar. Que no pensaba salir de fiesta. Bla, bla, bla. Es verdad que ayer salí obligada por mis amigos, pero también me fui a cenar el viernes con un compañero y estuve despierta hasta las tantas el jueves... Cuando empiezas esto, no sabes lo que va a ocurrir al día siguiente. Y por muchos propósitos que traigas de casa, no todo va a salir como pensabas o habías preparado.

También dije que no me iba a enam...

—¡Elena! ¿Estás dentro? —grita desde fuera Manu, llamando con fuerza a la puerta.

—¡Espera! ¡Voy!

Qué oportuno. La chica cierra la pantalla del portátil y acude rauda hasta la entrada de su cuarto. Abre al malagueño y este entra como un vendaval en la habitación.

—No te vas a creer lo que he encontrado. ¡Alucinante!

—Ya nada me sorprende.

—Esto sí. ¿Puedo usar tu ordenador?

—Claro. Espera, que no quiero que se me borre lo que he escrito.

Elena se sienta frente a su portátil y, tras copiar en un documento de Word lo que estaba escribiendo en el blog, permite que Manu lo utilice.

—¿Estabas escribiéndoles a tus *mirones*?

—Sí, pero me has interrumpido.

—¿Les hablabas de mí? ¿De nuestros besos? —le pregunta el malagueño accediendo a YouTube.

—Sí, justo eso estaba contándoles.

—¿De verdad? ¿Les has anunciado ya lo nuestro?

—No hay nada que sea *lo nuestro*, Manu. No saques conclusiones equivocadas de dos besos mal dados.

—Otro accidente.

—Exactamente. Lo de anoche fue otro accidente.

—Después de lo que vas a ver, seguro que ya no tendrás tan claro eso del accidente.

El malagueño, que se ha colocado delante de la pantalla del ordenador para que Elena no pueda ver nada de momento, lleva el ratón al enlace que ha buscado (https://www.youtube.com/watch?v=o3soTPrvjF0) y clica en él. A continuación, amplía la pantalla para evitar que la toledana pueda leer el título del vídeo y se aparta tras darle al *play*. Elena está intrigada y siente curiosidad por lo que su amigo le va a enseñar.

—¡Es un capítulo del Coyote y el Correcaminos! —grita la chica riéndose.

—Sí, te va a gustar.

En la primera escena, el Coyote prepara una trampa con una piedra enorme para que esta se precipite sobre el Correcaminos. Pero, como le sucede habitualmente, algo falla y, en lugar de caer sobre su víctima, la roca gigante le aplasta a él.

—Pobrecito. Siempre termina así.

—Ya, ya. Espera y verás.

Hay una segunda escena en el vídeo de YouTube. En una pared de roca, el Coyote dibuja un túnel y la continuación de una carretera para que, cuando el Correcaminos pase corriendo, crea que es real y se estrelle contra la superficie de piedra.

Y, sorprendentemente, los acontecimientos se desarrollan por una vez como había planeado. ¡Por fin consigue capturarlo!

—¿Esto es real? —pregunta Elena, boquiabierta, contemplando como el Correcaminos atado se convierte en una especie de pollo frito cuando el Coyote hace estallar una bomba sobre él.

—¡Completamente real! ¡Mira cómo saca el cuchillo y el tenedor!

El vídeo acaba con el Coyote dispuesto a comerse al Correcaminos, al que por fin ha conseguido dar caza.

—No me lo creo. ¡Esto es un *fake*!

—Lo sea o no, en este vídeo, que pertenece a la serie, lo atrapa y se lo zampa.

—A ver, ponlo otra vez.

Manu vuelve a darle al *play* y la pareja lo ve de nuevo. Cuando acaba, Elena suelta una carcajada.

—Está clarísimo que alguien se ha tomado muchas molestias en hacer esto. ¡Pero es buenísimo!

—Ya no podrás usar más esa frase que tanto te gusta para referirte a algo imposible. O corres el riesgo de que te vuelvan a poner este vídeo. ¡No era imposible que lo pillara!

La chica sonríe. El malagueño ha vuelto a conseguirlo. Detrás de aquella fachada, hay un tío con mucho talento, capaz de hacerla reír mil y una veces. Eso debería tener premio.

Le pide que se siente con ella en la cama y él obedece, impaciente por lo que tiene que decirle. Hasta se ha puesto nervioso.

—Tú no vas a parar nunca, ¿verdad?

—¿Parar de qué?

—Parar de hacerme reír.

—¿Yo te hago reír? Pensaba que solo lograba cabrearte.

—Eso también. Utilizas los trucos adecuados para cabrearme a cualquier hora del día.

—Soy un mago *tocahuevos.*

De nuevo una carcajada iluminando el rostro de Elena. Cuando para de reír, pone una mano en la pierna de él y le acaricia la rodilla. Un inusual escalofrío sube por el estómago de Manu, que no esperaba que la chica le tocara con tanto cariño.

—¿Sabes? Has roto todos mis esquemas. Por tu culpa he salido de noche, he bebido alcohol, he dado mi primer beso...

—Y el segundo, y el tercero. El cuarto también fue mío.

—No sigas contando, que el viernes fueron más de cien. O doscientos.

—No lo sé. Estaba más preocupado de que mi lengua encontrara a la tuya —confiesa divertido—. Entonces, los besos que nos hemos dado, ¿ya no los consideras un accidente?

—No, Manu. No lo considero ningún accidente. Si nos besamos el viernes y anoche fue porque yo también quise. No debí llamarlo así. Perdona.

—Menos mal. Estaba mirando pólizas de seguro por si se producían más accidentes de ese tipo contigo.

La broma obtiene como recompensa una sonrisa más de la chica de Toledo. Sin embargo, inmediatamente se pone seria. Lo que va a decirle no quiere que se lo tome como un chiste.

—Has conseguido que haga muchas cosas que no imaginaba que alguien consiguiera de mí. Y en solo unos días. Pero...

—Siempre hay un pero.

—Pero solo quiero ser tu amiga. Nada de más besos, ni de liarnos. Quiero ser fiel a lo que siento. Espero que lo comprendas.

A Manu aquello le cae como un jarro de agua fría. Se había empezado a hacer ilusiones. Sin embargo, disimula y se levanta de la cama riendo.

—Tranquila. Yo tampoco quiero nada más contigo. Odio los compromisos. Y contigo ya me he liado. Hay que darles la oportunidad a otras. ¿No?

—Lo siento. De verdad. Eres un gran tío. Pero...

—¡Más peros no! —grita gesticulando con las manos—. No hay nada por lo que debas pedir perdón. Tranquila. Todo está perfecto.

—Bueno, siempre serás el primer chico al que he besado. Eso no se olvida jamás.

—¡Ahí tengo el primer premio! —exclama el joven acercándose a la puerta de la habitación de Elena—. Bueno, pues me voy a buscar a Julen para que me cuente cómo quedó ayer el Osasuna-Llagostera. Puse un uno en la quiniela y me tiene en ascuas.

El malagueño abre, mira otra vez a la chica y los dos se dedican una última sonrisa. Se despiden hasta la comida, aunque no fijan ninguna hora para ir juntos.

El pasillo 1B está desierto. Manu no se dirige a la habitación de su amigo navarro. Saca la llave y entra en la suya. Allí se queda un instante de pie, pensativo.

Pero no está tan tranquilo como aparenta. Con rabia y dolor, se inclina sobre la cama y golpea con el puño cerrado el colchón. Repetidas veces, hasta que ya no puede más.

Agotado, da un par de pasos hasta la estantería donde tiene los libros. Elige *Ángeles y demonios*, de Dan Brown. Lo abre y saca de dentro el paquetito transparente en el que guarda unos polvos blancos que consume desde aquel mes horrible. El mes en el que murió su abuela y en el que también le abandonó su novia, las dos personas que más había querido. Aquel septiembre negro, convertido en blanco cada vez que consume una droga que le da vida pero con la que corre también el gran riesgo de perderla.

CAPÍTULO 66

La tatuadora ya le ha avisado de que aquello le va a doler. ¡Y vaya si le está doliendo! Pero necesita una marca para recordar que la vida nunca va a ser fácil y que siempre hay que estar preparado para resurgir de las cenizas.

—Es muy bonito el dibujo que has elegido —le dice ella repasando las alas del ave fénix que David tendrá para siempre en su cuello.

—Sí, lo es.

—Seguro que también tiene un significado muy especial.

—No te equivocas.

El dolor aumenta conforme la joven introduce más adentro la aguja que inyecta la tinta en su piel. David aprieta los dientes y cierra los ojos. Pero cuando lo hace, ve el rostro de aquella chica de quince años. La chica que falleció en aquel maldito accidente de moto. La razón por la que ese ave fénix está grabándose en su cuello.

—Seguro que a tu novia le encanta también —comenta la tatuadora deteniendo el taladro un instante.

—No tengo novia.

No tiene novia porque no pudo más y rompió la relación. Él fue quien le prestó la moto con la que atropelló a aquella pareja de adolescentes. Aquel accidente en el que una joven de quince años murió al pasarle su propio vehículo por encima. Él no llevaba la moto, pero era igual de responsable: sabía que su novia había bebido, que no estaba en condiciones de conducir, y, aun así, se dejó convencer por ella para ir a comprar otra estúpida camiseta. Por ser menor de edad, el castigo fue inferior, pero lo que había entre ellos acabó para siempre tras aquel funesto día. David vendió la moto e intentó olvidar a su novia y lo que sentía por ella. Y lo consiguió poco a poco. Esa fue la parte más fácil. Lo que nunca podrá olvidar es la imprudencia que cometió y el rostro de aquella muchacha fallecida que apareció en todos los medios de comunicación.

—¿No tienes novia?

—No.

Responde de una manera tan seca que la chica le pide perdón y no vuelve a dirigirle la palabra en unos cuantos minutos.

Cuando el tatuaje está listo, David se levanta y se lo mira en un espejo. De un lado y de otro.

—¿Te gusta cómo ha quedado?

—Sí, está genial. Gracias.

—Ahora te explicaré cómo debes cuidártelo, pero si tienes cualquier duda, llámame.

La joven tatuadora le entrega una tarjeta con su nombre, su número de teléfono y el Twitter del establecimiento. El sevillano se la guarda en un bolsillo y admira de nuevo aquel ave fénix. Desde entonces, su inseparable compañero de viaje.

Están llamando a su puerta. ¿Cuánto ha dormido? Echa un vistazo al reloj del móvil y descubre que son las cuatro de la tarde. Apenas quince minutos, los suficientes para soñar con el día en que le tatuaron el ave fénix en el cuello. Esta vez, la pesadilla no ha sido en el entierro de la chica a la que su novia atropelló con su moto.

Estira los brazos y oye crujir su espalda. Se levanta y abre la puerta. Una jovencita sonriente aparece ante él y le da un beso en la boca sin previo aviso.

—Tenemos que irnos. ¿Estás listo? —le pregunta Marta, feliz por convertir esos besos en algo habitual y triste por tener que separarse de David dentro de un rato.

—Deja que me peine un poco y nos vemos ahora.

—¿En recepción?

—Vale. Tres minutos y estoy.

Marta vuelve a besarle en los labios y camina hacia la puerta verde oscura del pasillo 1B. David llega en el tiempo que ha dicho. Allí también está Elena, que le saluda con la mano. Contrasta lo seria que está ella con la felicidad contagiosa de su hermana pequeña.

Los tres salen de la residencia y cogen el metro, rumbo a la estación de Atocha.

En el viaje, la única que habla es Marta. Se siente tan eufórica como apenada y no para de recordarlo ni un instante.

Ella misma se ha autoproclamado novia de David, el sevillano.

La despedida es dura para la chica. Se abraza al joven durante varios segundos y le da las gracias por aquel fin de semana perfecto.

—¡No quiero irme! —exclama con lágrimas en los ojos.

—Se te va el tren, Marta —le recuerda su hermana.

—Uf. Esta noche te llamo. Ya te estoy echando de menos.

Y, tras darle un gigantesco y sonoro beso con lengua al sevillano, la muchacha cruza el torno y se aleja hacia las vías de las que sale su tren hacia Toledo.

Cuando Marta se marcha, Elena y David toman el camino de vuelta a la residencia. Entran en el metro y se acomodan en dos de los asientos que están libres. El vagón va prácticamente vacío.

—Estoy muerta —confiesa la chica echándose hacia atrás.

—Pues ya verás cuando empiecen las clases en serio y luego los exámenes. Hasta ahora solo te has dedicado a divertirte.

—Ya, soy lo peor.

David sonríe. Le gusta la tranquilidad que se respira allí en ese momento y que Elena sea quien le acompañe.

—Enhorabuena por lo de Manu.

—¿Enhorabuena por qué?

—Por lo vuestro. Hacéis buena pareja.

—No tengo nada con Manu, ni lo voy a tener. No somos compatibles.

—Anoche parecía justo lo contrario —indica el joven recordando el beso que se dieron en la planta cinco de Kapital.

—Solo fue un beso. Nada más.

David está a punto de recordarle lo del viernes. Por lo que sabe, aquello no fue solo un beso. Aunque no es asunto suyo y prefiere cambiar de tema.

—Hacía mucho tiempo que alguien no me decía que me quería. Tu hermana es un cielo.

—Un cielo a veces y otras el mismísimo infierno. Te lo ha puesto en Twitter esta mañana, ¿no?

—Sí. Me ha sorprendido, no te lo voy a negar.

—Los adolescentes no tardan mucho en decir te quiero. En este caso en tuitearlo. Con u.

—¿Con u? —pregunta David sin comprender.

—Sí, con u. No con uve doble. Como ayer en el desayuno, con el chocolate en el brazo... Da igual.

El sevillano se ríe y abraza a la chica pasándole un brazo por la espalda y colocando su mano en el costado de Elena.

—¿Qué haces?

—Nuestro primer abrazo de cuñados.

—¡No seas tonto! —exclama escurriéndose—. Espero que trates a mi hermana como se merece.

—No sé tratar mal a las personas.

—Eso espero. Y cuando venga a verte, avísame. No dejes que venga sin que les diga nada a mis padres o a mí.

—Ya te expliqué que eso no volvería a pasar.

—Con Marta nunca se sabe, es muy extrovertida y a veces hace las cosas sin pensar. Pero aunque me cueste reconocerlo, porque no hace nada que os conocéis, ella te quiere mucho.

—Me he dado cuenta. Lo ha tuiteado esta mañana.

—Venga, David. No seas malo. No deja de ser una adolescente, y a los adolescentes les gusta hacer esa clase de cosas.

—¿Tú me habrías tuiteado te quiero alguna vez desde tu cuenta para que lo viera todo el mundo?

La joven no sabe a dónde quiere llegar. Aunque, evidentemente, ese tipo de sentimientos se los habría guardado para ella.

—No creo que nunca le diga a nadie algo así a través de Twitter. ¿Por qué?

—Porque yo tampoco creo que lo haga. En cambio, me he sentido muy bien cuando he visto que Marta me lo había escrito esta mañana. Extrañamente bien.

—Debe de ser bonito sentirse querido de verdad —comenta Elena con cierta envidia.

—Sí, lo es. Es muy bonito.

EPÍLOGO

—Perdona, ¿me puedes dejar un bolígrafo?

—Sí, claro. Espera.

Nicole encuentra uno de tinta negra y punta gruesa encima del mostrador y se lo pasa a la chica que se lo ha pedido.

—Muchas gracias. Ahora mismo te lo traigo otra vez.

—No te preocupes, guapa. Utilízalo el tiempo que necesites.

Sabe para qué lo quiere: no es la primera vez que alguien le pide un bolígrafo para que el autor de libros juveniles que escribe diariamente en la mesa de la esquina, pegada a la puerta, le firme un autógrafo. En esos dos meses que lleva en Starbucks Callao, es algo habitual.

Ha tenido mucha suerte de encontrar ese trabajo para los fines de semana. Dentro de poco empezarán los exámenes y será complicado compaginarlo todo, pero la peruana está con ganas de saber hasta dónde es capaz de dar y de llegar.

—Hola, ¿me pone algo que tenga chocolate y que no engorde?

Cuando Nicole se da cuenta de quién le habla, se

lleva una gran alegría. Ainhoa está más estilizada, con la cara mucho más fina. Lleva varias semanas visitando a un nutricionista y su aspecto es inmejorable.

—¡Canaria! ¿Qué haces por aquí?

—Nada. He venido a dar una vuelta por el centro para buscar regalos de Navidad para mi familia y he aprovechado para hacerte una visita.

—¡Genial! ¡Venga, te invito!

—¿Qué me recomiendas?

—¿Puedes comer y beber de todo?

—No, pero da lo mismo. Un día es un día —señala la chica contemplando con exceso de ganas un *muffin* con pintitas de chocolate.

Nicole termina poniéndole un *caramel macchiato* y la magdalena que le estaba entrando por los ojos.

—¿Te vuelves sola?

—Sí, nadie ha querido venir conmigo.

—Si me esperas un par de horas...

—No te preocupes. No creo que tarde mucho en regresar a la residencia. Aunque me apetece ir al cine. Hace mucho que no voy. Quiero ver *Sinsajo.*

—Ve con Óscar, él es muy fan de *Los juegos del hambre.*

La canaria arquea las cejas y pone mala cara. Luego le recuerda a su amiga que hace varias semanas que no se dirigen la palabra.

—Sería un buen momento para solucionar lo vuestro.

—No hay nada que solucionar. No nos hablamos y ya está.

La puerta del Starbucks se abre y entran dos tipos con la cabeza rapada. Nicole los observa desconfiada mientras continúa hablando con Ainhoa del problema que existe entre Óscar y ella.

El establecimiento está medio vacío a esa hora.

Los dos chicos se acercan a la barra para pedir. Miran fijamente a Nicole y susurran algo entre ellos. Todo sucede muy deprisa.

—¡Esto por nuestro colega! —grita uno de ellos.

Y, sacando un bate de debajo del abrigo, golpea la vitrina de los bollos y los pasteles, rompiéndola en cientos de pedazos. El otro joven, armado también con un bate, se dedica a destrozar la estantería donde se alinean las tazas de Starbucks.

—¡Por Ánder! —brama repetidamente.

Nicole se esconde bajo la barra y le pide a Ainhoa que vaya a avisar a la policía. La canaria asiente y sale corriendo del local muy asustada en busca de ayuda. Los otros tres *baristas* que comparten turno con la peruana también se han escondido en el establecimiento de Callao, temerosos de que alguno de los golpes propinados con los bates de béisbol vaya a parar a ellos. Los pocos clientes que había han huido en cuanto han podido.

El ruido de cristales cesa un instante. Aquello, lejos de tranquilizar, escama a Nicole, que sospecha que algo malo va a pasar. Acierta. Uno de los rapados salta la barra y se coloca junto a ella, que permanece agachada detrás.

Aquel tipo la mira fijamente con los ojos inyectados en sangre.

—Sudaca de mierda. No te mereces vivir en mi país —susurra amenazador antes de hundir el bate de béisbol en el estómago de la chica. El golpe consigue cortarle la respiración y provocarle un dolor inmenso en el cuerpo y en su propia estima.

La derecha de Iria supera la red y va muy pegada a la línea izquierda de la pista. El bote es dudoso. Mira por encima de la cinta y espera una respuesta.

—¡No! ¡No ha entrado!

—¿No? La he visto buena.

—Si hubiera sido buena, te lo diría.

—Vale, no te preocupes. Si es fuera, es fuera.

—Pues juego, set y partido.

El resultado ha sido seis a uno para Julen, que se seca el sudor con la camiseta mientras se dirige al exterior de la pista. Toma asiento en el suelo y espera a que la gallega haga lo propio a su lado.

—Llevo tres meses entrenando y solo consigo hacerte un juego como máximo. ¡Me desespero!

—No lo hagas. Cada vez me cuesta más ganarte.

—No es verdad. Si jugaras con los ojos cerrados, me vencerías igualmente.

—Has mejorado mucho, Iria. No te quejes.

La chica toma aire, se enjuga el sudor con su toalla y bebe un generoso trago de agua. A pesar de que su juego no tiene nada que ver con el de hace unas semanas, no está contenta. Necesita mejorar todavía más. Muchísimo más.

—Mi saque es una mierda y el revés no lo controlo. Cuando vengamos de vacaciones de Navidad, será lo que más practique.

—Ya sabes que yo te ayudaré en lo que sea.

—Espero que el día que juegue contra Manu, consiga hacerle frente. Al menos un poco. Sé que no le voy a ganar y que un punto por juego ya será un milagro. Pero confío en seguir aprendiendo y mejorar en lo que más fallo.

—Manu no es el que era. Hace varios meses que no juega —comenta el navarro guardando la raqueta en su funda—. Por cierto, ¿sigue sin aparecer?

—Yo no lo he visto desde hace tres días.

Julen se acaricia la barbilla preocupado. El comportamiento de su amigo en los últimos meses ha sido muy raro. No es la primera vez que en el trimestre desaparece sin avisar. Tampoco les da explicaciones cuando regresa. Solo espera que esté bien y que algún día vuelva a ser el Manu que conoció.

Los dos terminan de recoger. En el camino de vuelta a la residencia, Iria recibe un wasap. Se lo enseña a Julen, que esboza media sonrisa. Es un mensaje de Antón.

—Llegó el momento. ¿Estás preparada?

—Sí. Estoy lista. Que sea lo que tenga que ser.

—Tranquila. Todo irá bien.

Y, agarrándola por la cintura, el joven le propina un gran beso en la boca.

—Tío, has perdido facultades.

—No puedo creer que me hayas ganado otra vez. ¡Yo antes molaba al *FIFA*!

David le entrega el mando de la PlayStation a Toni después de haberle derrotado por cuarta vez consecutiva.

—Bueno, te dejo, que tengo que llamar a Marta.

—¿No me vas a dar otra revancha?

—Luego, primero tengo que hablar con ella. Hoy hacemos tres meses y está triste porque no puede venir. Tiene mil exámenes.

—Es lo que pasa en cada trimestre de bachiller. Aunque ya le faltará poco.

—Sí, está acabando. A ver si antes de las vacaciones de Navidad nos podemos ver.

—La echas de menos, ¿no?

¿La echa de menos? La respuesta es complicada. Sí, por un lado, pero por otro...

Justo cuando David está abriendo la puerta de la habitación de Toni, dos policías se personan en el pasillo 1B, acompañados del subdirector de la residencia. El sevillano los ve y se teme lo peor. Se asusta mucho cuando caminan hacia donde está él. ¿Tiene que ver con el accidente que tuvo su exnovia con la moto y en el que murió aquella chica?

—Buenas tardes —le saluda uno de ellos—. ¿Es usted Antonio Martos?

—No, este chico no es —le corrige el subdirector—. ¿Dónde está Toni?

—Dentro —responde David, que no comprende nada.

Los dos policías y el padre de Carmona entran en la 1154 y cierran la puerta ante la sorpresa del sevillano, al que dejan fuera, y también de Toni cuando los ve aparecer. El de Valencia se siente impresionado por la presencia de aquellos dos agentes y del subdirector de la residencia en su cuarto.

Le piden que tome asiento y que les facilite toda la información posible acerca de Mariano Bustos Rodríguez.

—No tengo ni idea de quién es.

—Es uno de los mayores pederastas de este país. Lo estamos buscando.

—Pues ni idea.

Uno de los policías le enseña una foto, pero el joven no reconoce a aquel tipo calvo y con barba. Entonces, el otro policía saca otra imagen y se la muestra. Toni se frota la cabeza rapada con fuerza y el corazón se le acelera a mil por hora.

—Es... Lauren —logra decir a pesar de que todo su cuerpo ha empezado a temblar—. ¿Le ha hecho algo ese tipo? ¿Qué le ha pasado?

Los dos policías se miran entre sí, hasta que uno de ellos le revela algo que jamás habría podido imaginar.

—Lauren es el nombre que Mariano usaba en Internet. Uno de ellos. Y esta joven de la foto, evidentemente, no es esa tal Lauren. Es una foto de una chica norteamericana que hemos conseguido identificar en Instagram.

—No entiendo nada —señala Toni desorientado. La cabeza le da vueltas.

—Pues que llevamos varios meses detrás de este tipo que se hizo pasar por Lauren, Silvia, Inés o Miriam, como también nos han comentado que se hacía llamar en privado otros chicos y chicas de tu edad.

—¿Me están diciendo que...?

—Esas chicas... no existen. Todos son personajes creados por Mariano Bustos para lograr que los jóvenes a los que engañaba se abrieran a él y conseguir de esa forma todos sus propósitos.

—No me gusta jugar contigo al Scrabble.

—¿Por qué?

—Porque pierdo siempre.

Elena coge cuatro fichas tras poner en el tablero

«coser» y sumar tan solo ocho puntos más. Nunca le gana. Aunque con las siete fichas que tiene ahora puede formar una palabra que le daría la partida gracias a los cincuenta puntos extras por utilizar las siete letras.

—Pierdes siempre porque no tienes ninguna estrategia.

—Pierdo siempre porque me salen fichas malas y tú tienes mucha suerte en el juego.

—Ya se sabe... Afortunado en el juego, desafortunado en amores.

—No digas eso. ¡Tú tienes mucha suerte en el amor!

—Eso es verdad, te he conseguido enamorar a ti... —Tras darle un beso, escribe «escape» en el tablero, aprovechando un triple tanto de palabra—. Treinta puntos. Te gano por cuarenta y siete.

Su sonrisa socarrona le fastidia. Pero quien ríe el último ríe mejor. Al menos, esta vez. Elena mira atentamente el tablero y grita cuando se da cuenta de que puede colocar su palabra aprovechando la e de «escape».

—¡Mira y aprende! —exclama.

Y letra a letra, coloca «tuitear» sobre la mesa de juego.

—¿Tuitear? ¿Con u?

—¡Sí! Con u.

—Eso no vale. «Tuitear» no existe.

—Sí que existe. No me hagas trampas —le advierte Elena enfadada.

Pero el conato de cabreo se extingue rápido cuando su contrincante la da por buena y como premio por haber colocado las siete letras, que valen cincuenta puntos extras, le regala un beso en la boca, tan intenso como la partida que están jugando.

—Guau.

—Sí, eso. Guau —dice ella tratando de recuperar el aliento—. Me encanta cómo besas.

—¿Sí? ¿De verdad?

—De verdad. No he dado muchos besos en mi vida, pero estoy segura de que nadie me ha besado como tú.

—No sé yo... ¿Me lo prometes?

—Te lo prometo, Martín Arias Carmona.

FIN

AGRADECIMIENTOS

Quería comenzar estos agradecimientos hablando brevemente de lo que para mí ha supuesto escribir esta historia. Sin duda, ha sido con la que más he disfrutado de las ocho novelas que tengo publicadas. He trabajado como nunca y me he esforzado al máximo para presentar una historia que sea digna de vosotros, los lectores. Las comparaciones con los libros anteriores vendrán, lógicamente, y respetaré cualquier opinión. Soy consciente de que me queda todavía mucho que aprender y que mejorar. Pero este reto ha resultado apasionante y me siento feliz por haberme enfrentado a él. Gracias a todos los que habéis llegado hasta aquí y, una vez más, habéis decidido confiar en mí.

Como es habitual en cada novela que escribo, los primeros agradecimientos son para mis padres. Ellos me han inculcado el valor del esfuerzo y del trabajo, sin los que no se llega a nada en la vida. Espero seguir aprendiendo de vosotros y ayudando en lo que pueda. No hay mayor orgullo que aportar un granito de arena donde antes se construyeron castillos.

Igual de importante que mis padres para mí es mi hermana, María. Cuando una persona está ahí en el momento que toca, hay que valorarlo. Yo te valoro por eso y por mucho más. Intenta disfrutar de esas pequeñas cosas —no estoy hablando de tu gato— y sé feliz. Sin besos, pero mis aplausos para ti.

Sé que, desde *Canciones para Paula,* varios de vosotros esperáis este trocito imprescindible en mis agradecimientos. Muchos la queréis, la apreciáis y ha logrado hacerse un hueco en vuestro WhatsApp, en vuestras redes sociales y en vuestro corazón. El mío lo tiene ocupado y ganado al cien por cien (sé que te gusta esto del cien por cien). Cada 3, cada 21, cada 1151 es especial. Y todavía me emociono cuando se le enrojecen los ojos de felicidad o se le escapa una sonrisa para que no me dé cuenta de que está triste. Lo nuestro es especial solo porque tú eres especial. Por muchos más libros a tu lado, Ester. Tranquilamente. Solo te digo que hay algo más sencillo que tuitear te quiero, y es demostrártelo cada día y recibir lo mismo a cambio. Quererte es fácil. Lo difícil sería lo contrario.

En estos agradecimientos no me puedo dejar a ninguno de mis tíos: Mario, Loli, Mari, José, Mercedes, Nieves, Alfonso, Lolo, Carmen y Alfonso. La lucha de todos por seguir adelante es un ejemplo para mí. Y tampoco quiero olvidarme de mis primos de sangre: Carolina, Toni, Fran, Merchi, Alfonso, Álex, Vicky, Alberto, Laura y Manuel. Ni de mis *otras primas*: Gema, Luisa y Nadia. Gracias por compartir mis alegrías literarias.

Abuelos, no me olvido de vosotros...

Muchas gracias también por el apoyo a toda la familia de Ester. Cada vez me siento más cerca de vosotros, y eso se agradece y lo aprecio de verdad. En especial, gracias a José, Marga y Álvaro por dejar que Ester cuide de mí.

Desde el 2012 tengo otra *familia* que me aprecia, valora y respeta como jamás creí que una empresa pudiera tratar a un empleado. Yo me siento así: una pieza más del engranaje del Grupo Planeta. Un libro es un trabajo en equipo, y, sin todos los que lo componen, no saldría adelante. Mi labor como autor es importante, pero como la de todas las personas, con sus nombres y apellidos, que acompañan y guían cada novela y lo que la rodea. Tengo la suerte de trabajar con los mejores, que, además, me dan mucho más que garantía de resultados. Gracias por vuestra amistad, Sergi Álvarez, Laura Díaz, Anna Gago, Puri Plaza y Raquel Gisbert. Miriam y Ángeles, aquí tenéis a un amigo y espero volver a trabajar con vosotras algún día. Mil gracias también a Marc, Dani, Belén, Paco, Laura, Conchita, Marisol, Rosa, Carmen, Ana, Isa, Ferran, Germán, Raquel... y a todos los demás componentes del gran equipo de la editorial Planeta. Muchas gracias, Carlos Revés, por tus consejos.

Gracias también a las delegaciones de Planeta en Latinoamérica por el trato espectacular que me están dando.

Y aprovecho este espacio para recordar al señor Lara y hacerle llegar a su familia mi más sentido pésame. Sin hombres como él, el mundo no avanzaría.

Este libro tiene más de mí que los anteriores. Yo viví dos años en una residencia de estudiantes y sé lo que se siente al estar rodeado las veinticuatro horas del día de aquellos que se convertirán en amigos para toda la vida. Mientras escribía, aunque cualquier parecido con la realidad es pura coincidencia (os lo aseguro), me acordaba mucho de vosotros. Cómo olvidarme de Yayo, Patri, Maialen, Xama, Toni, Jaime, Carlos, Henar, Nerea,

María Cari, Miguelón, Rafa, Luca, Cristina, Rocío Carralón, Jon, Rocío Fernández, Chano, Tipinho, Culi, Alvarito, Sierra, Salva, Fosatti, Laura, Marga, Belén, Patricia, Javi, Curro, José, Juan, Nerea Eizaguirre, Chema, Alba, Ramón, Judit, Marcos, Pepe, Chiqui, María Ojeda, Germán, Alvarino, Isma... Fuisteis tan importantes en mi vida que para vosotros va dedicado este libro. Sin nuestras timbas de póker, el parque de los patos, aquel pasillo 1B, los viajes en bus del equipo de fútbol, aquellas comidas de veinte en la misma mesa, las bromas... Sin vuestra amistad, mi vida sería totalmente distinta. Salvo la multa que tuvimos que pagar a la hermana de Yayo, no cambiaría nada de lo que pasé con vosotros en nuestra residencia, en aquellos increíbles dos primeros años de universidad.

En la vida aparecen personas que, por fortuna, el destino te presenta y luego tú mismo te encargas de continuar conociendo. En este universo de los libros, de vez en cuando llega alguien interesante que merece la pena. Incluso con algunos surge cierta compenetración y entendimiento. Eso es lo que me ha pasado a mí con los Princesos, Carlos García Miranda y Martín Piñol. Dos escritores y personas tan diferentes a mí que nos hemos hecho buenos amigos. ¡Que las risas y los *best sellers* nos acompañen!

En estos agradecimientos tampoco puedo excluir a personas que hacen que mi mundo sea un poquito mejor. Estoy hablando de Juande Garduño y Ana Coto, de María Villalón y Susi, de Neo Coslado, de Pilar Martín (de Efe), de José Luis Molinero, de Nikolay y Esther, de Javier Sierra y Eva, de Antonio Martín Morales y Zineb, de Anabel Botella y Juanjo, de Nuria Mayoral, de Dani

Ojeda, de Elena Tiramisú, de Santiago García-Clairac, de Iria G. Parente, de Carmenma, de Gema Bonnín, de Fernando Burgueño, de Sonia Sweet California, de Paula Dalli, de Megan Maxwell y Sandra, de Javier Romero y de tanta y tanta gente que tan bien se porta conmigo y con quien resulta tan fácil llevarse estupendamente.

Gracias a mis amigos y a la gente de Carmona; en especial, a Manuel Jesús. Sé feliz, compañero.

Muchos empezaron siendo lectores y se han convertido en buenos amigos a los que tengo que reconocer su apoyo constante y sus palabras de ánimo en esta carrera de obstáculos. No os voy a nombrar porque sabéis quiénes sois y necesitaría dos libros más para agradeceros que estéis a mi lado en cada historia. Pero os debía una a vosotras: mil gracias por todo, Irene Contenta, Andrea e Irene (las hermanas Miramón) y Vane García Sebastián. Sois unas *cracks.* Muchas gracias, Alicia Rodríguez, por tu cariño y tus visitas a mi *despacho* de Callao.

En estas páginas de agradecimiento, también deseo mencionar a las Representantes Blue Jeans, a las Clásicas, a todos los que formáis grupos de WhatsApp con mis novelas como denominador común..., a todas las Bluecitas y Bluejeaners que venís a mis firmas, me buscáis en Starbucks o me dedicáis un poquito de tiempo en cualquiera de mis redes sociales. En representación de los casi ochenta mil que me seguís en Twitter, gracias por estar ahí, Ana Salamanca, Macarena Riveros, Paula Domínguez, Indira Caravaca, Mireya Jarque, Isabel Romero, Lorena Ferrero, Carmen María Álvarez, Paula Castillo, Belén Soto, Andrea Barea, Isabela Cifuentes, Andrea Nicolás, Valentina Montealegre, Paula Sánchez, Carol Reyes, Aurora Chavez, Chantal López, Ana María

Soladana, Marta Mata, Mireia Pérez, Anna Llorens, Elena de Andrés, Noelia Bescos, Inés Yagüe, Tania Valentina Vallejo, Dora Jhael Torrico, Nerea Cáceres, María Pérez, Julia Macarro, Lidia Seivane, Tamara Carballo, Sonia Alabau, Carmen Heredia, Isabel Mestanza, Vanny Jaramillo, Barbara Stefanutti, Verónica Troncoso, Estefanía Mantilla, Alejandra Almeida, Sara Trigo, Rocío Romero, Elena Herrero, MCarmen Romero, Carolina Farelo, María José Calvo, Elena Jurado, Nuria Guillén, Ana Delgado, Elena Rico, Paula Moreno, María Serra, Adela Moraga, Marta Caro, Daira Guadalupe Olmos y Raquel Osuna. A vosotras y a todos mis *followers*, muchísimas gracias.

¡Gracias por tu apoyo desde el otro lado del charco, Pedro Vázquez! Y también a todos los seguidores que estáis en Perú (mi segundo país), en Colombia (gracias, chicas que fuisteis al aeropuerto a recibirme), en México, en Chile, en Ecuador, en Argentina... y en el resto de los países latinoamericanos. Se os tiene muy en cuenta y espero regresar pronto. Sois una parte fundamental de esta historia. También millones de gracias a los lectores polacos, franceses, rusos, húngaros, holandeses, italianos..., es increíble hasta dónde hemos llegado.

No todos los años voy a poder decir que uno de mis libros se convierte en una película. Debéis saber que esto es casi un milagro. No es nada sencillo y me gustaría que lo valorarais como se merece. No sé si volverá a pasar alguna vez, pero la experiencia que he vivido en el 2014 con *El Club de los Incomprendidos* ha sido increíble. Sobre todo porque he conocido a personas fenomenales. No puedo dejar de nombrar aquí a Charlotte Vega, Álex Maruny, Michelle Calvó, Jorge Clemente, Ivana Baquero y Andrea Trepat; vosotros seréis siempre mis incomprendidos y los de todos los lectores de esta historia que me ha dado tanto. Gracias también a Patrick Criado, Paula Muñoz, Álvaro Díaz y al resto del reparto. Carlos Sedes, para mí eres un genio. Y qué decir de Ramón Campos... Gracias a la productora Bambú, a DeAplaneta y a Atresmedia por apostar por una novela juvenil de un autor español. Ha sido un placer trabajar con vosotros.

Este libro lo he escrito casi entero en Starbucks Callao. Allí me he pasado horas y horas buscando las mejores palabras para cada frase. El trato que recibo en esta cafetería es especial. No me quiero olvidar de ninguno de los *baristas* que me han atendido en estos últimos meses y a los que guardo un gran cariño. Gracias, Deis, Janet, María, Eva, Ángela, Gema, Vero, Cris, Juani, Laura, Alejandra, Paola, Nuria, Ovi, Patricia, Davide, Críspulo, Marcos, Sagra, Graciela, Ricardo... por vuestra atención y amabilidad.

Mientras escribo estas líneas, más de trescientas personas están viviendo una odisea en la otra editorial con la que he publicado. Mi apoyo total y absoluto para los trabajadores de Everest. Vosotros no tenéis la culpa de la cantidad de cosas que otros han hecho mal. Espero que, para cuando este libro se encuentre en la calle, todo se haya solucionado.

Recientemente se ha publicado un informe que afirma que a lo largo del año pasado, cada día, en España, se cerraron dos librerías. Para aquellos a los que nos gusta leer y que mantenemos algún tipo de vinculación con la literatura, esta noticia es nefasta. Espero que este dato sea mucho más positivo en el 2015. En ese trabajo de equipo del que hablaba antes, incluyo a las librerías (pequeñas, grandes, centros comerciales...). Sin ellas no me podría dedicar a esto. GRACIAS.

Quiero terminar con algo que ya comenté en los agradecimientos de *No sonrías que me enamoro* y que tal vez no debería aparecer en este apartado. Chicos, no pirateéis libros. Si queréis que no se sigan cerrando librerías, que publiquen autores nuevos, que las editoriales no desaparezcan o que los escritores continúen sacando novedades..., NO PIRATEÉIS.

Esto no es una broma, ni algo que diga por decir. Escribir esto, de hecho, es impopular. Algunos ven mal que un autor reclame sus derechos (algo insólito), pero es que la situación se torna cada vez más peligrosa para el mundo de la literatura.

Piratear un libro es como entrar en una panadería y llevarte el pan sin pagarlo, o como si vais a una tienda de ropa y pretendéis llevaros gratis un pantalón vaquero. Piratear es robar. Hay muchas familias que viven de los libros, y si pirateamos, todo esto se terminará.

Cuando queráis un ejemplar y no tengáis dinero para adquirirlo, compradlo entre varios o sacadlo en préstamo de una biblioteca. Nunca os descarguéis el PDF. Jamás. Cuando lo descargas de manera ilegal, no solo estás perjudicando al autor, a la editorial y a la librería, sino que estás beneficiando a alguien que nos está robando y que no ha movido ni un dedo para que esa obra salga adelante. Es una gran estafa y vosotros debéis comprenderlo y hacer algo para que no continúe sucediendo.

Algunos decís que un libro es caro, pero ¿cuánto valor tiene? ¿Cuántas personas viven de él? ¿Cuánto esfuerzo hay detrás? ¿Cuántas cosas te compras con el dinero que cuesta una novela? Pensadlo bien, por favor.

Vosotros, los lectores, sois los únicos que tenéis en vuestras manos el poder para detener esto. Creedme cuando os cuento que, cada día que pasa, el panorama para el mundo del libro empeora.

Pido disculpas a todos los que no aparecen en estas páginas y merecen estar en ellas. Llevo dos días escribiendo estos agradecimientos y es imposible que una persona tan despistada como yo no meta la pata. Así que perdón por adelantado. En el mundo real, como en los libros, cada persona que conoces interviene en tu vida de manera importante, de una u otra forma, y todos aquellos con los que he tratado alguna vez tendrían que ver su nombre escrito aquí.

Mi último agradecimiento es para los lectores. Para ti, que estás leyendo esto y me acabas de conocer o llevas acompañándome, a lo largo de mis historias, uno, tres o siete años. El 3 de junio del 2008 empezó esta aventura y, gracias a ti, todavía sigo escribiéndola. Gracias, lector, por confiar en este autor que aspira a convertirse en escritor algún día.

Los pies siguen pegados al suelo...